ZHONGGUO XIAOSHUO
100 QIANG

中国小说 100 强（1978—2022）

花　雕

海　飞　著

北京联合出版公司
Beijing United Publishing Co., Ltd.

图书在版编目（CIP）数据

花雕 / 海飞著. -- 北京：北京联合出版公司，2023.9

（中国小说100强）

ISBN 978-7-5596-7040-3

Ⅰ.①花… Ⅱ.①海… Ⅲ.①长篇小说－中国－当代 Ⅳ.①I247.5

中国国家版本馆CIP数据核字(2023)第117995号

花 雕

作　　者： 海　飞
出 品 人： 赵红仕
出版监制： 张晓冬　范晓潮
责任编辑： 刘　恒
特约编辑： 和庚方　刘沐雨
封面设计： 武　一

北京联合出版公司出版
（北京市西城区德外大街83号楼9层　100088）
北京兴星伟业印刷有限公司印刷　新华书店经销
字数210千字　650毫米×920毫米　1/16　20.5印张
2023年9月第1版　2023年9月第1次印刷
ISBN 978-7-5596-7040-3
定价：58.00元

版权所有，侵权必究
未经书面许可，不得以任何方式转载、复制、翻印本书部分或全部内容。
本书若有质量问题，请与本公司图书销售中心联系调换。
电话：010-65868687

中国小说100强（1978—2022）丛书

编委会

丛书总策划

张　明　　著名出版人
张　英　　资深媒体人

编委主任

吴义勤　　中国作协副主席
　　　　　中国小说学会会长

编　委

吴义勤　　中国作协副主席、中国小说学会会长
宗仁发　　《作家》杂志主编
谢有顺　　中山大学教授、中国小说学会副会长
顾建平　　《小说选刊》副主编
张　英　　资深媒体人
文　欢　　作家、出版人

总　序

"中国小说100强"（1978—2022）是资深出版人张明先生和腾讯读书知名记者张英先生共同策划发起的一套大型文学丛书。他们邀请我和宗仁发、谢有顺、顾建平、文欢一起组成编委会，并特邀徐晨亮参与，经过认真研讨和多轮投票最终评定了100人的入选小说家目录。由于编委们大多都是长期在中国文学现场与中国文学一路同行的一线编辑、出版家、评论家和文学记者，可以说都是最专业的文学读者，因此，本套书对专业性的追求是理所当然的，编委们的个人趣味、审美爱好虽有不同，但对作家和文学本身的尊重、对小说艺术的尊重、对文学史和阅读史的尊重，决定了丛书编选的原则、方向和基本逻辑。

从文学史的角度来说，1978年以后开启的新时期文学是中国当代文学的黄金时代，不仅涌现了一批至今享誉世界的优秀作家，而且创造了许多脍炙人口的文学经典，并某种程度上改写了20世纪中国文学史的版图。而在中国新时期文学的经典家族中，小说和小说家无疑是艺术成就最高、影响力最大的部分。"中国小说100强"（1978—2022）就是试图将这个时期的具有经典性的小说家和中国小说的经典之作完整、系统地筛选和呈现出来，并以此构成对新时期文学史的某种回顾与重读、观察与评判。呈现在读者面前的这套丛书是对1978—2022年间中国当代小说发展历程的一次全面、系统的整体性回顾与检阅，是中国当代文学经典化的重要成果，从特定的角度集中展示了中国新时期文学在小说创作方面的巨大成就。需要说明的是，与1978—2022年新时期文学繁荣兴盛的局面相比，100位作家和100本书还远远不能涵盖中国当代小说的全貌，很多堪称经典的小说也许因为各种原因并未能进入。莫言、苏童、余华等作家本来都在编委投票评定的名单里，但因为他们已与某些出版社签下了专有出版合同，不允许其他出版社另出小说集，因而只能因不可抗原因而割爱，遗珠之憾实难避免，而且文学的审美本身也是多元的，我们的判断、评价、选择也许与有些读者的认知和判断是冲突的，但我们绝无把自己的标准强加于别人的意思。我们呈现的只是我们观察中国这个时期当代小说的一个角度、一种标准，我们坚持文学性、学术性、专业性、民间性，注重作家个体的生活体验、叙事能力和艺术功力，我们突破代际局限，老、中、青小说家都平等对待，王蒙、冯骥才、梁晓声、铁凝、阿来等名家名作蔚为大观，徐则臣、阿乙、弋舟、鲁敏、林森等新人新作也是目不暇接，我们特别关注文学的新生力量，尤其是近10年作品多次获国家大奖、市场人气爆棚的新生代小说家，我们禀持包容、开放、多元的审美立场，无论是专注用现实题材传达个人迥异驳杂人生经验、用心用情书写和表现时代精神的现实主义作家，还是执着于艺术探索和个体风格的实验性作家，在丛书里都是一视同仁。我们坚信我们是忠实于自己的艺术理想、艺术原则和艺术良心的，但我们并不认为自己的角度和标准是唯一的，我们期待并尊重各种各样的观察角度和文学判断。

当然，编选和出版"中国小说100强"（1978—2022）这套大型丛书，除了上述对文学史、小说史成就的整体呈现这一追求之外，我们还有更深远、更宏大的学术目标，那就是全力推进中国当代文学"经典化"的历程和"全民阅读·书香中国"建设。

从1949年发端的中国当代文学已经有了70多年的发展历程，但对这70多年文学的评价一直存在巨大的分歧，"极端的否定"与"极端的肯定"常常让我们看不到当代文学的真相。有人认为中国当代文学达到了前所未有的高度和水平。王蒙先生在法兰克福书展上就说：中国当代文学现在是有史以来最繁荣的时期。余秋雨、刘再复甚至认为中国当代文学的成就远远超过了现代文学。也有人极端否定中国当代文学，认为中国当代文学都是垃圾。他们认为现代文学要远远超过当代文学，中国当代文学连与现代文学比较的资格都没有。比如说，相对于鲁（迅）、郭（沫若）、茅（盾）、巴（金）、老（舍）、曹（禺）这样大师级的人物，中国当代作家都是渺小的侏儒，根本不能相提并论，两者比较就是对大师的亵渎。应该说，与对中国当代文学的肯定之声相比，对当代文学的否定和轻视显然更成气候、更为普遍也更有市场。尽管否定者各自的角度和出发点不同，但中国当代作家、作品与中外文学大师、文学经典之间不可比拟的巨大距离却是唱衰中国当代文学者的主要论据。这种判断通常沿着两个逻辑展开：一是对中外文学大师精神价值、道德价值和人格价值的夸大与拔高，对文学大师的不证自明的宗教化、神性化的崇拜。二是对文学经典的神秘化、神圣化、绝对化、空洞化的理解与阐释。在此，我们看到了一个非常有趣的悖论：当谈论经典作家和文学大师时我们总是仰视而崇拜，他们的局限我们要么视而不见要么宽容原谅，但当我们谈论身边作家和身边作品时，我们总是专注于其弱点和局限，反而对其优点视而不见。问题还不在于这种姿态本身的厚此薄彼与伦理偏见，而是这种姿态背后所蕴含的"当代虚无主义"。这种"虚无主义"的最大后果就是对当代作家作品"经典化"的阻滞，对当代文学经典化历程的阻隔与拖延。一方面，我们视当下作家作品为"无物",拒绝对其进行"经典化"的工作,另一方面又以早就完全"经典化"了的大师和经典来作为贬低当下泥沙俱下的文学现实的依据。这种不在同一个层面上的比较,不仅毫无意义,而且只能使得文学评价上的不公正以及各种偏激的怪论愈演愈烈。

其实,说中国当代文学如何不堪或如何优秀都没有说服力。关键是要进行"经典化"的工作,只有"经典化"的工作完成了才有可能比较客观地对当代的作家作品形成文学史的判断。对当代的"经典化"不是对过往经典、大师的否定,也不是对当代文学唱赞歌,而是要建立一个既立足文学史又与时俱进并与当代文学发展同步的认识评价体系和筛选体系。当然,我们也要承认,"经典化"问题是一个非常复杂的问题,并不是凭热情和冲动一下子就能完成的,但我们至少应该完成认识论上的"转变"并真正启动这样一个"过程"。

现在媒体上流行一些对于中国当代文学经典化冷嘲热讽的稀奇古怪的言论,其核心一是否定中国当代文学有经典、有大师,其二是否定批评界、学术界有关"经典化"的主张,认为在一个无经典的时代,"经典"是怎么"化"也"化"不出来的,"经典化"是一个实实在在的"伪命题"。其实,对于文学,每个人有不同的判断、不同的理解这很正常,每一种观点也都值得尊重。但是,在"经典"和"经典化"这个问题上,我却不能不说,上述观点存在对"经典"和"经典化"的双重误解,因而具有严重的误导性和危害性。

首先,就"经典"而言,否定中国当代文学早就不是什么新鲜事,对当代文学的虚无主义态度在很多人那里早已根深蒂固。我不想争论这背后的是与非,也不想分析这种观点背后的社会基础与人性基础。我只想指出,这种观点单从学理层面上看就已陷入了三个巨大误区:

第一个误区,是对经典的神圣化和神秘化的误区。很多人把经典想象为一个绝对的、神圣的、遥远的文学存在,觉得文学经典就是一个绝对的、乌托邦化的、十全十美的、所有人都喜欢的东西。这其实是为了阻隔当代文学和"经典"这个词发生关系。因为经典既然是绝对的、神圣的、乌托邦的、十全十美的,那我们今天哪一部作品会有这样的特性呢?如果回顾一下人类文学史,有这样特性的作品好像也没有。事实上,没有一部作品可以十全十美,也没有一部作品能让所有人喜欢。在这个问题上,我们应该明确的是,"经典"不是十全十美、无可挑剔的代名词,在人类文学史上似乎并不存在毫无缺点并能被任何人所认同的"经典"。因此,对每一个时代来说,"经典"并不是指那些高不可攀的神圣的、神秘的存在,只不过是那些比较优秀、能被比较多的人喜爱的作品而已。从这个意义上说,当今中国文坛谈论"经典"时那种神圣化、莫测高深的乌托邦姿态,不过是遮蔽和否定当代文学的一种不自觉的方式,他们假定了一种遥远、神秘、绝对、完美的"经典形象",并以对此一本正经的信仰、崇拜和无限拔高,建立了一整套关于中国当代文学的伦理话语体系与道德话语体系,从而充满正义感地宣判着中国当代文学的死刑。

第二个误区,是经典会自动呈现的误区。很多人会说,是金子总是会发光的。但对文学来说,文学经典的产生有着特殊性,即,它不是一个"标签",它一定是在阅读的意义上才会产生意义和价值的,也只有在阅读的意义上才能够实现价值,没有被阅读的作品没有被发现的作品就没有价值,就不会发光。而且经典的价值本身也不是固定不变的。如果一个作品的价值一开始就是固定不变的,那这个作品的价值就一定是有限的。经典一定会在不同的时代面对不同的读者呈现出完全不同的价值。这也是所谓文学永恒性的来源。也就是说,文学的永恒性不是指它的某一个意义、某一个价值的永恒,而是指它具有意义、价值的永恒再生性,它可以不断地延伸价值,可以不断地被创造、不断地被发现,这才是经典价值的根本。所以说,经典不但不会自动呈现,而且一定要在读者的阅读或者阐释、评价中才会呈现其价值。

第三个误区，是经典命名权的误区。很多人把经典的命名视为一种特殊权力。这有两个层面的问题：一，是现代人还是后代人具有命名权；二，是权威还是普通人具有命名权。说一个时代的作品是经典，是当代人说了算还是后代人说了算？从理论上来说当然是后代人说了算。我们宁愿把一切交给时间。但是，时间本身是不可信的，它不是客观的，是意识形态化的。某种意义上，时间确会消除文学的很多污染包括意识形态的污染，时间会让我们更清楚地看清模糊的、被掩盖的真相，但是时间同时也会使文学的现场感和鲜活性受到磨损与侵蚀，甚至时间本身也难逃意识形态的污染。此外，如果把一切交给时间，还有一个前提，那就是对后代的读者要有足够的信任，要相信他们能够完成对我们这个时代文学的经典化使命。但我们对后代的读者，其实是没有信心的。我们今天已经陷入了严重的阅读危机，我们怎么能寄希望后代人有更大的阅读热情呢？幻想后代的人用考古的方式对我们这个时代的文学进行经典命名，这现实吗？我不相信后人对我们身处时代"考古"式的阐释会比我们亲历的"经验"更可靠，也不相信，后人对我们身处时代文学的理解会比我们亲历者更准确。我觉得，一部被后代命名为"经典"的作品，在它所处的时代也一定会是被认可为"经典"的作品，我不相信，在当代默默无闻的作品在后代会被"考古"挖掘为"经典"。也许有人会举张爱玲、钱钟书、沈从文的例子，但我要说的是，他们的文学价值早在他们生活的时代就已被认可了，只不过很长时间由于意识形态的原因我们的文学史不谈及他们罢了。此外，在经典命名的问题上，我们还要回答的是当代作家究竟为谁写作的问题。当代作家是为同代人写还是为后代人写作？幻想同代人不阅读、不接受的作品后代人会接受，这本身就是非常乌托邦的。更何况，当代作家所表现的经验以及对世界的认识，是当代人更能理解还是后代人更能理解？当然是当代人更能理解当代作家所表达的生活和经验，更能够产生共鸣。因此，从这个角度来说，当代人对一个时代经典的命名显然比后代人更重要。第二个层面，就是普通人、普通读者和权威的关系。理论上，我们都相信文学权威对一个时代文学经典命名的重要性，权威当然更有价值。但我们又不能够迷信文学权威。如果把一个时代文学经典的命名权仅仅交给几个权威，那也是非常危险的。这个危险表现在什么地方呢？就是几个人的错误会放大为整个时代的错误，几个人的偏见会放大为整个时代的偏见。我们有很多这样的文学史教训。在这个问题上，我们既要相信权威又不能迷信权威，我们要追求文学经典评价的民主化、民主性。对一个时代文学的判断应该是全体阅读者共同参与的民主化的过程，各种文学声音都应该能够有效地发出。这个时代的文学阅读，最理想的状态应该是一种互补性的阅读。为什么叫"互补性的阅读"？因为一个批评家再敬业，再劳动模范，一个人也读不过来所有的作品。举个例子：现在我们一年有5000部以上的长篇小说，一个批评家如果很敬业，每天在家读二十四小时，他能读多少部？一天读一部，一年也只能读三百部。但他一个人读不完，不等于我们整个时代的读者都读不完。这就需要互补性阅读。所有的读者互补性地读完所有作品。在所有作品都被阅读过的情况下，所有的声音都能发出来的情况下，各种声音的碰撞、妥协、对话，就会形成对这个时代文学比较客观、科学的判断。因此，文学的经典不是由某一个"权威"命名的，而是由一个时代所有的阅读者共同命名的，可以说，每一个阅读者都是一个命名者，他都有对经典进行命名的使命、责任和"权力"。而作为一个文学研究者或一个文学出版者，参与当代文学的进程，参与当代文学经典的筛选、淘洗和确立过程，更是一种义不容辞的责任和使命。说到底，"经典"是主观的，"经典"的确立是一个持续不断的"过程"，"经典"的价值是逐步呈现的，对于一部经典作品来说，它的当代认可、当代评价是不可或缺的。尽管这种认可和评价也许有偏颇，但是没有这种认可和评价，它就无法从浩如烟海的文本世界中突围而出，它就会永久地被埋没。从这个意义上说，在当代任何一部能够被阅读、谈论的文本都是幸运的，这是它变成"经典"的必要洗礼和必然路径。

总之，我们所提倡的"经典化"不是要简单地呈现一种结果，不是要简单地对一个时代的文学作品排座次，不是要武断地指出某部作品是"经典"，某部作品不是"经典"，不是要颁发一个"谁是经典"的荣誉证书，而是要进入一个发现文学价值、感受文学价值、呈现文学价值的过程。所谓"经典化"的"化"实际上就是文学价值影响人的精神生活的过程，就是通过文学阅读发现和呈现文学价值的过程。可以说，文学的经典化过程，既是一个历史化的过程，更是一个当代化的过程。文学的经典化时时刻刻都在进行着，它需要当代人的积极参与和实践。因此，哪怕你是一个对当代文学的虚无主义者，你可以不承认当代文学有经典，但只要你还承认有文学，你还需要和相信文学，还承认当代文学对人的精神生活具有影响力，你就不应该否定当代文学经典化的重要性。没有这个"经典化"，当代文学就不会进入和影响当代人的生活，就失去了存在的意义。每一个人，哪怕你是权威，你也不能以自己的好恶剥夺他人阅读文学和享受文学的权利。

从这个意义上说，当代文学的经典化当然是一个真命题而不是一个伪命题。在一个资讯泛滥的时代，给读者以经典的指引是文学界、出版界共同的责任，而这也是我们编辑出版这套书的意义所在。

最后，感谢张明和张英先生为本套书付出的辛劳，感谢北京立丰天文化传播有限公司、北京金圣典文化有限公司的资金支持，感谢全体编委和北京联合出版公司各位编辑，感谢所有对本套丛书的出版给予大力支持的作家和他们的家人。

是为序。

吴义勤
2022年冬于北京

目 录
Contents

花　雕＿＿1

四明镇战事＿＿221

花　雕

第一章

1. 木桶里的青春

　　花青把一只脚伸进温热的水中，然后另一只脚也伸进了水中，花青就把自己整个地伸进了1942年东浦镇的冬天。木桶是陈旧的，花青站在木桶的中间，像一棵从木桶中长出的白嫩的小笋。她缓缓地蹲下身去，变成了一只白白软软的蚕。而木桶是陈旧的茧，把花青包裹起来。水一点点漫上来，漫上她的大腿、屁股、小腹、胸部。它们传达的暖意像一根根会游动的针一样，先是扎着花青的每一寸肌肤，然后，像小虫一样钻进了它的皮肤，并且在花青的血液里奔跑。木桶里有了水流涌动的声音，很轻缓的，像从遥远的地方涌过来。花青把眼睛闭了起来，她突然觉得很累，是那种一动也不想再动的累。花青在1942年冬天里像安静睡着的一只蚕。她睁开眼睛的时候，看到了娘手中握着一只木勺子，很轻地冲花青笑了一下。

娘是小巧的，是那种让人觉得没有力量的小巧，仿佛一阵风也可以把娘从这个世界上吹走。娘用手中的木勺往木桶里加着热水。热水们很欢快，它们叽里咕噜地大声说着话，像在评说着花青皮肤的好坏。花青的手指掠过了自己的脖子、手臂，然后落在小巧而结实的胸前。娘仍然在往桶里添着水，添水就是添着一种温暖。娘的声音很轻巧地落了下来，明天你就是宋家的人了。娘的声音里带着一种哭腔，是一种花青很不喜欢的声音。所以花青微闭着的双眼皱了皱眉头。她在往身上撸着水，她怕水温的冷去，她需要一种热长久地把她包裹，需要像一个子宫羊水里的婴儿那样睡得踏实。

花青后来站了起来。她站在木桶中央，有许多水纷纷从她的皮肤上跳了下来，跌入木桶里。花青看到娘的头发上有许多棉花的碎屑。娘的头发上一直都有棉花屑的，娘和爹一起乐此不疲地在一台小巧的轧棉机前工作，那是他们一家赖以生存的一台小机器。爹的身上和头上也都是这种白色的碎屑，好像他们一家天生就与棉花有着某种关联似的。花青喜欢听轧棉机单调的声音。爹巍颤颤地踩在踏板上，像一头蚂蚁爬上了某一根风中的稻草。花青总是坐在门前，听着轧棉机的声音，什么也不想，看着一些人捧着旧棉花胎来找爹加工。他们叫爹花老板，花青的心里就发笑。如果爹守着这台小机器也算老板的话，那么爹就是东浦镇上最小的老板。宋祥东才是老板，宋祥东有酒作坊有米行有酱园有大片的良田。和宋祥东比，爹是宋祥东梳头时不小心落下的一根头发，或者，半根头发。

花青从木桶里走了出来，两条白白的长腿就落在了地上。娘为花青擦着水珠，娘细心地擦着花青身上的水珠。娘的眼睛里盛着一些内容，在暗淡的油灯的灯光下，娘分明看到了花青身上的皮肤呈现出的一种光泽。那是一种诱人的光，那种光是某个特定年龄段的女人才会有的。花青走到了她的床边，她掀开那床睡了多年的被子，钻了进去，缓慢而稳妥，像一条蛇钻回自己的巢穴一样。明天要穿的，从里到外一身新的衣服，就放在床边的椅子上。它们是明天花青的一层壳，花青要戴着这层壳上路。花青睁着黑亮的眼睛，她的睡意一点也没有，她的身体是温热的。爹的身影晃了晃进来了，爹其实在门外静候多时，爹的笑容里有一种讨好的味道。他不停地搓着手，好像感到很冷的样子。他和娘一起，站在花青的床前，他们是想和花青说几句告别的话。他们在想，说些什么。他们想了好久也没能想起来该说些什么，最后还是娘的嘴唇吐出了一些音节。娘的嘴唇很薄，有人说薄嘴唇的女人是刀子嘴豆腐心，但是花青从来没有感觉到娘什么时候是刀子嘴了。她看到娘的嘴唇里跳下了一些音节，那些音节的意思是，女儿，你好好在宋家过你的日子。

花青想了想，笑了一下。她当然会在宋家好好过日子。现在，花青想睡了，她看了两个身上沾满棉花的人一眼说，我想睡了，你们出去吧。两个人愣了一下，他们没有想到花青会让他们离开。最后他们还是离开了，他们一前一后地离开了花青的床前。花青看到两个年纪不大的人的苍老的背影。此后那么长的安静的时间里，花青盯着那只木桶看，那里面还装着花青洗澡的水，它们正在以极快的速度冷却。1942年的冬天，花青知道屋外的风一定跑得很快。

2. 生命拐弯的冬天

东浦是一个古老的小镇，青石板铺地，一条狭长的河像一根裤带一样扔在镇子上。河的两边是商铺，是一条什么样的吆喝声都能听到的小街。河里游动着乌篷船，像一条条悄无声息的黑鱼一样，一下子出现在你的面前，一下子又不见了。棉布店、汤团点、南货店、小宁波的裁缝铺、阿发剃头的剃头店等等，它们的姿态显得很从容，像一朵一直以来开着路边的花一样。而河以及河的支流，像一根根细小的血管，连着镇外的湖，连着镇外的河，连着镇外四通八达的水网。不远处就是一座闻名的水城，是一座被水浸泡着的古老城市绍兴。东浦还是酒乡，在镇子上的任何一个角落里，你都能闻到酒的气息，这种气息会让一个外地人昏昏欲睡。

东浦，就在花青的目光中。花青站在船头，她一声不响地站在船头。一块盖在她头上的红头巾，被她悄悄揭下了。天有些灰暗，是那种暮气沉沉的灰暗，会让人的心情感到压抑。花青站在船头看着两边的街景，她看到了一群大雁在头顶上飞过。冬天，总是有这样的鸟不知疲倦地奔来奔去，就像花青昨夜在木桶里寻找温暖的水一样，寻找着温暖。花青的目光也变成了一只大雁，它飞起来，飞到了东浦镇的上空。它看到了站在家门口的爹和娘，他们的脚踏轧棉机停止了工作，所以他们非常难得地站在了一堆安静中。他们看着自己的女儿在家门口上船，看着一个跟自己生活了二十年的女儿突然变成了宋家的人，看着女儿登船。女儿没有回头，一直都没有。这让他们很伤心，小巧的娘还颤颤地站在风中哭出了细碎的声音。爹因为冷的缘故，缩着脖子，清水鼻涕也从鼻孔里钻了出来。爹和娘的表现让花青很不满意，但是她什么也没有说。她懒得说。

花青没有嫁妆。除了她的好岁月好相貌好身段好皮肤，就什么也没有了。花青的目光再抬了抬，她看到了宋家院子里的热闹场面，宰鸡杀鸭，院子里弥漫着热气。宋祥东的脸上露出了笑容，太太的脸上也露出了笑容，他们在等待着花青的到来。花青的目光有些疲倦了，大雁不知疲倦，但是花青的目光疲倦了。她把目光从天空中收回来的时候，突然想，我是不是有三只眼睛，是不是还有一只长在额头上的眼睛。她闭了闭眼睛，几家商铺就一闪而过。她再闭了闭眼睛，又几家商铺一闪而过。摇船的船工戴着乌毡，看到花青朝他看时，他咧嘴笑了笑。他的牙齿是黄而黑的，小胡子上还残留着中午贪吃黄酒的痕迹。他的眼角挂着饱满的眼屎，他的身体是健硕的，那与他长期地摇船有关。船工脚踩着橹，手摇着橹，他单调的动作让一条乌篷快速前行。对于乌篷来说，一个水乡小镇算得了什么，它能在瞬间跑遍小镇的角落，把小镇冲撞得支离破碎。

花青在嫁人的路上。船工的脸上呈现出讨好的笑容，他对花青说，你坐下来吧，你坐到舱里，舱里暖和。这时候花青又抬头看了一下天，天阴沉沉的。花青听话地回到了舱里，她不能一路招摇着站在船头的，她要把一块红布盖在头上，让人搀扶着下船，那才像一个嫁人的样子。然后，她的后半生将和一座宋家的台门有关，和一个姓宋的男人有关。花青坐回到舱里，她把背靠在竹编的篷壁上。她的手指轻轻触摸着篷壁，篷壁传达着一种凉意。这时候她听到了头顶上传来的窸窸窣窣的声音，密集地响起来。她把头探出舱外，有几粒小巧的雪子落在了她的脸上，有些微的麻麻的感觉。花青的心情突然之间愉悦起来，好像是一直以来都在等待着一场雪的降临似的。她突然想起了爹和娘，会不会还傻傻地站在门口，望着家门河埠头那条狭长如沟的河发呆。

船工缩着脖子，他说下雪了。花青没有搭话，花青想我又不是不知道下雪了。雪子越落越大，在乌篷船的篷顶响着，像炒豆的声音。花青听着船边的水声，她突然想唱一首歌，但是她不知道该怎么唱，她只是有了唱歌的欲望而已。没多久，花青看到了舱外有零星的大朵的雪花，夹杂在雪子中，飘落下来，像仙女下凡。花青再一次站到了舱外,她直直地站在船头,有雪落入了她的脖子里,很快化为水,化为一种凉意。花青的身子颤动了一下,她莫名地感受着这种凉凉的快感。一个小镇的冬天,让花青的生命拐弯的冬天,落了一场雪。

　　船到宋家的时候,花青已经坐回了舱里,并且早早地盖上了红头巾。但是她还是掀起头巾的一角,看到埠头上站着的许多人。那些都是宋家出来迎亲的人,今天他们的脸上集体洋溢着笑容,他们的心情也因为有一个漂亮女人的到来,因为有一场丰盛的喜宴,而变得愉悦。他们表情生动,笑容像春风,咧着嘴巴,等待着花青走下船头。花青看到一个站满人的普通码头,一点一点向自己扑过来,越来越近。花青重又盖好红头巾,红头巾遮住双眼,她只看到一片红光。然后,就在她放下红头巾的瞬间,一个黄昏被鞭炮声撕破,像一双巨大的手撕开一件衣裳。

3. 抚摸一场婚姻

　　花青觉得乌篷晃了晃,有人跳上了船。然后花青被人扶了起来,那是一双粗糙的女人的手,隔着衣服花青也能感觉到。鞭炮爆炸后发出的难闻的气味,让花青的喉咙有些发痒。她下船,她踏上埠头的台阶,她被人簇拥着。扶着花青的是顺利嬷嬷,花青猜想那是一个肥胖的脸上有着厚重肥肉的女人。花青没有看到的是,白色的纷纷扬扬的雪越下越大了,这些雪让花青身上穿着的红袄格外艳丽,像一团火一样。仍然有一些雪钻进花青的脖子,它们在花青的后背化成冰凉的水。并且在化成水的过程中,咯咯地笑着。

　　花青想,这儿是一个台阶;花青想,这儿是一条弄堂;花青想,这儿是一个破旧的台门;花青想,这儿就快要到宋家台门了。花青在顺利嬷嬷的搀扶下迈了许多级台阶，然后鞭炮再一次响了起来，有一只鞭炮还在花青的耳边爆响了，让她的耳膜都被震得发出了嗡嗡嗡的声音。花青还想，一定有许多人的目光落在了她的身上，因为她的身子忽然热了一热，那一定是大家都在看着她，都在看赫赫有名的有钱人宋祥东，娶回来的三姨太是什么样子的。

　　花青的记忆有了暂时的缺失，她记不起来顺利嬷嬷牵着她的手，经过了哪几道婚礼的程序。在经历了许多的嘈杂声以后，她的红头巾被掀开了。她看到了宋祥东，一个白白的长着几根稀疏胡子的中年人，一双很小的眼睛。她还看到了太太，稍稍有些发福的有钱人家的女人。看到了二姨太，一个长得很好的，不太看得到脸上笑容的女人。不过，这个时候花青还不知道她就是二姨太，花青只是觉得这个女人看着顺眼。花青还看到了许多来喝喜酒的人，穿着盛装，脸上油光光的，他们放开肚皮吃着东西。花青不认识他们，也不想认识他们。她不知道自己该干些什么。她记得她在太太面前跪了下来，太太封给她一只红包。太太笑起来的时候，有许多皱纹堆在了眼角。太太把红包放在她的手心里，两只手合拢来，握住她的一只手。她的手本来是冰冷的，但是太太的手让她感到了温暖。太太的手是多肉的皮肤细腻的手和她经常在家洗衣做饭的手是不一样的。太太用另一只手轻轻拍了拍花青的手背，让花青突然觉得，太太多像她的亲人，像她一直渴望有的那个母亲。而不是那个小巧的只会轧棉花的娘。

　　很长的时间里，花青都在嘈杂声中度过。许多穿西装或穿着绸衫的男人走到宋祥东身边，或低语或大笑，像是在对花青品头论足。花青笑不出来，她一个人坐在桌边，睁着黑而亮的眼睛看着大家吃菜。她没有吃东西，但是她好像吃了好多东西似的，觉得已经很饱了。这个热闹的夜晚，红灯笼亮了起来，许多人的脸上都呈现出一种骚动的红色。花青无事可做，花青开始想一些东西，想一些乱七八糟的东西。比如八岁的冬天，她不小心落入河中，有个年轻人救起了她，年轻人被冻得牙齿都咯咯响着。娘从年轻人手里领回了她，却没有向那个年轻人道一声谢，这让花青对娘有了一种憎恨。她曾经一步三回头地看着那个年轻人，年轻人露出了凄惨的笑容。花青还突然想到了胡运，那个高高大大的，穿着的衣服明显偏小的木匠胡运。

  胡运很穷，却是一个优秀的木匠。他总是帮着别人做一件件的家具，自己家却始终没有一件像样的家具。胡运比花青大两岁，他帮花青家做过一张八仙桌。花青经常看着他做工时的模样，他很腼腆，说话前一定会先红一下脸，这令花青感到有趣。有一次花青还拧了一下胡运的脸，这让胡运的脸一下子像一块红布一样。胡运像一个孩子。花青有一天说，胡运，我漂亮吗。胡运说，你漂亮。花青说，你喜欢吗。胡运就没有再说话，认真地刨着一块木头。后来花青笑了，说胡运，你把一块木头差点刨成一块皮了。胡运愣了一下，也笑了起来。

  胡运和花青相处了两年。他们的相处只是在河埠头站站，夜晚的时候，在长长的空无一人的街上走走。胡运不太会说话，这令花青感到乏味。一个晚上，在一条狭小的弄堂里，胡运把花青推到墙边，然后自己的身子也贴了上来。胡运把花青贴得喘不过气来。花青大口喘气的时候，还是感到了从未有过的幸福。胡运用他的身体说着话，他身体的局部，都有着蠢蠢欲动的意向，蹭着花青擦着花青，令花青感到兴奋愉悦而好奇。一双木匠特有的毛糙的手，在花青的身上奔走，是一种胡乱的不得要领的奔走。这让花青感到难受。过了一会儿，花青静了下来，她突然觉得乏味。她轻轻地拍着胡运的背，终于使胡运也渐渐安静下来。胡运放开了她，愣愣地站在那里。花青用黑亮的眼睛盯着他看了很久，然后，花青离开了。花青走得很缓慢，一步一步走那条黑暗中的小巷，她把胡运一个人抛在黑暗中。花青的心里还是笑了一下，她想，这个样子的。

　　那是花青和胡运相处的两年中，花青认为最激情的一次。胡运像一杯白开水一样，让花青渐渐变得不愿意再和他交往。有一天花青和胡运站在很小的一座桥上，那是一座东浦常见的石桥。他们面对面站着，身子倚在桥栏上。他们都看到风从他们的身边钻了过去，在河面上轻轻跳跃。

　　花青说，胡运我给你讲个事。

　　胡运搓了搓双手说，你讲吧，我听着。

　　花青说，胡运你为什么老是搓着手，又不是冬天，你搓什么手。

　　胡运讪讪地笑了说，好的我不搓手了。

　　但是胡运仍然不停地搓着手。

　　花青说，有一个女子她在河埠头洗青菜。

　　胡运说，洗青菜怎么啦，要吃青菜当然要洗青菜的。

　　花青白了胡运一眼说，你听我说完不行吗，你为什么要打断我。

　　然后胡运听完了花青讲的这个事。一个女子经常在河埠头洗青菜，其实她不光洗青菜，她洗衣服，淘米，洗被单，洗所有家里需要洗的东西。但是，那次女子洗的是青菜。她把一棵棵青菜的叶片扳下来，她听到了青菜的四肢离开身体时发出的痛苦喊叫。她把青菜整齐地放在小而干净的竹篮子里，像一群排得整整齐齐睡着了的孩子。那个时候她的心情很好，所以她哼了歌。哼的什么歌，她现在已经想不起来了。她只记得那天有一个人站在了石桥上，那是一个男人，男人是偶尔经过这座桥的。男人听到歌声就站在桥上听，一听两听就不想走了，像一座桥上突然长出的一棵小树一样。男人站在不高的桥上，用目光织成一张铺天盖地的网将她罩住。男人看到了女子腰部露出的一小片皮肤，那是白而细腻的皮肤，月牙形的皮肤，容易使人产生联想。男人看着女子浸在水中的双手，那双手从水里起来，像一条突然从河里一跃而起的白鱼。那双手又浸入水中，一棵鲜嫩的青菜被手撕开了，流淌着看不见的鲜血。男人看着女人的长发，那是乌亮的年轻的长发。看着女人圆润的肩，在轻微地动作。看着结实的背，纤细的腰，还有因为蹲着的缘故，而显得浑圆如一只桃子的屁股。这个女子在河边用身体一不小心勾勒出一种完美的线条，令一个男人站在桥上发了很久的呆。男人看到女子的屁股，像一只大肚细腰的花瓶。男人喜欢上了这只花瓶。

女子离开河埠的时候，抬眼看到了桥上的男人。女子突然意识到了什么，她想到刚才一定有许多目光争先恐后地落在了自己的身上，她下意识地用一双湿手拉了拉衣服的下摆。然后她把一条河沟抛在身后，拎着一小篮子的青菜离开了埠头。男人用目光送着女子离去。那天男人在桥上一直站到黄昏，有时候他望望水面，有时候望望一叶乌篷轻快地经过桥下，有时候他抬眼望望天空，有时候他偷偷笑着。男人后来让一个叫段四的人来到了女子的家，段四是这个男人的管家。段四不太说话，只是脸上永远挂着微笑。他把许多钱放了女子的爹和娘面前，放在那张有些油腻的小方桌上。然后段四就看着那台小巧的轧棉机，他好像对轧棉机产生了兴趣，走过去这儿摸摸那儿摸摸，并且一只脚踏到了踏板上。轧棉机响了一下，在很安静的小房子里显得很突兀，把段四吓了一跳。后来段四离开了，离开之前他问傻愣愣坐在桌边盯着一堆钱看的一个男人和一个女人，愿意吗，你们愿意把女儿嫁给宋祥东做三房吗？

女子看到爹和娘都很坚决地点了一下头。女子的心里就笑了一下，她想哭，但是她没有哭的欲望，只是想唱歌。她把自己靠在自家的门上，头微仰着，很轻地唱着一支歌，好像是从上海流传过来的歌曲。她的样子很悠闲，唱得很投入。她看到段四拍了拍手掌笑了。段四侧着身子从她的身边经过，段四经过她身边时停了一下步子，又仔细地看了她一眼，轻声说，怪不得老爷会看上你。然后段四就离开了。

花青说，我讲完了。

胡运仍然在搓着手，胡运说你讲完了，那么是谁要嫁给宋祥东了。

花青说，是我。是我要嫁给宋祥东。

胡运的手突然不搓了，只是两只手掌还合在一起，他愣住了，他说你为什么要嫁给宋祥东。

花青说，因为他有钱。你有吗，你有的话，我嫁给你，给你生个儿子。

胡运的手又开始急速地搓起来，他说怪不得宋祥东的管家段四来找我，让我过些日子去给他们做木工活，要打一套家具，原来是给你的新房打家具。

听到这里花青就笑了。花青在桥栏上笑得身体颤动起来，像一棵风中乱晃的草一样。胡运说你笑什么，你有什么好笑的。花青说，我没想到宋家会请你去做木工，你去不去？

胡运说，去的，我是个木匠，木匠就得干木工活。我得去。

花青伸出手扭了一下胡运的脸，胡运的脸有些发青。花青轻声在胡运耳边说，胡运，你真是无用。你真可怜。

花青后来就一步一步缓慢地走下了石桥的台阶，走下台阶的时候，脸上还含着笑意。那时候她望了一下天边，天边挂着一个很红的夕阳。花青后来停顿了一下，她看了看低垂着头站在桥上的胡运，她说胡运，你让你爹给你讨一个老婆，给你生一个儿子，将来让你儿子做一个小木匠。胡运什么话也没有说，他把目光抬起来，落在花青的脸上。花青的脸和身子，在夕阳下呈现的是一种柔软的红。他看到花青笑了一下，又继续走了。

花青听到了划拳的声音。宋祥东被一些人拉来拉去喝酒，他略略有了醉态。宋祥东不太说话，但是他的脸上始终荡漾着轻微的笑纹，像三月的河水一样。宋祥东后来又坐回了花青的身边，他的手在桌子底下悄无声息地伸了过来。他的手握住了花青的手，花青就任由他握着。花青的记忆被宋祥东这一握拉了回来，胡运和一座小石桥，以及她的爹娘，一台小小的轧棉机都一下子隐掉了，像很缥缈的一阵雾的散去。宋祥东手上的皮肤有些松弛了，这是他这个年龄段应有的那种皮肤，温暖而松软。

花青说，我不想吃了，我想离开。花青的声音很轻，宋祥东没听到。花青的声音一点点变响，重复着那句话，我想离开。宋祥东终于听到了，宋祥东说，你等一下，马上客人就散去了。客人正在散去，三三两两涌向门口。许多男客的目光仍然在离开之前又一次光顾花青的身上，那些目光里充满着淫猥的成分。这让花青觉得身上长了刺一样。宋祥东在门口送客，一次次堆起笑脸拱手。花青像一个木头人一样，一动不动。一个女人走了过来，她站在花青面前，看了花青很久。花青抬起头，她看到了女人身上的暗红色旗袍，旗袍上有许多细碎的小花。女人看了花青很久，女人眼睛很大，人中笔挺，一个线条流畅的鼻子。花青看到女人后来转身走了，她走得很慢，用一只手抱住另一只手，另一只手里夹着一根细长的香烟。她就带着烟雾走，烟雾像一件纱衣一样，披在女人的身上。

花青说她是谁？花青这句话是问顺利嬷嬷的，顺利嬷嬷愣了一下，说那是二姨太，叫筱兰花，以前是一个唱戏的女人。顺利嬷嬷的口气里露出一种不屑，这让花青很不舒服。对二姨太的不屑，也就是对三姨太的不屑。花青又呆呆地坐了一会儿，顺利嬷嬷那双多肉的手又伸了过来拉住花青的手。顺利嬷嬷说，进房去吧，客人散得差不多了，我带你进房。顺利嬷嬷搀着花青向花青的房间走去，经过走廊的时候，花青看到二姨太筱兰花把自己倚在一扇木雕大门前，微仰着头，吐着一个个烟圈。她看也没看花青一眼，这让花青觉得自己在这个女人面前显得有些底气不足。顺利嬷嬷把花青引进了房，她那双多肉的手突然伸向花青，在花青的胸前狠狠捏了一把，让花青感觉到疼痛。顺利嬷嬷的眼光有些异样，是花青说不清楚的异样。她又把手伸过来，摸了一下花青的屁股。顺利嬷嬷说，你长得真瓷。花青听不懂长得真瓷是什么意思，这显然不是一句本地话。顺利嬷嬷继续摸索着，她把手探到了花青的怀里，触摸到花青绸缎般的皮肤时，她内容不清地笑了。她说，这个宋祥东，这个宋祥东。

　　顺利嬷嬷铺好了被子，又用剪刀剪短了蜡烛芯。后来顺利嬷嬷的身子晃了晃，走出了房间门。突然之间安静了下来，是一种令花青恐惧的安静。这个时候她开始打量房间里的摆设，床，马桶，梳头桌，四仙桌，圆凳，红木箱和明式大木衣柜，做工精致，那一定都是一个叫做胡运的木匠做的。花青想到了胡运锯木的情景，想到了胡运挥斧头和手拿墨斗的情景，想到了胡运在宋祥东面前赔着笑脸的情景。然后，一定是从东阳来的雕花师傅雕龙雕凤雕花雕草，优秀的漆工在家具上打磨，并且涂上了厚重的真漆。花青站起身来，她用手抚摸着每一件家具，抚摸着一场1942年冬天突如其来的婚姻。

4. 被雪覆盖的片断

　　在很长的一段时间里，花青都没有等到宋祥东的到来。花青就坐在床沿上,她的思想漫无边际,以至于她后来想不起来刚才想了一些什么。屋子里是温暖的,红烛偶尔会发出哔剥的声音,像水花一样喷溅出一些蜡烛油。一只闪亮的铜盆里,亮着炭火。一粒粒闪亮的红,跃进花青的眸子里,让她的眸子也变得星星点点的。她的脸开始红起来了,身体有些发热,喉咙干燥。她突然想,外面,应该是一场没有完成的大雪,正在纷纷扬扬地飘落着。一会儿,它就能把整个东浦镇覆盖。

门很轻地开了,宋祥东像影子一样地站在了屋子中间,他轻手轻脚地关上了门,然后搓搓手,然后解开了褂子的第一粒纽扣。宋祥东叹了一口气,他叹气的意思大约是一场婚礼让他很累。花青面无表情地看着他,站在面前的是她的男人,她应该笑一下的,但是她一点也笑不起来。在烛光和炭火的映照下,宋祥东的身子发着红光,但是花青仍然能看出宋祥东的脸是苍白的。她看到宋祥东变戏法似的掏出了一只酒盏,变戏法地掏出了一把锡壶。他往酒盏里倒上了一点酒。花青听到了酒流动的声音,酒流动的声音和水流动的声音是不一样的。花青看到一只举着盏的手伸到了她的面前,她还闻到了酒的香味。

花青说,什么酒。

宋祥东说,花雕。

宋祥东说完指了指墙角。花青看到了两只高大的灰黑色的坛子,坛子上有简单的花鸟图案,很粗糙的样子,上面写着"远年花雕"四个字。那是60斤装的花雕酒,像站着的两个高大健硕的农村老妇人。

宋祥东说,喝了它,你喝了它。

花青举起杯子,一口喝了酒。酒顺着她的喉咙下滑,轻轻地刺了一下她的舌头,轻轻地刺了一下她的喉咙,像一个女人的手,拂了它一下。像温软的一阵风,吹了她一下。宋祥东也喝了一杯酒,接着又给花青倒了一杯。花青以前没喝过酒，现在她喝了不少的酒，酒中夹杂着一丝甘甜。她的脸渐渐红了起来，在烛光和炭火的映照下，红得有些闪烁不定的味道。她想唱歌了，但是她唱不出来。她就那么坐在床沿上晃荡着一双脚哼起了不成曲的调。她的头也摇晃着，一双大大的眼睛看着宋祥东。

宋祥东走过来，走到花青的身边。现在花青的眼睛里看到的只是宋祥东的胸腹，那儿刚好是花青平视的目光的落脚点。花青也没抬头，也没低头，就愣愣地看着宋祥东身上那件做工考究的丝绸褂子。花青闻到了宋祥东身上散发出来的淡淡的酒味。宋祥东蹲下了身子，他的两只手抓住了花青的一只脚。宋祥东俯着身子仔细地看着那只脚，并且轻轻地拍打着花青的脚背。花青是双天足，没有经过一丝一毫的束缚。宋祥东抓住了那双绣花鞋的鞋帮，轻轻地脱去了。鞋子落在地上，样子孤独一动不动地伏在那儿。接着，另一只鞋子也落在了地上。宋祥东抓着两只脚，摸摸这只，捏捏那只。后来他把鼻子贴在了花青的脚上，并且张嘴轻轻咬了花青一下。花青感到了从脚底心传达的痒，她扭动了一下身子。这时候她看到了一只红色的壁虎，伏在墙角。是烛光把它变成了红色，现在它是夜里的精灵，窥探着一切。

宋祥东把花青抱了起来，放在床上。这样花青的视线就不能再看到那只壁虎，所以她把头侧了过来。宋祥东很轻地剥去了花青的衣衫，像在春天剥一支春笋一样，一层层剥去外壳。在剥去花青的衣衫前，宋祥东用一块长长的小竹片拨弄了一下铜盆里的炭火。那些星星点点的红越发地红亮了。花青一直看着壁虎，花青想壁虎怎么会生活在墙上的。花青又想，是宋祥东把她变成一支白嫩的春笋。宋祥东轻轻叫了一下花青，他说，花青。他发出的声音有些发颤。然后他把自己也像剥去笋衣一样，剥了个精光。他的衣服落了下来，悄无声息落在地上，像一只长着翅膀的巨大蝙蝠降落下来。花青面前呈现出一支略显干瘪的老笋，是风干了的那种笋。那支笋跳跃着钻进了被筒，拥住了花青。花青看到墙上的那只壁虎动了动，它一定是因为长时间的蹲伏而显得手脚麻木了。花青是这样想的。

宋祥东在被窝里显得很忙碌，他摸摸这儿，又摸摸那儿，摸着花青多肉的部位。后来他轻轻触摸了花青的底下，底下好像受到了一点点的惊吓，这个小小的惊吓让花青把投在壁虎身上的目光扯了回来。花青看到宋祥东的脸上有了兴奋的神色，他的头发有些稀疏地耷拉着。花青的两条腿本能地绞在了一起，宋祥东费力地把它们扳开。然后宋祥东伏在了花青的身上。花青等待着一场疼痛的降临，花青在坐在乌篷的时候就做好了迎接疼痛的打算。花青不再去看壁虎，她闭上了眼睛，她还听到了宋祥东哼哼叽叽的声音。宋祥东流了很多汗，汗沾在了花青的身上，让花青感到很不舒服。宋祥东把手伸在被窝里，不停地动作着。花青能感受到底下的触碰，那是一种无力绵软的触碰。没多久，花青听到宋祥东一声失望的低嚎，花青感到小腹部热了一热，她又睁开了眼睛。宋祥东伏在她的身上，脸上都是汗珠。花青没有等到疼痛，花青只是等到了宋祥东的一声低嚎，以及小腹上一摊明显黏滑的液体。这使花青感到恶心，她有些想要呕吐。

夜晚是漫长的，蜡烛的哔剥声除外，花青能清晰地听到屋外飘雪的沙沙声。一个东浦小镇，在天明之前就要被盖在积雪之下。在雪下生活，也是一种温暖。花青突然有了些失望，她想成为一个女人的，她已经是宋家的人了，就算宋祥东是一条狗，她也打算成为狗的女人的。但是宋祥东没有把她变成女人，这令她很失望。花青迷迷糊糊地要睡着了，她睡在那床崭新的十斤重的新棉被下，被里的棉花絮早已被弹花匠弹得松松软软。花青就睡在一种松软中。她开始做梦，梦中她升到了半空中,看着这座小小的东浦镇。东浦镇街边那狭小如沟的河面上,飘荡着隆冬才会有的热气。镇子静悄悄的,一片洁白。偶尔传来的一声婴儿的夜啼,让花青感到了小镇给予她的温厚的感觉。花青就在空中飘着,她看到了会轧棉花的爹和娘,流着口水睡在一张破旧的床上。屋子里充满了棉花被撕碎时才会有的味道。这时候她看到了红红的光,那是宋家院子里的灯笼发出来的。花青笑了一下。

花青后来醒了过来。是宋祥东把她弄醒的。宋祥东躬着身子爬在花青身上,像一条癞皮狗。他用嘴拱着花青小巧而结实的胸,他用一只手罩住一边,然后用嘴含住另一只。他发出了含混不清的声音,让花青感到厌恶。但是花青不敢表示一点点的反抗。花青能感觉到自己的胸前和肚腹上都沾上了宋祥东的口水,这样的黏滑让花青很不舒服。她有了洗澡的欲望。在出嫁之前,在离开花家之前,她在狭小而破旧的家里,用温热的水,在一只木桶里把自己洗得干干净净。现在,她又想洗澡了,她想洗上半天的澡,身子才会好受一下。宋祥东的嘴像一只小老鼠一样,在花青的身上奔来跑去。小老鼠跑到了脚趾头上,又跑到了小脚踝,跑到了小腿肚,跑到了膝盖,跑到了大腿上,跑到了底下,还跑到了花青的小腹上。花青的身子开始颤抖,她看到宋祥东的手在床上摸索着,摸到了一块洁白的棉布。这一定是宋祥东备下的一块白布,他把它垫在了花青的屁股底下。然后,花青觉得底下紧了一紧,又紧了一紧,那是宋祥东的指头,宋祥东的两个指头在黑暗中前行着,贴着柔软与温润的波浪前行。花青又不由自主地颤抖了一下,然后痛感像一只从远处飞来的铁抓一样,把花青整个身子揪紧了。花青觉得自己身上的某一块肉,正被挖空。她放开喉咙喊了一声,喊声就冲出了房门和窗户,在雪地里奔跑,又跑上了宋家院子的上空,在整个清冷的东浦镇上空回荡。这个时候,花青看到了那只被烛光映得红红的壁虎，仍然一动不动地伏在墙角的老位置上，像是睡着了一样。

宋祥东露出了疲惫的笑容。他坐直身子，拍了拍花青的屁股。他右手的中指和食指仍然并拢着，他把它们竖了起来，放到鼻子底下闻了闻，然后又仔细地看着。他看到了手指头上沾着的淡淡红色，他拿起了那块白色棉布，那上面散落着几粒像炭火一样血红的血滴，血滴洇在了布里面。宋祥东开心地微笑着，他用白布擦了擦手，又用手擦了擦头上的汗珠。他小心地把那块白布叠得方方正正，然后放在床角。宋祥东躺了下来。很快宋祥东就睡着了，他睡着的时候搂着花青。睡着以前，他轻声说，花青，我果然没有看错。

花青没有睡着，疼痛让她没有了睡意。她侧着身子看着铜盆里的炭火，她想她会不会像那些炭一样，一点点在这个冬天的夜里消融掉。花青的眼睛一直睁着，她的目光变得飘忽起来，那只墙上的红色壁虎，像是水中的鱼一样，经过水光的折射，变得晃动起来。花青对着那只壁虎笑了一下，花青说，宋祥东是头猪。这时候宋祥东正发出猪一样的鼾声。花青又对着壁虎重复了一遍刚才的话，壁虎没有理她。过了一会儿，壁虎缓慢地爬走了，甩着小尾巴。花青看着它爬走的。

5. 两个女人的初遇

花青不知道宋祥东是什么时候离开的。花青醒来的时候，雪已经停了，白亮的阳光射进了木窗。花青醒来后有很长一段时间在想着昨天的事，花青想我变成女人了，但是宋祥东这个没用的男人是用另一种方法把她变成女人的。花青的骨头都有些发痛，在被窝里赖了很久以后，她才缓慢地穿上自己的衣服。她打开房门，就有一些冰凉而清新的风跑过来问候她。阳光像一只只小兔,在屋檐的积雪上打着滚嬉闹。

一个四十多岁的女人端来了洗脸水,她让花青等会儿就去吃早餐,她说已经炖好了鸡蛋红枣。花青说,你是谁。女人愣了一下,女人说我是吴妈,我已经在这儿做了十多年了。花青笑了,拢了拢头发,轻声叫,吴妈。吴妈又愣了一下,吴妈说你不用和我客气的,你有什么事,招呼我一下就行。吴妈后来远去了,花青看着吴妈的背影出神。那是一个膀大腰圆的背影,相当于花青两个娘的背影。花青想到这里就想笑,为什么人的大小会有那么大的差异。花青后来一步步向饭厅走去,她肚子有些饿了,她想吃红枣。她走动的时候,仍能隐隐感到身体深处的疼痛,像埋在身体里的一枚小针一样,一扎一扎的。

花青在走廊里停住了,因为她碰到了二姨太筱兰花。筱兰花仍然抽着烟,好像她那长长的兰花指是和烟长在一起似的。筱兰花迈着小而慢的步幅,走出了一种优雅的步子。筱兰花穿着一件银白的旗袍,花青就想,这一定是一个喜欢穿旗袍的女人,她怎么会有那么多的旗袍。旗袍是滚边的,线条很好,袖口绣了许多花的图案,把筱兰花也像花一样簇拥着。而筱兰花也是一个适合穿旗袍的人,可以透过旗袍看到她饱满的大腿和浑圆结实的屁股,以及那藏在胸腹下的小蛮腰。小腰像是一个连接身体的机关一样,扭动着,让筱兰花长出了无穷韵味。花青一步步走过去,筱兰花一步步走过来,她们在廊檐的中间相遇。

筱兰花不走了,花青也不走了。筱兰花看了花青很久,她的眼泡略略有些肿胀,而且呈现出青黑色的小小的眼袋,这显然是因为睡眠不好的缘故。她微仰起头,冲着天空喷出了一口烟,嘴巴也发出了咝咝的声音,像春天的菜园子里一条花蛇发出的声音。花青笑了一下,她看着那缕烟在筱兰花的头顶飘散开来。花青还看到了一缕风,风在屋檐上跑步,把一些积雪吹了下来。雪有些纷纷扬扬,像花粉一样,在花青的身边飘落。花青喜欢这种风中的雪,花青喜欢风中的雪不停地落下来,在她的身边舞蹈着。花青一动也不动,她已经把目光抬得很高了,屋檐上的雪在阳光的照耀下反射出白光,把花青的眼睛刺痛了。花青轻轻地合上眼,她觉得脖子也有些酸痛。而筱兰花的手中的那支烟,差不多已经抽完了。白白的烟灰,在筱兰花手指的轻弹中,像雪一样飘落在她的脚边。筱兰花的姿势没有变,一只手抱着另一只手,另一只手竖起来,偶尔往嘴里送香烟。筱兰花一直在笑着,眼波里漾着一层又一层的水,她的身子轻微地摆动着,并且不时地看看远处。远处是一些院里的树和树身上一夜之间披上的雪,还有就是一些无处不在的风了。花青想,这个筱兰花,她要干什么。花青的黑眼睛就一直望着筱兰花那张精致的脸。

  筱兰花终于抽完了一支烟。筱兰花把烟蒂投到远处的一丛雪中。烟蒂落入雪中的时候,火红的烟头发出了叫声,呲呲地怪叫了几声,就安静了。花青望着那只烟蒂发愣,烟蒂的一头,还沾着筱兰花唇的温度,那种微温而性感的温度。花青笑了一下,花青冲着筱兰花笑了一下,花青的笑容算是一个清晨的问候。筱兰花却没有笑,她把头略略抬了起来,一只手指头摸着旗袍上一粒盘扣。她后来很认真地摸着那粒盘扣,好像要把盘扣小心地从旗袍上剥离开来似的。这时候花青才发现,筱兰花的旗袍是很棉的,尽管腿间开着长长的衩,但是旗袍仍然给了筱兰花足够的温暖。筱兰花伸出了一只手,伸得很缓慢。花青看到那只手慢慢地伸了过来,像一个迟暮女人的手的姿势。手落在了花青的脸上,轻轻地抚摸着。花青仍然面含微笑,她能感觉到那只手是细腻的,也是微凉的,是那种令人舒服的凉。那只手抚摸了花青

花　雕

的脸很久，突然加重了力量，扭了花青一把。花青感到了疼痛，她想，脸一定变成青紫了。但是花青没有叫出声来，花青只是定定地看着筱兰花。

筱兰花后来拍了拍花青的脸，很轻地说，你真不懂规矩，你得给我让路，懂吗，让路就是走开的意思。筱兰花迈开了步子，仍然迈得很慢，她从花青身边走了过去。这时候花青突然轻声地说，筱兰花，你该是我的二姐，但是你不应该扭我的，你会后悔。筱兰花笑出了声音，是那种好听的声音。筱兰花说，我等着你让我后悔那一天，我要看看一个不懂礼貌的人是怎么样让我后悔的，还有我要告诉你的就是，你嫁到宋家做三房，是一件大错的事。

筱兰花已经走出很远了，花青仍然站在原地。花青对着一只雪中的烟蒂发愣，那是筱兰花留下的烟蒂。花青后来蹲下身子，把那只雪中的已经潮湿的烟蒂捡了起来，举到了面前，很仔细地端详着。远处屋檐下站着一个人，那是吴妈。吴妈的大喉咙突然响了起来，吴妈说，三太太，您过来吃红枣吧，红枣已经凉了。花青把烟蒂重又扔回到一堆雪中，花青走到了吴妈跟前，饭桌上，一只青瓷小碗盖着另一只青瓷小碗。花青想，里面是一堆已经睡着了的红枣。

宋家的人已经吃过早饭了，只有花青一个人走到饭厅的外边，站在阳光底下慢慢地吃着红枣。她吃了很长时间的红枣，小心地吐着每一粒两头尖尖的枣核。花青说话总是有意无意的，花青其实和吴妈说了很多的话。吴妈在杀一只鸡，她的手上沾着鸡的血，她正在替一只鸡褪毛，像是替那只可怜的鸡在临睡前脱去厚重的棉衣一样。花青说，二太太以前是干什么的。吴妈看了花青一眼，她的手上多了一丛鸡毛。吴妈说，唱戏的。

花青一直晃荡着自己的身子吃着红枣，她不时地看看拔鸡毛的吴妈，又不时地抬眼看天，或是看看院里那些披雪的树。树上常有许多雪落下来，一蓬一蓬的，花青很渴望这样的雪能落到自己的身上。花青看到吴妈的嘴在轻轻嚅动着，花青就笑了。她斜着眼睛看到了吴妈讲的那么多话，那些话像被阳光化开的雪一样，软沓沓地摊在地上。在吴妈的那些话中，花青看到了一个叫筱兰花的女人，站在戏台上唱戏的样子。

筱兰花的扮相俊美，她穿着戏装的样子，让坐在乌篷船上的船工忘了喝酒。乌篷正是一个安逸的地方，晒不到阳光淋不到雨雪，而且还能撑着乌篷把船泊在那些绍兴四处可见的水中央的戏台前，一边喝老酒一边看戏台上女子咿咿呀呀地唱戏。宋祥东也在乌篷里，他带着段四，他是去绍兴办事的。但是经过这座戏台的时候，他让船工停了下来。宋祥东坐在船舱里，看了一个下午的戏，喝了一个下午的酒。黄昏的时候，他告诉段四，他说段四我们回去吧，我们今天不去城里了。段四笑了一下，他抬头看了看那个刚刚从台上下去的筱兰花。他对船工说，老爷说了，我们回去。

第二天段四就找到了戏班子，他对戏班班主说，我有件事和你商量一下。戏班班主是个抽烟管的小个子男人，他戴着一顶陈旧的毡帽，他拿着烟管的样子和他的身体显得极不协调。他还是一个八字步男人，总是很夸张地把每一步都走得很"八"的样子。他说什么事。段四就说了什么事。他说不行。段四说你要多少钱。他说她是我的台柱子。段四说金子都有价钱，台柱子会没有价钱吗。他说我要多少，你给得起吗。段四说多少就多少，我再给你加上多少。班主的汗就下来了，他不停地擦着汗，他说你说的是真的还是假的。段四说，我没有那么多闲工夫和你扯，你看看我像有闲工夫的人吗。他说，不像，你像一个管家。段四笑了，我就是一个管家。过几天我就来接人了，你把她养白胖一点，不要再老是让她登台了。要是瘦下去一两，我减你一半的价。

段四是边走边离开的。段四走出很远了，回过头看了发愣的班主一眼，段四就笑了起来。段四的笑声过后没有几天，一个女人出现在宋家的院子里，她东看看西看看，看看红红的灯笼，看看成坛扛进来的老酒，看看一个个来喝喜酒的人，看看那个叫宋祥东的人和慈祥的太太。她忽然笑了。那天她对自己说，原来男人是可以有许多老婆的。

筱兰花唱戏的声音渐渐听不到了，后来宋家的人再也不知道筱兰花唱戏的声音是怎么样的。她不唱戏，她一次次跑出去找小宁波做旗袍，把衣柜里的旗袍挂得满满的。她一支一支地抽烟，那些烟是宋祥东让人从上海带回来的，据说还是洋货。她和谁都不太说话，她只和自己说话，她像一个影子一样生活在宋家的院子里。

花青笑了笑。吴妈还在拔着鸡毛，吴妈的嘴唇还在不停地动着。花青后来蹲下了身子，她看到了那只裸体的可怜的鸡。花青的手伸过去，她看到了翅膀上还有一根长长的羽毛没有被拔去，于是她伸手拔下了那根鸡毛。她是拿着这根鸡毛离开饭厅的，离开之前她轻声对吴妈说了两句话。第一句是，谢谢你。吴妈听了马上抬起头笑了起来。第二句是，你以后别对不熟悉的人说熟悉的人的好与不好。吴妈没有听懂，吴妈是好久以后才听懂的，所以，吴妈的笑容是一点一点淡下去，然后消失的。她抓着那只被拔光了毛的鸡，愣了半天。

6. 向来路张望

宋祥东出现在花青房里的时候，仍然是左手拿着一只酒盏，右手拿着一把壶。他会在门口站一会儿，看一个坐在床上的女人。然后他会微笑着进门，走到屋角那两坛花雕酒的旁边。其中一坛已经揭开了泥坛盖，坛子上放着一只装着沉重沙子的沙袋。宋祥东小心地拿勺子打酒，酒的香味很快就弥漫在房间里。花青抿了一下嘴，她看着宋祥东的背影发愣。

宋祥东说，你喝了这杯酒。

宋祥东又说，你喝了这杯酒。

花青很听话地喝了酒，宋祥东也喝了酒，他们喝的酒并不多。宋祥东的手是一双充满耐心的手，他总是慢慢地摸索着花青。他把花青的小袄轻轻地剥去，动作缓慢，然后他的手就放在了花青的胸前轻轻揉搓。他们都钻进了被筒，因为宋祥东在不停动作的缘故，被筒里灌进了丝丝凉风。宋祥东的脸慢慢地红了，他的呼吸开始急促，像抽动风箱的声音。这时候花青又把脸扭了过来，她仍然看到了屋子中间放在地上的那只铜盆里红红的炭火，看到了墙上那只伏着的壁虎。那是宋家的壁虎。

刚刚咽下去的酒在花青的身体里穿行，像一头兽。酒让花青的脸发热，花青想现在，脸一定是红了，红得跟桃花一样了。宋祥东很忙，他的手拧着花青的屁股，像是要拧下一块肉来带走。花青的屁股是结实的，她是农家的女儿，每年都会有在田野里奔跑的经历。她是健康而丰硕的一粒色泽鲜艳的草莓。宋祥东把手伸到了花青略显低凹皮肤柔顺的小腹，然后又缓慢地下移，是一滴落在那上面的水顺着皮肤的坡度下滑的速度。手落在了草丛里，像是要寻找到什么，寻找到一粒草丛中的露珠，或是寻找到草丛中的一抹残留的阳光，一小片没有融化的积雪。宋祥东的手在黑暗中前行，他的脸越涨越红了，那是他屏住呼吸探寻的结果。后来宋祥东手越过了草地，终于抓住了什么，抓住了一片黑暗中的柔软，或者是湿润而柔软的一把土。那手就落在了那洼水中,那手仍然在探寻着。这时候花青的双腿交错了起来,她的欲望像一条船一样向远方驶出去。她知道她有了欲望,是春天里一只轻手轻脚的猫刚刚举起的爪子。

现在这只爪子落下来,正确无误地扑住了花青心里萌生的东西。花青发出了低沉而压抑的呼喊,她等待着什么可以把她整个,或者局部撕碎。而宋祥东颤抖着,他发出了一声哀叫。花青认定那只能算是一声哀叫。宋祥东只会在花青的肚腹上留下一点什么,然后垂头丧气地睡着。这令花青感到失望,她抬起了一只脚,那是一只想要把宋祥东蹬下床去的脚,只是,花青始终不敢踢出这一脚。她是宋祥东的女人。

花青看到铜盆里的炭火依然红亮,看到墙上那只在烛光映照下的壁虎依然发出红红的朦胧的光。花青侧着身子睡觉,她用双手把自己紧紧抱着,抱着的时候,她突然感到了从脚底板上升起来的悲哀。

花青不知道在宋家院子里该干些什么。宋祥东来了几天,就不来了。宋祥东的到来总是让花青觉得有些累。屋角那坛花雕酒的重量,倒是有了一点点的减少。那种略略带有苦涩又略略带有微甘的液体,让花青有了某种念想。有时候她会揭开坛盖伸进一只手,把手指头浸在酒液里,然后长时间把手指头放在嘴里吮着。宋祥东不再来她这儿,让她感到了轻松,像是完成了一件很烦的事情一样。她走过去,走向饭厅的时候,又在廊檐下碰到了筱兰花。筱兰花仍然在抽烟,她摆了一个让花青眼熟的姿势,走到了花青的面前,抬起头,吐出一口烟来。花青笑了笑,她的身子侧过来,轻声说,二姐你先走。筱兰花走了,她是笑着离开的,仍然迈着缓慢的步幅。然后,花青转过了身子,她看着筱兰花的背影,旗袍把筱兰花的屁股包成一个惊人的圆,有着一种令人遐想的肉感。而这肉感,正在这条长长的廊檐下一步步离开花青远去。花青突然有一种想摸一把筱兰花屁股的欲望，就像宋祥东老是摸花青的屁股一样。花青想摸她。

　　花青抬起头的时候，看到了屋檐掉下来的水。那是雪融化后顺着屋檐滴落的水。花青叫了一声，她说二姐你看像不像帘子。筱兰花停下了步子，她抬起头，看到了断断续续从屋檐挂下的水珠，在阳光下泛着晶莹的光，落了下来。落在檐下的水洼中，发出咚咚清脆的声音。如果这雪水织成的是帘，那么我和筱兰花，算是帘中的人还是帘外的人呢。花青那时候这样想着。筱兰花也没有离去，筱兰花痴痴地望着那断断续续的檐水，她有些发呆了。远远的地方，太太在看着她们。太太终于忍不住这寂静，她叫了一声，她说你们发什么呆。太太的叫声穿过雪水织成的帘传了过来，很清脆。花青和筱兰花都笑了，花青说，我们在看一场雪雨。

　　筱兰花后来叹了一口气，她把自己叹的气留给了花青，然后离开了。花青还站在原地，她不想动她就想那么站着，把自己站成一个木桩，或者一棵小树都行。她的目光突然跳了起来，跳上了自己的额头，然后又跳上了天井，跳到了宋家院子的上空。天空多么高远啊，小镇上的人们都在忙碌着，许多烟囱举着笔直的烟，狭长如沟的那条河，不紧不慢地行走着。女人们表情漠然，男人们喝茶，聊天，发呆。狗在田野里奔跑着，猫眯着昏暗的眼，懒懒地走动。花青的目光落在了宋家台门，宋祥东的房间关着门。宋祥东的房间其实一直都是关着的，花青不知道宋祥东的房间里是什么样的摆设。这时候花青看到一个男人向宋祥东的房间走去。这是一个面无表情的男人，这个男人偶尔也会笑笑，但是笑中却有着一种苍凉或者凄惨。他是宋祥东忠实的仆人，他把宋祥东家里的一些杂事安排得井井有条。他的名字叫段四。段四的手臂下夹着一本账本，他敲开了宋祥东的房门，他迈了进去，又小心地关上门。他是一个小心的男人，生怕会踩死一只蚂蚁。

花青还看到了一个小丫头。这是一个十六七岁的丫头，是身体正往上蹿的年龄。她的脸孔是白净的，两只很短小的辫子挂在脑后。她的脸很大，看上去像明晃晃的脸盆。她穿着一双带搭扣的布鞋，布鞋走路是不太有声音的，所以花青看到的这个小丫头，一直都像是在花青的视野里头飘来飘去。花青不知道她的名字，只看到她总是端着一碗药走在去老爷房间的路上。那碗药上盖着一张黄纸，纸盖不住药的气味，也盖不住从纸的边缘丝丝缕缕飘出来的热气。药气就像是小丫头带动的一阵风，宋家院子里的人都闻到了这种风的味道。然后小丫头打开了门，又关上了门。药的味道就全关在了宋祥东的房间里。

花青飘来荡去的目光里，看得到宋祥东那张时而苍白时而蜡黄的脸，看得到宋祥东的咳嗽声。宋祥东的咳嗽声像一群凌乱行走着的鸭子，嘎嘎的声音总是此起彼伏的。花青就看着这群鸭子发呆，花青想，这么多的鸭子是从哪儿来的？花青更多看到的，还是那个小丫头的三件事情。小丫头的三件事情都与宋祥东有关。

小丫头的第一件事是倒掉宋祥东的尿壶。那是一把普通的陶壶，黑而深的壶口像一只睁得很大的黑洞洞的眼睛，睁眼望着天空。小丫头就提着这把尿壶快速行走，在行走或是倒掉壶中尿液的过程中，小丫头一定是屏住了呼吸的。花青看到了小丫头细碎的脚步，看到了那把尿壶口升腾起来的热气。花青知道宋祥东晚上起来的次数很多，睡在花青房里的那些晚上，花青总会好几次被他惊醒。雪还没有完全融去，小丫头在后院的茅厕里倒掉尿壶里的尿液，然后又穿过那条还残留着一半积雪的小路回来。小丫头的鼻子红红的，像在脸上安着一个精巧的胡萝卜。她用清水洗了一遍尿壶，然后又把尿壶送回到宋祥东的房里。

　　小丫头的第二件事情是替宋祥东洗裤子。这个冬天，小丫头的手已经红肿了，这和她长时间地与水打着交道有关。她的手和她的鼻子一样的红。那天小丫头站在一块洗衣用的石板前洗裤子，花青走到了小丫头的身边。小丫头轻轻叫了一声三太太。花青笑了，花青说，你叫什么名字。小丫头说，我叫阿毛，我是平水人，我十三岁就来到这儿了。小丫头把她的来历说得清清楚楚，小丫头还说，三太太，你真漂亮。花青又笑了，她抿着嘴笑，两手抱着双臂轻轻摇动着身子。她一抬眼就有一缕阳光直直地落进她的眼里，像一枚针一样，让她的眼痛了一下。然后花青说，你是不是每天都要洗裤子。小丫头点了点头，她的手快速地在搓板上运动着，那条裤子像被蹂躏的小动物，被小丫头一双红萝卜似的手搓得滚来滚去，像是会发出阵阵惨叫的样子。花青说，阿毛你冷不冷。阿毛说不冷的，我已经习惯了，我们做丫头的是不会冷的。花青觉得阿毛的话很有道理，丫头怎么会冷呢。她想起自己在临街的河埠头洗青菜的情景，她洗了那么多年的青菜，但是有一次洗青菜时一不小心让桥上的一个男人看到了，她的命运就发生了变化。她开始想念那条河，她小时候在那河里洗澡，长大了在河里洗衣淘米洗菜，现在，那条河向着她的另一个方向游去，越游越远。

　　小丫头的第三件事是，给宋祥东端上药，再倒掉药渣。谁也不知道那药是治什么的，只是有人认出那里面有当归和黄芪，那是两味大补的药。段四有一次对正在煎药的阿毛说，阿毛，你老是在药罐旁边闻着药味，小心给补坏了身子。那天段四的心情很好，所以他和阿毛说了这样一句话。段四后来笑着走开了，阿毛吸了吸鼻子想，会不会真的被补坏了身子？她端着药行走，她端着药渣行走，药的气味就始

花 雕

终跟随着她。她每天和药打着交道，她的身上也就有了一股药的味道。阿毛把药渣倒在河埠头的青石板路上，那天花青跟着阿毛走出门去。雪还没有融，雪在路边待着，像一群白色的傻瓜。埠头不宽的河面上，有两三条乌篷驶过。然后就是一条长河的冷清。花青看到阿毛蹲下了身子，把药罐来了一个底朝天。这时候花青看到了筱兰花，她居然站在河埠头的一个廊檐底下抽烟，她穿了一件淡绿色的旗袍，旗袍上绣着细碎的白色小花，这样的色调让花青感到更加寒冷。她就倚在一个木柱子上，她看到了花青，也看到了阿毛，但是她没有和她们打招呼，只是对着一条河喷着烟圈。阿毛倒掉了药，向院子里走去。她和花青擦肩而过的时候，轻轻叫了一声三太太。花青没有应她，花青也没有看她，花青只是看着筱兰花，她看到的筱兰花是开在路边的一朵寂寞小花。花青就这样看着筱兰花很久，有一些风从她身边经过，风跑到了筱兰花的身边，又跑到河里去了。筱兰花终于使身体离开了那个木柱子，她向这边走来。筱兰花的一双淡黄色的小高跟皮鞋落在了青石板上，发出了很轻的声音。那是一双从上海带来的鞋子，也是宋祥东让朋友带来的。筱兰花有一次提出要去上海，宋祥东看了筱兰花很久，最终摇了摇头没答应，却让朋友从上海带回来许多东西，其中就有皮鞋，还有一台留声机。留声机有一个小巧的摇手柄，还有一只像天鹅一样伸着长脖子的喇叭。宋祥东曾经在里面放进一张片子，然后用手轻摇着，一个外国女人喑哑的声音在宋家院子里回荡。太太说不好听，筱兰花也说不好听，这个留声机就不再用了，放在筱兰花的房间里。太太说，不如兰花唱戏好听。筱兰花笑了一下，没有否认。她总是认为自己唱戏是动听的，自己扮相是俊美的，自己在水中那些舞台上的人生是最美丽的。她一步步走着，她的眼睛看着鞋尖，看着鞋尖的时候，她就必须看到那一块块整齐划一的青石板。这个小镇上其实到处都是青石板铺起来的路,这些傻愣愣的石头,让这座小镇的雨天充满了味道。不泥泞,还泛着雨水的光,让人感到宁静。筱兰花走到了花青身边,她看到花青身边不远处的一堆药渣,就走过去踩了踩。筱兰花说,这儿的风俗是踩了路上的药渣以后,喝药的那个人才会见药效。花青没有说话,她仍然用一双大而乌亮的眼睛看着筱兰花,她的脸上渐渐露出很淡的笑意,只是一抹残阳似的笑意而已。筱兰花说,你不用跟我笑的,用不着讨好我。花青说话了,花青说,我没有讨好你,我只是一直都在看着你,我觉得你长得真漂亮。花青的话让筱兰花愣了一下,她没有想到花青说出的是这样一句话,这让她显得有些窘迫。她终于也说,你也不错的。说完这句话,她就后悔了,这句话里多少含有一些妥协的成分。所以筱兰花很快地转换了话题,筱兰花说你知道这药是治什么的吗,这药是治男人病的。筱兰花说完,就朝着宋家台门走去。她走出很远的时候,才听到花青说话的声音。花青说,我也猜想是治男人病的。

  花青没有看筱兰花离去的背影。她知道筱兰花留给她的是一个美妙的背影,但是她始终没有抬眼去看。在一个冬天的河边,花青开始计算自己离开花家的日子。花青觉得自己的日子就像脚下的青石板一样,一块块铺向看不到的地方。看似相同的青石板,却有着不同的纹理,像花青波澜不惊的生活。花青走到了刚才筱兰花倚过的木柱边,她也把身子靠了上去。在这个位置上,她能看到这条河沟很远的地方,就像能看到她的从前一样。这时候,花青突然明白,刚才那个抽烟的女人为什么要选择这样的位置和姿势。花青也顺着来路张望,她看到了会轧棉的爹娘和流着鼻涕的幼年时的自己。

第二章

1. 一大片的孤独

少爷回来的时候已经是初春了。冬雪消融后，又下了几场细碎的冬雨，然后就迎来了东浦的初春。东浦的初春并不显暖，你站到河埠头或是老街上，仍然可以感受到风带来的那种寒冷，不像刀，却像一根锋利的线刮着你脸上的皮肉。但是，尽管是这样，树上却冒了星星点点的绿芽，像一个个沉睡眼惺忪着的婴儿。花青看到院子里树身上冒出来的许多婴儿时，心里有了几分愉悦。她突然想起自己在娘家时候，穿棉布单衫走在春风里的样子，那时候春风灌进她的身体，她像一个充气的皮球一样想要飞起来，飞到河的上空，飞到这座古老的黑瓦白墙的小镇上空。

那天花青就站在院子里的一棵树边。阿毛的声音响了起来，阿毛说，少爷回来了，少爷回来了。少爷跟在阿毛的声音后头出现。花青把目光投过去，她看到了一个穿洋装的年轻男人，手里提着皮箱。少爷的目光很亮，他看了花青一眼，愣了一愣。这时候太太出现在廊檐下，她的脸上盛开着向日葵般的笑容。她说，宋朝，你回来了，你回来怎么就不提前通知一声。花青就知道，这个少爷，原来叫做宋朝。

宋朝的身后跟着一个同样穿着黑色洋装的年轻人。他们一起向太太走去，太太抓着宋朝的两只手臂，眼光就那么胡乱地落在宋朝的身上和脸上，仿佛看不过来的样子。宋朝说，这是我在日本的同学香川照之，他是象泻町人。那个叫香川照之的年轻人笑着向太太躬了躬身子。宋祥东的房门也开了，他穿着黑色的绸衫，从房里走了出来。他走到宋朝的面前，说，回来啦。宋朝说，回来啦。宋祥东说，回来就好。后来宋祥东就没有什么话可以说了，都是太太在说话。太太从日本人吃什么穿什么开始问，一直问到日本天气怎么样，下雪了吗。宋祥东像一截黑色的木头，直愣愣地站在那儿。他终于离开了，一声不响地回了房。花青一直看着宋朝，宋朝和太太说话的时候，也会抽空把眼光投向院子里一棵树下站着的花青。这时候花青看到了筱兰花，筱兰花就站在廊檐底下抽烟，但是她的目光一直停留在太太与她的儿子身上。她在向这边张望。

　　太太向筱兰花和花青招了招手，筱兰花和花青就走到了太太的身边。太太说，这是二妈。太太又说，这是三妈。宋朝没有叫，只是微笑着，他一定是不愿意叫两个差不多年纪的女人妈。花青看到了宋朝下巴刮得青青的胡子，一缕阳光就投在他笔挺的鼻子上。他的眉毛浓黑，眼睛有着一种逼人的神气，大约与他年轻与出身富豪有关。他笑了一下，对筱兰花和花青说，这是我同学，香川照之。香川向前走了一步，笑着躬身致意。花青看到了一个眼睛深陷的日本男人，有着俊而秀的长相。花青总是觉得香川照之的眼睛里盛着一些什么，她想了很久才想起来，盛着的是忧郁。

　　两个年轻人的到来让一座暮气沉沉的台门有了一线生机。这是两个不太安分的年轻人，他们做的第一件事情是把筱兰花房里的留声机搬到西厢房一间空着的房子里，他们在里面放着日本音乐。因为这一层原因，筱兰花和他们走得很近了，她和他们一起在西厢房里听音乐。香川照之也抽烟，他送给筱兰花许多日本烟。而花青总是离他们很远，

花 雕

花青心里有些不太舒服,有时候她怕听到他们的笑声。

许多时候花青站在离宋家不远的那个河埠头上,那儿是花青从乌篷船上下来,被顺利嬷嬷扶上岸的地方。花青就倚在河埠头的那根木柱子上,她看着埠头洗衣洗菜的女人们,她也曾经在埠头洗衣洗菜的,而现在她是一个站在一边观望这种生活的女人。她会把目光放得很远,放到这条河沟的尽头。那儿,是她的来路,她就一次又一次地向来路张望着。两个年轻人的到来,让她显得很不开心。本来她和筱兰花都是寂寞的,而现在筱兰花不寂寞了,她却依然寂寞。初春的风会一次次吹乱她的头发,这个时候她忽然很想抽烟,像筱兰花一样,把自己倚在木柱子上,对着河流吐出一口口的烟。河的两边都是街,却显得异常冷清,没有几个人走过。花青发着呆的时候,看到了远远过来的一辆脚踏车。骑车的是宋朝,坐在车后面的是香川照之。他们戴着墨镜,骑着这辆东浦镇上唯一出现的脚踏车,在青石板路上有了横冲直撞的架势。他们还吹着口哨,口哨像风,口哨像长了脚一样,很快就跑到了花青的面前,让花青忍不住想要抚摸一下可爱的哨音。

他们从花青身边经过了。花青努力地不回头去看他们,花青有些生气,他们已经和筱兰花打成了一片,所以她不愿回头去看,尽管她很想看他们在脚踏车上那种嚣张的样子。脚踏车在前面拐了一个弯,又折了回来。脚踏车在花青面前停住了。花青看到了两个精巧的轮子,看到了铁制的龙头,还看到了车上两个戴着墨镜的年轻人。两个从日本来的人,已经成了小镇的公众人物。花青看不到他们眼睛里的内容,她只看到他们黑漆漆的镜片。花青看看这个,又看看那个,一言不发。他们也一言不发,只有河边的风吹起了他们蓄得很长的头发。后来他们离开了,离开的时候,宋朝说,你真是一个奇怪的人。这句话令花青生气,但是宋朝和香川照之已经远去了。我是你三妈,我是你三妈呢，花青在心里这样说。而这时候筱兰花出现在青石板路上的另一头，她像突然从地底下冒上来的精灵一样。她的步子变得轻快，穿着一件桃红的旗袍。看上去筱兰花除了旗袍再也没有其他衣服了，而她的旗袍的数量，没有人会计算得清。这是一件桃红色的短旗袍，一双坡跟的布面鞋。桃红在这个初春的日子里，显示着一种暖意。小而圆的旗袍口，伸出玉一般的脖子。然后，胸前的风景显现出一种女人的味道。然后小腹和胯骨有着优美的弧度，两条饱满圆润而且颀长的腿，也显示着这种弧度。这是一个弧度的精灵，像一只粉色的突然降落在东浦的狐狸。而旗袍面料上缀着的星星点点的小花，像春天里满坡的花一样，充满着生命。筱兰花在奔跑，她奔跑的姿势像一头小鹿，她好像要和风赛跑，她咯咯的声音也是花青闻所未闻的。这时候花青的心里开始冒上一阵又一阵的酸水，她开始低头看着自己脚跟前的青石板，她不愿意抬起头来和筱兰花咯咯的笑声作一丝一毫的正面碰撞。筱兰花从她的身边跑过去了，花青没有抬头，她不愿意抬头，更不愿意去看筱兰花的背影，她其实是能想象出那种美妙背影在古朴老街上所显现出来的韵味的。

　　香川照之从脚踏车后座上跳了下来，换成了筱兰花坐了上去。宋朝的脸上露出得意的笑，香川照之跟着脚踏车奔跑。而筱兰花，她把两手搭在小腹上，把两条长长的腿不停地晃荡着。脚踏车轮胎从青石板上碾过，河里有了三个人一路向前的影子。阿发的剃头店、小宁波的裁缝铺、正泰南货店、鲍同顺酱园、阿来布行，都一闪而过。花青仍然没有抬头，花青把自己的身子靠在河埠头的木柱子上，一站就站到了黄昏。她看着河尽头乘着乌篷来宋家时的方向，但是她看不到遥远的从前。天空中飞过一只孤鸟，孤鸟悲鸣的声音落了下来，落到花青的身边。花青用目光把那声悲鸣捡了起来，她想，她也是一只孤鸟。

许多人都看到脚踏车上坐着一男一女和脚踏车边跟着的一个男人。有时候是宋朝骑车香川照之奔跑，有时候是香川照之骑车宋朝奔跑，他们总是把笑声弄得很夸张，好像希望全镇的人都知道，他们是有脚踏车的人。一群小孩像一群细小的麻雀，他们紧紧地在后面跟着，好像跟住了脚踏车就等于拥有了脚踏车一样。花青的心境渐渐平静了下来，她不再生气了，她望着平静的河水里自己平静的影子，心里也渐渐平静下来。河水里有一个漂亮而安静的女人，倚在木桩上。河水里那个女人开始轻摇着自己的身体，哼一曲谁也不知道的乡村小调。河水里，女人的笑容渐渐爬上脸庞，她泅进了一堆黄昏中。有一些雨丝断断续续落下来，落在青石板上，很快，青石板就转了颜色，泛出一种因潮湿而显现的亮泽来。花青的头发慢慢湿了，衣服也慢慢湿了，但是并不全湿。花青的睫毛上也沾上了露珠一般的雨珠。三个和脚踏车联在一起的人，还在青石板上疯狂地奔。这时候香川照之开始留意花青，因为他看到了一个在斜斜的微雨中，倚着木桩在河边轻声哼歌的女人。脚踏车再一次经过花青身边时，香川照之留了下来。香川照之站在花青的面前，他说，你好。花青什么话也没说，把眼光投在了香川照之身上，但是嘴里却仍然哼着曲。黄昏渐渐退下了，接着来临的是黑夜。附近一盏路灯亮了起来，那是电灯公司接到小镇的数目不多的电灯之一。宋朝和筱兰花已经回去了，香川照之和花青那么久地站着，他们一直都没有说话，站在一堆光阴一堆雨丝中。花青捋了一下头发，她的手就在瞬间湿了。花青后来说，回去吧。香川照之笑了一下，很纯正的孩子一样的笑。他们一起向宋家走去。这个时候花青想，留下的木桩，留下的河流，留下的路灯和雨，一定会很孤独。在一个拐弯的地方，她转头回望了一下，果然看到了一大片的孤独。

两个年轻人的到来，让花青感到新鲜和兴奋。有一天香川照之出现在花青的房里，花青的门是开着的，所以香川照之先是出现在门口。香川照之看到一个呆呆坐在床沿上的人，香川照之站了很久以后，才听到花青说，你进来吧，小日本。香川照之笑了一下，说你为什么叫我小日本。花青说，因为日本太小了，所以叫小日本。而中国太大了，所以叫大中国。花青又说，这样解释有什么不对吗。香川照之开始想，他想了很久，发现其实花青说的是对的，于是他点了一下头说，对，我是小日本。这时候花青笑了起来。

香川照之在花青的屋里来回走动，最后他看到了那两坛花雕酒。那是陈旧而庞大的坛子，坛面上彩绘着简单而粗糙的花鸟图案。香川照之说，这是什么。花青说，花雕酒，你想喝吗。香川照之点了一下头，他看到花青站了起来，看到花青拿来了两只酒盏和一把锡壶，看到花青打酒，看到花青把锡壶中的酒倒入两只酒盏中。香川看着一个女人的背影，这是一个中国小镇女人的背影。他走了过去，走到花青的身后。花青的前方是一扇雕花木的窗，窗口有光线漏进来，所以香川站在背光的地方，可以看到花青脸上细密的绒毛，看到她的耳朵以及绵软的耳垂，耳垂上挂着的耳环，还有耳朵旁边垂着的头发。花青提着锡壶和酒盏，她没有回转身，因为她感到耳边突然有了一个男人呼出的热气，那一定是香川站在了身后。花青想我不可以回头的，我一定不可以回头的。一只手伸过来，一只没有力气的手轻轻地伸过来，他从背后揽住了花青。花青看到手中的那把锡壶在颤抖，锡壶难道也会因为怕冷而颤抖？另一只手出现了，另一只手搭在了花青的屁股上，轻轻地在屁股上摸索着。而一个男人的嘴唇，触碰了一下花青绵软的耳垂。花青的耳朵里能听到一个男人的呼吸声，能感受到一个男人呼出的热气。花青看到手中的锡壶更加颤抖了。花青好像看到了在娘家附近菜园子里曾经看到过的一条菜花蛇，正蛰伏在她的身体里。而此时突然昂起了头，想要从她的身体深处钻出来。两只手仍然在忙碌着，就像一阵风能唤醒睡着的杨柳一样，两只手唤醒了花青的欲望。花青感到了自己的潮湿，像要被融化的样子。花青的双腿叠在一起，不由自主地扭动了一下。而她手中锡壶里的花雕酒，正不由自主地顺着小小的尖嘴往下流淌着，流到了她的脚背上。她好像突然惊醒了，她说，把你的手拿开。手没有拿开，而是箍得更紧了。花青又重复了一句，她听到一个凉凉的声音响起来，把你的手拿开。

手终于拿开了，那个人也退到了门外，而且脚步匆匆地离去，有些仓皇的味道。花青手里拿着锡壶，她仍然面对着窗子，很久都没有转过身来。后来她为自己斟酒，她听到锡壶里的酒注入酒盏时的咚咚声，她看到自己伸出的手，抓住酒盏往嘴里送，她听到酒惨叫一声落入了黑暗的喉咙里。她一杯又一杯地喝着花雕，她忘了自己喝了多少花雕。

太太出现在门边的时候，花青一点知觉也没有。花青转过身来，太太只看到了一张红通通的脸。太太看到了花青手中的锡壶，太太说，你怎么啦，你是不是想把自己灌醉。花青的眼睛迷蒙起来，花青说，我不知道，太太我不知道我为什么喝了那么多酒。太太走了进来，她在床沿坐下了，她拍了拍床沿，她的意思是来你也坐这儿来。花青坐了过去，坐在太太的身边。花青的手里却仍然抓着那把锡壶，像是抓着希望，或是抓着一条生命一样。太太笑了起来，她伸过一只多肉的白胖胖的手，轻轻拍了拍花青的脸。孩子，你还是个孩子，太太这样说。

把壶里的酒让我喝掉。太太还这样说。花青没有听见，或者说没有听懂太太的话。太太把手伸了过去，这时候太太闻到了花青打出的一个浓重的酒嗝。太太皱了皱眉，她把锡壶从花青手里拿了过去，摇晃了几下。锡壶发出了咚咚的声音，壶中的酒显然不是很多了。太太把尖尖的壶嘴对准自己的嘴巴，把剩下的酒都喝了下去。太太后来和花青说了许多话，太太说，你一定想家了，一定寂寞了，老爷到你房里来睡的时候，一定让你委屈了。太太说我们都是宋家的女人，女人只能是女人的命。太太说了多少话，花青并不记得太多，她只是被太太一说，就触动了泪腺。她很久没有哭过了，嫁到宋家的前夜，面对会轧棉花的爹和娘，她想哭一回，哭自己离开家告别姑娘生活。但是花青哭不出来，现在花青伏在了太太的肩头，她听不到自己的哭声，只知道太太离去的时候，肩头上有一摊凉凉的水。花青就想，那摊水一定是自己给太太流下的。花青又想，喝下的是花雕酒，那么眼泪里，一定会有着酒的味道。

花青后来在宋家的院子里走来走去，她甚至来到了筱兰花的房门口。筱兰花看到一个脸上红红的娇媚女人突然出现在她的门口，这令她觉得不可思议。筱兰花还看到花青对她妩媚地笑了一下，然后花青又离开了。花青来到西厢房，她听到了留声机发出的东洋音乐，她推开门，看到香川照之正在摇着留声机。香川照之看到花青后把头低了下去，装着专注地听着音乐的样子。宋朝愣了一下，宋朝正抱着一个黑灰色的坛子，他在制作坛子上的花纹。花青说宋朝你干什么。宋朝说，我在做坛子上的花雕纹路，花雕坛子太难看了，哪里能叫得上花雕。我要画出好看的花雕坛子来，我要让窑工烧出最好的花雕坛，装上最好的花雕酒，然后有一天运到日本去，把我的同学们一个个灌醉。花青没有说话，她俯下身去，仔细地看着坛口下面不远的地方，那圆弧形的坛肩部，精细的花纹，是一条龙和一只凤的图形，宋朝想要做的花雕坛就是这个样子。花青说这个坯子你是从哪儿弄来的。宋朝说，是窑工那儿拿来的，我还要去多拿一些新鲜的坛坯，画上好看的图案，然后让他们烧制出来。花青说，你为什么要玩这种泥巴一样的东西。宋朝说不知道，就像我不知道怎么会是宋家的儿子一样，我不知道为什么要玩坛子。

东洋音乐有些凄凉，是那种哀怨的低嚎，花青一点也不喜欢这样的音乐。宋朝说，香川，你放的是什么歌。香川照之终于把头抬了起来，他说是《樱花之恋》，日本最多樱花了，樱花的恋爱却很苦的，你一定能听得出来。香川照之的话还没有说完，花青已经迈出了门槛。花青笑了一声，又笑了一声，花青的笑声让宋朝停止了对一只坛子的热爱，他奇怪地望着花青的背影。

清晨，宋朝和香川照之出去跑步。他们沿着青石板跑出街道，他们把一路的阳光都踩得很细碎的样子，他们跑出镇子的外边，跑到田野里。花青的心情开始渐渐变好，她看到太太总是站在自己的门口，笑着看自己的儿子和儿子的日本朋友，从宋家台门窜出去，像两只鸟儿一样，在东浦镇的路上飞奔。花青也觉得那是两只年轻的鸟，花青其实也想做年轻的鸟。她在屋檐底下站着，想象着此刻他们跑到剃头店了，此刻跑出镇子了，此刻跑到湖头坂的土埂上了。有一天她看到了筱兰花，筱兰花竟然没有穿旗袍，筱兰花在那个清晨穿得很单薄，她把一条好看的腿放在走廊的木栏杆上，压着腿。她穿的是一件小褂，下面穿一条腿大的裤子，那是一条戏班子里的戏子常穿的青色练功裤。她的头发也绾起来了，她的脸上还洋溢着笑容。这样，就使得筱兰花看上去比以前小了十岁，筱兰花一下子小了十岁，当然会显得年轻。她压着腿，她压腿的时候，花青的心里又酸了一下，她在心里说，一个戏子，一个戏子而已。花青这样想着的时候，三只鸟嗖哨一声，冲出了宋家的院子，他们一起跑出东浦镇的青石板街，跑向了田野。花青傻愣愣地站在那儿，还能听到筱兰花从很远的地方传来的笑声。

2. 一只烟蒂的飞灰

春天的日子其实是走得很缓慢的,像一只猫踮着猫爪走路的样子。但是等到柳絮飞了的时候,几乎所有开以装扮春天的花会在一场夜雨中纷纷盛开,就像猫纵身扑向一只老鼠一样,也会有快的时候。但是春天还在不远处待着,春天还没有真正走进东浦镇,更没有走进宋家台门。花青把阿毛叫到了跟前,阿毛是去青石板路上倒药渣的。花青并没有想要问阿毛什么事,但是她还是忍不住把她叫住了。阿毛的脸上有了星星点点的小斑,几天没见,她的身子又往上拔了一拔,花青看到她的衣服明显小了,胸口鼓鼓地突着,两条裤腿变短了,可怜地挂在那儿。花青说,阿毛。阿毛应了一声,阿毛说三太太你有什么吩咐。花青说,我没有吩咐,我只是想和你聊聊天。

阿毛就不敢再走了,她端着一只药罐和罐里的药渣和花青说话。花青并不想要问她什么,是她自己说了一些什么,都是一些不着边际的东西。阿毛后来说,老爷的病有很长时间了,老爷为此很苦恼的,老爷在想尽办法。花青问老爷在想尽什么办法。阿毛突然不说了,阿毛说反正是在想办法。后来阿毛走了,花青感到乏味,她站在院子里的一棵树下,乏味着自己的乏味,她想,真是没劲。

那个晚上花青睁着眼睡不着觉,后来侧过身来的时候,看到了墙上的那只壁虎。那真是一只忠诚的壁虎,它一直守护着花青。花青说壁虎你为什么晚上不睡觉,不睡觉你白天怎么起得来。壁虎嘿嘿笑了一下,没有理她。天气稍稍有些转暖,宋家的三位太太房里就不再生炭火了,铜盆孤零零地站在屋角,嗦嗦发抖的样子。花青还看到了屋角那两坛60斤装的花雕,像两个膀大腰圆的老妇人似的立在那儿。

花青终于从被窝里披了衣服起来,她找到了锡壶,找到了酒盏,她为自己打了一壶酒,然后她坐在床沿上晃荡着脚,哼一会儿曲,再然后"吱"地喝下一小盏酒。酒是柔顺的酒,像一只温软的小手抚摸着她一样,那种特别的酒香让花青想到了无垠的田野和田野里茂盛生长着的粮食。是白白的米和上好的用元红酒做的曲,成就了花雕的优良品质。花青就沉浸在花雕的滋味里。喝到一半的时候,她愣住了,她哼的居然是留声机里放的东洋歌曲《樱花之恋》,她想我为什么会哼这个曲子的呢。想到这儿就有一个俊朗的日本男人浮在了眼前。她想起了那天香川照之从背后揽住了她,她的脸就红了一下。这时候,她听到了奇怪的声音,那种声音让她把锡壶和酒盏放到了一边,屏住呼吸。那种声音像一只手,那只手拉着花青往外走,那只手还会说话,那只手说,花青,你跟我来,你跟我来吧。

花青又披了一件小棉袄。她吱吱呀呀地打开房门的时候,伺候在外的月光就一下子蹿了过来,嬉皮笑脸地把花青抱了个满怀。这是一个安静的夜和安静的宅子,花青就在这样的安静里,蹑手蹑脚地行走。月光一直跟着她,她走到树丛边的时候,月光就跟到树丛边。她走到了西厢房的时候,月光就跟到西厢房。那只手牵着花青走到了筱兰花的房门口,然后那只手就突然消失了,消失之前那只手还轻轻地笑了一下。花青听到了筱兰花房里的声音,筱兰花好像"呸"地吐出了唾沫,筱兰花的声音有些愤愤不平,她说你这个老东西,你怎么想得出来的你这个老东西,你怎么有这样的花招,我伺候你还不够吗。宋祥东的笑声喑哑地响了起来,宋祥东不停地笑,后来他不笑了,好像很痛苦地倒吸着凉气。筱兰花发出了支支吾吾的声音,像是被谁用手捂住了嘴巴,很痛苦的样子。花青就站在屋外,屋外有风在走动,所以花青感到了一些凉意。但是她不想离开,她想听听究竟发生了什么事。

这时候她的鼻子忽然痒了痒，一个喷嚏没有忍住，清脆的声音响了起来，在静夜传得很远，把一地的月光都搅碎了。宋祥东的声音从屋子里传了出来，外面是谁。宋祥东的声音好像很生气，外面是谁给我站住，不要走。花青却又打了一个喷嚏，在她打喷嚏的过程中，她飞快地逃离了筱兰花的房门口。她披着一身月光开始奔逃，逃进自己的房间，关上门。从门缝里看出去，花青看到筱兰花的门开了，宋祥东就站在狭长的一小缕的光影中。他没有破口大骂，他只是看了看四周。花青看到宋祥东披着衣服单薄的身影，她想，宋祥东那么瘦弱会不会被月光砸扁。宋祥东又进了筱兰花的房间，他合上了门。花青也在门口站了一会儿，她的嘴角突然浮起了笑意。

花青看到那把孤零零站着的锡壶和那只小巧玲珑的瓷质酒盏。花青的手伸过去，抓住锡壶中间大肚子上边狭小的地方，像是握住了一个美人的腰。酒流动的声音响了起来，从锡壶流向酒盏，从酒盏流向一个女人的喉咙，流进一堆夜色里。流动的过程，就叫做宋家台门的夜晚。

第二天下午花青听到了宋祥东和宋朝的争吵。这两个男人本来是不太说话的，现在他们开始用那么大的嗓门说话。声音是从宋祥东的房间里发出来的，花青搞不懂他们为什么争吵。段四就弯着腰站在门口，阿毛端着药走过来想要进宋祥东房门的时候，被段四挡住了。段四说，你回去，你给我回去。阿毛就端着药罐又离开了。花青站在自己的房门口远远地看着，她发现筱兰花也站在自己的门口，太太也站在自己的门口，她们都在关心着两个男人在一个下午的争吵。花青看到筱兰花的眼泡有些肿胀，眼睑明显地变黑了。她穿着一件黑色的旗袍，厚重的黑色让花青感到了压抑与沉重。旗袍上却绣着银色的花，有那种触目惊心的味道。筱兰花仍然在抽烟，她看了花青一眼，目光中有着轻蔑。花青笑了起来，她觉得好笑，她对筱兰花一直以来对自己的蔑视觉得好笑。她有什么资格来轻视花青，她只一个戏子而已。花青这样想着，花青这样想着的时候，听到了巨大的声音从宋祥东房里传出来。那是瓷器落地的声音，那一定是宋祥东房间里那只半人高的青花瓷瓶被砸掉了。花青看到一个怒气冲冲的年轻人从宋祥东房里走来，接着宋祥东也出来了，他指着宋朝，半天却没有骂出一点声音，显然是气愤至极的样子。段四迎了上去，他把宋祥东扶进房里。然后，段四回转身合上了房门。

吵架的声音没有了，宋朝把自己关在了西厢房里。花青一仰头，一场雨开始在这个下午飘落下来。雨落在了屋檐上，落在了院里的那些大大小小的树上。花青隔着厚重的雨帘，看到太太回了房。太太回房前，叹了一口气。其实那么大的雨声里，花青是听不到太太叹气的，但是花青认定太太一定叹了一口气。花青还看到了筱兰花，迈着很缓慢的步子向西厢房走去。她的手里仍然夹着烟，烟雾就跟着一身黑衣的她缥缥缈缈地行走着。

花青隔着院子里的雨，看到对面西厢房的门被筱兰花伸出的一只手推开了。筱兰花走了进去，却没有合上门。那扇门就一直那样开着，它像一个深水里的涵洞一样，能够吸进许多的水。它也吸引着花青。花青想了一下，朝那扇开着的门走去。花青穿过院子走的，如果绕着廊檐走过去，她不会淋湿身子。但是她不愿顺着廊檐走，一个念头牵引着她，从雨中过去。花青果然从院子的中间过去了，她走得不紧，也不慢，脸上挂着微笑。院子中间有一部分是细碎的鹅卵石铺起来的，两边是泥地。花青的鞋子踩在了两种柔软和一种坚硬里，然后在到达对门之前，花青的头发和衣服，已经半湿了。花青想，这样的雨应该算是春雨的，尽管还有着那种挥之不去的春寒。花青走进了那扇开着的门，门里香川照之蹲在地上，用两只手托住了腮帮。筱兰花倚在那张放留声机的桌子上抽着烟。宋朝搂着一只小巧的坛子，在坛子上用颜料画着什么。花青就看着那只坛子，那只坛子比一般的花雕坛要小多了，那么，一定是宋朝想要用小坛来制作花雕坛子。他们都一言不发，谁也没看花青。花青显然是受了一点凉，一个细碎的喷嚏突然响了起来。筱兰花笑了，筱兰花笑着说，花青，你真无耻。花青说，我怎么样的无耻呢。筱兰花说，那天晚上在我房外边偷听的，一定是你，就算我认不得你，我也认得你的喷嚏。花青的脸红了一红，花青的嘴却仍然是硬的，花青斜着眼睛说，就算我无耻吧。你说说，宋家谁有耻了。

　　筱兰花没有再理她。谁也没有再发出声音，而在这无声的世界里，宋朝的那只小巧坛子上多了一个色彩艳丽的童子，童子抱着一只桃子，一只硕大的和童子差不多大的桃子。花青想，这么大的桃子，分几天才能吃完它？这时候，筱兰花的一只烟蒂从食指和中指间飞离了出去，划了一个优美弧度，落在屋檐下的水沟里。烟蒂来不及发出触碰到水时的吱吱声，就整个浸入了水中。它在水中半浮半沉的，里面的烟叶也酥化开来，像一只破败的蝴蝶。

　　花青就一直盯着那只烟蒂看，花青想，一个人的一生，多么像一支烟的一生，一只烟蒂飞向水中，一支烟的烟灰在阳光或雨水中飞灰，不就是人的一生么。花青这样想着，就对着外面的雨阵微微笑了起来。她开始想念会轧棉花的爹娘，他们的生意不知道怎么样，单调而乏味的声音是不是还在屋子里响着，他们的头上和身上，是不是残留着棉花的碎屑。她又想了想那个叫胡运的木匠，他不知道在哪一户人家家里做着木工。想到胡运，她就想到了一座桥上，她告诉胡运，说我要嫁到宋家了，胡运搓着手无助的情景。花青又笑着对屋外密密的雨阵轻声说，真是无用。

3. 我想要一坛花雕

　　花青去了一趟娘家。花青找到了宋祥东，宋祥东正在房里喝着一碗药。他把头埋在了碗里。花青说，我想去一趟娘家，我没有去过娘家，所以我想去一趟娘家。宋祥东把头抬了起来，他笑了一下说，我让段四给你准备东西，给你叫一条乌篷回去。宋祥东接着喝药，他喝完了药，把药碗放在桌子上说，你去吧。

　　花青是坐着乌篷回去的，是在她嫁到宋家时下船的那个码头上的船，然后在出嫁上船的地方下的船。花青爹和娘已经得到了消息，他们一早就等在了河埠头。花青的娘家并不远，一支香工夫就到了。花青站在船头，清晰地看到了来时的路。许多石桥一闪而过了，然后，两个人影由小变大呈现在她的面前。那是她的爹娘。才两三个月时间，爹娘好像老了很多，他们的脸上堆着笑。花青却没有笑，她看到船工把舱里的火腿拿出来，把茶叶拿出来，把几挂腊肠拿出来，把两条大大的青鱼干拿出来，把红枣包、白糖包等等南货包拿出来。娘的眼睛里几乎笑出了花朵。娘说，介多东西，介多东西，你怎么带了介多东西。花青说，带东西来是让你们吃的，因为我是你们生的。

　　花青在娘家吃了中饭。中饭的菜比平时更丰盛了。花青看到屋角那台轧花机还在，沾着细碎的棉花屑。花青的胃口并不太好，她吃得最多的还是那碗青菜。这让她想起了去河埠头洗青菜的情景，如果不去洗青菜，她就有可能仍然留在家里为爹娘洗着青菜，仍然有可能和那个叫胡运的木匠一起去街上走走，说那些不着边际的话。在吃了中饭以后，花青就开始对娘家厌倦了，其实她一直都对爹娘有着那么一种厌倦。她打了一个哈欠,她说,我想回去了。

　　花青的话一说完,就有了马上想要走的意思,她不太愿多待一会儿。回去的时候,她不坐乌篷,她是走着回去的。她沿着那条青石板街走,街的一边是一条河沟,沟里盛着花青的倒影。花青是沿着河沿走的,远远地看过去,她会不小心跌入河里。她走得很缓慢,她不是急着赶到宋家去,不过是早些离开娘家罢了。阿发正在他的剃头铺子里忙碌着,他的一条腿是瘸的,所以他绕着椅子走动的时候,人也不停地摇晃着。阿发的铺子里坐着几个孩子,他们的畚箕头已经养得很长了。其中一个手里拿着煨年糕,他流着鼻涕吃着手中的煨年糕。他突然看到了一个站到门口的女人,女人微微地笑着。他也看着女人笑了一下,吃了一口煨年糕,还把流出鼻腔外的鼻涕吸了回去。

　　花青和阿发打了一声招呼,花青又在另一家商店和老板娘打了一声招呼,然后,花青就站到了小宁波的裁缝铺前。小宁波在专心地量布裁衣,他抬头看到了花青,笑了一下。花青也笑了,她把两只手环起来抱住自己,看着他裁衣。小宁波长得很白净,他的手也很白净,裁缝剪子轻灵地在手中运动着,像一只翻飞的燕子。花青看到了小宁波低垂的睫毛,不大但却有神的眼睛,以及笔挺的人中,突然想,这是一个漂亮的男人。花青就又笑了一下,花青说,你是不是替筱兰花做了许多旗袍。小宁波抬起了头,他没有直接回答,他只是看着这个大眼睛的女人,他看到了大眼睛深处深不见底的一潭清水。最后他说,是的,筱兰花来我这儿做了许多旗袍。筱兰花是适合穿旗袍的,你也适合。花青把身子靠在了门边,她说筱兰花是不是这样,靠在门边抽着烟看你裁衣料。小宁波又笑了,露出雪白的牙齿,他说是的,筱兰花就是这个样子的,你为什么和她这么熟。花青说,她和我是一家人,我会不熟吗。花青转身走了,嘴角含着笑,她没有和小宁波说再见,只是在走出很远的时候才转过身来对小宁波说,过些天我也要来做旗袍。小宁波点了点头,白白的牙齿在阳光下显现出来。

花青沿着河岸继续走。花青的步子迈得细碎,走走停停,花了一个多小时才回到宋家。她已经对宋家的廊檐和院里的树,对屋子里的那张床以及墙角的那两坛花雕酒,还有墙壁上时而出现时而隐没的壁虎,都有了一种依依难舍的感情。太太出现在屋檐下,太太向她招了招手,花青就走了过去。太太往花青的手里塞了一卷钱,说,这是这个月开给你的钱。花青数也没数就往怀里塞,她已经从太太那儿领了好几次钱。第一次她没要,太太说,二太太也有的,你为什么不要。这以后,她就每月从太太这儿领钱了。太太说,花青你爹和娘都还好吗。花青说好的,很好的,他们还在轧棉花。太太笑了一下说,其实做个小户人家还是很不错的。花青说太太你错了,你如果是小户人家,你就想做大户人家。太太说,这倒也是。如果你觉得闷了,你就过来和我说说话。花青打量了一下自己的脚尖,她抿着嘴笑了一下,说,好的。

花青去太太房里的次数明显多了起来,聊了几次以后,花青才觉得太太是一个宽宏的人,这样的宽宏之心一般人是不太有的。就连吴妈,也说太太的种种好处,说是遇到了一户好人家。太太其实只有四十多岁,笑的时候会有许多皱纹聚集到眼角,但是平时却并不显老。太太喜欢坐在阳光底下,她喝茶,喝那种上好的石笕茶。她总是低垂眼帘把茶杯端起来,揭开盖子,吹起浮在上面的白色泡沫,把茶也喝出了那种大气。有时候花青看到筱兰花向西厢房走去,她也不急着赶过去了,她知道两个男人可能又抱着小巧的花雕坛子在上面涂颜料,一个女人倚在墙角抽烟。花青陪着太太说话,太太说宋朝小时候的一些趣事,说她是如何嫁入宋家的,说她曾经的风光岁月,也说她父亲以前的显赫。一个午后太太对花青说,你跟我走吧,你陪我去看看酒作坊。

花青就跟着太太去了酒作坊。酒作坊很大,到处弥漫着酒的清香,升腾着一种热气。许多戴着毡帽的工人正在工作着,花青看到他们两人一组用粗大的竹杠抬着满满一竹筐浸泡好的泛着金黄色泽的糯米,颤颤悠悠地从她们的身边走过。然后,花青听到了号子声,那是一种让她的心为之一颤的号子,一整筐的米被倒进了漆着红漆的蒸饭木桶。柴火很旺,一会儿热气就在并排的四只巨大的蒸饭木桶上升腾起来。还有那一阵阵的饭香,在酒作坊里飘来荡去。几张大大的竹编簟上,摊满了油亮的糯米饭,有工人正用竹耙松动那些堆在一起的糯米,给它们降温。

太太说,你一定没有见过这阵势。花青没有说话,她是第一次进酒作坊,但是爹在每年临近年关的时候,也会做一缸米酒的。东浦人家几乎家家都会做酒。现在,花青看到了露天堆着的那么多酒坛子,看到了并排排列着的那么多七石缸。缸里已经倒上了米饭,有工人在酒缸里洒上黄色的酒曲和乳白色的酒母,再盖上稻草编成的缸盖。花青就想,那么多的酒,如果倒进河里,那一定会是一河的酒了。太太的脸上浮着笑容,太太说,这一百多口七石缸,都是从宜兴运过来的,每口缸都可以做六百斤酒呢。太太还说,这家酒作坊,是她爹当作嫁妆和她一起嫁到宋家的。太太的语气中透露着一种自豪。太太说,花青你知不知道,新酒出来后,被叫做元红,是用水做的酒娘。而你房里放着的花雕酒,是用成品的元红酒当酒娘伞进去的。

花青不太懂酒,也不想弄懂什么,她只是看着那么多堆放在露天的坛子发呆。坛子都是横着堆放的,露出坛口的一个个黑洞,整齐排列着,像一排又一排睁着的眼睛。号子声又响了起来,又是一筐米下木桶了。花青的胃蠕动了一下,她闻着那饭香,突然感到有些肚饿。

太太说，小时候我来酒作坊玩的时候，一不小心喝了点新酒就喝醉了，是我父亲把我背回去的。那时候我父亲就说，我要把酒作坊给女儿。现在，酒作坊姓宋了，我也姓宋了。花青笑了一下，她的心底突然涌起一阵无奈，她在想，酒作坊为什么就要姓宋呢。一个四十多岁的壮实汉子走了过来，他留着很短的头发，眉毛很浓。他看了花青一眼，然后对太太说，太太，江苏要的酒已经运走了，只是上海又订了许多酒，怕是来不及做。太太说你找段四吧，你找段四去说吧。太太带着花青走了，花青回头看的时候，那个汉子还在看着她们的背影。花青就对着那个汉子笑了一下。花青说，这个人有些好玩。

太太也笑了，太太说这是开耙师傅毛大，人长得漂亮，名字却土得不行。酒作坊里就他顶着，缺了他，就不行，就得垮掉，他是绍兴最有名的开耙师傅。花青不再说什么，她跟在太太的身后，闻着酒的气息，或是抬眼看看酒作坊的天空。酒作坊的天空特别的高远，有一些麻雀斜斜地飞过去。这时候花青想到了宋朝和香川照之，他们用颜料画出来的那些花雕坛里，装上这些酒，然后放到花青的房间里，把那两坛难看的大坛花雕给换掉，该是多么好的一件事情。

花青看到了酒作坊角落里堆着的几只大坛。坛口下面弧形的坛肩处，有着一些粗糙的花纹。它们躺在角落里一动不动的，但是当花青经过时，花青好像听到了有谁叫了她一声。花青蹲下了身子，她看了那些图案很久，那是已经烧制成的图案。花青把手盖上去，感受到了一种烈火烧制后的硬度。这些坛和花青房里的酒坛大小是一模一样的，但却更粗糙。花青知道，这就是大号的"京装"花雕坛，足可以盛下一个小巧的人，比如花青的娘。这些坛子就像是朴实的农妇立在田头一样，轮番被阳光打着，被四季的雨雪打着，被岁月打着。花青抚摸了这些坛子很久，她把身子放得更低，把耳朵贴在了坛口，然后她捡起一块路边的小石头，轻轻敲着坛身，咚咚的回声就响了起来。回声像一队排列整齐的蚂蚁，喊着一二一的口令走进了花青的耳朵。

太太不去酒作坊的时候，花青有时候也会一个人偷偷溜去。她在酒作坊里巡行着，像一个酒保。有时候开耙师傅毛大会走过来和她说几句话，告诉她老酒是怎么样做出来的。花青会漫不经心地听，她不太愿意听这些，她只要闻闻酒的味道，闻闻饭的清香，看一看酒作坊上空升腾着的热气，听一听那令人心头一震的号子声就可以了。有时候她会抚摸七石缸的缸体，缸能装下六百斤酒，缸能装得下几个像花青一样的人呢。这是傻想。

花青有好些天没有去西厢房了。花青出现的地方是酒作坊。宋朝和香川照之也出现在酒作坊里，他们站在不远的一堆坛边，把脚踩在坛体上。阳光泻下来，落在他们的身上。他们在低声说着什么，又朝花青看着。他们的手里，还捧着一只小巧的坛子。花青就想，那会不会是一只烧制好了的花雕坛，他们会不会是来酒作坊装一坛花雕酒的。她走了过去，走到他们的身边。她果然看到了小巧的坛体上画着的那个童子，童子手中捧着的那只硕大而且鲜艳的桃。花青用手从宋朝手里接过坛子，她把坛子捧在怀里说，宋朝，我想要一坛花雕。

4. 我们都是苦女人

许多个阳光很好的日子里，花青会一个人出现在酒作坊。气温正在一天一天地回升，阳光照耀着东浦小镇，使得大地和河流都升腾着一股气流。踩在酒作坊露天坛场的松软土地上，花青就想，这泥地会不会一直陷下去陷下去，把她整个的人都淹没。花青房间里的一坛花雕，差不多已经被喝完了，那么接下来要做的，无疑就是打开另一坛花雕的黄泥坛盖。

那天午后下着一阵绵绵的春雨。花青坐在床沿听着单调的雨声,她突然觉得身子骨已经生锈了,需要拆一拆才好。于是她夸张地扭动着身子,很久以后,才觉得身子舒服了一些。但是她的心里仍然郁闷,她想大声地喊叫,却又不敢叫,怕惊动了宋祥东。她轻轻地喊了一声,又喊了一声,她喊了无数声,声音渐渐大了起来。声音从门缝里钻出去,钻到外面的廊檐下,钻到天井那密密的雨阵里。花青开始感到兴奋,她站起身来,打开了门。门开了,像张开的一张口,她对着门外喊,也是由轻到重。她的喊声引来了许多人,筱兰花就倚在自己房间的门框上笑,她轻声说白痴,白痴在叫。吴妈也从下人房里探出了蓬头蓬脑的一张脸。阿毛也探出了头,香川照之从西厢房里走出来,站在屋檐下对着她笑。只有宋祥东没有出来,宋祥东的门紧紧地关着,像是门锁已经被锁住了打不开一样。宋朝也没有出来,花青就想,宋朝是不是又抱着一个小坛子在涂涂画画。雨没有停,雨一直都没有停,春雨是不太容易停得下来的。花青叹了一口气,她叹的气只有自己能听得到。这个时候,她看到了墙角那只红漆马桶边的一把黄色的油纸伞。

油纸伞到了花青的手里。花青的手抚摸着油纸伞的伞面,伞面有些油亮,但却能摸到粗糙的颗粒。透过伞面,花青还能摸到油纸伞里面的木制骨架。花青隔着伞面抚摸油纸伞的骨架,就像在抚摸一头瘦骨嶙峋的毛驴。在花青进入雨阵以前,伞被打开了,"嘭"地响了一声,像一朵突然盛开在江南的黄色的花。花青的脸被一种嫩嫩的黄色光芒笼罩着,她开始走路,走在离宋家台门不远的那条青石板路上。青石板路是街面,也是通往酒作坊的一条路。花青的步子有些急促,像是赶一场约会一样。路上没有行人,有一些避雨的人站在廊檐下,他们奇怪地看着一个年轻而且漂亮的女人，撑着一把伞急急地赶路。风有些斜，所以雨也有些斜，斜雨光顾了花青的肩头，雨一次一次抚摸着那浑圆的肩膀。花青开始小跑，远远地望去，一朵黄色的花朵在急急地移动着。花青不知道自己怎么会走得那样急，她看见了酒作坊那巨大的木门，木门向她扑了过来，木门很快就到了花青的跟前。花青对着木门笑了一下。

花青进了酒作坊，有几个工人正忙着干活。空旷的场地上，四处见不到人，而那些从宜兴运过来的七石缸，那些寂寞的坛，都躺在雨中一言不发。花青开始缓慢地在坛的中间穿行，时不时拿脚踢踢那些坛。花青是被一群坛包围着的，她站在坛的中间，抬头望了望天。这就使得一些雨落在了她的脸上，她想，我一定是爱上了酒作坊，我为什么会爱上酒作坊。

花青的油纸伞后来落在了地上，她站在米仓的门口，看着面前像丝网一样绵密的雨。米仓的门是破旧而巨大的，她把身子靠上去，门却开了，门一直都虚掩着，门大约一直都在等待着花青的到来。花青走了进去，她看到了一袋又一袋的米，那是做酒用的上好的糯米。她还看到了另一边的墙角，堆着一些用来盖在七石缸上的用稻草编起来的缸盖。花青闻到了干草的气息，那是一种亲切而且温暖的气息，它们成群结成一浪一浪地钻进花青的鼻孔。这时候花青看到了堆得高高的米袋上，一双高高举起来的女人的光脚。那双脚抬得很高，越抬越高。花青还看到了另一双男人的脚，那人的脚并拢着，就在女人叉得很开的脚的中间。花青看到女人的两只脚底板正在慢慢靠拢，那一定是环住了男人的腰。一些声音响起来，丝丝缕缕，时轻时响。花青不能拒绝那种含混的在空气中荡漾着的声音钻入自己的耳朵。她的脸慢慢红了起来，身子开始发热。

声音响了起来，声音之中透着某种愤怒，声音好像要把什么东西撕碎，声音中包含着某种轻快的成分。声音就那么轻快着，没有骨头的那种轻快。一个女人最后的声音，是由重到轻的，最后只剩下喘息。那双女人脚又垂了下来。花青的身子也开始战栗，那种声音唤醒了花青身体深处的一粒芽。那粒芽在疯狂地生长着，那粒芽在转瞬间就长出了一大片的绿叶。花青也嘤咛了一声，她渴望着一双巨大的手伸过来，把自己撕碎，碎成无数瓣。花青又嘤咛了一声，她用自己的双手紧紧抱住了自己。这时候一个女人突然在米袋上坐直了身子，她的脸上还透着潮红，她的身子还因为喘气不很顺畅的缘故一起一伏。女人的头发散乱着，敞着怀。花青看到了女人眼里的许多流来淌去的水，像要流淌成河或是和东浦镇的河沟比一比高下。花青看到了女人胸前那一片洁白的绵软。女人的乳房已经不再坚挺了，软软地下垂着，两粒乳头显得黑而粗大。女人的乳房像两个惊惶失措的孩子，站在一条挡住去路的河，或是一座挡住去路的山面前，不知道该怎么办。两只乳房轻轻甩动了一下，它们不再结实，却是白而嫩的，很快在一双手的帮助下，它们躲进了一件衣服里。花青看到女人的脸上仍然残留着惊惶，女人鬓边的头发，被汗水沾在了脸颊上。女人的脸上透着一种红，那种红是从身体深处透出来的。旁边一个男人也一翻身提起了裤子，花青只看到一个白亮而健硕的屁股闪了一下，然后男人正面朝向了她。花青看到，那个女人，就是太太。那个男人，就是酒作坊的开耙师傅毛大。毛大一直被人称为酒头脑，酒作坊离不开毛大。但是现在，好像太太也离不开毛大。

　　花青愣了很久，太太也愣了很久，她们谁都没有说话。后来花青跑了，花青跑的时候，没有忘记带走那把黄色的油纸伞。花青跑出了酒作坊，那些堆放整齐的坛子好像怕了花青似的，急速地后闪着。花青在青石板街面上奔跑,街边那条临街的河里,河水跟着花青一起奔跑。雨落在河面上,雨落在河面其实是一种水与水的亲近。花青没有跑回宋家,花青跑向了镇外的那条土埂。花青看到土埂边那些淡黄淡紫淡红的花,突然之间开了满坡。花青才知道,春天真正来临了,在这个下午。

花青举着一把黄色油纸伞在野外站了很久。四处没有一个人,在很远的一块草地上,花青看到了一头牛。牛站在春天里吃着草,牛没有撑油纸伞,牛一点也不怕雨淋湿它,牛懒得理花青。后来牛的一声牛哞传了过来,牛哞声让一条春天的土埂更加寂寞了。

花青一直举着伞在雨中站到黄昏。黄昏来临之前,太太举着一把黑色的伞站到了花青的面前。太太的头发已经梳理好了,衣服也穿得整整齐齐,让花青怎么也难把刚才发出含混而春意盎然的声音的女人联系在一起。太太一言不发,只是拿眼睛看着花青。天开始黑起来,太太终于和花青一前一后往宋家走去。她们,只能回到宋家,只能走那一条通往宋家的路。

在那个竖着一个木桩的河埠头,花青停下了脚步,花青好像知道太太有话要说似的停住了脚步。太太果然有话要说,太太说,花青,你知道老爷的,你知道老爷的身体的,你一定能理解我。你不能告诉任何一个人的,你忘掉酒作坊的下午好不好。花青没有说话,也没有回头。太太又说了,我们都是女人,我们都是苦女人。花青走到了那个木桩前,她盯着那个黑黑的木桩看,她对着那个木桩说话,她说,你相信我吧,就像相信你自己。

太太走了。太太走了就只剩下花青一个人。花青的油纸伞抛在了脚边的青石板上。她和木桩站在铺天盖地的一场春雨中,就像是两个木桩。

第三章

1. 充满喷嚏的下午

宋朝的脚踏车也骑进了东浦镇的春天里,脚踏车的后面必定坐着香川照之。有时候他们会唱日本民歌,是谁也听不懂的日本民歌。他们骑着脚踏车一起去镇外的田野,他们经常在阳光下穿行,像一道年轻的光线一样。他们也经常把自己在雨中淋湿,甩一甩一头雨水中的两颗不羁的头颅。宋朝并不怎么和花青说话,但是有时候,他会把目光逗留在花青的背影上。花青的背影娉娉婷婷。花青,是他的三妈。

花青经常在宋家不大也不小的院子里游荡着,花青是一个游荡的女人。有时候她会和吴妈和阿毛说说话,有时候她会跑到太太那儿去坐一会。因为那次在米仓的尴尬相遇,花青和太太的话变得很少了。许多时候其实她们只是面对面对坐着,一言不发。花青和筱兰花在廊檐下相遇的时候,花青会侧过身子,让筱兰花和筱兰花手指间夹着的一缕烟通过。筱兰花总会笑一笑,但是她笑的时候,眼睛却不是朝着花青看的。

那天花青推开了西厢房。西厢房里没有人,地上凌乱地堆着一些大小不一的坛子,那是还没有烧制过的土坛。有些已经被宋朝上了油彩,有些还是灰暗的本色。花青在屋子里走来走去,她想和坛子们说话,她想对它们说,喂,花雕,你们都是宋朝的儿子呢。花青还走到那台留声机前，轻轻地摇动着手柄，一个女人的声音响了起来。女人在唱一首叫做《夜来香》的歌，女人一遍遍地唱着《夜来香》，女人的声音很甜也很无奈的样子，女人说夜来香，我在晚上思念着一个男人，我是一个像夜来香一样开放着的女人。花青这时候就想，我也像夜来香。花青还想，太太也像夜来香，筱兰花也像夜来香。那张唱片是老爷让人从上海带来的，花青就把唱歌的女人想象成上海的女人。画片上上海女人总是围着貂皮围巾，很富贵的样子。花青在《夜来香》的歌声里注视着一个个坛子，她的手在不停地摇动着手柄。后来她的手停了下来，那个唱歌的上海女人也就不再唱《夜来香》了。花青只看到那些一动也不动的小坛子，花青这时候想，宋朝和香川照之，是不是又在田野里骑着脚踏车狂奔。

花青离开的时候，看到了从西厢房门口经过的筱兰花。筱兰花手里托着一块布，那是一块红色的绒布，红是那种触目惊心的红。她走得很慢，所以花青看到了那块面料上一朵很大的牡丹。牡丹在筱兰花的手上盛开，牡丹在缓慢地前行。牡丹的色泽映着筱兰花的脸。花青知道，牡丹和筱兰花一起，将出现在小宁波的裁缝铺里。而不久以后，一件牡丹旗袍就会穿在筱兰花的身上，牡丹就会盛开在筱兰花的身上。筱兰花没有看花青一眼，筱兰花的眼睛里只有牡丹。她的身影在门口闪了一下，就不见了，像突然消失在空气里。

花青在宋家的日子不紧不慢地走着。一个慵懒的午后，她漫无目的地在院子里走来走去。她走过了筱兰花的门口，也走过了太太的门口，走过了宋祥东的门口，走过了阿毛、吴妈她们住的下人房，当然她也走过了西厢房。院子里停着一辆脚踏车，脚踏车很高大的样子，有些威风凛凛。那么宋朝和香川照之，一定就关在西厢房里和留声机以及小坛子，还有各色的油彩，各种声调的歌声打着交道。花青的脚步找不到方向,她只是随心所欲地乱转着。她走向了后院,后院有一小片竹林和菜地,还有一间二层的木结构藏书楼。花青在菜地附近看到了几条睁着惊恐小眼睛的四脚蛇,它们在转眼之间就消失了。四脚蛇的出现和阳光有着一定的关联。地气在不断地上升,那种潮湿和泥土的腥味涌向了花青。花青就闻着这种气味走向了藏书楼。

宋家的藏书楼早就不用了,已经很破败的样子。花青顺着木楼梯上楼,她上楼的时候,吱吱作响的木楼梯上扬起了灰尘。灰尘让花青一个接一个打着喷嚏,花青就知道,这一定是一个充满喷嚏的下午。花青在楼上看到了许多线装书,她并不十分喜欢看书,也认不得几个字。只是她觉得那么多书堆在一起没有人看,很可惜的。阳光从破败的窗户里涌进来,洒在那一堆书上。花青蹲下了身子,她开始翻动那些发黄的纸张。后来她抓起一本书站了起来,走到窗户边上就着阳光看起来。阳光落在黄色的纸张上,阳光像是要把纸张射穿的样子。花青看到了纸上的一幅幅图画,花青的脸就红了起来,这让她想起了太太和开耙师傅毛大在高高的米袋上的情景。太太把两只脚高高举着,这样的情景在书上的图画中重现了。花青的脸一直红着,是因为她翻动的每一页上的图画,都是令她脸红的图画。这些图画让她的心脏在片刻间一次次痉挛,好像不胜负荷的样子。一个人忽然站在了她的面前,这个人静静站到她面前的时候,她打了一个细碎的喷嚏。花青看到自己细小的唾液在阳光下飞起来的样子,它们有些落在了地板上,有些却迎向了翻开着的书,把那本书的某一页打湿了,有了星星点点水洇的痕迹。

宋朝走了过来,走到她的面前站定。他穿着一套学生制服,很精神的样子。他的头发好像也理过了,下巴青青的,泛着淡光。他是一个干净的人,他天生就是干净的。他走到花青的面前站着,他和花青之间就隔着那本画满图画的书。花青不敢抬头，也不敢仰视，不敢把身子扭过来然后把目光投向窗户的外边。花青只能把目光放在那些图画上，但是放在图画上的目光会让她脸红。宋朝的目光也瞄向了那本书，宋朝的呼吸是平和的，他一会儿看看那页翻开的画面，一会儿看看红着脸的花青。宋朝的呼吸渐渐变了，变得又粗又重。花青就知道，不好了，宋朝不好了，这本书不好了，这个藏书楼不好了，这个下午也不好了。果然宋朝的一只手从裤袋里抽了出来，本来他的两只手都是插在裤袋里的。那只手落了下来，落在那本书上，然后移过来，移过来盖住花青的手背。花青想要把手伸开，于是她放手了，她一放手，那本书惨叫一声跌落在地上。那是一本老态龙钟的书，所以花青听到了一种老态龙钟的惨叫。而宋朝的手没有离开花青的手背，宋朝的手合拢了，把花青的手包了进去。花青的手就一直躺在宋朝的手心里。宋朝的掌中有几个小茧，花青喜欢这样的略微有着硬度的小茧。宋朝的另一只手也伸了出来，握住花青的另一只手。花青的一双手都不见了，都藏在宋朝的手里。宋朝俯下了身子，他的嘴唇迎向花青的嘴唇，花青的嘴唇就开始颤抖，是那种不由自主的颤抖。宋朝的唇终于落在了花青的唇上，花青感到了淡淡的湿润和淡淡的青草的气息。宋朝的舌抵在花青紧闭的牙齿上，牙齿像一扇门，宋朝想用舌敲开门，但是宋朝却一直没能敲开。宋朝放开了花青的两只手，他揽住了整个的花青，他把花青揽得很紧，像要把花青揽到自己的身体里去。花青的眼睛合上了，她对自己说，睁开眼睁眼，但是她却始终没有睁开眼的力气。她想我一定是虚脱了，我怎么一点力气都没有了。

　　后来花青开始挣扎，因为宋朝把手放在了她的胸前，宋朝的手指触摸着花青胸前斜襟上的一粒盘扣。花青推着宋朝，花青推不开宋朝。盘扣被解开了，宋朝的手伸进了衣服的里面，他的手触到了一大片的绵软。花青挣扎着,花青说你怎么可以,你怎么可以。她在拼命喘气,她最后大声说,我是你三妈,宋朝,我是你三妈。宋朝的身子突然变得僵硬,他终于停止了动作,他的手也从花青的怀里跑了出来。宋朝的脸上浮起了失望和无奈的神色,他蹲下身子,痛苦地揪着自己的头发,后来他开始抽打自己的脸。这个时候花青扣好了盘扣,在她扣盘扣的过程中她听到了响亮的耳光的声音。宋朝站起了身,他用头撞着墙,他的嘴里在说,三妈,你为什么要是三妈,你怎么会是我的三妈。花青没有去阻止他,花青脸上的红色渐渐褪了下去,她木然地看着在阳光下舞蹈着的那些灰尘,跳上跳下的样子。她就想,人也和灰尘一样,在生活中跳上跳下的。她看到宋朝停止撞墙,他快速地跑下楼去,噔噔噔的声音就在她的耳朵里响着。然后,一切都安静了,像一场午后的梦一样。

花青离开藏书楼的时候,已经黄昏。她的心情很平静,她有些爱上了宋朝,也有些爱上了香川照之。她想,我大概是爱上了他们的年龄吧。在离开藏书楼之前,她踢了一脚那本书,那本书就被她踢得飞了起来,撞在墙上又落下来,像是宋朝刚才的一次撞头一样。然后,花青顺着咯吱作响的楼梯下楼,下楼的时候,花青觉得自己正从一个梦里慢慢地走出来。

2. 青花瓷瓶和寂寞旗袍

东浦的春天有着许多的雨水。宋祥东站在屋檐下一仰头,就看到了檐头挂下来的那么多水,他还听到了水的声音。于是他开始骂娘,他只骂了一声娘,他其实是一个话并不很多的人。他说段四。没有人应他。他又说段四,段四你给我出来。段四从一个角落里跑了出来,像突然从地底下钻出来一样，他站在宋祥东面前弯着腰的样子像一只大虾。宋祥东说，我们去看看大麻，我很久没有去田里了，你陪我去田里。段四的手里多了一把油纸伞，宋祥东就钻到了油纸伞底下。花青看到宋祥东和伞一起在门口消失了，一起消失的还有一个叫段四的管家。

　　花青踱着步，她踱到了宋祥东房间的门口，她有了一种想要进去看一看的欲望。她从没进过宋祥东的房门，她想看看宋祥东的房里是怎么样的。花青推了推门，门虚掩着，花青一闪身就走了进去，像走进一堵墙里一样。宋祥东的房里有一股潮霉的气味，这股味道令花青很不舒服。她看到了床边的一整排抽屉，像中药房里的药柜。花青看到一只手伸了过去，拉开了抽屉。抽屉里躺着许多孩子的玩具，是那种木头做成的小船和旋陀螺，那种白铁皮做成的小箱子，竹片削成的一把小剑。花青不知道这些东西是谁玩的，是不是宋祥东这个大男人自己玩的？花青又拉开了第二个抽屉，里面装着女人用的发套，女人用的银饰，女人用的香粉和针线盒。花青不敢去触摸这些东西，花青想，这是不是某一个死去的女人留下的？这些东西散发着女人的气味，花青并不喜欢这样的气味。花青拉开第三只抽屉的时候，想到现在的宋祥东是不是已经站在了田头，那么多的大麻，在田里摇摇晃晃地站着。宋祥东一定伸出手掐下了一朵艳丽的花，放在嘴里尝了尝。然后他一定会丢掉那朵残花，拍拍手掌露出笑容。那儿生长着的，全都是宋家的钱。宋家的钱就淋在一场春天的雨中。花青看到第三只抽屉里，装的全是女人的贴身小衣，一只猩红的肚兜把花青的视线拉住了。花青在猜想着肚兜的主人是不是万种风情的样子，她伸出手去，抚摸那根细长的带子，像在抚摸一个女人的皮肤一样。那些贴身小衣的下面，还藏着一个东西。那个东西的模样，是女人身体上的一样东西。花青就看呆了，她不愿意去触摸那个东西，而是很快地合上了抽屉。然后她就坐在床沿直喘气，她想，现在，宋祥东是不是走在那条回家的土埂上呢。她看到了柜子上的一只精致的小碗，碗里躺着三粒安静的红枣。红枣因为被浸泡过了的缘故，而显得松软和臃肿。花青举起了那只小碗，她闻到了海带的气味。在娘家住着的时候，娘常买来海带，海带上还沾着白色的粉尘。海带就是这样的气味。花青想，现在，宋祥东一定已经走在了青石板的街面上，段四在他身后给他打着伞。没过多久，他就会出现在宋家台门的大门口。花青站起身走出了宋祥东的房间，花青合上了宋祥东的房门，花青沿着廊檐走到了自己的房间门口，然后花青选择了一个并不很累的姿势看着大门。大门果然就在片刻间开了，宋祥东和段四出现在门口，他们的衣服都有些被斜雨打湿了，宋祥东的黑色绸褂上有一半转成了深黑色。宋祥东看了花青一眼，花青递给他一个笑脸，宋祥东也只好笑了一下。他推开自己的那扇门时迟疑了一下，像是发现了什么不妥之处，但是最后他还是进了房。只有段四还在门口站着，他不停地甩着雨伞，油纸伞上的雨水就争先恐后地跳了下来，跌落在地上。段四的样子有些愤怒，好像要和雨伞过不去。

　　花青看到阿毛过来了，阿毛看了花青一眼，什么也没有说。花青叫住了阿毛，花青说阿毛。她看到阿毛的身体在一天一天地拔节，像春笋一样。她的身子已经玲珑剔透，她的身子有着一种向外的弹力，好像可以把一些东西弹开一样。花青想到了自己的十六七岁，花青有一天在河埠头向自己家里飞奔。花青本来是在洗青菜的，她突然不洗了，丢下了篮子和青菜，有了一次惊惶的奔跑。她跑回家的时候，沾着棉花屑的娘奇怪地看了她一眼，好久以后娘才笑了。娘说终于来了。轧棉机前的爹抬起了头，他说什么终于来了。娘说来了就是来了不关你的事。你轧你的棉花。花青想到这儿就要笑。花青又叫了一声阿毛,她看着阿毛硕大而扁平的脸盘,目光中有了一种母性的慈爱。阿毛应了一声,阿毛说三太太什么事。花青说没事,花青说没事的,花青说我只是叫你一声而已。花青的话音刚落下去,就看到了对面西厢房的门开了,香川照之和宋朝钻了出来,他们的脸上都堆着笑容,手里各抱着一只沾满油彩的小坛子。香川照之说,花青,我们在坛上画了两个菩萨。花青对西厢房笑了一下,她的笑容是给香川照之看的,她的笑容没有分一半给宋朝。

　　日子在一天天转暖,风里也有了一种懒懒的暖的气味,这是一种让人不愿多动的暖。花青其实是喜欢这样的暖的,花青想,一生都暖吧,那多好。花青想,暖会让人发芽,暖会让人的骨头和血肉都咯咯作响,想要向外扩张。花青是一个在庭院里游荡着的女人,花青和筱兰花是不同的,和太太也是不同的,花青不怕寂寞,而是寂寞有些怕花青了。花青的手指抚过院子里的树,的雕栏,的窗,的石凳,的一切可以抚过的地方。花青和寂寞针锋相对。花青有着一种窥探欲,她总是渴望着自己额头的第三只眼睛升起来。那只隐在额头的眼睛,让她看到了许多东西。她看到筱兰花又捧着一块面料走出了庭院的门,她的脚步轻快,过几天,又有一件旗袍会穿到她的身上。

　　筱兰花出门了,花青就进了筱兰花的房间。花青不能阻止自己进入筱兰花的房间。有一种力量牵引着花青的脚步。在筱兰花离开家门没多久,花青就已经站在了筱兰花房间的中央。她看到了一只青花瓷瓶,站在案头上。那是一只清代的青花,一种很干净的色彩。青花瓷平口,小腰,腰下面是浑圆的,像女人蹲着时的屁股。花青把青花瓷看成了一个女人,女人的皮肤光洁,闪着淡淡的油彩。花青的目光和手指头一起落在了瓷器上,瓷器透着一丝凉,这种凉传达给了花青长

花　雕

　　长的手指，使得花青的手指微微颤动起来。花青喜欢上了这只青花，花青想，筱兰花房里为什么有了这样一只青花，是不是又是宋祥东给她的。她把青花用两只手托了起来，青花在她的手上平躺着，像睡着的一个娇小的女人。花青就想，青花的一生，是不是就是女人的一生。花青后来把青花揽在了怀里，青花贴在花青的胸口，青花突然醒了过来，它贴着的是一种绵软，这样的绵软让它有了一种想哭的欲望。它就在花青的怀里无声地哭了起来，而花青能听到这种无声的哭，花青在心里安慰着它，花青说青花，青花女人就是这个样子的，谁让你做了女人呢。

　　花青抱了青花很久，把青花抱得有了温度，那是她胸前的温度借给它的。花青把青花放回了案头上，拍了拍青花那浑圆的肚，像是安慰的样子。然后，花青转到了衣柜前。衣柜是明式家具，很笨重的样子，用的是粗大的木料。花青想看看那些旗袍，花青知道那里面一定全是旗袍。花青拉开了衣柜的门，那些长长短短厚厚薄薄的旗袍就全涌进了她的眼中。花青叫了一声，旗袍。旗袍们叽叽喳喳地答应着。

　　花青看到了一件黑色的旗袍，是用厚重的绒布做的。襟边镶着厚厚的花边，结实的盘扣，那扣眼就像是一只空洞的眼睛。竖着的领子也很结实，在冬天，这样的领子，会保住主人的体温。衩开得不高，如果走动，只会看到隐约的小腿。花青就想到了筱兰花的小腿，筱兰花的小腿是圆润的，像一块圆的温润的玉。花青的手指掠过了这件旗袍，又落在一件棉布旗袍上。这是一件短袖的，碎花，下摆也很短的，大概可以穿到膝盖以下吧。衩却开得有些高，花青可以想象筱兰花穿着它走动时，若隐若现的大腿。丰满肉感的大腿。花青抚摸着棉布，棉布柔软得没有骨头，棉布在花青的手里东倒西歪，棉布在花青的手里异常的熨帖。花青手指头又跳了过去，跳到一件大红的旗袍上，这

63

是一件中开襟的旗袍，那道襟有着优美而柔和的弧度，襟里边就藏着一个骄人的肉身，襟里可以探到许多的秘密。花青的手指头再跳，跳到了一件丝绸的深紫色的旗袍上。花青雪白的手指头和那种凝重而典雅的深紫相映成辉。深紫里暗暗藏着一些花朵，线条简洁的花朵。花青的手指头落上去，就被那种光滑感推了一把，手指头像要跌倒的样子。花青让手指头站了起来，手指头触到了那细小的盘扣，那是精致的同样用深紫色面料做起来的盘扣，小巧，很惹人爱怜。花青就抓着那粒小小盘扣不放，像要从那件旗袍上把它扯下来似的。接着，花青的手指再次跳起来，落下去，落在一件暗银色的旗袍身上。这是一件右开襟的适合春秋天穿的旗袍，有着轻快而高贵的味道。花青想象一个叫筱兰花的女人，穿着它在春阳里踽踽行走在青石板道上的样子，或是撑着一把油纸伞走在秋雨里的样子。旗袍的袖口和领口，还有下摆，都加了一层皱褶，有了一种立体的感觉。花青的眼前浮现小宁波的影子，这个不高不矮不瘦不胖的男人，会讲绵软的宁波话，会那么心灵手巧地用手工做一件又一件样式不同的旗袍。会用密密针脚缝制衣裳的男裁缝，大约也是心思细腻的。小宁波的眉眼挑了一挑，缝上一粒扣子，把南方男人的细腻也缝了进去。

　　花青的头一点点低下去，她的头埋在了一堆旗袍中间。旗袍散发出各种布料不同的味道，旗袍还残留着一个风韵女人的气味，旗袍会令男人意乱情迷。花青把眼睛闭了起来，鼻子就贴在旗袍。在她睁开眼睛之前，一个很轻的声音响了起来。声音说，你放开旗袍，你是不是想要弄脏旗袍。花青的眼睛睁开了，她看到了手中仍然托着那块牡丹花图案红布的筱兰花。筱兰花回来了，她要带一件旗袍过去做样子，她忘记带了所以她走到宋家不远的埠头口时就折了回来。筱兰花已经在门口站了很久，她看着一个女人痴了的样子，就站在旁边一直看着。

花青低着头,她走过筱兰花的身边想要走出门去,却被筱兰花挡住了。

筱兰花说,你不许离开,你说清楚,你是不是来我房里偷东西。花青的脸随即涨红了,在很长的一段时间里,她听着筱兰花喋喋不休地说着一些什么。一些人也围了过来。花青没有离开,她只是木然地望着天井里那些或大或小的树,望着树的上方那一小片的天空。筱兰花对着那么多人说,她来我房里,是想偷东西。太太的声音响了起来,太太说,错了,花青不会偷东西,花青只是好奇而已。太太又把头转向了花青,太太的脸上有着明显的不高兴,太太说,在宋家,你不可以有太多好奇心的。

花青不知道人群是什么时候散开去的。在人群没有散开之前,花青一动也不动,她不想离开。人群终于散了开去,只留下了花青和筱兰花对峙着,留下宋朝和香川照之在一边站着。宋朝没有说话,只是拿眼睛看看筱兰花,又看看花青。而香川照之却在不停地劝着,香川照之说筱兰花你一定是误会的,香川照之说都是女人,都是一个院子里生活着的,别这样计较。香川照之说,他不相信花青会想要偷筱兰花的衣服。香川照之的话让筱兰花很生气,筱兰花说你这个小日本懂什么,你为什么那么偏袒小狐狸精。香川照之愣了一下,他说,什么叫偏袒,什么叫小狐狸精。筱兰花说,你这样子帮她说话就叫偏袒,她这个样子就叫小狐狸精。

花青没有说话。花青在筱兰花舌头飞扬中又站了一会儿,筱兰花的话她没听清多少,她只是流了泪。她就挂着泪滴向自己的房间走去。花青在床沿上坐了一会儿,然后她站起了身,打开了另一坛花雕酒。然后她找来了锡壶和酒盏,她开始喝酒,她关着门喝酒,她喝了很多盏的酒。酒让她的身体热了起来,脸孔发烫。花青在天色暗下来以后,打开了门。门外一阵凉风涌了进来,门外的凉风让她打了一个小小的寒噤。但是她还是迈了出去，她被一阵风挟持着走出了庭院。

只有丫头阿毛看到了花青的离开。阿毛站在自己的下人房里，她的身边放着一只碗，碗里有三粒小而干瘪的红枣，像三个瘦小的小老头。阿毛站在木窗前，她看到花青从房里出来，慢悠悠摇晃晃地穿过了庭院，然后跨出了大门。花青一跨出大门，黑夜就涌了过来，把宋家台门全都淹没了。几盏红灯笼，亮了起来，透着朦胧而怪异的红光。阿毛的鼻子抽了抽，她又看了看那几粒红枣，然后，她在床沿边坐了下来，像是坐住了一个春天的夜晚。

3.一场雨淋醒一场女人的醉

花青在夜色里跌跌撞撞地行走。她走到埠头口的时候，看到了那盏昏黄的路灯。路灯装在一堵灰白墙壁的一面，灯罩下有许多不怕春寒的小虫子在飞舞，像是赶集的样子。花青就倚在那面墙上，她的手指头触到了墙上那些不平的坑坑洼洼，她的身体有了墙壁传达过来的凉意。有一条乌篷很轻快地从河面上飞过，像一个影子一样闪过去。船工在唱着一曲莲花落，船工大概喝了一点酒，他的舌头有些大了，所以他的唱词就显得有些含混不清。花青的眼泪不再流了，那些残留着的泪痕，干干地结在她的脸上，绷紧了皮肤。

花青后来站到了那木桩边，她忽然觉得这根黑色的丑陋的木桩有了某种生命。它的一头扎进地里连接着东浦小镇的地气，另一头向天空中捅去，像要捅破一些什么似的。花青的手就轻轻拍打着木桩，木桩发出了沉闷的扑扑声。花青看到了水里的影子，水里站着一个女人，水里的女人在水波里晃动着，有些虚幻。花青后来向水里的女人摆了摆手，她顺着青石板街走着。街上很冷清，一长溜店铺已经上了排门，有一些店铺还亮着烛光。花青就借着暗暗的烛光和青石板淡淡的光走路。偶尔会碰到几个镇子上的人,他们会专注地看着夜里游荡着的女人。走过去了,他们仍然回头。他们看着一个身材姣好的女人的背影,而产生着许多遐想。

花青一直走着,她的目光再次升了起来,她又感到额头的眼睛像长了翅膀似的腾空。在东浦的上空,有夜鸟凄凉的回声,有着一些明明灭灭的灯火。花青看到一个长街上独行的女人,女人穿着月白色的小袄,穿着一条长长的直裤,穿着一双绵软的缎面绣花布鞋。女人走到了一家酒作坊的门口,女人让看门的打开门,女人走了进去。

女人在那堆着坛子的空旷之地站了很久,她摸摸这只坛,又摸摸那只坛。那是一种可怕的静,坛们像一群精灵一样,睁着独眼看着这个走夜的女人。女人开始哼起小曲,她哼着那叫《夜来香》的小曲,又哼起了从留声机里听来的一点也不好听的《樱花之恋》。她的声音并不很大,却有些尖细,有些尖细之中没有缺失的温润。女声就在夜里穿行,抚摸着夜的颜色穿行。浮在半空中的目光笑了一下,它从半空中跌落下来,又跌回到花青身上。花青在一只坛子上坐下来,她想象着白天里酒作坊那种热闹的场面,那让人心动的号子声。而现在酒作坊是她一个人的。那些坛子,那些七石缸,那些色泽醇厚的酒,都是她一个人的。她开始寻找新酒,她果然找到了一台木头做的压榨机。压榨机身上涂着红漆,站在夜色里像一匹马一样。不过花青看不到这匹马身上的红,她只看到一个黑漆漆的影子。压榨机旁边是一缸没有煎过的新酒,月光流了下来,流进了缸里,就像是一缸的月光酒一样。花青想,不如喝了这月光吧。花青的头就俯了下去。一不小心,花青呛了一个酸鼻。

花青喝的是那种涩涩的新酒,没有煎过,酒就不显老不入味,是很难喝的。花青不知道自己喝了多少，她只知道身边是赶也赶不走的一群月光。月光胡乱地把银色随意地抛洒了一地。花青抬头望着月亮，她开始轻轻地笑起来。她向酒作坊的门口走去，她一路走一路轻笑着，她抑止不住地笑。看门人看着这个三姨太的远去，看门人也笑了，看门人清楚地听到了花青打出的一串酒嗝。

　　花青沿着河沿走着，走到河埠头的时候，她停了下来。一个船工撑着乌篷从埠头经过。花青叫住了他，花青说喂你停下来，你载我一程。船工说，载你去哪里。花青说，到哪里就算哪里。船靠了过来，花青上了船，花青钻进了舱里。船工手摇着橹，脚踩着橹，叽叽嘎嘎的声音里，船已经窜出去很远。花青看到了舱里晃荡着的一盏油灯，油灯举着一星点的火，把花青的半个身影照得明明灭灭的。船工的声音传了过来，显得很遥远很不真实。他的意思是要多给一些钱，夜里撑船辛苦。花青说，给你加倍，给你加倍总行了吧。花青刚说完，酒劲就上来了，身子慢慢软了下去，她躺倒在舱里的一张草席上。

　　船工的身边放着一只酒碗，还放着一只盛着茴香豆的大碗。船工总是抽空腾出一只手来，喝一口酒，扔几粒茴香豆进嘴巴。花青说我也要喝酒，我要和你一起喝酒。这时候传来了唱戏的声音，不远处的灯火突然亮了起来。花青看到了一个水上戏台，戏台上点着松明，戏台下聚拢了许多乌篷。花青说，你靠过去，你靠过去。

　　台上唱的是折子戏。那些戏子已经不再年轻了，她们的嗓音也不是很好，她们是在春天的夜里赚点钱糊口。花青让船泊在了台子的正前方，她看到戏子们在演着一个个古代的故事，戏子们总是把那些古代的故事一次次地重演着。花青听了一段《梁山伯与祝英台》，听了一段《西厢记》，听了一段《红楼梦》，听了一段《孔雀东南飞》，还听了一段《汉宫怨》。花青看到那个小生，一下子变成了梁山伯，一下子变成了张生，一下子又变成了贾宝玉，一下子又变成了焦仲卿，再一下子，变成了汉武帝。月光在云层里出来了，又进去了，又出来了，又进去了。月光扭扭捏捏地进去出来，时光就过去了很多。花青想，做一个戏子也是很好的事，做一个戏子可以演那么多角色。这时候花青就想到了筱兰花，她想筱兰花在台上唱戏是什么样子的，是不是扮相俊美，不然的话，宋祥东又怎么会看得上她。花青在想着这些的时候，还不停地往嘴里灌着酒，不停地往嘴里扔着茴香豆。花青的身子有些歪歪扭扭了，船工说，你不要再喝了。花青说，我付你酒钱的，你为什么不让我喝。花青终于醉倒在船上，她看到一条又一条的乌篷散去了，看到戏台上的松明灯在哗哗剥剥响了几下以后，灭了。那些台上的才子佳人，也打着哈欠，在打完哈欠后，突然消失了。戏台安静下来，安静的戏台前只泊着一条船，船上叉手叉脚躺着一个叫花青的女人。

　　船又泊了很久。船工终于操起了橹，乌篷载着一个四仰八叉睡着的女人。女人已经醉了，是那种醉成一团泥的烂醉。乌篷在离宋家不远的船埠头停了下来，船工不敢离开，他也在船舱里缩成一个团打起了呼噜。天快亮的时候，下起了零星的小雨。花青是被雨淋醒的，她睁开眼睛，就有许多雨水流进她的眼睛里。这时候，她看到了一个睡着了的船工；看到了两个撑油纸伞，急急地向埠头走来的人，一个是段四，一个是太太；看到了自己的身上，半盖着一床从舱里拖来的草席。她想动一下，却感到身子骨胀痛。她又动了一下，身子骨又痛了一下。她突然想起了昨天被筱兰花一顿骂，想起了自己迷迷糊糊地闯进夜间的酒作坊，喝了许多还没有煎过的酒，想起了自己坐着乌篷看了好几场夜戏，还在乌篷上喝下了许多酒，然后，就是一个黎明的来临，一场雨的来临。花青哭了起来，她抽抽搭搭地哭，她不知道为什么哭但是她还是哭了。在她的哭声中,天色越来越亮堂,她看到段四叫醒了船工,在他的手心里塞着钱。船工咧开嘴笑了,花青看到他的嘴里露出黄黑的牙齿。她还看到太太手里拿着的一件狗皮大衣,狗皮大衣从一只手传到另一只手,很快就把花青给包裹了起来。然后,一顶黄色的油纸伞就到了头顶。她笑了一下,温柔地看着太太。

4. 三粒红枣一个秘密

花青是醉了,是那种一生之中的第一次大醉。现在花青的酒醒了过来,但是她的身体却没有了一点力气,像一团棉花一样。花青是一团大棉花,这团棉花现在伏在段四的身上。段四走路有些吃力,因为这团棉花老是往下滑着。走不多远,段四就要把这团棉花往上提提。太太撑着油纸伞,她自己被斜雨淋湿了,却替棉花挡着雨,这让狗皮大衣底下的那团棉花再一次有了哭的冲动,仿佛一生的眼泪都会在短时间内流完似的。快到宋家的时候,太太说话了,太太只说了很短的一句话,太太说,你要学会做人了。

花青病了一场,因为醉酒和淋雨的缘故,她病了一场。花青一共生了七天的病,这七天就像是一场长长的梦。梦中宋朝和香川照之一起来看过她,他们在她的床前留下了一些新鲜的橘子,那是从黄岩过来的蜜橘。梦中筱兰花也来过了,只不过她没有进房,她只是站在木窗的外面,一边抽烟一边看着睡着了的花青。宋祥东来过一次,他皱着眉头,很不开心的样子。他对太太说,花青是去出丑的,花青还没长大所以出去出了一回丑。太太笑了,太太说,你不要怪她,以后她不会了。

花青吃了几服煎药,是阿毛替她熬的。花青的病好了以后,力气还是不太有。花青就经常坐在床前,她发现自己做了一个很长的梦。太太常来看她,太太拉着她的手,太太说马上就会好的。花青的头有些痛,像钻进了一些蚂蚁。花青就时常用拳头捶着自己的头。

花青常常在太阳底下坐着,力气渐渐回到了身上。花青的脸上浮起了笑意,她会抬眼看着筱兰花,向筱兰花笑笑。筱兰花也会尴尬地笑笑。她又开始走来走去了,她去西厢房,看着两个男人画越来越多的花雕坛子。他们的身上沾着油彩,他们听着留声机里女人唱歌的声音,他们还是戴着墨镜骑着脚踏车在小镇上穿行,他们把日子过得很滋润很波澜不惊的样子。花青还去了阿毛的下人房,花青记得那时候吃过晚饭,吃过晚饭她只是想随便走走的,她走到了阿毛的窗前。

阿毛的房间里亮着一盏豆一般的油灯。油灯其实是在阿毛的背面,花青能清楚地看到阿毛的整张脸。她的脸盘越来越大了,身子也已经玲珑剔透。有很长一段时间,她就那么站着一动也不动。后来她的手搭在了腰间,她的手指头动了动,裤子就落了下去。花青看到了一阵耀眼的白,是那种少女身上的白。然后又是很长一段时间的静默,阿毛缓慢地蹲下了身子,她的身边是一只小巧的木盆,木盆里冒着些微的热气。然后花青就听到了水被撩起来,又掉入水中的声音。水就重复着这样的声音,一直重复了好几次。然后一只手伸向了不远处的一块布,那块布突然不见了,又突然回到了不远的一张凳子上。花青看到手伸向了床边的一只案几,案几上放着一只碗,碗里躺着三个干瘪如老头的红枣。红枣上系着细小的线,一粒红枣落在阿毛的掌心里,又一粒红枣落入了阿毛的掌心里,再一粒红枣落入了阿毛的掌心里,最后三粒红枣都不见了。阿毛提起了裤子,然后又呆呆地站着出神。花青想到了宋祥东房里那只精巧的蓝瓷碗,碗里那三粒饱满圆润的红枣。

花青轻轻叫了一声，阿毛。声音透过窗格子钻了进去，钻进阿毛的耳朵里。阿毛很牵强地笑了一下。她看到三姨太推开了门走了进来，三姨太用手抱着自己的身子，拿一双大大的眼睛看着自己。阿毛说，三姨太，你为什么这样看我。花青笑了一下，她轻声说，阿毛，是不是老爷让你这样的。阿毛有了很淡的笑容，阿毛说是的，老爷吩咐任何人都不能知道，老爷说可以治病的，这叫采阴，采小姑娘的阴。花青没有再说话，花青和阿毛面对面地站着，站了很久以后，她看到阿毛眼角的一滴泪。就一滴泪。花青看见自己的手伸了过去，其实是一只指头伸了过去，这个指头就按在那滴泪上，把那滴泪给揉碎了。

第四章

1. 两个女人的暗斗

花青的手里也有了一块布料，是有灯芯草扎着的蓝印花布。宋祥东的朋友从乌镇带来了一块蓝印花布，这块布最后落到了花青的手里。花青看到蓝色的棉布上，有着白色的凤凰图案，图案密密麻麻的，挤满了整块布的角角落落。那天的阳光很明媚，花青也像筱兰花一样托着布，她从廊檐下走出去，走到院落里，又走出了大门。花青的笑容浮在脸上，后来她的一只手指头勾住了那根扎着布的灯芯草。她勾着一块布前行，她的方向是小宁波的裁缝铺。

走了很久以后，她才走到裁缝铺。走了很久，是因为花青走得缓慢，她不想走得很快，她想阳光那么好，为什么要走得那么快。她就看着临街的河面上潋滟的波光，她还看着一个在做扯白糖的老人，手里举着黏糊糊的糖体。扯白糖飘着薄荷的清香，这让她有了一些嘴馋的感觉。她买下了一小包扯白糖，糖就盛在一张牛皮纸里，像盛着一种温暖一样。然后她走到了小宁波的裁缝铺，她把那块蓝印花布放到小宁波的台面上，小宁波正在为一件衣服上一粒纽扣，他把头抬了起来，目光先是落在了那块蓝印花布上，然后又落在花青身上。花青在看着别处，漫不经心的样子，嘴角却是含着笑的，就连那小巧的嘴巴，也有着微噘的味道。花青说，我要做一件旗袍，你给我做一件春秋的短旗袍，做成短袖好了。小宁波没说什么，只是笑了一下。小宁波的手里忽然多了一把尺子，他拿着那根尺子在花青的身上比划着，像是要把尺子塞到花青的身体里去似的。量完了，小宁波发出了啧啧的声音。花青说你为什么要啧啧。小宁波说，没想到你也那么适合穿旗袍。花青就笑了，花青说难道只有筱兰花适合穿旗袍？小宁波愣了一下，他说你认识筱兰花？花青说，不是认识，是很认识，我们是住在一个院子里的。我不是早就告诉过你吗，我们是一家人。小宁波若有所悟地"噢"了一声，他一边噢着，一边拿起了一把剪刀。布摊了开来，剪刀在布上游走的样子，就像是乌篷在东浦那临街的河沟里游走的样子。花青看到一些凤凰被分离开来，它们在惨叫着。花青就笑了，花青在心里说，有什么好叫的，还不是穿在我的身上。

　　花青没有马上离开小宁波的裁缝铺，她摇晃着身子，站在铺外的一堆阳光里。她和小宁波有一搭没一搭地说话，时间就那么一晃过去了一大截。在这一大截的时间里，花青搞清了小宁波有两个哥哥和两个妹妹，搞清了小宁波很小就出来做学徒，凭着聪明与勤快自己开了铺子，搞清了小宁波还没有讨到老婆。花青笑了起来，很轻的不太听得到声音的那种笑。小宁波说话的时候,很绵软,像冬天不太猛的太阳,或者像松松垮垮的扯白糖,也或者像是宁波盛产的糯米汤团。花青想起了宋祥东房里的宁式大床,用厚重的木料搭起来的大床,大概也是从宁波运来或是宁波人做的。小宁波说宁波是能看到海的,宁波能看到一望无际的海。小宁波的话中,好像包含着某种诱惑似的。花青没有见过海,只见过东浦小镇纵横交错的河沟,见过绍兴的那么多像血管一样的水网。花青知道酒作坊用来做酒的水是从鉴湖中央取回来的,船过去,将水采入桶里,再带回来。所以,才有了东浦老酒的甘洌。花青就想,海是不是无数个鉴湖堆起来的,海是不是除了水还是水。

花青后来看到了一个女人向她走来。其实女人不是向她走来的,女人是向裁缝铺走来的,女人走到裁缝铺里敲了敲裁衣的台面,小宁波就抬起了头。小宁波的脸上在转瞬间盛开了许多的阳光,小宁波说你来了。花青笑了一下,她的眼光没有再停留在那个女人身上,而是很散淡地抛在不远处的河面上。河面上除了乌篷,就是波光。女人也没看花青一眼,她是来找小裁缝改一件旗袍的,她说好像自己有些发胖了。女人就是筱兰花,筱兰花看到了台子上的蓝印花布,就知道这一定是花青的。筱兰花说小宁波,小宁波这么难看的蓝布是从哪儿来的,用它做什么,如果做旗袍一定很难看,再说又不是谁都适合穿旗袍的。花青有些生气了,但是太太说花青你要学着长大了,花青就没让自己生气。花青想,我一定要穿这件蓝布旗袍给你看看。花青这样想着,身子离开了裁缝铺,她慢慢地向宋家走去。后面传来了小宁波的声音,小宁波说,太太,你过七天来拿吧。花青听到了,但是她懒得回转身去,她只是在心里应了一下。

花青回到宋家的时候,看到了一个陌生的男人。男人是个小个子,有些罗圈腿，走路还迈八字。他戴着一顶油腻的乌毡帽，眯着一双小眼睛，嘴里还叼着一管烟。烟管头上一直亮着一闪一闪的火星，那些烟雾形成一个包围圈，把他包围起来，像他衣裳外面的又一件衣裳。花青说，他是谁。阿毛说他是戏头脑，是二太太的干爹。花青看到他坐在阳光下，和太太说着话。花青就没有回到房间里，她站在廊檐下，等着筱兰花回来。她想看看筱兰花是怎么样和爹说话的，她只是好奇而已。

花青的眼光一直落在大门口。大门口终于出现了一双布面鞋，然后往上是一双温润的小腿，再往上是一件短旗袍的下摆，再往上是略略被旗袍包裹而呈现出的小小弧线，再往上是柔软平坦的小腹，再往上是坚挺而线条柔和的胸部，再往上就是白色颀长的脖子，尖尖的向外微突的下巴，一张小巧的嘴，一个笔挺的鼻子，接着才是一双好看的不大但却有着狐媚的眼睛。眼睛里的内容，是短暂的惊诧，然后在很快的一瞬间，又恢复了她的那种从容。她对着戏头脑很淡地叫了一声，爹。是很淡的一声。戏头脑应了一声，刚应完，就吐出了一口烟。

筱兰花在戏头脑旁边站了一会儿，说了很少的几句话。花青没有听清，但是花青能猜想得出来，那就是戏班还好吗？娘还好吗？姐妹们还好吗？筱兰花有些心神不定的样子，再站了一会儿，她就回房了。太太仍然坐着和戏头脑说着话，戏头脑好像很乐意和太太说话一样。太太的脸上浮着平和的笑容，太太的笑容让花青很难想象她和开耙师傅毛大在米袋上的情景。那时候太太敞着怀，两只白而松弛的乳房晃荡着。太太的头发蓬乱，脸色潮红，呼吸急促。太太在米袋上的形象现在叠印在了她阳光下平和的笑容中。花青揉了揉眼，又揉了揉眼，她揉了无数次的眼，终于她发现自己的眼睛在疼痛，是眼睛底部传上来的疼痛。

宋祥东从房里出来了一次，他和戏头脑很简短地说了几句话。宋祥东从房里出来的时候，戏头脑站起了身，很谦恭地垂着手弯着腰立着。宋祥东的脸上倒是堆满了笑容，但是他的笑容里仍然有着一种居上临下的味道。宋祥东很快就回房了，花青看到这个常年喜欢待在房间里的男人脸色越来越苍白了。段四走了过来，他走到戏头脑的身边，给了他一些钱。戏头脑的眼睛鼻子嘴巴都笑了起来，挤成了一堆，分不清彼此了。

这天戏头脑和宋祥东一家一起吃饭。他们都围坐在一张大桌子前，等着宋祥东的出现。宋祥东白着一张脸从房里出来了，他坐到他固定的位置上，举起筷子夹了一筷大蒜炒豆腐干。他说，吃吧。大家的筷子就都举了起来。不太有说话的声音，只有太太，吃饭的时候还挂着笑容，她在往戏头脑面前的一只空碗里夹菜。戏头脑在喝酒，一桌子的人，只有戏头脑在喝酒。没多久戏头脑额头上的筋就有些粗大了，像爬满蚯蚓的样子。宋祥东吃完饭，抬起了头，他一直看着戏头脑，把戏头脑看得有些发怵了。戏头脑一不小心，一只筷子掉在地上，他弯腰去捡，整个人都钻到了桌子底下。等他那小巧的头再一次从桌面上升起来时，脸上堆起了一个向众人讨好的媚笑，是一张比哭还要难看几分的笑脸。宋祥东也笑了一下，他边笑边站起身来，他的笑声中有冷笑的成分。他闪身进了自己的房间，进入房间以前，他的声音传了过来。声音是传给段四听的，声音说，段四，姥爷走的时候，给他带上两坛花雕。

花青小口地往嘴里扒着饭，宋朝和香川照之已经吃完了饭，他们坐在桌边，用别人听不懂的日语笑谈着一些什么。这令筱兰花有些生气，她以为是在说她的干爹什么不好的话。筱兰花皱了一下眉头，她有些厌恶地看了戏头脑一眼。戏头脑却仍然顾自己喝着老酒，他把自己的嘴唇和一小撮胡子都浸到了那碗酒里，咕嘟嘟喝下去一大口。不一会儿，他走路的样子就有些摇摇晃晃了。他开始唱戏给大家听，他说我要唱戏了，你们听好，是免费的。他脱掉了毡帽，露出一个癞子头，然后他开始为大家演唱免费的戏。筱兰花溜进了房间，没有再出来。戏头脑的戏唱得很难听，而花青是一个最好的观众，花青一次次地鼓掌，是为了让屋里面躲着的筱兰花难堪。戏头脑又不是戏子，他唱的戏也就不太好听了。他唱了很久，离开宋家的时候，仍然在咣锵咣锵地唱着。段四让人抬着两坛花雕跟在他的身后，那是两只粗劣的大坛子。段四说，给他抬到船上吧，让他到船上去喝酒唱戏。戏头脑摇摇晃晃地摇出了宋家，在大门口一闪，和他嘴里发出的咣锵咣锵一起消失了。

2. 女人身上一场哭

晚上花青睡不着觉，花青翻来覆去地睡不着觉。她听到了屋外猫的叫声，那是一只叫春的猫，那种很凄惨的声音让她睡不着觉。于是她就想起太太在米袋上的情景，想起香川照之把她从后面环住的情景，想起宋朝在藏书楼里把她拥在怀里的情景。花青突然觉得身体里多了一条蛇，这条蛇游动着，想要蹿出来。而花青自己一直用意识关着这条蛇，这条蛇游出来，它就会闯祸。花青索性坐起了身子，她点亮蜡烛的时候，看到暗暗的光线中，墙壁上那只壁虎又伏在那儿了。

花青就在暗暗的光线里坐了很久。她听到了一种遥远而熟悉的声音，这种声音让她披起了衣裳。花青小心翼翼地下了地，她追着那种遥远而去，她要去见见遥远。声音像一根细长的线，她就顺着细长的线，一点点走过去。她终于寻到了遥远，遥远就在筱兰花的屋子里。

花青披着衣裳站在筱兰花的屋外，她抬头看到了半个月亮，半个月亮用淡淡的月光看着她。呻吟的声音又响了起来，呻吟的声音让花青不可遏制地竖起了一只手指头，那只手指头在自己的身上行走和摸索，像是要寻找到命门一把按住似的。手指头最后徒劳而返，手指头伸向了自己的舌头，在舌头上蘸了一点口水，然后手指头毫不犹豫地伸向了窗纸。窗纸遇水洇了一个小小的湿圈，花青一只大大的眼睛就贴在了湿圈上。

花青看到宋祥东穿了一件白棉布的褂子，他坐在床边，手里拿着一把鸡毛掸子。他的手里捏着的是掸子的羽毛部分，他的另一只手中拿着一只酒杯。他在喝酒，他在一杯又一杯地抿着酒。而那把鸡毛掸子的另一头却不见了，另一头和筱兰花的身体长在了一起。宋祥东捏着鸡毛掸子的手动了动，筱兰花的呻吟声就又响了起来。筱兰花发出的声音，像一只爪子，从窗户里边伸出来，一把伸进花青的胸膛，把她的心给抓了起来。花青看到宋祥东笑了起来，他的脸在红红的烛光中有些变形了，他的脸上的嘴眼鼻全都拧在了一起。

花青呆呆地站着，很久以后他听到了宋祥东的哭声。花青又把眼睛贴在了窗户上，她看到鸡毛掸子已经丢在了一边，而宋祥东伏在筱兰花的身上，开始一场半夜里的绵长哭泣。他的哭声是低沉的，在夜色里显得更加低沉，像是从一个闷罐子里不小心逃出来的声音一样。他哭的样子有些像小孩，呜呜呜呜，还耸动着肩膀。筱兰花没有穿衣服，却穿着裤子，裤子已经被褪到了脚边。她的眼睛睁着，呆呆地望着床顶。她一句话也没有说，她一动也不动，就像一个死去的女人。宋祥东的哭声丝毫没有见停的样子，花青就想，难道宋祥东的眼泪就流不完吗。花青就想，真是天数，一个没有用的男人，同时拥有着三个老婆。而一个叫胡运的木匠，身体健康，每餐能吃三碗米饭，却没能讨得上老婆。

花青站在筱兰花的窗前,她看到了筱兰花雪白的肉身,她看到她不大不小的胸,看到了猩红的乳头,看到了平坦的丝毫没有赘肉的小腹,看到了白而长的腿。花青想,如果我是男人,我也会喜欢她。宋祥东的哭声渐渐小了下去,他躺了下去,并且把一床被子抛在了筱兰花的身上。筱兰花仍然一动不动,被头盖住了她的鼻子和嘴巴,眼睛却露在外面,她的那双眼睛,就那么散淡无神地睁着。

花青回转了身子,她想回房去睡觉。这时候她吓了一跳,因为她一转身看到了段四,段四其实就站在她的背后不远的地方。她想尖叫的,但是她张开嘴的时候才发现发不出声音了,是被吓得发不出声音的。段四像没事一般,他说三太太,晚上别乱走,会撞鬼的,老太太离世还不到一年,你得小心一些。段四说完就转身回去了,花青的身上,却起了一层层的鸡皮疙瘩。她看着天井里的那些大小不一的树,她就会想老太太会不会突然出现。她逃进屋子,一颗心还在怦怦乱撞。她把自己靠在门上,她看到了墙上的那只壁虎,壁虎好像笑了一下,缓缓地爬开了。

3. 女人之间的斗争

筱兰花并不是一个太爱喝酒的人,但是那天她连喝了三盏。在筱兰花走向西厢房之前,她的身体就洋溢着一种酒意。筱兰花喝酒的时候还是上午,她醒后不久就开始找酒喝了。宋祥东已经离去,像一个夜间造访过的影子一样,在天蒙蒙亮的时候消失了。筱兰花用的是大盏,每一盏她都一口气喝了下去。花青早上起来洗漱了一番后,站到了院子里。春天,让土地如此温软,让空气也如此温软。花青在一种温软中,看到一个同样温软的女人,穿着一件淡青的旗袍,从她的房里走了出来。她的眼睑有些肿胀,头发也没有梳理,散发着被窝残留的味道。她走路的样子有些跌跌撞撞的,身子前倾,好像还没有完全从睡梦中醒来。

花青说,你怎么了。

花青的声音在这个清晨,显得有些脆生生的,有那种嫩黄瓜的味道。筱兰花停住了脚步,她好像有些怕冷的样子,她的眼睛里含着红红的血丝,像兔子一样红着眼睛。不要你管,筱兰花说不要你管,不用你多管闲事。筱兰花的声音里,含着一种恶声恶气的口吻,令花青不敢再说话。西厢房的门无声地开了,筱兰花像一只蝴蝶迎向一片花丛一样,跌了进去。

花青在院子里站了很久,然后她慢慢向西厢房走去。她看到半开着的门里,筱兰花坐在一张圆凳上,一条腿架在另一条腿上。她的目光什么也没看,就那么直直地落在地上。手里,是一支燃着的烟,另一只手里,是一盏酒。一小坛花雕已经打开了,放在桌子底下,正往外溢着一阵一阵的浓香。花青看到筱兰花的胸前洇了一大片的湿,花青想,这一大片的湿,一定是筱兰花喝酒时,从下巴漏下来的。筱兰花吸几口烟,然后饮一杯酒。再吸几口烟,再饮一杯酒。香川照之替她倒酒,香川照之一定自己也记不清替筱兰花倒了几次酒了。香川照之的一件学生装,就披在筱兰花的肩头上。学生装像一枚针,扎了花青的眼睛。很长一段时间里,花青的眼睛里就始终是那件青黑色的学生装。

筱兰花的腿开始晃荡起来,她的眼波忽然就活了起来,她看了花青一眼,说,你走开。花青没有走开,而是睁着一双大眼安静地看着她。筱兰花又重复了一次,说你走开。花青还是没有走开,花青轻声说，筱兰花，你凭什么，你凭什么让我走开。筱兰花不再理花青，她知道无法让花青顺利地离开的。筱兰花顾自己喝酒。香川照之手里多了一张唱片，他把唱片放到留声机里，轻轻摇着。一个日本女人在唱《樱花之恋》了，香川照之跟着一起唱。香川照之的声音有些难听，调也唱不准，但是筱兰花却和着节拍一下又一下拍起掌来。花青是站在门槛外的，门槛外的她感受到了门槛里传来的那种苍凉和怀旧感。筱兰花从凳子上站起来，她走到了香川照之的面前，从花青的视角望进去，看到的是她斜着身子的样子。花青只看到她弧度很好的背影，看到她对着香川照之的脸上喷了一口烟。其实香川照之是在唱着《樱花之恋》的，他伸出一只手赶了赶眼前的烟雾。筱兰花第二口烟又迎了上来，筱兰花还伸出手来，在香川照之的脸上拧了一把。花青只看到一个温软的女人的影子，在烟雾缭绕中，伸手拧了一把香川照之的脸。香川照之却还沉浸在樱花的爱情中。

　　香川照之把自己靠在放留声机的那张四仙桌上。花青走了过去，她直直地站在了香川照之的面前，拿一双大眼盯着他看。香川照之的眼睛里没有了内容，只剩下两个瞳仁。花青说，你一定是想家了，你是不是想你老家的那些樱花了。香川照之并没有理花青，嘴唇还在动着，跟着留声机的声音哼着他老家的歌。花青又说，香川，我在跟你说话呢。这时候筱兰花站起身来，走到花青面前，这就把花青和香川照之隔了开来。筱兰花仰起头对着屋顶吐了一口烟，她又看了看花青。她的手指头动了动，节奏很快的，然后花青就看到有一些细小的烟灰从香烟上脱离开来，落在了地上，破败地散了开来。筱兰花又弹了弹烟灰，筱兰花的意思是在向花青示威。

　　花青笑了笑说，你真行啊。筱兰花耸了耸肩，她的肩上还是披着香川照之的一件学生装。花青说，香川，宋朝呢，宋朝干什么去了。

筱兰花接上去说，宋朝又不是你的，宋朝去酒厂了，他想烧一批小巧美观的花雕出来，生产出一批上好的花雕酒。花青又笑了，她突然伸出了一只手拍向筱兰花的衣襟，她说二姐你知道我抓了什么了吗。筱兰花说，苍蝇。花青说，你错了。花青的手掌心放了开来，她的掌心躺着的是一粒淡青色的盘扣。花青仔细地玩着那粒纽扣，花青说，一粒扣子，也会花去小宁波很多时间的。筱兰花不再说话了，她把手伸过去，轻轻触碰到了花青的手指头。这是两只好看的手的交汇，都是白净的，都是纤长而绵软的，指甲都闪着淡淡的玉色的光芒。筱兰花的手指头抵住花青的手指头，一点点把花青的手指头抵离了那粒盘扣。花青的手就落了下来，无力地晃荡了一下，最后花青的手摸住了自己的一粒扣子。筱兰花笑了起来，她说三妹，你知道吗，别人家的扣子是不太好去动的，动不好就会出问题。所以，三妹你要好好管管那双不怎么样的手。

第五章

1. 三个人在画室的光景

花青去了一趟小宁波的裁缝铺。小宁波正在铺子里忙活着，他看到花青出现在屋檐下。和花青一起出现的是一小缕阳光，阳光半明半暗地投在花青的脸上，可以看到她细密的绒毛。花青笑了一下，说，我的旗袍呢，我的旗袍做好了吗。小宁波也笑了一下，手里突然多了一件蓝花布的旗袍。在春将逝夏将至的日子里,穿这样的单旗袍刚好适合。旗袍挂在一个衣架上,旗袍上的那么多凤凰在安静地飞着。花青又笑了,她一直笑着,她伸出手去把旗袍接了过来。然后她付了钱,她拎着旗袍快速地行走。旗袍像是没有脚的女人的灵魂,在风中略略地飘动着。花青带着一个影子走,带着旗袍上的一群凤凰走。远处,凤凰叫了一声,凤凰叫了一声又一声,花青听得很真切。

　　花青在自己的房间里换上了旗袍,她突然觉得自己变高变窄了。然后她从脖子上那略显坚硬的领子开始抚摸,她抚摸自己小巧结实的胸,抚摸襟上那蓝色的盘扣,抚摸自己柔软的小腹,抚摸屁股和膝盖。旗袍不是很长,刚过膝盖的样子。脚上,她穿着一双有搭襻的半高跟绒面鞋。她突然想,怪不得筱兰花的房间里,立着一个小巧的青花瓷瓶,原来穿上旗袍,要站到青花边上去,才会那么协调。蓝印青花,也许是天生绝配。花青推开了自己的房门,她向外走去。花青的脚步缓慢,她想让人看到她穿着的蓝印旗袍。

　　一群声音从不远的太太房里跑了过来,这群声音争先恐后地拉起花青就跑,它们说花青你来,花青你跟我们来。花青循着声音的方向向太太的房间走去,太太的房门敞开着,他们在搓麻将。他们是太太,是筱兰花,是宋朝和香川照之。香川照之不会搓,他正在跟着他们学,所以他的神情看上去很专注。他们在笑香川学搓麻将的过程中,犯了一个不该犯的错误。太太抬眼看到了倚在门框上的花青,太太笑了,她向花青伸了伸手,她说花青你到我后边来看我们搓麻将吧。宋朝的头也抬了起来,他的目光,就像一只鸟一样飞过来,栖息在花青的身上。香川照之也多看了花青一眼,他用蹩脚的中国话说,花青,你大大的漂亮。花青不说话,她只是微笑,她变换着站立的姿势,她想要做出来的是不经意间流露出来的万种风情。

筱兰花也看到了花青，她的脸上有了片刻的惊讶，然后就释然了。她盯着蓝印花布的旗袍看了很久，然后才说，是小宁波做的，东浦镇再也没有谁能做出这样的旗袍。花青说是的，现在小宁波不专门替某些人做旗袍，小宁波只要你找上门去，他就会替你做。太太说，人家是裁缝，你出钱了，人家当然愿意替你做。

他们继续搓麻将，他们把一副牌和一张桌子制造出来的声音弄得很夸张。花青在这样的声音里走出了太太的房间，她感到背后多了四道目光，四道目光的内容都是各不相同的。她穿过了院子，看到阿毛像一尊雕像一样站在宋祥东的房间门口发傻。然后她就走出了大门，来到东浦镇的青石板街面上。花青的旗袍，是这个小镇春天里的一面蓝色的旗，这面蓝色的旗正在微风中招展着。她从这头走到那头，抬眼看檐角漏下的阳光，问店老板一把扇子的价钱，买一串炸响铃拿在手上边走边吃，抚摸一个从她身边走过的剃着畚箕头的男孩的头，笑着看一条河沟里漂着的菜叶，和一些面熟的人打招呼。一个下午，都被她在青石板街面上走来走去给走掉了。许多时候，她抚摸着旗袍上微微突出的凤凰图案，想象着自己缀着那一身的凤凰，然后她听到了凤凰鸣叫的声音由远而近。后来她一头扎进了小镇的黄昏，她推开了黄昏的门，看到宋家台门里一群表情木然的人。

有时候香川照之会在画室里支起画架画一些颜料画，他把那些色彩调得很淡，所以他让人看到的都是淡淡的画，仿佛有雾和烟在画面上飘忽不定的样子。宋朝也画，只不过是宋朝会把画直接画到光秃秃的坛子上去。有时候是花青站在香川照之的身后，有时候是筱兰花站在香川照之的身后，有时候，两个女人都出现了。她们不说话，就那么在屋子里站着，有时候也会相互看看。筱兰花喜欢听留声机里的一个女人唱《夜来香》，筱兰花说女人其实就是夜来香。有一次花青对香川照之说，我要向你学画，可不可以。花青微蹲着身子，两只手支在膝盖上，那时候她正在看香川照之画画。香川照之的耳朵边热了一下，有许多绵软的话落在他的耳朵里，他听到了花青的呼吸声，闻到了花青身上特有的气味。香川照之艰难地抬起了头，他不敢看花青的眼睛，他点了点头说，可以的，怎么会不可以的呢，花小姐要学画，是香川的荣幸啊。花青看到这个胡子刮得光光的男人那张略显窘迫的脸，轻轻笑了。这时候她看到宋朝抬起了头，他的面前是一只画了一半的坛子，他的手中还捏着笔，他听到了花青的话所以他停止了画画。他看了花青很久，眼神里有些失望。但是他什么也没有说，他只是在心里说了一句话，他心里的话是，你为什么不愿学画花雕呢？为什么要学画在纸上的画呢？

夜里花青来到了太太的房间。太太的房间里亮着两支大大的蜡烛，烛光很轻地摇了一下，就把太太的笑容也摇得歪斜了。太太说，花青你有什么事。花青在她的身边站了下来。太太伸过一只手来，花青就捧住了太太那只略微显凉的手。花青一直捧着太太的手，花青说太太，我想在香川照之那儿学西洋画，我没有什么事情可做，所以想学，你看行不行。太太说当然行，学画有什么不行的。花青的心里叽叽地笑起来，但是她的脸上只是浮了一个淡淡的笑，像香川照之调出来的那种淡色的颜料一样。

花青开始和香川照之一起画画了，西厢房变成了三个人的画室。宋朝的话越来越少，他就像一个哑巴一样，有时候一整天都一言不发。花青有时候会触到香川照之的手，有时候两个人会看着对方身上的颜料无声地笑起来。筱兰花仍然来，她是来抽烟的。那天她倚在留声机的那张桌子上抽烟，她边抽烟边看着香川照之和花青，然后她笑了起来，是那种轻笑。筱兰花说，花青你错了，你会后悔的。花青抬起头，从一幅即将完成的风景上抬起头,花青说你指的是我画画吗。筱兰花说,算是画画吧,你信不信你会后悔。宋朝也接上了话,他说花青,你会后悔。花青说,画画有什么大不了的,有什么可后悔的。筱兰花就说,那你为什么不学画花雕,而学画画。一种是画在纸上的,一种是画在坛上的,两种画法都差不多。所以我说,花青你错了。花青的手中仍然拿着画笔,但是她的脸却慢慢地红了起来。花青站起身,把画笔扔在一堆颜料中。香川照之说花青你怎么了,花青说,没什么。

香川照之给花青画了一幅画,花青就站在一扇木窗旁边,两手搭在小腹上,睁着大大的眼睛,看很远的地方。窗下是一张小桌,桌上的花瓶里,是一束黄颜色的小花。那天香川照之让花青站着,他给花青摆了这样一个姿势。在扳动她的肩头时,他的手突然有了片刻的停顿。这个停顿,让花青的肩膀莫名其妙地颤抖起来,好像所有的血液都在放开大步向肩部奔来。此后的很长一段时间里,香川照之都画得很认真,而花青已经忘了自己是在摆一个姿势。她只是听到了凤凰的鸣叫,好像是从东浦小镇的上空传来的。那时候她就入神了,她一动不动地保持着同一个姿势。在一边画花雕坛子的宋朝,看到花青的这副神情,就呆了,就呆得一动不动,张着嘴手里举着画笔。

香川照之从一只扁圆的小铁盒子里取出一些东洋糖果,他把糖果举到了花青的面前。花青从恍惚中醒过神来,她下意识地抓了一粒糖。剥了糖纸,放在嘴里吃着。香川照之又把小铁盒送到了宋朝的面前,宋朝没有抬头。香川照之说,宋,糖。宋朝仍然没有抬头,但是他却说话了,他说香川,请你把盒子拿开,你的盒子在我面前晃来晃去,让我难受。

宋朝后来丢下了画笔,他向门口走去。花青和香川照之仍然站在窗下,他们嘴里都含着糖,所以他们感觉到了从舌根下涌上来的甜蜜。

花青看到宋朝寡欢的样子，就叫，宋朝，宋朝。宋朝的人影在门口一闪，不见了。这时候花青走到那只坛子身边，她看到坛子上一个眉目清秀的观音坐在莲花台上，而莲花的花瓣只画了一半。花青想，是不是另一半，在等待着某个暗夜开放。

2. 春风沉醉的夜晚

花青在河埠头和宋朝有了一次相逢。那时候宋朝正在急急地行走，花青却站在埠头。埠头是花青来时的路，花青喜欢站到那根乌黑的木桩下。她看到宋朝穿学生制服走了过来，宋朝站下了，宋朝打量着她。她笑了，她嘴角含笑低着头看自己的一双鞋子。后来她抬起了头，她说宋朝你是不是有些生我的气。宋朝说，没有，我为什么要生你的气。花青就叹了一口气。

他们不再说话，有一些乌篷很快地在河面上一闪而过。风从他们的身边经过，花青看到不远处的一座石桥时，突然想到了她曾经和一个叫胡运的木匠，站在石桥上说一些话。那时候也像现在这样，风从身边经过。她还想起一个穿着丝绸裯子的老爷，站在桥上时突然看到了埠头上一个正洗着青菜的女子。没过多久，这个女子就成了老爷的三姨太。花青想着这些入神，她一点也没有发现一个叫宋祥东的人和一个叫段四的人，正向这边走来。他们是一起去看酱园的，他们停下了步子。宋祥东说，你们在这河埠头干什么，是不是没事干了来看一条脏兮兮的河沟。宋朝没有理宋祥东，他把头别向了河面，所以他一定看到了一条乌篷小船快速地驶过。花青说，我们刚在这儿碰上，宋朝说三妈我想和你说件事，他想让我帮着她一起画花雕。我答应了。

花青故意突出了"三妈"两个字。宋祥东离开了河埠头，离开以前他咕哝着说，画什么花雕，坛子好看有个屁用，关键是要坛子里的酒好。宋朝的目光从河沟上拉了回来，他望着宋祥东的背影，然后他又听到花青说，宋朝，你不要生我气，明天开始，我也跟着你学花雕。宋朝说，不要难为你，你不喜欢画花雕的。花青叹了一口气，花青说宋朝你真是不懂，我喜欢画花雕的，我还喜欢喝花雕酒，但是，我是你的三妈，你知道吗。

花青开始学画花雕了。西厢房里飘荡着石笕茶的清香，这是采茶的季节，他们喝的全是碧绿的新茶。宋朝仍然不爱说话，许多时候他们用手势和眼神交流。香川照之有时候也和他们一起画花雕，因为宋朝的话不多，所以香川照之就常和花青说着话。筱兰花穿着一件黑色的旗袍，旗袍上绣着一朵红色的花。花青不知道这叫什么花，也许是牡丹，也许不是。她为他们摇着音乐，摇出了《夜来香》，摇出了《侬意如旧》，摇出了《阁楼相思》等等的小曲。宋家的院子因为有了这样一台留声机，而显得不再那么冷清。

宋祥东已经很久没有来花青的房里了。花青以为宋祥东一定是忘了自己，宋祥东的忘却让花青有了一种轻松和愉悦。那天她在天井里摇摆着身子哼歌，筱兰花走了过来，筱兰花说，花青你怎么这样高兴，做人不能高兴过头的。花青说就许你高兴，就不许别人高兴？这个时候宋祥东从屋里出来了，他伸了伸腰，没有人知道他出来是干什么的，他听到他的两个女人的对话时，笑了一下。他的下巴有些尖，他笑的时候，下巴就更尖了。他走了过来，走到两个女人的身边。筱兰花说，老爷，花青这些天很开心，心情一好，人都变得更漂亮了，你看她像不像一杆绿油油的葱。宋祥东就眯起眼睛看了花青一会儿，他伸出手拍了拍花青的肩，好像要拍下一些内容似的。花青愣了下，她看到筱兰花不怀好意的目光，就恨恨地瞪了她一眼。筱兰花没说什么，转过

花　雕

身，向自己的房间走去。走到房门口的时候，筱兰花突然回转身说，其实你也蛮适合穿旗袍的，蓝印布的旗袍好是好，就是显得太单了，你不可能只有一件旗袍的，真的。筱兰花说最后两个字的时候，人影已经闪进了屋里。就连门，也在瞬间合拢了。

宋祥东呵呵笑起来，是那种与他的年龄明显不符的憨小子的笑。宋祥东说，她说得对，花青你去买布料，你去扯一块好一点的布料，让段四去布行结账好了。宋祥东还想说一些什么，但是他突然发现想说的话一下子说完了，于是他只好又接着呵呵了几声。宋祥东后来还是离开了院子，花青看着他的背影想，今天晚上是躲也躲不过了。花青心情一下子黯淡下来。

晚上宋祥东果然来了。他坐在床沿上看花青的样子。花青在喝酒，她没有用锡壶，也没有用酒盏，而是拿着一只蓝边大碗喝着花雕。第二坛的酒，已经只剩下一半了。花青的身上，有了一种酒的味道。她喝了几个月的酒，却把自己的气色越喝越好了。宋祥东看着她喝酒，宋祥东说你知不知道，有味道的女人，是会喝酒的女人，是有些微醉意的那种女人，还有就是像筱兰花那样的旗袍女人。她不像一个戏子，一点也不像，她像的只是女人。宋祥东说了好些话，他并没有喝酒，话却比平时多了好些。花青听明白了，他在讲的是什么样的女人是好女人，花青的心里就笑了一下，花青想你自己不是一个男人，怎么还可以评价谁是好的女人。

花青把碗里的酒一饮而尽，然后她把那只蓝边碗放在了梳头桌上。梳头桌上有一面镜子，镶着青铜，是镂着青铜花纹的。花青看到了镜子中的自己，脸上有着一丝丝的酡红。她对着那面镜眨眼睛，吹气，小声哼曲。宋祥东说你怎么啦，你怎么像一个孩子。花青把镜子放回到梳头桌上，然后她走到床边。她的手落在衣领下的那粒蓝色盘扣上。

扣子跳起来，从扣眼里跳了出来。她的手指又落在襟上的那粒盘扣上，又一粒扣跳了起来，从扣眼跳出来。许多粒扣跳出了扣眼。然后，一件蓝色的短旗袍，轻轻落在了地上。像一只大鸟从天空的突然降临。接着，花青开始脱贴身小衣，那些白色的贴身小衣，留着花青的体温与身体的气味。它们从花青的身上脱离开来，落在那件地上的旗袍上。

花青像一只未经上彩的裸瓷，她的皮肤泛着一种玉色的光芒。宋祥东的手举起来，正确地落在花青的肩膀上，然后手又从肩膀上下滑，滑到花青的胸前。那儿，是饱满结实而且小巧的。花青看到宋祥东的嘴唇抖动了几下，他的唇上看不到胡子，只看到淡青色的绒毛。宋祥东的嘴凑了过来，他含住了花青，所以他的发音也变得含糊不清。他说，好花青，好花青，真是好花青，花青你真好。

花青钻进了被筒，像一条大大的白花蛇。在吹灭蜡烛以前，花青看到是一个瘦弱的宋祥东，呈现出他那灰黄的皮肤。他颤颤地一丝不挂地钻进花青的被窝，然后他的手开始在花青的身上自由地奔走。宋祥东说，花青，你为什么让我看到了你，你为什么要在桥下洗青菜。花青说这是命，命中注定我要受苦。宋祥东说你受苦了吗，你吃香的喝辣的，你想要什么你就跟我说，你怎么可以说受苦了。你这样说，好像我宋祥东养不起你似的。花青叹了一口气说，算我说错了好吗。她把自己的双腿曲了曲，因为宋祥东把手在往她的小腹以下伸展。他的手，像一头干瘦的螳螂。

那只墙角的壁虎又出现了，它在等待着虫子的出现。在漫长的过程中，它看到了一床温暖的被和一个并不温暖的女人。女人发出了很轻的呻吟，她的手抓紧了被头，是因为一个叫宋祥东的人用手指头把她杂乱无章的欲望，理出了一个头绪，并且费尽力气地一点点拉出来。现在，欲望完全裸露在这个春天的夜晚了，但是宋祥东没有为花青的欲望付出一些什么，他很潦草地爬上花青的身子，很潦草地胡乱地在花青的小腹上留下了一点什么，然后他懒懒地翻下身来。花青的双手抓紧了被头，她的嘴里也咬着被头。这是一床并不很厚的被子，很轻巧的样子，像一个十多岁的女孩子。花青的头发在这床薄被的一角露了出来，头发散乱着，头发也充满了欲望。她的身子扭动起来，发出了轻微的嘤咛声。她的声音越来越大，扭动的幅度也越来越大，面色潮红，很狂乱的样子。宋祥东被吓坏了，宋祥东说你怎么啦，他看到了花青那张略略有些变形的脸。

花青是很久以后慢慢平静下来的，她的手松开了被角，她的嘴松开了被角，她的身子也彻底地松开来。她看到自己的目光从门缝里溜出去，然后跳上屋檐，然后跃上半空。她看到了夜色中的宋家台门，筱兰花的房间里还亮着光，一个叫香川照之的日本人躲在西厢房里小声地唱着歌。然后，她看到了站在她门口的一个男人的身影，这个男人一动不动，把花青吓了一跳。花青终于看清这个人就是宋朝，宋朝站成了一截木头的形状。花青轻声对宋祥东说，外面有人。宋祥东从床上跳了起来，他披了一件单衣，然后打开了门。门外空空如也，宋祥东嘟哝着重又爬到床上。宋祥东说，瞎三话四的，哪儿有人？

花青躲在被窝下，轻轻笑了起来，轻轻地在心里说，宋朝，我是你的三妈。

3. 女人在风中的衣恋

天气已经不能叫做温暖，而应该叫做略略有些热了。所以令人显得臃肿的衣裳，都在每个宋家人的身上除去了，像剥去一层笋壳一样。花青觉得自己走路轻快，觉得自己会飘起来，像一只鸟一样飘到一棵大树上。他看到了穿着单衫的阿毛，那才是无限的春光。那么精神地干着活，脸上皮肤光洁，永远有着好气色。仿佛她每走一步，都会从身子底里向外发出一种力。花青看到了阿毛的小腿肚，结实圆润而且透着惊人的白。阿毛从花青身边走了过去，走过去时她叫了一声三太太。她的手里，端着的是一碗药。花青叫住了阿毛，花青说，阿毛。阿毛停了下来问，三太太什么事。花青笑着看阿毛的脸，阿毛扁平的脸上有着三两粒猩红的小痘，脸上还有着一种令你的目光都会感到光滑的东西。花青说没什么，只是叫你一声而已。

阿毛就端着药碗走向了宋祥东的房门。

宋朝和香川照之穿着短衫出去跑步，或是骑上脚踏车，在这个已经变得温热的东浦小镇骑来荡去。花青看到酒头脑毛大进了院子，毛大是酿酒厂的开耙师傅，毛大站在院子里刚好碰到从里面出来的太太。花青站在廊檐下，看到毛大对着太太叫了一声，他说太太，我找老爷，我想给工人们结一次账，已经很久没有结账了。太太说不如先找段四吧，让段四再和老爷去说。太太就只说了这么一句，就又匆匆走了，像要逃离一个不祥的地方似的。毛大又剩下一个人了。花青看到了毛大有些不安地在院子里踱步。花青就叫了一声，花青想不起来应该称呼他什么，所以他最后就叫他酒头脑。花青说，酒头脑，你过来。毛大在寻找着发声地方，他看到了向他招手的花青。毛大走了过来，他叫三太太。花青说，工人们的账为什么要你来结的。毛大说谁让我是酒头脑呢，他们的工钱，每年都是段四发到我这里，我再发下去的。花青说，那你找段四吧，段四就住在那间屋。花青的手指头竖了起来，白皙的手指头为毛大制造了一个方向。毛大就顺着那个方向看过去，他看到一个脸上棱角分明的男人，正向这边走来。于是他迎了上去，赔着笑脸对着那个男人说话。花青隔着那么一段距离听不到他们说些什么，她只是把自己的身子伏在了栏杆上，然后晃荡起其中的一只脚。他看到段四进了宋祥东的房间，一会儿又出来了。段四和毛大说了一些什么，毛大走的时候，花青看到了毛大脸上失望的表情。

花青想要再做一件旗袍，她从镇上的曹德布庄买回了一块月白丝绸，月白中带着少许的灰。花青手中托着这块丝绸，向小宁波的裁缝铺走去。花青的手感受到了丝绸的滑溜，像两个皮肤光滑的人不小心的一触。而她身上穿着的是蓝印花布做成的旗袍。她就走在青石板街面上，她的脸上盛开着阳光一样的笑容。许多人看着她，许多人看着一个女人款款而风韵地行走，连她带起的一丝细小的风，也有着与众不同的风情。许多店铺晃过去了，花青站到了小宁波的铺子前。小宁波说，我在等你，我知道你会来的。

这一次小宁波没有为花青量身体。小宁波把丝绸面料摊在了裁剪台上。他举起了剪刀，剪刀迎向丝绸。花青说你为什么不给我先量一量。小宁波的头没有抬起来，他的目光显示着一种专注。小宁波说，我上次不是为你量过一次了吗，以后你来我店里做，我就再也不用量了。除非你变得很胖或很瘦。小宁波又说，你们家二太太，我也只量过一次。

花青就坐在了一张凳子上，花青把一条腿架在另一条腿上，眼睛望着店铺外边。店铺外边的人走过去很多，但是花青却没有去留意，她的目光散淡，她的目光现在是用来看风景的，而不是用来认人的。小宁波说，你们家老爷多大了。花青说，我不知道。花青想了想又说，你问他年纪干什么，比你大多了。小宁波说我只是随便问。小宁波又说，你们家少爷是干什么的。小宁波嘴里说着话，手中的活却是很利索的。花青说，少爷不干活，少爷就画画，每天都画，但没有人付给他工钿。小宁波笑了起来，他说他还需要工钿吗，他那么大的家业，哪儿需要工钿?像我们做裁缝的,才会看上几个工钿。小宁波又问了花青许多宋家的事,小宁波说每天呆呆地关在铺子里,闲得慌了,就想找一些事情聊聊,所以才会胡乱问的。花青说没关系你问吧。你还想问我们家有多少只蚂蚁吗。小宁波的脸红了一下,其实看上去他是一个很乖巧的人。而在片刻之间,花青看到裁剪台上,多了一堆支离破碎的丝绸。

花青在裁缝铺坐了一会儿,她坐一会儿是因为她无事可干。从裁缝铺出来,她不知道应该向左还是向右,不知道她应该回到宋家,还是到别的地方再去转一转。所以在这条青石板的街上,她站了很久。后来她盯着一家商店屋檐下的一块布帘看,如果风把布帘吹向了左,那么她就向左走。如果风把布帘吹向了右,那么她就向右走。风很久都没有来,所以,她就愣愣地站在那儿,很久地失望着。后来风终于来了,轻轻地掀了一下布帘,布帘的一角指向了右边,那是来时的路。那是通向一个临街的河埠头,通向宋家的路。花青就走在通向宋家的路上。花青没走出多远的时候,一辆脚踏车突然到了跟前。花青停住了步子,她看到的是一辆歪歪扭扭的脚踏车,呈S形线向前走着。她还看到一个戴着墨镜的年轻人,从脚踏车上跳了下来。年轻人说,你在干吗?花青没有说话,她又扭了一下头,她看着窄窄的河沟。年轻人也没说话,他就那么站着,一辆脚踏车也那么站着。

他们站了很长的时间。年轻人把墨镜戴上了,又拿下了。又戴上了,又拿下了。花青的身子朝着河沟,有风拂起她的头发,她就用指捋了捋。有风掀起她旗袍的角,她就用手压一压。但是如果是谁掀起了她的心情,她就不知道该怎么办了。现在,这个年轻人用躲在镜片背后的目光试图掀起并且翻看她的心情。年轻人就是宋朝。

宋朝说,你出来干吗的。花青抬起头来,把脸转向了宋朝,她的嘴角就有了甜甜的笑意。花青说，我又做了一件旗袍，是小宁波用手工一针一针缝起来的。宁波男人的手特别巧，最适合做裁缝。宋朝说，你穿旗袍蛮漂亮的。花青就歪过头来问，那么筱兰花呢，筱兰花穿旗袍怎么样。宋朝说，也很好看的，不然的话，她就不会有那么多的旗袍了。宋朝的话还没有说完，他的手就举起来了，举起来落下去，落在脚踏车坐凳上。他一共拍了三下坐凳，拍完坐凳他说，我带你去田里，你想不想去田里。

　　花青面对一条河沟有了片刻的迟疑。这时候她想，去，还是不去。她想是不是快来一些风，如果把头发吹向右，她就去了。风果然吹了起来，把她的头发吹向了右边。她很笨拙地爬上脚踏车的后座，在她爬的过程中，一个娉娉婷婷的女人，向这边走来。女人走得缓慢稳重，高高的个子在青石板街面上显得很夺目。她的左手夹着一支烟，右手托着一块玫红的布料，说确切一点是用手指头勾着那块系在玫红布料身上的灯芯草。所以，她的手掌是向上翻转着的，像是要托星举月的样子。手掌很漂亮，充满弧度，而且光洁白嫩。这是一个从画里走出来的女人，是令许多东浦人一不小心就把眼光拉直的女人。女人看到了花青笨拙的样子，说，你真笨，你真笨。她说这话的时候，吐出了一口烟。烟就在花青身边散开来，令花青感到厌恶。

　　花青对女人说，你一定又是去找小宁波做旗袍了。我也刚刚在他那儿放下布料。筱兰花说，他是裁缝，当然会为所有的有钱女人做旗袍，你到他那儿去做旗袍，跟我到他那儿去做旗袍，是无关的。女人是筱兰花，筱兰花又说花青你爬到脚踏车上去是干什么的，你爬得那么笨，你简直就是笨死了。筱兰花这样说着，又喷出了一口烟。花青说你不要再说我笨，我再笨也和你没关系，你给我走开。筱兰花说，我不走开的，这是一条全东浦人都可以走的街，我为什么要听你的。

花青说，宋朝，那么我们走开。宋朝推起脚踏车要走。他跨上了脚踏车，脚踏车向前行进着，好远以后，宋朝听到了筱兰花的叫声。筱兰花说，宋朝，你记住啊，她是你三妈。

青石板有些凹凸不平，花青感到宋朝的后背震了一下。花青想，宋朝后背的这一震，跟地面不平无关，跟筱兰花的一句话有关。

4. 野外像风一样的欲望

花青和宋朝站在田野的中间，一大片的油菜花也站在田野的中间，有许多蜜蜂也站在田野的中间。所以，花青和宋朝也就是站在了油菜花和蜜蜂的中间。田野里没有人，只有比东浦镇上大了很多的风。风有些乱，风一点方向也没有一点缘由也没有地向着花青和宋朝吹着。花青抬起眼睛，看到了一望无边的蓝天。这时候花青就有了飞翔的欲望，她渴望着飞起来，飞到天上。所以，她奔跑起来，她在田埂上奔跑。宋朝也跟着她奔跑。宋朝的脸上堆着那么多的笑，宋朝的脸上快要盛不下笑了。

宋朝说，花青你是不是第一次来田里。花青说不是的，我们家本来就有田有地，我干过农活的。宋朝说，那你是不是第一次坐脚踏车。花青说，是的，我是第一次见到脚踏车，也是第一次坐脚踏车。宋朝说，你想不想吃柿饼，想不想吃橘红糕。花青说，想吃的，只是到哪儿才能找得到。宋朝的手里突然多了两只用南货草纸包着的小包，包上系着灯芯草。宋朝把小纸包打开了，丑陋得像老太婆的柿饼和小巧可爱有着一点猩红的橘红糕就出现在了花青的面前。花青吃着柿饼的甜，尝着橘红糕的凉，她在凉甜中快乐着，快乐得有些忘乎所以。柿饼和橘红糕，这两种南方最常见的东西，现在正一点点进入花青口中。

花　雕

花青咬住柿饼和橘红糕，就等于咬住了南方。

　　油菜花黄黄的，花青的眼里，叽叽喳喳地涌进了许多的黄。花青没有喝花雕，但是花青像是要醉掉的样子。她就站在春天的风中，她被春天的风拥着。这时候，宋朝站到了她的身后，宋朝张开双臂从后面抱住了她。花青就躺倒在一堆春风，以及宋朝的臂弯里。宋朝在花青的耳边说着话，宋朝在花青耳边说了许多的话，宋朝的意思是，为什么会遇到了花青，这是一件令他奇怪的事。宋朝还说，他这辈子不想讨老婆了，他这辈子只要花青生活在宋家台门，他就满足了。宋朝的话，让花青的心痛了痛，觉得自己好像负了宋朝什么似的。她的耳朵痒痒的，她的耳朵里是宋朝说话时喷出的暖暖的气息，这种气息像春风一样，很容易让人在顷刻间醉倒。这个时候，宋朝咬住了花青绵软的耳垂，宋朝一下一下轻轻地咬着花青的耳垂。宋朝没有说话，却发出了梦呓般的声音。花青的力气一下子跑完了，花青看到许多力气，从她的身体里跑出来，跳到地上，四散逃开去了。花青想说一句什么话，但是她想不起来这句话应该是怎么说的，就算想起来了，她要把这句话转化成发音，从喉咙里翻滚出去，也是一件艰难的事。宋朝的手动了动，宋朝的手指头落在了她的眼皮上，他抚摸着她已经合拢的眼皮。然后手指头落下来，落到下巴上。这是一个光滑的小巧的下巴，宋朝就抚摸着这个精巧的下巴。再然后，宋朝的手落在了她的脖子上，那是一条长而光滑的脖子，他一下一下为她梳理着皮肤的纹理。接着，他的手缓慢而轻柔地落了下去，落在了她小小的胸前。她突然被抓紧了，感受到许多向内挤压的外力。然而，愉悦和兴奋却从体内向往冲撞着。花青想，最好从天空伸下一只巨手，把自己撕成碎片算了，撕成一片片的，好让自己有一点疼痛。宋朝的嘴松开了花青的耳垂，而是缓慢下移，移到了她裸露在外的脖子上。宋朝轻轻吮着花青脖子上的皮肉，一双手轻直直地垂了下去，落在花青的小腹上。很短的时间内，花青的小腹开始发胀。而宋朝的手，继续往下落了下去，花青抽了一口凉气，她的身子因为宋朝的触摸而像长高了一样向上生长着。宋朝发出了梦般的呓语，宋朝的呓语声中，花青发现自己已经变成了一摊水，就在油菜花丛中流淌着，流得一塌糊涂，无法捡拾。

　　花青的手伸了伸，花青想要生出一点力气来，她在作着最大的努力。她的喉咙里像燃着两团火，发不出声来。花青终于"啊"了一声。"啊"声过后，花青说了一句话，宋朝，我是你的三妈。

　　话音刚落，宋朝的身体开始冷却，他不再向花青传达体温。他的身子也变得僵硬，最终无力地下垂了，终于没能再次触碰到花青的身体。花青有些后悔刚才的这句话，为什么要说我是你三妈呢。显然宋朝很不开心，他默默地对着一大片的向日葵站着。他站了许久，花青也就站了许久，最后，黄昏悄无声息地来临了，黄昏悄悄包围了一大片黄色的油菜花，然后黄昏包围了宋朝和花青。花青一抬头，看到了天边像血一样的颜色。

　　宋朝和花青就是在这种血一样的颜色的映辉下回到东浦小镇的，脚踏车无声地碾过了青石板路，然后在河埠头的地方，花青从脚踏车上跳了下来。花青对宋朝说，我先进去，你过会儿进来。宋朝没说话，把头转向了别处。花青没有理会他，花青跨进了宋家台门的门槛时，看到了筱兰花和香川照之就站在门口。筱兰花笑了，筱兰花说你们去哪儿了，到现在才回来。花青把目光投给香川照之，香川照之却把眼光避开了，把头也转向了别处。花青没说什么，过了很久后她才说，我们去野外了，不过我们很早回来了，我一直都是一个人在镇上闲逛呢。花青笑了笑，没有再说什么。三个人都没有说什么，这时候，一个牵着脚踏车的人，向这边走来。他垂着头，一言不发。

花 雕

　　四个人都一言不发，四个人像在比赛谁站得久一样。花青的心里很乱，她看看面前这两个男人和一个女人，然后她抬眼看了看天井的天空，那是一个四方形的天空。花青就想，天空怎么也砌着围墙。

5. 身体在酒缸里苏醒

　　每隔一段时间，花青都会去一次酒作坊的，她喜欢那广阔的堆着坛子的场地上，那种升腾的地气。许多酿酒的工人，都已经认识了三太太。三太太来的时候，大家都会一边喊着号子一边看着她。天气转热的时候，是酒作坊停产的时候，而等到天气渐渐变寒，酒坊又会正常开工了。所以其实花青来的许多时候，酒作坊都是空无一人的。

　　花青这时候会觉得，这个酒坊，这个偌大的露天的堆坛场，是属于她一个人的。她会长时间地坐在坛堆上，看太阳一点点偏西。或是在无数个落雨的日子里，撑着油纸伞，看雨落在坛身上，再从坛身上轻快地跳跃开去。

　　黄梅雨天和台风天正在逼近这座小镇。黄梅天的日子里，其实气温会降到很低，连绵的雨水有时候一连几天一停不停，以至于东浦临街的那条河沟，会涨得满满的；以至于许多地沟，都会一刻也不停地淌着水。黄梅雨天的日子里，花青会穿上一件厚实的衣服，把自己包裹起来。这样的日子，会让墙壁变霉，会让许多人像一粒浸着水的豆子一样，发芽。花青撑着油纸伞再一次来到酒作坊，她看到以前堆七石缸的那间大房子，隔了一条厚重的棉帘。酒坊正常开工的时候，这里是开耙师傅经常出没的地方，酒头脑毛大会带着几个开耙师傅在这里巡行，不停地搅动缸里发酵着的糯米饭。花青曾经看到毛大把两个手指一齐浸到缸里，然后迅速地提起来放到嘴里尝一尝。那时候缸里

99

米白色的一层酒液上，吱啦吱啦地冒着小水泡，而开耙师傅会根据经验，听声音，看颜色，然后用手摸一摸。开耙师傅的嘴，就是一只温度表，会精确地算出这缸酒已经酿得怎么样了。缸口上，会盖起一张张草编的缸盖，以增加温度。而在这个过程以后，是将缸里的酒液和渣一起灌入坛中，存放几个月。然后，再压榨，将酒渣和酒液通过一台木头做成的压榨机分离。接着就是煎酒，将这些新鲜的酒高温消毒后装入坛内，盖上荷叶，再盖上新泥。花青已经熟知了新酒酿制过程中的任何一个章节，这与宋家拥有着如此大的酒作坊有关。她知道元红就是新酒，女儿红就是用新酒当水做引子，制造出来的更纯的酒。而花雕，只不过是将女儿红灌入特制的，画着图案的坛子中的酒而已。还有一种酒叫香雪，是用酿好的米酒当作普通的水，制出而成的米烧酒。花青喜欢闻酒的味道，酒的味道会让人沉醉的。而花雕，更是一种绵软的酒，喝多了不会伤身子，而会让你在不知不觉中醉倒。就像温柔的女人更具杀伤力一样，温柔的女人会把你一点点迷倒，会温柔地抽去你的骨头，让你软软的再也站不起来。然后，温柔的女人会温柔地杀死你。

花青站在棉帘外，就闻到了酒的气息，这是一种永不会散去的气味，这种气味已经浸入了墙壁和泥土。花青把油纸伞收拢来，站在棉帘以外。斜斜的雨水，会飘到帘前，打湿花青的衣裳。花青不去在意这零星的雨滴，花青听到了遥远的水声响了起来。于是，她掀开了棉帘。

太太在一只七石缸中，缸里面盛满了热水。太太常到这儿的酒缸中洗澡，这是她专用的一只酒缸。太太觉得酒缸那么大，把自己小小的肉身浸泡在其中，会更感到舒畅。热水像针，像绵软的刀，在赶着血液，在拆着骨头。她已经在酒缸中浸泡了很久了，她的身子就要化开来。吴妈站在她的身边，吴妈的袖子卷得高高的，吴妈身边是一只水桶，水桶是去蒸米房里提热水用的。吴妈在等着太太把身子浸透了，然后她会替太太搓背。她替太太搓背，已经有些年份了。只是宋家上下都不知道，太太洗澡，会是在酒作坊一块棉帘的后面。棉帘动了动，吴妈看到了许多漏进来的光线，看到光线中站着的一个女人，女人手里，还提着一把油纸伞。油纸伞已经合拢了，只是不停地向下淌着水。太太没有睁开眼睛，太太说，是花青吧？一定是花青。

　　花青没有答应，她缓慢地走到了缸边，把一只手伸进缸里。她用手掬起水，洒在太太略略有些裸露的肩头。太太睁开了眼睛，笑了，说我就知道一定是花青。这个时候，是没有人来酒作坊的，再说，有谁会像你这样喜欢酒，喜欢酒作坊。花青也笑了，她的手继续运动着，又洒了许多水在太太的肩头。太太说，你要不要洗一个热水澡，我让吴妈给你去打来热水。花青看看吴妈，吴妈朝她笑了一下。花青就点了一下头。

　　这是一只干净的七石缸，就放在太太洗澡的那只缸的旁边。吴妈用扁担去饭房挑热水，让她来回跑了好多次，才把水挑够。她的脸上，已经有了汗珠。花青脱掉了衣服，一件一件脱掉了贴身小衣。这时候，太太发出了一声叹息，太太说，花青，这就是岁月。花青没说什么，她的脸已经被热气熏红了，她找来了张凳子，脚踩在凳子上。然后她的一只脚提起来，又一只脚提起来，伸进了1943年的黄梅雨天里。这让她想起了出嫁的前夜，她在家里用木桶洗澡，旁边是站着给木桶加水的娘。对于爹和娘的记忆，她记得最清楚的就是他们身上的棉花碎屑，那是因为他们不停地用轧棉机为别人加工旧棉胎的缘故。

　　吴妈开始给太太搓背，吴妈很卖力的，很快她的脸上就布满了汗水。花青微闭着眼，她看到吴妈膀大腰粗的样子，花青就想，吴妈的力气，一定等于三个花青的力气。太太闭着眼，陶醉其中的样子。但是太太的嘴却没有闭上，太太说花青你知不知道，什么是最大的享受，泡澡就是最大的享受，它把你的疲惫和烦恼都洗去了。花青正在热水里感受着热水针扎般的美妙感觉，整个的人已经软软地融化了。太太说，我差不多了，花青，你要不要让吴妈给你搓背。花青没有点头也没有摇头，吴妈却已经走了过来，满脸是汗地对着花青笑。吴妈站在花青的身后搓着花青窄窄的背，花青能感觉到后背上滚起的泥垢，花青感到有些难为情。这时候，她看到太太从缸里站起，并且从缸沿上爬了出来，踩着一张小凳子下地。她站在那儿，用一块干燥的布擦着身上的水珠。这是花青第一次看到太太全裸的身体，上次在米仓的米袋上，她只看到太太敞着的怀和她高高举起的两只脚。现在，她真切地看到了太太那下垂的乳房，和松弛的皮肉。太太的腰部有了一圈赘肉，圆圆地挂着。她的小腹，也隆起了许多肉，这大概是这个年龄女人的悲哀。太太的屁股很大，像磨盘的那种。花青想，再过二三十年，我的身体会不会就是太太现在这个样子的。花青后来不愿去多想了，她看到太太穿起了贴身小衣，然后又穿起了外套。太太很快地穿好了衣服，然后她两手搭在腿上，坐在一张凳子上看着吴妈给花青擦澡。

吴妈的手劲很大，是花青料不到的那种大。花青感到有些微的疼痛，但是这种疼痛又让她感到快乐。她索性把眼睛闭了起来，她就那么在水中沉沉浮浮，头发也打湿了，头发垂到了水里。花青想，女人，怎么碰到水后就变得跟水一个模样了。她渴望着吴妈的手，能把她的整个身体分离开来。她听到了屋檐上的雨声，绵密而且均匀，像是从天上一把一把地往下扔着沙子。这样的雨声，是给人安静的雨声。吴妈的手从她的腋下伸了过去，仔细地摩着她的肋骨。她感到有些痒，就咻咻地笑了起来。吴妈也笑，一张脸上仍然布满了汗珠。花青就想，

花　雕

吴妈原来是如此可爱的。

　　花青扭动了一下身子，再扭动了一下身子，她不知道为何一次次扭动身子。花青的手触及了小腹，触及了小腹下水草一样的自己，接着，她的手触及了自己。她轻轻地碰了碰自己，就听见自己在水中发出的嗡嗡嗡的喊叫，像是一种呼唤，呼唤着什么的突然降临，也许是一种疼痛，也许是一种欢呼。她的脸渐渐潮红起来，直到吴妈把她从水中拎起，她心里的波纹还在荡漾着。她站在缸的中央，看到许多水从她的上身不断地往下掉，淅沥的声音就持续地响了起来。这时候，一阵又一阵的黄酒的气味，从缸底涌了上来，冲撞着花青的鼻腔和脑门，让她在瞬间失去了力气。

　　裸体的花青站在了一间到处是缸的屋子里，那么花青也算是一只缸吧，只不过花青这只缸里盛着骨肉血，盛着情感，盛着一个二十一岁女人的剪不断埋不掉的旺盛情欲。吴妈给花青擦着身子，太太在一旁看着。太太发出了啧啧啧的声音，太太说，花青，我也有过你这样的年纪，也有过你这样的皮肉，只可惜过去的就永远不会再来了。花青笑了一下，她看到自己身上冒出的热气，热气在渐渐散开去。然后花青开始穿衣，她穿了很久的衣，她不想一下子就把自己穿戴齐整。她的小腹收了收，她收了好几次小腹，那些欲望就装在小腹里，像是一条在春天刚刚苏醒的花蛇，睁着小眼睛，看着洞穴外边花花与草草。

　　在太太和花青离开一群缸以前，棉帘再一次被掀了起来，一个人影一闪而进，是筱兰花。筱兰花看了看太太，又看了看花青，说，我以为是谁在里面呢。花青心里有了一些不快，她说你怎么来了。筱兰花说，我怎么不可以来了，你老三都能来，我老二就不能来了吗。太太说不要争，一家子的怎么老是争，老爷知道了又要不高兴了。筱兰花看到了两口并排的七石缸，像一双临时组合起来的大大的眼睛望着屋顶。筱兰花把手指头蜻蜓点水似的在水里探了探,然后她轻快地弹开了手指头上的水珠,笑着说,你们可真享受,你们在这儿洗澡。太太说,是,我们刚洗完澡。这时候,花青听到屋顶的雨声越来越大。

她们走出了屋子,每个人都撑着一把油纸伞。她们排成一行向宋家的大门走去,花青走在最后,她看着前面筱兰花的影子。筱兰花举着油纸伞,身材高挑,像一棵不停摇摆着的杨柳。她的屁股被旗袍略略包紧了,花青的眼光就落在她的屁股上,她想要用一把刀把筱兰花的屁股剜去一块。这样想着的时候,花青的心里就涌起了许多快感。而这个时候,面对衣服里面包裹着的洗得干干净净的身体,她突然渴望有一个男人,把她抱到床上,和她来一个痛快与淋漓。这样想着,她的嘴唇就不由自主地飘出了一个细小而暧昧的音节,像夏天蚊子的鸣叫。

第六章

1. 在裁缝铺看到欲望火焰

筱兰花的日子和花青的日子是不同的。以前她的生命和一座座水上的戏台有关,现在她与旗袍、留声机、香烟有关。接着,她还和小宁波、宋朝、香川照之有关。筱兰花也寂寞,筱兰花的寂寞是和花青一模一样的,每隔一段时间,还要度过宋祥东烦人的一劫。

筱兰花去的次数最多的是小宁波的裁缝铺,有时候她打开房里那结实的明式衣柜,看到一整排的旗袍时,就会想到小宁波的笑影和他绵软的宁波话。黄梅雨让一座叫东浦的小镇潮湿,许多的南方小镇,都是潮湿的,而一个女人款款地从狭长的小街走过时,迈出的每一步,都能从她旗袍的一角,看到一种暧昧。暧昧是南方小镇的主题词,筱兰花就在这种主题词下生活,并且一步一步循序渐进地把自己整个地燃烧了起来,烧得自己再也停止不了燃烧带来的快感。

筱兰花走出了宋家台门,走到了埠头边,走到了青石板小街上,她的手里举着一把黄色的油纸伞。黄梅雨丝就跟在她的脚后跟,跟来跟去像一条家狗一样。筱兰花抬腿,雨丝就落在她的腿边。筱兰花和黄梅雨一起走到了小宁波的裁缝铺前。小宁波抬头看到筱兰花的时候,眼睛里闪出了光芒。一件玫红的旗袍,已经挂在了衣架上。筱兰花收拢油纸伞,把它靠在了门边,水就顺着伞面滴到地上,很快就汇聚成黑色的一堆,泅进了地里。油纸伞看到筱兰花走进了板壁隔着的后半间,油纸伞看到筱兰花不见了,就叹了一口气。筱兰花在里半间换着玫红的旗袍,又是一件做工精良的旗袍。筱兰花听到外边小宁波把门合上的声音,筱兰花就在里间笑了一下。果然小宁波出现在她的身后,小宁波把旗袍和筱兰花一起抱在了怀中。

这个雨天,小宁波轻轻地剥着筱兰花的衣裳。而在此前的一年多以前,小宁波已经和筱兰花有了属于南方小镇的故事。小宁波用嘴解开旗袍上的盘扣,那是他亲手制作的,现在,他用嘴一点点将它剥开。筱兰花看到了挂钩上挂着的另一件月白色的旗袍,说,这是谁的。小宁波说这是你家的那个叫花青的女人的。筱兰花愣了一下说,她怎么还没拿走。小宁波说,不知道,她一直都没有来拿。此后小宁波就不再说话了,他在专注地剥着一个女人的衣裳,就像他专注地做一件衣裳一样。筱兰花的贴身小衣被剥了下来,小宁波把鼻子贴在筱兰花的胸前，贪婪地闻着。然后筱兰花的身子像被抽掉了骨头一样渐渐软了下来，像一团面一样，软倒在小宁波用门板搭成的简陋的床上。

这个雨天门板床就么吱吱地响着，筱兰花抱着小宁波的头，她的嘴巴略略有些歪斜了，喷着粗重的气息。小宁波也喷着粗重的气息，像一头牛发出的声音。筱兰花就像躺在一堆浪上，浪在一波一波地送着她，她的身子剧烈地扭动着，像是想扭断什么似的。而一身的汗，让他们的皮肤都有了那种潮潮的黏滑。筱兰花像想起了什么似的，突然停了下来。她轻声问，门关上了吧。声音里也有了那种激情之中颤颤的味道。小宁波还是没有说话，只是点了一下头，然后他愤怒地冲着筱兰花。他越是愤怒，筱兰花就越是抓紧他头上的头发。小宁波越来越愤怒了，他的愤怒使得筱兰花有了痛苦的喊声。她的喊声越来越响，好像不是从她的喉咙里发出来的，而是从身体深处发出来的。筱兰花说，冲，你冲，小宁波你冲。

瓦片上落着雨珠，瓦片是房间和雨的隔断者，瓦片却不能抵挡声音从瓦片的缝隙传向天空。一个暧昧的雨天里，有人就那么地寻死觅活着。花青出现在青石板街上，和筱兰花一样，也有像家狗一样跟着的一群雨跟在她的脚边。花青就笑着那些雨，花青想，你老是跟着我，像癞皮虫一样，干什么？筱兰花仍然在喊，小宁波，你冲。筱兰花没有想到一条青石板街上，一个叫花青的女子，正在向着小宁波的裁缝铺进发。花青站在了小宁波的裁缝铺前，她撑着黄色油纸伞，她看到油纸伞挂下了许多粗大的水滴，看到裁缝铺的屋檐也挂下了许多粗大的水滴。花青在裁缝铺门口站了很久，她看到一扇陈旧的门已经合上了，这令她有些失望。本来，她是想要拿走那件月白色的旗袍的。她站了很久，然后举着伞离开。雨水仍然欢快地在她脚边跳跃，在她走出了很远以后，她好像听到了一个遥远的声音。那个声音告诉她，你

花 雕

回过头来，你来敲我的门。花青站定了，她很快转身，她向着小裁缝铺走去，她推了一下门，门无声地开了。然后她就站在那张裁剪台前，她被一种暧昧的气息包围。

花青听到了一种压抑着的声音，她走进了里半间的时候，看到了一道白光。一个男人奋力地把身子往前送了送，然后昂起了头。而那个女人，头发已经散乱，脸色潮红，她把脖子伸得很长，她的手紧紧掐着男人后背的皮肉，而她的眼睛闭上了，脸上呈现出痛苦的表情。然后，男人的头垂下来，整个身子软软地压在女人的身上，他们一动也不动了。

花青就那么站着。这时候她才知道这个小镇为什么那么潮湿。男人拉过了一床薄被，盖在两个人的身上。女人坐直了身子，她雪白的乳房就那么裸露着，像突然跳出来的两只兔一样。她从床边的一口床头柜上摸过了香烟和自来火。她纤长的手指头并拢来，拢住了一小簇微弱的火光。那火光引燃了香烟，然后她喷出了一口烟。男人也看着花青，而花青的表情没有了，花青不知道该有一种什么样的表情，所以花青的表情没有了。他们都没有说话，他们都听到了屋顶瓦片和雨滴相撞发出的声音。屋顶上有一片明瓦，明瓦漏下来一片窄窄的白光，落到床上。白光冲撞着床上的暧昧气息。白光让屋子里的空气和氛围都变得飘忽不定。女人又吐出了一口烟，淡淡地说，你看到了，你想怎么样。

花青看到那句话就在烟雾里飘浮着，这句话飘到了她的跟前，然后像一条丝丝缕缕的线一样，钻进了她的耳膜。花青想了想说，我只是来拿一件旗袍的，我来拿那件月白色的旗袍，我不是想来看到一些什么的。筱兰花笑了一下，又吐出一口烟。筱兰花仍然很淡地说，老三，你可以去告诉宋祥东，如果你想看我好看的话。你去告诉他，我

107

恐怕就活不成了。花青说，不会，我不会那样做，我说过了，我只是来拿那件月白色的旗袍的。花青这样说了，但是筱兰花的话，却让睡在床上的小宁波感到了害怕，他的眼睛里闪过了恐惧的神色，他突然想到和他一起睡觉的女人，是东浦镇上最大的财主宋祥东的女人。他一个小裁缝，居然让这样一个人物戴了绿帽。那么，如果宋祥东知道了的话，他的下场又会是什么？

小宁波跳下了床，他是光着身子跳下床的，所以花青看到一道白光从被窝里钻出来落到地上。这是一个漂亮的男人，这个男人跪了下去，跪在潮乎乎的地上。花青看了男人丑陋的东西，就那么在身体中间晃荡着，而刚才，它还是那样的生龙活虎。小宁波说，你不要说出去，我不算你那件旗袍的工钱了，你千万不要说出去。花青说，我不会说的，我也不需要你给我省这点工钱，我真的不会的。小宁波伸出了手，他的手是伸向筱兰花的，筱兰花仍然在抽着烟。烟雾在她的身边缠绕着。小宁波说，你起床，你起床吧，你求花青不要说出去，我们给她下跪了。筱兰花向小宁波投去了鄙夷的目光，筱兰花说，你跪你的，我不会跪。小宁波的语调变了，他跪着的方向转向了床上的筱兰花，他说我求你了。小宁波的声音里带着明显的哭腔，小宁波说，被宋祥东知道了，我的下场不太妙，我的裁缝铺也别想开了。筱兰花突然用光着的脚踢了小宁波的上身一脚，她的脚是从被窝里伸出来的，被窝里伸出来的力量落在了小宁波的上身，使他差点跌倒。筱兰花说，你现在才怕呀，那你刚才在我身上的时候怎么不怕了，你第一次脱我衣服的时候怎么不怕了。我不跪，我是老二，她是老三，为什么要我向她跪。

筱兰花又把脸转向了花青。筱兰花说，老三你也知道的，宋祥东不是男人，是个畜生，我们都是人，都是女人，我们都是女人所以我们当然想要男人。但他不是男人,你知道的。花青没说什么,但是筱兰花的话让她想起了宋祥东在床上时的枝枝末末,那是令女人感到委屈的枝枝末末。筱兰花又吐出了一口烟,淡淡地说,老三,我们都在宋家台门里枯萎了。

这句话触动了花青,让花青难以从一种自怜中拔出身来。小宁波却急了,他几乎是冲着筱兰花在吼,他说你起来,你为什么不起来,你难道要害了我。筱兰花也吼了起来,她的声音有些尖厉,像一把正在布匹上行走着的裁衣剪,带着一种刃口很快的锋利。筱兰花说,你这个脓包,不许再让我起来,不许让我为花青下跪。小宁波终于跳了起来,从地上纵身跃上了床,花青看到一条白光又嗖地蹿到了床上。接着,花青听到了清脆的声音,花青看到筱兰花用一只手捂住了自己的脸,而小宁波看着自己的手掌发呆。是小宁波,给了筱兰花一个响亮的耳光。筱兰花缓缓地从被筒里褪出了身子,像一条从洞里钻出来的白蛇。

花青看到了筱兰花漂亮的乳房,它不下坠,两只猩红的乳头微微向上翘着,这是一双和太太完全不同的乳房。她的肚脐眼,嵌在平坦柔顺的小腹上,像一只美妙的眼睛。她的大腿是丰满的,却不肥胖,透着的是一种惊人的白和圆润,她的小腿也有着一种好看的弧度。而她的整个身子,那么长、那么挺拔、那么的有风韵,天生,这就是一个适合穿旗袍的女人。筱兰花站了很久,她的光脚板落在潮湿的青砖地上,她长长的手指间仍然夹着那支香烟。她站着抽完了那支烟,然后把烟蒂扔在了地上。那是一只寂寞而伤感的烟蒂,它跌落在地上的时候,碰到了青砖地上的潮湿。所以它亮着的烟头,慢慢熄灭了。在这个落雨的下午,烟蒂想要哭了,烟蒂看到一双美丽的膝盖慢慢弯了下来,跪倒在青砖地上。烟蒂想,一个寂寞无助却又那么要强的女人,烟蒂叹了一口气，这时候，它看到另一个女人不知所措的神情。另一个女人伸出了双手，拼命地想拉起地上的裸身女人，却没有能够拉起来。

筱兰花的泪水，在膝盖落地的一瞬间流了下来。筱兰花抬起了头，她拒绝花青的拉扯。筱兰花说，老三，我今天跪你，是为小宁波在跪你，是为了让他好好做人，让他的小裁缝铺能平安地开下去跪你。我是无所谓的，我既然做了出格的事，我就愿承担一切。只是你看到了，男人在这种时候，会是怎么样的一副嘴脸。老三，我不再相信男人了，我想要告诉你的是，千万别相信男人。

花青后来走出了裁缝铺，她离开了一对裸体的男女，离开了一个充满潮湿与暧昧的下午。走出裁缝铺之前，她打开了那把黄色的油纸伞，然后她迈出门槛，听到了急促的雨落在油纸伞上的响声，像蚕吃桑叶的响声。走出裁缝铺之前，她没有忘记拿下衣架上挂着的那件月白色旗袍，没有忘记在裁剪台上丢下工钱，也没有忘记对筱兰花说一句话。

花青说，二姐，不，老二，我们都会恨男人，但是，我们都不会离得开男人。她的话让筱兰花愣了一愣，也让小宁波感到莫名其妙。然后花青出现在青石板街面上，她撑着伞，拎着月白色旗袍。雨水斜着飘进来，飘到旗袍上，很快旗袍就有了被水打湿的印痕。花青不紧不慢地走着，在宋家台门不远的河埠头，她看到了打伞的香川照之，他看着花青。花青却没有看他，花青听到香川照之在叫她，花青，花青，花青花青。花青没有答应，她沉着脸走向宋家台门，台门的大门开了又合上了，她却仍然能看到天井里飘落的雨。她把伞收起来，伞就落下了一大片的水，水落在她的脚边，在地上形成一个黑的图案。

2. 在台门里灌醉一个日本人

  1943年的初夏，东浦镇发生了许多事。花青和筱兰花都忧郁寡欢地坐在1943年的初夏里。花青喜欢站在廊檐下，看着安静的天井发呆。天井上方会飞过一些麻雀，有时候花青就想，人快乐还是麻雀快乐，麻雀只要有谷子和虫子吃，就快乐了，而人不会。花青也时常出现在西厢房里，和香川照之一起画画，和宋朝一起画花雕坛子，还和筱兰花一起听留声机里女人唱的歌。他们并不怎么说话，只是喜欢待在一起。有时候，他们用眼神说话，他们已经很熟悉对方的眼神了。

  那天留声机正在唱着歌，筱兰花的手搭在留声机的手柄上，她的手动得异常缓慢，歌声却不缓慢。他们四个人，几乎同时听到了远远传来的沉闷的声音，像是有人在放着铳。沉闷的声音越来越密集，像是炒豆子时爆豆的声音。他们都竖着耳朵，他们感觉到了空气中有了异常的东西，他们都相互看着，希望从对方的眼神里看出一点什么。但是他们什么也没看到，他们只从对方的瞳仁里看到了自己缩小了的影子。

  段四突然忙了起来，他频频地出入宋祥东的屋子。宋祥东出去的时候也明显多了起来。有一天，大家在饭厅里吃饭的时候，等了宋祥东很久。宋祥东缓慢地从屋子里走出来，走到自己的位置上坐定，他举起了筷子和碗，说，吃饭。大家纷纷举筷。除了咀嚼的声音，谁也听不到其他的一丝声音了。宋祥东把饭吃得很快，他捋了一下嘴巴站起身来，离开饭桌以前他说，日本人已经打进来了，日本人几天内就要到东浦了。说这话的时候，他盯着香川照之看着，他对捧着饭碗傻愣住了的香川照之笑了一下。香川照之说，你怎么会知道？宋祥东说，我怎么会不知道，不要以为我成天关在屋子里不出来就什么都不知道，我不知道我怎么经营那么大的家业。不要以为你们做了什么想了什么我不知道，我宋祥东比谁都明白。宋祥东的目光从一个个人的身上掠过，使太太、筱兰花和花青都感到了不自然，想掩饰也掩饰不了的不自然。宋祥东又笑了，他的目光在太太身上落了很久，他说太太，你最懂我，你跟我时间最长，你说我是不是比谁都明白。太太支吾了一声，她的笑容有些苍白，但是她还是坚决地点了点头。然后宋祥东又把目光落在了香川照之身上，说，香川少爷，你可能不知道，来东浦镇驻扎的，是你的叔叔香川太佐。

宋祥东离开了饭桌，而香川照之却把嘴张得很大。他很久都没有去扒一口饭，他愣在了饭桌旁。

几天以后的一个下午，花青感到了从未有过的倦怠，所以她在屋子里睡了一觉。醒来的时候，她就走出屋子，在廊檐下梳着头。她看到了香川照之，香川照之站在大门口，他对花青笑了一下。然后，一个小个子的日本军官出现了，军官背后跟着两个荷枪的士兵。军官腰间挂着一把东洋刀，手上戴着白手套，他在香川照之肩上狠狠地拍了一下。然后，段四敲了敲宋祥东的门，宋祥东从屋里出来了。花青看到宋祥东的脸上挂着从未有过的灿烂笑容，看上去，他的气色也比平时好了不少。他很友好地迎上去，像迎候一位久未见面的老朋友。

花青仍然在梳发，她的眼睛不再朝这几个男人看，这几个男人脸上都挂着虚假的微笑。花青看到筱兰花的房门也开了，筱兰花站在房门口抽烟，而她的目光正朝着这边张望着。她们也相互地对视了一眼，她们的目光在天井中央有了一次小小的碰撞，然后，又散开了。花青听到那个日本军官不太流利的中国话，他的话有些硬，他的话中少了一种南方土语里的柔软，所以听上去，他的话显得很不好懂。他在感

花　雕

谢宋祥东照顾了香川照之，花青看到他退后了一步，向宋祥东鞠了一躬。宋祥东也连连后退，也向日本军官鞠了一躬。宋朝站在西厢房的门口，他的臂弯里，有一只小巧而拙朴的坛子。他在画花雕塑。

后来这个被称作香川太佐的日本军官和宋祥东在天井的石桌子上杀了一盘象棋，这是花青第一次看到宋祥东杀象棋。花青慢慢踱到了他们的身边，她看到那是一副积满灰尘的象棋，被很潦草地用湿布擦过了，但是还是能见到灰尘的印记。香川太佐和宋祥东下棋下得很慢，有时候，他们长时间地不落一粒子。站在他们旁边看棋的花青就显得郁闷，她是不懂棋的，她只是想要看看而已。最后她无趣地走开了。她走开的时候，看了一眼在旁边观棋的段四和香川照之一眼，段四没有抬头，而香川照之朝她笑了一下，眼睛中闪着亮光。

花青走出了宋家台门，花青在街上走着，花青看到了几个冲撞过来的孩子，他们的手里举着一面小小的太阳旗，很小的，巴掌大的那种。他们在光影底下的跑动，显得有些缥缈和不真实，跌跌撞撞的味道。他们的嘴里含着糖，糖的香甜气味，在阳光下显得黏糊糊的，黏住了花青这个初夏这个下午的神经。有几个背枪的日本兵向这边走来，他们在高声地谈笑着什么，他们还朝花青看了几眼，然后叽里咕噜地说了一些什么，然后是一阵大笑。几个孩子又向这边走来了，他们向日本兵摊开手，有一个日本兵蹲下了身子，他从口袋里掏着什么，终于掏出一把东洋糖果。他在这些孩子的手心里，各放了一粒糖，然后剥了一粒放到自己的嘴里，开心地大笑起来。孩子们笑着离开以前，这个日本兵叫住了他们，他逐一按住这些孩子的头，然后逐一刮了他们的鼻子。他还乘一个孩子不注意的时候，一把扯下这个孩子的裤子，露出小小的屁股，以及在阳光下显得那么小的鸡鸡。他用手指头触碰了一下孩子的鸡鸡，鸡鸡就颤动了几下。日本兵开心了，那个孩子也

113

开心了。那个孩子理了一个畚箕头，由于怕羞，他奋力地往上拉着自己的裤子。日本兵站起身来，他和那群日本兵扛着枪一起离开了。花青看到他的个子高高的，不像一般的日本人，鼻梁挺拔，浓眉毛，不大的单眼皮眼睛，而身子挺拔得像一棵树。花青听说过日本人打进中国的事，所以她看着这几个日本兵在青石板小街上的远去，脑子里浮起了炸弹炸开的声音，以及人被炸伤后皮开肉绽的样子。日本兵杀了许多中国人，日本兵像野兽一样。日本兵仍然要杀中国人，要把中国人打得服服帖帖，这让花青的心里有了些微的愤恨。但是刚才走过的那个日本兵，那么俊秀，让花青的心里动了一下。她不希望这个日本兵在战争中死去。

花青在街上胡乱地走着，胡乱走是因为没有目标。经过小宁波的裁缝铺时，她看到了小裁缝正在裁着一块布料，而小裁缝也抬眼看到了她，讨好地笑了笑。小裁缝的店面上，也挂着一面小小的太阳旗。花青走过去，她拔下那面旗，在手里把玩着。然后，她拿起了一把剪刀，把旗中间的那个太阳就给剪开了。小宁波的脸上马上涌起了恐慌的神色，他一把夺过了那面被剪碎小旗。小宁波说，要吃枪子的，花青，你知不知道，要吃枪子的。花青其实蛮喜欢听小宁波绵软的宁波调的，这时候花青却突然不喜欢小宁波的宁波口音了。花青说，日本人杀了许多中国人。小宁波说，但是他们没有杀你，你为什么把旗给剪了，你会害了我的。花青拍了拍手掌，笑着离开了小宁波的裁缝铺。她走出很远的时候，回头望了一下，一面新的小旗，重新插在了小宁波裁缝铺屋檐下的砖缝里。花青的心里凉了一下，她想，那么一个心灵手巧的人，怎么会是这个样子的。又有小孩子从这边奔跑过，嘴里含着飘着香甜气味的糖。又有几个背着枪的日本兵走过了，他们照例盯着花青看了很久，照例又哄然笑了起来。一条乌篷从不远的临街的河沟上飞快地掠过,花青听到了吱吱呀呀的橹声。而那黑色的竹编乌篷上,居然插着一小面在风中飘着的太阳旗。花青抬起头,看到了白晃晃的太阳,她的眼睛里,四处飘起了小太阳旗,这是一件令她奇怪的事。几乎在一瞬间,小太阳旗像花一样地开遍了东浦镇。仿佛在天上的云朵里,也藏了许多这种并不好看的旗。

花青在街上走动的过程中,黄昏一点点来临。在黄昏的街口,花青听到了熟悉的歌声,这让她想起了香川照之经常在留声机里放的《樱花之恋》。她想一定是日本歌,一定是日本歌,然后她抬起头,她看到了一幢小楼。这幢小楼以前是大正和南货店,而现在不是了。花青在阳台上看到了几个日本女人,她们穿着和服,她们的脸上涂着脂粉,她们笑着在阳台上往下看。而楼里传来了日本人的说话声和笑声,有几个衣衫不整的日本兵从楼上走下来,他们顺着楼梯往下走,脸上有几分倦怠和满足。

花青开始厌恶这个调子的日本歌,花青在心里说,日本窑子,这是日本窑子。几个日本女人把目光投在了楼下一个穿月白色旗袍的中国女人身上,她们在叽叽喳喳说着什么。花青想了想,抬起头给了她们一个笑容。然后,黄昏的夕阳一下子把花青淹没了,花青挣扎了一下。夕阳像是她月白色旗袍外的又一件衣裳,她怎么脱也没能脱掉。她还看到夕阳淹没了小楼,也淹没了小楼阳台上的几个日本女人,以及她们叽叽喳喳的笑声。

花青回到宋家台门的时候,看到宋祥东和香川太佐还在下棋,他们都托着腮帮,像两个日本人。屋檐下的灯笼已经亮了起来,饭厅的饭菜也已经备好,就等着这两个人把棋下完。香川太佐的欢呼声,突然响了起来,他站起身,连连拍着宋祥东的肩膀。宋祥东笑了笑,拍拍手掌说,我输了,我们吃饭吧。我输了。

这是一次奇怪的晚饭。香川太佐看了两个日本兵一眼，挥了挥手，他们就无声地下去了，像影子一样。宋祥东指着两个日本兵对香川太佐说，他们的，米西？香川太佐摇了摇头，他们的，和下人们的一起吃饭。宋祥东变了一个人似的，他不停地说话，他说一些东浦的笑话，他说年轻的时候跑到外地经商的一些趣事，他还不停地比划着什么，把香川太佐给逗笑了。他们喝的都是花雕，一坛子酒就在饭桌旁打开了。花雕的酒香在饭桌上飘来飘去。宋祥东说，筱兰花，还有花青，你们喝一点吧，你们敬一下太佐。阿毛端着酒盏上来了，阿毛在酒盏里斟了酒。筱兰花举起了酒盏，敬了太佐一杯。花青也举起了酒盏，敬了太佐一杯。酒的甘味，让花青的喉咙很爽。酒在她的舌头上打滚，在牙尖上逗留，在喉咙里缓缓下滑。花青喝酒的时候，眼睛却望着那盏红色的灯笼。灯笼就在屋檐下亮着，泛着一团红晕。筱兰花又敬了一杯，花青又敬了一杯。筱兰花再敬了一杯，花青也再敬了一杯。宋祥东的话却变少了，花青看到宋祥东变得异常冷峻，他的目光像一把刀子一样，把香川太佐割得支离破碎，但是他的脸上却浮着笑意。花青打了一个激灵，她突然发现，宋祥东这个看上去不行了的男人，是异常可怕的男人。

起风了，风晃荡起那盏灯笼，等于是晃荡起一团红晕。花青不知道自己敬了几杯，她的酒量并不错，她还没有醉去。这个时候宋祥东的声音很淡地响了起来，宋祥东说，筱兰花，你为太君唱一段戏。筱兰花说，我很久不唱了。宋祥东说，唱一段吧。筱兰花说，我经常抽烟，喉咙不太好了。宋祥东仍然说，唱一段吧。筱兰花说，我不太想唱。宋祥东提高了自己的嗓音，他的声音很清晰，他对香川太佐说，太佐，筱兰花想为你唱一段中国戏。然后他把目光落在筱兰花的脸上，说，唱一段吧。

筱兰花无奈地站了起来,她唱了一段《梁山伯与祝英台》。花青没有去看一个个子高高的女人,站在饭桌旁边的唱戏,她只抬眼看着灯笼发出的红晕,她一直都在想,灯笼为什么那么红呢。然后她看到了红晕的中间,站着一男一女两个穿古装的人,他们一个从宁波出发,一个从上虞出发,都来到了杭州。然后他们在风景如画的西湖边,发生了爱情。接着,男人回去后生了一场相思病,接着,女人回去后被父亲逼嫁给马文才。花青就想,马文才家一定像宋家一样,有着一个很大的台门。马文才的爹,一定也有着三房太太。再接着,男人病死了,女人在出嫁路上看到一座坟,一个雷打下来,坟开了,女人纵身跃起来,又落下去,落在坟里。坟合上了。雨后,雨后的阳光下总是有彩虹的,彩虹里,两只蝴蝶在飞,那就是男人和女人化的。花青没有去听筱兰花的唱词,花青只是在灯笼的那团红红光晕里看着一个古代男人和古代女人像蝴蝶一样飞。花青的眼睫毛上,有了细小的露珠。香川太佐听得很认真,香川照之也听得很认真,这对叔侄大概是痴迷筱兰花的唱段了。

零落的掌声就响了起来,香川太佐竖着大拇指,香川太佐对宋祥东说,能不能让她去军营里唱,去他的指挥部唱。宋祥东愣了一下,他笑着,很久以后才缓慢地点了一下头。他说行,当然行啊太佐。于是太佐的脸上也露出了笑意,他敬了宋祥东一杯。宋祥东说,太佐,太佐我想做东浦的维持会长,我想为太佐效劳呢,我的产业,也想请太佐保护一下。太佐,太佐你看我合不合适做维持会长。香川太佐大笑起来,他的个子比宋祥东矮了不少,但却喜欢把手举起来,重重地拍宋祥东的肩膀。他又拍了一下宋祥东的肩膀,他说,当然行啊,有什么不行的。

筱兰花又敬酒了,花青又敬酒了,风一阵一阵地吹过来,风中夹带着一丝凉意,把花雕酒的香味吹得四散开来。两个日本兵已经吃完了饭,他们站在大门口,把长枪那样竖着,站成了立正的身子,像那截河埠头边不会动的黑色木头。风再吹,风再吹了好几回,风让花青的头有些晕晕乎乎的,她就想,会不会喝多了。风也吹到了香川太佐的脑门上,甜酒,总是让人在喝下去很久以后,才会醉的。香川太佐终于摇晃着站起来,他的侄子香川照之忙上前搀住了他,他把叔叔搀到天井的一棵树下,然后,大家都听到了呕吐的声音响起来,看到了一个矮个子日本军官,软软的像一摊泥一样倒下去。花青看了看宋祥东,宋祥东很淡地笑了一下,宋祥东的眸子里,突然有了一种哀怨。两个日本兵冲了过去,他们一左一右搀起了香川太佐,他们向门口走去。走到门口的时候,软软的香川太佐突然努力地抬起了头,喊,宋祥东,谢谢你的酒。

3. 一缸酒淹埋一条生命

花青总以为,她的生活,东浦镇上的人们的生活,和日本人打进来都关系不大的。因为除了在大街上经常可以看到三三两两的日本兵走过;除了能在一幢小楼前听到咿咿呀呀的日本歌,看到几个站在阳台上涂着厚重脂粉的日本女人;除了小孩子们在狭长如裤带的街上奔跑时,嘴里飘着东洋糖果甜腻腻的气味外,和从前并没有什么两样。一些打仗的消息,带着一种硝烟的味道,从很远的地方传来。死了多少人,烧了几个村,杀了几个中国兵或是村庄里的农民,都有板有眼。但是不管有多少传闻落入花青的耳朵,花青都认为这些与自己是无关的。无数个日子里,她把自己关在屋子里,打开屋角的那坛粗笨花雕的坛盖,用小吊子吊起里面的酒,倒入锡壶中,然后又倒入酒盏里，然后，再倒入自己的喉咙。许多时候，花青会对着这种难看的拙朴的坛子发呆，那么几条粗粗油彩的线条，也敢叫做花雕。也有些日子，她把自己放在西厢房里，跟着香川照之画画。香川照之有时候会很轻地告诉她，应该怎么样调色，应该怎么样来表现主题，应该怎么样使画做到有层次感。有时候她握着画笔的时候，香川照之的手会落在她的手上，把她的手握紧了，然后教她怎么样的落下笔去，在某一个关键的部位涂上一笔。香川照之的一握，会让花青的心里轻轻动了动。而也有一些时候，她跟着宋朝画花雕坛子，她画过一个观音，坐在莲台上。后来那个坛子烧出来后，装进了酒，宋朝把它一直放在西厢房里一个高高的架子上。宋朝对花青说，花青，这才叫花雕，这才是花雕。

一个天色阴阴的清晨，花青坐在了天井里的那张圆形的石凳上。她穿着绒布面的拖鞋，一只脚翘起来，放在凳面上。石桌上放着一只小碗，碗里有被捣碎的凤仙花汁，那是一种鲜红的花汁。空气里弥漫着凤仙花的味道，在不久以前，花还在这个清晨里含着笑容，花看到了一只白嫩的手伸过来，把它摘了下来。它感到了疼痛，它被捣成了糊状，然后，它被涂在了脚趾甲上。

花青很认真地涂着脚趾甲。她抬头的时候，总是看到阴沉沉的天。她不知道过一会儿，会不会有阳光挤出笑脸，或者是降下一场江南实在是太常见的绵长的雨。十个脚指甲都涂上了红颜色，这让她花费了很长的时间。然后起风了，风声吹响了一树的叶子，花青就那样抱着自己的膝盖，听着风声。风声里面，一个小胡子男人匆匆地走了进来，小胡子叫，老爷，老爷。段四出现在廊檐上，他说你不要叫，你有什么事，跟我讲。小胡子说，我是酒作坊的工人，本来我们都不用工作了，要到天冷的时候再开始做酒。但是我今天去酒作坊的时候，看到了我们的酒头脑毛大。小胡子停顿了一下，停止了说话。段四反背着双手，段四也静静地等着小胡子说下去。小胡子的嘴唇嗫嚅着，他没有再说。段四就说了，段四说，毛大怎么了。小胡子说，毛大死了。

花青正抱着膝低着头看着自己的脚趾头，听到小胡子传来的消息时，她愣了一下。她仍然没有抬起头，她只是听着风吹着树叶的声音。她的脑子里浮现出一个壮实汉子的样子，卷着袖子，走路有一种神气。他显然比太太年轻多了，但是花青看到他的时候，他正和太太在仓库的米袋上。花青仍然没有抬头，她开始一个一个扳着自己的脚趾头，扳到第八个的时候，花青听到段四说，你等一下。然后，段四进了老爷的屋子。再然后，段四从老爷屋子里出来了，他对小胡子说，你别大叫大嚷的，你带我走。

花青后来站起了身子，她站起来的时候看到筱兰花从屋子里出来了，筱兰花冷笑了一下。花青说，你为什么要冷笑。筱兰花说，毛大是自找的。筱兰花后来就向台门口走去，花青也向台门口走去，她们向着酒作坊走过去。太太没有去，太太的脸色已经发白了，头上冒着汗珠。太太把身子靠在了房门上，当然她听见了刚才小胡子和段四之间的对话，也一定听见了筱兰花和花青之间的对话。这些对话像从天空里伸下的一只手，它抓住了太太的皮囊，把太太身上的力气全部抽空了。太太软下来软下来，她坐在了冰凉的地上。她的目光散乱了，没有神，她的神跑了，跑得满屋子都是。

花青看到仓库里聚了不少人，她没有走过去，只是远远地看着。筱兰花说，你为什么不走过去看看。花青说，我不想去，我只要远远地看着就行了。筱兰花说，那我过去，我得看看。筱兰花走到了那堆人群里，很快隐没了。好久以后，筱兰花从那堆人群里挤出来，像一粒突然从人堆里生长出来的豆芽。筱兰花走到了花青的身边，她看着花青笑了。她们的身边，是一大堆的堆放整齐的坛，筱兰花把一只脚搁在了一只坛上。她们的身边现在没有其他人了，她们都穿着旗袍。筱兰花穿的是黑色的有暗红绣花的旗袍，花青穿的是月白色的旗袍，旗袍和旗袍在一起，它们在风中被掀起了旗袍的一角，露出了两双若隐若现的腿。花青看到筱兰花的嘴里多了一支黄白色的烟，烟草的气味就传了过来。然后，筱兰花的手里又多了一盒自来火，自来火在筱兰花拢着的掌心里亮了起来。一枚火光让一支烟的烟头红红地闪动了一下，亮了起来，然后飘起了很淡的烟雾。筱兰花一只手搭在另一只手的臂弯上，另一只手竖起来，两个手指头夹着香烟。她从嘴里喷出一口烟，烟聚集着然后又散开去。

筱兰花很久没说话，花青也没说，她们相对看着。但是花青知道筱兰花有话要说，所以她在等着筱兰花说话。筱兰花果然说话了，筱兰花说，毛大的身子在酒缸外，但是他的头却浸在酒里，他被人捞起来了，头胀得像钵头一样。花青没有听清楚筱兰花说的话，但是她的目光却在筱兰花的话中飘了起来，她看到了这样一个场景。堆着米袋的地方，本来是没有酒缸的，但是现在有了酒缸，有了一满缸的煎过的酒。然后毛大的头浸了下去，所以酒缸溢出了不少的酒，溢出的酒的重量和毛大的头的重量差不多。那些酒，在缸边没有目的地流来淌去。然后，有人把毛大从酒缸里拖了出来，毛大的头肿得像钵头一样，毛大当然已经死了。花青的目光漫无边际，她把目光收回来的时候，看到了筱兰花嘴角的笑容。筱兰花再一次重复了自己的话，她说，毛大是自找的。

花青和筱兰花一前一后地走在回宋家台门的路上，花青和筱兰花在路上一言不发。她们进了大门，进了各自的房间。她们都看到太太的房门紧闭着。下午，门外突然响起了吵嚷的声音，门外的声音传进来有些不太清晰。花青想，那一定是毛大的家人。她走出屋去，走到大门口，看到了跪着的六个人。他们是毛大的老娘，毛大的老婆，还有毛大的四个女儿。她们头上，都系着白布。花青没有去看她们，她只是抚摸着大门上的铜环。铜环是从狮子图案的嘴里伸出来的，它们碰撞大门的时候，会发出喑哑的声音。大门已经有些陈旧了，本来是红漆的，现在这些红漆差不多已经剥落干净。段四从半开半合的大门里走了出来，他看了这些人一眼，把她们一个个拉了起来。然后，他很轻地和一个女人说话，这是一个年纪不大的女人，但是她已经很显老了，她一定就是毛大的老婆。段四说了很久的话，这些人才离开，他们离开的时候，哭哭啼啼的。他们刚走，宋祥东就从大门里迈了出来，他奇怪地看了看抚摸着大门上一对铜环的花青，然后他说，怎么样。段四说，我答应赔钱了，价钱是你跟我说的价。毛大寻死了，怎么能怪到我们头上。不过，出点钱买个安稳，也算了。宋祥东的脸色有些惨白，他笑了笑，轻声说，宋家怎么会在乎这一点点钱呢。你明天就把钱给她们送过去，然后告诉她们，以后，别再来宋家提毛大的事。

宋祥东说完就跨进了大门，提脚的时候，他突然就问花青，他说花青，你站在门口傻傻地摸着铜环干什么，进去吧，现在日本兵到处都是。宋祥东的声音里，有一种温和。花青笑了一下，说，好的。

花青在晚上睡不着觉，她老是想着毛大那个被酒缸里的酒泡大的头。那么一个壮实的汉子，那么一个在米袋上生龙活虎的汉子，突然间就消失了。白白的月光从木窗口爬了进来，白白的月光像一片从遥远的地方赶过来的水，它们爬进来，然后落在花青的屋子里，然后，它们四处流淌。有些流在了床底下，有些爬上了桌子、椅子、梳头桌、衣柜。还有一些，它们轻声笑着，爬上了床，一下子就把花青的整个身子给打湿了。花青就那么被这些月光吵得睡不着了,她睁着大大的眼睛,她看到了窗前有了一个人影,然后,她听到了敲窗的声音。

　　花青的汗毛一下子竖了起来。花青想到了毛大,花青的胆子并不大,所以她不能不想毛大。一个喑哑的声音响了起来,喑哑的声音说,是我,花青你开门。花青听出了是太太,是太太在这个安静的后半夜敲响了花青的窗门。花青从床上下来,花青很轻地开了门。她点亮了蜡烛,太太就坐在烛台旁边,烛光一明一暗的,让太太的脸看上去有了一种阴森。花青也坐了下来,花青看着太太的脸。太太的眼睛已经有些肿了起来,看上去她好像一下子老了不少。

　　太太说,酒作坊里的事,你都知道了?花青说,知道了。太太不说话,只是拿眼睛盯着她看,看得她有了一丝慌张。花青又加了一句,筱兰花也知道了。太太说,你别提筱兰花,跟筱兰花是无关的。花青就不敢再提筱兰花了,但是心里却说,难道是跟我有关的?很久以后,太太说,花青你把眼睛抬起来,看着我。花青就抬起了眼睛,拿那双大大的眼睛看着太太。花青看到了太太瞳仁里的自己,看到了太太瞳仁里那燃着的蜡烛。太太说,花青,你对别人说了什么吗。花青惘然地摇了摇头,她想到了曾经看到过的米袋上的一幕。那时候太太头发散乱,敞着怀,一对下垂的乳房就在胸前像钟摆一样晃荡着。花青明白了太太的意思,她的头也就越摇越快。太太又重复了一句,太太说,花青,你对别人说了什么吗。花青发出了一声低低的哀叫,她的腿一软跪了下去,她用近乎绝望的声音说话,她自己也听到了自己的声音,那么颤抖地从嘴里跌落下来。花青说,如果我说了,太太你把我的嘴拿针缝了。

　　太太好像感觉到很累,她闭了闭眼睛。她睁开眼睛的时候,看了看花青。花青仍然跪着,大大的眼睛仍然看着太太。太太叹了一口气,她伸出了一只手,她的手拉住了花青,她把花青从地上拉了起来。她说了一句话,让花青的心宽了一宽。她说,花青我相信你。接着她又说,是我害了他,是我害了他。太太就不断地重复着这句话,太太边唠叨这句话,边动作迟缓地站起身来。花青看着太太缓慢地起身,缓慢地从门口迈了出去,这样的缓慢让花青觉得太太真的是在刹那间老去了。太太走出门去的时候,没有替花青关门。花青也没有去关门,她呆呆地望着空洞的门。花青一抬头,看到了墙角上的那只壁虎,一动不动地伏着。后来她走到了门边,想要把门合上的时候,突然看到了天井里站着一个人。这个人把花青吓了一跳,花青把门合上,把自己的身子靠在门上,不停地喘着气。这个人的轮廓,很像是段四。

这个夜晚花青是睡不着了,蜡烛就一直点到了天亮。花青在蜡烛的光亮下喝酒,那坛屋角的花雕,差不多就要空了。她坐在床沿一手执着锡壶,一手举着一只小盏。她是慢慢地一口一口地抿着酒的,她会让微甜微辣微微有些发涩的酒在口腔里逗留很久,然后让它们慢慢顺着喉咙下滑。天快亮的时候,她钻到了薄被底下。她的身子缩起来,她觉得很冷。等她睡过去的时候,清晨白白的亮光涌进了窗户。

4. 漂洋过海来看你

仍然有着零星的枪炮声,在东浦镇的上空传来,像一只偶尔飞过天空的鸟。花青本来话就不多,现在,她变得更不会说话了。太太憔悴了不少,宋祥东吩咐阿毛每天都给太太炖着补药,但是太太的精神却不怎么见好。筱兰花却什么也没有变,照样抽着烟,在廊檐下走来走去,照样在西厢房里摇着留声机,让留声机里的女人唱着《夜来香》。

小昌出现在宋家台门门口的时候,花青还不知道她就叫小昌。那

花　雕

天下着雨，东浦是一个多雨的地方，当然，在这个季节，整个绍兴都是多雨的。雨好像从四面八方都赶到小镇来了，雨让大地变得湿漉漉潮乎乎的，雨飘入了花青的眼帘里。花青在一只坛子上画着一只硕大的桃子，她已经画好了寿星，现在她在画桃子。花青觉得寿星那么高的脑门，其实就像是桃子一样。饱满，充满着立体的感觉。这些天，她已经画了许多的花雕坛子。宋朝说，你知不知道，城里有一条鹅行街，街上有一个叫黄阿源的人，他是专门制作花雕坛子的。他在一年前，就像我们一样，在小坛子上画花雕了。花青说，我不知道黄阿源，但是我知道鹅行街的，那是一条很漂亮的街，开着专门买卖鹅的鹅行。那么多从四面八方来的鹅，就伸着脖子在那儿叫着。宋朝说，我们去找他好不好，我们一起去看看他是怎么画花雕的。花青说好的。过些天我们一起去吧。

香川照之也在画画。他的叔叔是日本兵的头，所以他去了日本军营几次，都是带着花雕酒去的。他去陪他的叔叔喝酒。他的叔叔没有孩子，所以他的叔叔非常喜欢他，并且喜欢过问他的事。花青在和宋朝说话的时候，他正在画一棵旷野里的树，那棵树立在旷野的一角，显得渺小而无助。听到花青要和宋朝一起去鹅行街找黄阿源的时候，他把头抬了起来，看了花青很久。这时候，阿毛走了进来，阿毛对香川照之说，香川少爷，外面有个叫小昌的女人找你，她说是从你的家乡象泻町来的。香川照之没有抬头，仍然画着那棵树。阿毛又说了一遍，香川少爷，一个叫小昌的女人找你。香川终于抬起了头，说，我知道了。

阿毛退了出去，站在门槛以外。花青和宋朝都看着香川照之，他们不明白香川照之为什么不出去。宋朝说，是小昌，香川，是小昌找来了。花青问宋朝，小昌是谁？宋朝说，是香川的恋人，我在日本的时候，就认识她了。香川照之画完了那棵树，但是他却一直不肯站起身来。阿毛又来叫了一次，阿毛的叫声让香川照之感到很烦。香川照之说阿毛你别老是香川少爷的，我不想见，你去和她说一说。宋朝和花青对视了一眼，愣愣地望着香川照之。

一直到傍晚，小昌都站在宋家台门的门口。段四走进了西厢房，他的双手反背着，他挤出了一个笑容给香川照之看。香川照之看完了，他马上就把笑容收了起来。他对香川照之说，香川少爷，如果从日本漂洋过海地来了一只狗，那么这条狗想要见你的时候，你也应该去看看的。我刚才去了门口，看到的不是一条狗，是一个女人，她在雨中站了一个下午了。你再不去看她，你就不是人了，你连狗都不如。我的话有些说重了，但是一定是有道理的。香川照之这次抬起了头，他看到段四说完就转身走了，他也跟着站起身来，然后慢吞吞地走出去。他一言不发，所以花青也没有再说什么话。她跟着香川照之走了出去，宋朝也跟着走了出去。

花青见到了小昌。小昌撑着一把伞，那是一把白色的伞，伞面上零星地画着樱花。小昌就站在伞下，她穿着日本的和服，穿着木质拖鞋。她的穿着有些单薄，有一些不胜风中寒的样子。她的脸色是白净的，身材娇小，眼睛不大但却充满着妩媚。她看到香川照之时，脸上盛开了桃花一样的笑容，眼角也牵起了笑意。她的牙齿是雪白的，微微露了出来。香川照之就站在她的面前，香川照之回头看到了站在大门口张望着他们的花青和宋朝，然后叽里咕噜地在向小昌说着什么。小昌隔着密密的雨阵，叫了宋朝一声，宋朝笑着向她点点头。

他们在雨中说了很久的话。花青说，香川少爷，你把小昌领到屋里来吧，外面下着雨呢。香川照之又回头看了花青一眼，但是却没有把小昌领进来。雨淋湿了香川照之，小昌把雨伞拼命地往香川照之身

花　雕

上移。香川轻轻推开了。花青看到了小昌眼中的失望，看到她的头发，被雨打湿了一片，湿湿地沾在了脸上。宋朝说，小昌你进来，你进来说话。但是小昌没有进来，她向宋朝弯腰，然后转过了身子。在转过身子以前，花青看到了小昌眼角的泪痕。小昌木拖鞋的声音，在狭长的青石板街上响了起来。她的声音渐渐远去，和一把画着樱花的白伞一起，消失了。香川照之却仍然站在雨中，宋朝冲进了雨阵，宋朝把香川照之从雨阵中拉到屋檐下，像把他从另一个世界拉回来似的。宋朝对沉着脸一言不发的香川照之说，香川，你疯啦，你怎么可以这样对小昌。小昌那么远从日本赶来，你简直就不是人。香川照之什么话也不说，只是凄惨地笑了笑。

　　香川照之回了自己的房，就再也没有出来。花青还出神地望着雨中长长的街，现在，长长的街面上一个人也没有。花青望着青石板上流来淌去的雨水，对身边的宋朝说，宋朝你告诉我，香川照之用日本话跟小昌说了些什么。宋朝也望着那些雨水，宋朝也是对着地上流淌的雨水说话的，宋朝说，香川照之告诉小昌，让她回到日本去，让她别来找他。香川照之说他要在中国留下来了，香川照之说他有了心上人。花青对雨水说，那么，他的心上人是谁？宋朝也对着雨水说，我也不知道他的心上人是谁，他从来都没有和我说过，但是，我猜他的心上人一定是你。花青的脸突然红了，心跳了起来，像是要从心腔里跳出来，跳到雨水里去似的。这时候她才想到，其实她也一直关注着香川照之这个从岛国赶来的年轻人。当然她也关注着宋朝。花青说，真是莫名其妙啊，我是他朋友的三妈啊。

　　宋朝仍然对着雨水说着话，他的声音明显加重了，他说其实你不用脸红的，你心里若没有他，怎么会脸红。花青的脸就又红了一下。宋朝接着说，你也不用三妈三妈的，如果不是我爹娶了你做三房，你算什么三妈，我骑着脚踏车在大街上遇见你，照样可以冲着吹口哨。花青对着雨水说，但是，我已经嫁给你爹了吧。宋朝对着雨水说，你嫁给他，就是一个错误。以后，你别老在我面前自称三妈。宋朝说完就走进了大门，花青还站着，她望着雨水，想着宋朝的话。然后她的目光一点点移动，目光像雨水一样游过去，游到了河埠头，游到了河埠头的那根木桩上，然后再从木桩上跳下去，跳到了河里。河面上，是密密麻麻的雨漾起了波纹。这时候一个声音响了起来，声音说，不要做错事，做了错事，你会后悔的。你后悔的时候，就一定是来不及的时候。花青转过头去，看到身后站着的竟是段四。段四不太和花青说话的，现在他说了，他说完就转过身走进了大门。花青望着他的背影，发了很长时间的呆。

　　第二天早晨香川照之就出门去了，一直到傍晚才回来。以前花青并不怎么注意香川照之出去，但是现在她忽然变得下意识地在台门里寻找着香川照之。筱兰花的门打开了，她站到了门口看着花青，她忽然笑了，她说你的眼睛飘来飘去的，是不是在寻找香川照之。花青说，你又不是我肚子里的蛔虫，你怎么知道我就在寻找香川照之，这样的话，以后不可以乱说。筱兰花说，我当然不是你肚子里的蛔虫。她顿了一顿接着说，但是我是你心里的蛔虫。花青就不再说什么了，她去西厢房画画，画花雕坛子，有些心不在焉的味道。宋朝看了花青几眼，他的脸上挂着一些忧虑，他的心情也不怎么好，他说，香川照之马上就会回来的。花青的脸红了，花青说，你说什么呀，我又没问你香川照之的事。宋朝说，你别骗自己了。花青就呆了，就对着一只花雕坛子呆了，就不再说话了。

　　香川照之是在傍晚回来的。回来的时候，香川照之脸上肿了起来，眼睛也小了下去。他一回来就把自己关在了西厢房里。宋朝说，香川，你叔叔怎么说。花青的耳朵随即竖了起来,她听到香川照之说,叔叔说了,香川家和小昌家是有了婚约的,你香川照之就是在外面有一百个女人,也没关系。但是你要娶回家的,必须要是小昌。香川照之还说,我和叔叔吵了起来,我们在他的指挥部里打架,几个日本兵冲进来,要把我抓起来,被叔叔喝退了。香川照之说,我的脸肿了,我叔叔的脸也肿了。香川照之说到这儿的时候,脸上有了笑容。好像因为他也打了叔叔,而感到了一种胜利。花青的心里却有了隐隐的痛,有一个声音,从遥远的地方传来的声音告诉她,花青,你完了,你的心是不会为谁痛的,现在你为一个男人痛了,那么,你一定是要完了。花青仔细地辨认着那个声音,她吓了一跳,那个声音,是她自己心里面发出来的声音。

5. 小昌在花雕中沉醉

香川照之跟着宋朝和花青一起去了城里,他们找到了一条叫鹅行的街,一个叫黄阿源的人。路上宋朝并不怎么说话,香川照之也不说话,他们不说话,花青只好说了许多的话。花青其实也是一个不怎么说话的人,但是她却要打起精神说许多的话。黄阿源的脸上,堆满了笑容。黄阿源是一个小个子的男人,他把一间破旧的房子打开了,花青就看到了那么多的坛子,画着那么多的图画。黄阿源说,这些花雕坛子里,都已经装上酒了。黄阿源的声音里有些谦卑,他大概是没有想到,有那么几个穿着体面的年轻人会突然造访。他的手就那么相互搓着,来掩饰自己的不知所措。

花青看到宋朝蹲下了身子,他拿起一坛酒,仔细地抚摸着坛子上的彩画。他就那么一坛坛地摸过去,像是抚摸着自己的一个个孩子一样。花青和香川照之一直站在一边看着他,看着他和黄阿源不停地说着话,看着他脸上漾起的兴奋的神色。后来他们离开了黄阿源和鹅行街,在回去的路上,宋朝又变得一言不发。花青也不想说了,花青懒得再说些什么。她的目光和香川照之碰撞时,他们就会相互笑一笑。

筱兰花倒像是安静了许多,她常把自己关在屋子里抽烟,也很少再来到西厢房摇着留声机听那些歌了。她和宋祥东一样,变成了深居简出的一个人。而突然呈现老态的太太,喜欢坐在一堆光线里,一言不发。她的眼睛会盯着地面入神,有时候会盯着一个人入神,把那个人看得毛骨悚然。天气渐渐变热,而且越来越热,她却仍然喜欢坐在阳光底下。她的样子,让宋朝有了许多的担心,所以宋朝常陪太太坐在一起,和太太一起说说话。和儿子说话,终归是一件令太太高兴的事。有一次花青看到宋朝说的一句话,把太太逗笑了。还有一次,花青看到宋朝坐在一张小凳子上,头就那么侧着,伏在太太的腿上。太太在仔细地替宋朝掏耳朵。太太的神情是专注的,她在为儿子掏耳朵。这时候花青想到了爹娘,她会轧棉花的爹娘,从她记事起,就从来不曾为她掏过耳朵。所以她从西厢房里望出去,望着这一幕,心里就跳起来许多个羡慕。

花青和香川照之都待在西厢房里,他们在一起的日子明显多了。有好几次,香川照之都会有意无意地触到花青的手,花青也任由他触到自己的手。有一次香川照之触到花青的手时,花青用手指头勾住了香川照之的手指头,两只手指头就那么拉拉扯扯地勾着。这时候阿毛走了进来,阿毛说三太太,有人找你,她说她在门外等你。阿毛看到了两只连在一起的手指头,她装作抬起头来看着屋顶,花青和香川照之的手指头在阿毛看着屋顶的时候,悄悄松开了。阿毛看完屋顶,脸上挂着笑走了出去。花青的脸红了一红,然后她开始整理心情,等心情平静下来了，她才走到大门口。她看到了一个叫小昌的女人，站在大门口的阳光底下，仍然穿着和服，仍然穿着木质的拖鞋，仍然有着好看的笑容，只是少了一把雨伞。她向花青弯了弯腰，她说，太太，我能找您谈谈吗，我想请你去明月茶楼喝茶。小昌的脖子略略向前伸出，目光中含着乞求。花青想，这是一个诚恳的女人，这一定是一个好女人。她看到小昌的脖子有些长，一条美丽的脖子。

花青又折回了西厢房，她看了看香川照之，没有告诉他门口是谁，而是挑了两坛已灌上酒并封好坛口的花雕。这是两坛精致的小坛装花雕，她把它们抱在臂弯里。她走出了宋家台门，她和小昌一起在一条老街上走着。她们一个穿着和服，一个穿着蓝印花的棉布旗袍，而且花青的臂弯里还躺着两坛花雕，就引来了一些人的观望。街尽头不远的地方，有一家明月茶楼。茶小二把小昌和花青引上了楼。花青把花雕酒放下来的时候，才发现自己的臂弯，已经麻了。

花青和小昌在茶楼里坐了很久，她们喝的都是本地产的石笕茶。她们坐的是一个小阁楼，顺着阁楼的窗可以看到临街的河里，游过的鸭，或鹅，或一条乌篷。所以，在最初的时间里，她们没有说什么话，她们只是一起看着窗外的河上风景。河面上跌落着一些阳光，阳光从水里折射上来，落在花青和小昌的脸上，有些闪烁不定。她们都看到了对方脸上细密的绒毛。

小昌看了花青很久，她突然笑了起来，她说，东浦的河沟很美，街也很美。

花青笑了笑。

小昌又说，太太你很美，你身上穿着的旗袍也很美，我也想做一件旗袍。

花青又笑了笑。

小昌说，香川照之对我说，他喜欢你。现在，我果然看到了那么美的你。我是从日本赶来的，我身边的钱已经不多，不够我回到日本了，再说我也不想离开香川，所以，我想在这个镇上住下来。我等着香川从你的身边离开。

花青说，你认定他会离开吗。

小昌说，不管他离不离开，我都在他生活的地方等着他，等到七十岁也行。如果等不到，那么，我就在死后等着他。死后也等不到，那么，我就在来世的时候再去寻找他。

小昌的话说得很慢，小昌的眼睛里纯净得没有一丝杂质。花青突然觉得有些心酸，花青觉得自己绝对没有小昌那么好。花青说小昌，小昌你听我说，我和香川少爷没有一点点的瓜葛，就像宋朝和香川少爷一样，我们只是朋友，很要好的朋友而已。说这话的时候，她想到了刚刚还和香川照之勾着手指头。她想，我是不是又在说谎了，我是不是在骗着小昌。小昌笑了起来，小昌说如果是那样，就更好了。小昌还说，我要租一间房子住下来，你有空的话，你就来看我好不好。花青点了点头，花青点头的时候，缓慢而沉重。

小昌说，香川叔叔很爱护我，他说他一定会让香川回心转意的，太太，我是不是不应该和你说这些。花青淡淡地笑了笑，没有说什么，心里却打翻了五味瓶。他的眼前浮起一个日本年轻人的影子，这个年轻人慢慢变成了一根绿色的树，树伸出了根，根扎在了花青的心上。她的疼痛感越来越强烈，但是对着小昌，她什么也不能说。

花青离开明月茶楼的时候，把两坛花雕推到了小昌的面前。花青说，这是我自己画的花雕坛子，里面装的是东浦黄酒，叫女儿红。送给你。小昌笑了起来，她把两坛花雕放到了自己的臂弯里。

几天以后，花青又找到了小昌。小昌已经租下了临河沟的一间带

花 雕

阁楼的小间，木结构老房子。小昌把屋子弄得纤尘不染，两坛花雕，就放在阁楼的小方桌上。小昌穿着一件缎面旗袍，是刚刚做好的。花青看了一眼就说，你这件衣服一定是小宁波做的。小昌说，是的，你怎么知道。花青说我看看针脚就知道了，还有哪个裁缝会有这么绵密的针脚。

小昌在阁楼上铺了一领席子，那张小方桌的脚被裁去了一截，放在了席子上。小昌盘着腿坐了下来，花青也学着小昌的样盘着腿坐了下来。旁边就是一扇小窗户，窗户外看得到东浦的河沟。不说话的时候，她们都看着河沟。后来小昌的声音响了起来，声音很轻，但真切地传到了花青的耳朵里。小昌说，花青，我们喝花雕酒好吗，我想尝尝花雕的滋味。花青听到小昌这次没有叫她太太，花青听到小昌说想尝尝花雕，花青脸上浮起了一个瘦弱的笑容，瘦弱得像一朵小得可怜的黄花一样的笑容。花青点了点头说，好的，我陪你。

花青的酒量是不错的。花青房里的两坛大坛装花雕酒都差不多被她喝完了，她的酒量比小昌好得多。她们相互敬着酒，没话的时候，就傻傻地笑看着对方。小昌说，我们日本人，喝的是清酒，没有花雕那么好喝。花青说，那么你多喝点。小昌说，我想尝尝醉的滋味，你说好不好。花青想了想说，不好，醉会伤身体的。小昌说，但是醉会让我忘记忧伤的。花青又想了想，她拢了一下耳边的头发说，只是暂时忘记而已，总不可能一辈子就那么醉着醒不来了。

最后小昌还是醉了，有着略微的醉态的时候，小昌开始笑起来。她的笑声感染了花青，也让花青在那领席子上笑得东倒西歪。小昌笑得眼泪都下来了，讲的也是满口叽叽歪歪的日本话。风从窗口灌了进来，不是凉风，而是夏天略略有些发热的风，带着河面的腥味。风冲撞着小昌，风把小昌给撞晕了，把她喝下去的酒给撞了出来。酒就从她的嘴里汩汩地冒出来，顺着脖子下滑，全都流到了她缎面旗袍的开襟处。然后，她的身子歪了歪就倒在了那领竹席上。花青没有醉，在小昌醉倒后她止住了笑声。她的目光开始变得忧郁，忧郁地盖在了小昌的身上。一个从日本赶来的女人，让花青想要拼命地压制住自己的感情。她坐直了身子，她感到她盘坐着的一双脚已经发麻了。她慢慢地爬到小昌的身边，抚摸着小昌的缎面旗袍。缎面布料上是传统的碎花，有着喜庆的味道。花青摸到了小昌的隐在旗袍下的匀称骨肉，她摸摸小昌的屁股和大腿，才突然发现，看上去那么小巧的一个人，竟然如此饱满。

小昌咕哝了一声，嘴里在喊着香川照之的名字。花青在阁楼上找来一块厚重的毯，盖在了小昌的身上。然后她重又盘腿坐回到小方桌边，为自己斟上了酒。她望着窗外河沟上，经过一条乌篷，她就喝下一盏花雕酒。再经过一条乌篷，又喝下一盏花雕酒。盏与盏之间的空白，她什么也不想，只对着河面发呆。河面上的阳光在跳跃着，就像花青跳跃着的脑筋。

第七章

1. 稻草堆里的爱床

花青在河埠头站着。她不知道自己怎么会去河埠头的，她的身子就靠在河埠头那根黑色的木桩上。河埠头离宋家台门并不远。她倚着

花　雕

木桩，就好像自己也成了木桩的一部分。这时候，她看到了香川照之。香川照之刚理的头发，是在阿发癞子那儿理的。他穿的是宋朝的青色绸衫，这让他看上去有些老气横秋，所以花青对着他的绸衫笑了一下。香川照之骑着那辆脚踏车，他从花青身边骑了过去，把头昂得高高的。骑出很远的时候，又突然拐一个弯折回来。骑到花青身边跳下来，他把脚踏车停好，然后把戴着的墨镜往上推推，露出他的眼睛。

　　花青用双臂抱着自己的身体，她穿着月白色的旗袍。花青抬头看了一下天，天边滚着一些乌云。乌云让花青的心情一下子暗了不少。香川照之不说话，就那么笑吟吟地站着，这让花青感到香川照之像一个长不大的孩子。香川照之终于开口了，香川说，我用脚踏车带你。

　　花青想了很久，才上了脚踏车的后座。她坐上脚踏车后座的样子仍然显得笨拙，她记起曾经让宋朝用脚踏车带过她，宋朝把她带到了春天的野外，带到一片油菜花丛中，并且抱住了她。这个记忆，仍让她感到甜蜜。如果说她一点也不喜欢宋朝，那一定是假的。香川照之把脚踏车踏得很慢，车轮滚过了青石板路。花青的脸上挂着笑容，她的双臂仍然抱着自己的身体，两只脚轻轻地晃动着。

　　车子经过小宁波的裁缝铺时，小宁波刚好抬起头。小宁波本来想笑一下的，但是他看到了骑着脚踏车的香川照之，笑容就隐了下去，表情很滑稽地转换着。这样的表情，让花青觉得好笑。车子出了小镇，路面就有些颠簸了，这让花青坐在后面有些不太稳。车子穿行在两边都是树林的小道上，花青抱着自己身子的手松了开来，她的手那么在大腿上局促地扭动着。她抬起了右手，又放下了。再抬起来，再次放下。路上并没有行人，只有脚踏车在歪歪扭扭地前行。香川照之边踏着车子，边哼着难听的歌。花青的手终于再次抬起来，终于试探着碰了碰香川照之的腰部。香川照之的歌声突然间停了下来，他变得一言

135

不发了。花青右手的手指头都直直地站了起来，顺着香川照之的腰一步步地走着，终于走到了前边。这时候，她的手已经环住了香川照之的腰。花青抬起头的时候，看到乌云在朝这边翻滚着。她咬了咬牙，终于把脸也贴在了香川照之的背上。

花青听到了香川照之的心跳，花青在背后搂着香川照之的时候，想到了结着一脸愁怨的宋朝，也想到了顷刻间就在阁楼把自己灌醉了的小昌。但是很快她就忘掉了他们，她再一次抬头的时候，乌云已经在头顶了，一些零星的雨，也开始飘落起来。雨珠是慢慢大起来的，后来落下的雨珠，变成了黄豆大小，砸在脸上生痛。一座废弃的庙堂突然从路边跳了出来，它像抛过来一根绳子一样，把一辆脚踏车和脚踏车上的两个人都牵了过去。

花青和香川照之在庙堂里避雨。花青看到庙里积满了蛛网，地上还扔着几只满是灰尘的蒲团，屋角堆着一大堆的干稻草。他们看着一个脏兮兮的菩萨，都没有说话。花青再一次转过头去看香川照之的时候，看到了香川照之眼睛里一跳一跳的火苗，他的身子已经离花青那么近，所以，花青闻到了香川照之的体味。那是一种陌生男人的体味，来自另一个东方国度。呼吸的声音，越来越重地传到了花青的耳膜里。花青觉得一条蛇又在身体里出现了，一条像春天菜地里游出的蛇，想从花青的身体里爬出来。花青的身体扭动了一下，她把眼睛闭了起来。在她闭上眼睛的时候，就对自己说，你完了。果然一双手伸了过来，这是一双慌乱的手，和它的主人一样的慌乱。香川照之的眼神是慌乱的，呼吸是慌乱的，就连他的嘴也是慌乱的。香川照之也将眼睛闭上了，他在黑暗中用嘴寻找着另一张嘴。他的唇触到了花青薄薄的唇，他的舌头抵开了花青的唇，然后，两只舌头像花瓣的一次相遇，他们缠绕在一起，吮吸和撕打着。香川照之脖子上的喉结在上下滚动，他拼命地吮着花青的唾液，像要把花青整个地吸干。他的手也摸索着，从腰部下滑，滑到了花青的屁股上。他的手势有些重，他的舌头也有些重，所以花青感到了疼痛。她用拳头打了香川照之一下，她说，你太重了，你太重了，你太重了。香川照之仍然在忙乱着，他显得有些语无伦次，他说好的我轻我轻，但是下手却仍然是重的。他掀起了旗袍的下摆，把手伸了进去。手把花青抓住的一瞬，花青就整个人像一摊淋了雨的泥一样软了下来。她觉得自己是潮湿的，香川照之抓住的地方潮了，她整个人都潮了。

香川照之抱着软软的花青走到了稻草堆边，他把花青轻轻地放在稻草上。花青闻到了稻草的清香，花青很喜欢这样的气味。她的月白色旗袍已经变得凌乱不堪了，她还听到了屋檐上落下的急促雨声，像一群人的脚步声。香川照之在慌乱中走进了花青，他推开柔软的门，看到了花青的世界。花青嘴里喷出的香甜气味，令他迷醉和痴狂。他揽住花青的腰，上半身支了起来，像不断蠕动的虫子一样，一下又一下地咬着花青。花青的手揪住了香川照之的皮肉，她不停地用力揪着。后来她放开了香川照之背上的皮肉，而是用长长的指甲掐着香川照之的皮肉。香川照之的胸上淌满了汗，他的手腾了出来，抓住了花青的乳房，就那么紧紧地抓着，并且不时地俯下，用嘴吮着花青猩红的乳头。花青被稻草覆盖了，身边的一个高高的草堆也倒了下来，稻草全散在了他们的身上。而就在稻草散下来的那一刻，香川照之和花青都发出了一声惨叫。花青的指甲陷入了香川照之的皮肉里，而香川照之也深深地陷在了花青的身体里。香川照之的身体拉长了，过了一会儿，香川照之也伏了下来，伏在花青的身体上。这个时候，他的手里仍然握着花青的一对乳房。

一切都安静下来了，呼吸声也变得更加匀称。他们埋在一堆稻草里，闻着稻草的气息，听着屋顶上的雨声。雨声渐渐小了下去，他们一动也不想动，一句话也不想说，只是相互搂抱着。花青想，不如一生一世都被稻草淹没算了，做一个稻草人算了。她伸出手去摸了摸自己身上的旗袍，旗袍已经皱巴巴了，沾着汗水。花青把头侧过来，用一只手支着头，对香川照之说，香川，你得赔我一件旗袍。

　　花青和香川照之从草堆里站起身来的时候，看到两个人的身上和头上都沾满的稻草的草屑。他们相互笑了一下，细心地帮助对方拣去草屑。这时候庙门悄无声息地开了，他们的手僵在了那儿，因为他们都看到了铁青着脸的宋朝。宋朝的身子已经湿了，衣服紧紧贴着皮肉，衣服还在不断地往下滴水，好像宋朝的身子是由水组成的。宋朝就站在一堆光影中，他一言不发地看着两个相互拣草屑的人。他看着他们僵在半空中的手，眼眶里忽然就有许多的眼泪涌出来。很久以后，宋朝发出了一声号叫，他从庙门口冲过来，扑向了香川照之。花青听清了他说的话，他说香川我宰了你。

　　两个男人在庙里打了天昏地暗的一架。花青在尖叫，她先是避开一边，害怕地看着两个男人的扭打。然后她又冲过去，想要把他们分开，但是她的努力始终都是徒劳的。后来她站了起来，她退到了庙门口，看着门外田野里被雨洗过的景色。洗过的景色太干净了，满眼都是嫩嫩的绿。有几个稻草人就站在田中央，很孤独的样子。她把身子倚在庙门上，左手的手指绞着右手的手指。她的脑子里闪过了刚才发生的一些事，闪过了她被一种巨大的快乐淹没时的场面。花青听到了两个男人不同声音的惨叫，她转过头去的时候，发现两个男人的脸都肿了，嘴角都流着血，有着一片一片的青紫。后来两个男人累得打不动了，他们就并排躺在庙里的地上，睁着眼睛望着庙里那高高的屋顶。

　　花青也累了，她的身子本来是靠在庙门上的，现在她的身子，就像突然没有了骨头一样，一下子软嘟嘟地滑了下来。她的眼光笼罩着两个男人，她心疼两个男人，而两个男人为她扭打在一起，让她感到了一丝甜蜜。宋朝的声音响了起来，宋朝对着屋顶说话，宋朝说花青，我找来找去找不到你，我找来找去也找不到香川照之，我就知道坏事了。花青没有说话，宋朝又说，香川，你真不是人。

香川也没有说话。

宋朝说，香川你和小昌本来是很好的，在日本的时候是很好的。你突然对小昌变得不好，是因为你看上了花青。所以你不是人。

香川还是没有说话。

宋朝说，小昌从日本那么远赶过来了，你却不愿见一见她。就像段四说的，就算是一条狗那么远赶来了，你也得见见它。所以，香川你真不是人。

香川仍然没有说话。

宋朝说，我把你当成朋友，把你从日本带了回来，你吃住都在我们家，你连换洗的衣服都是用我的。你知道我看上了花青，你还要从我手里夺过去，香川，你说你是不是人？

香川不说话，但是香川的喉咙发出了哽咽的声音。

宋朝说，你有掠夺的欲望，就像你们日本军队一样，来到中国就是为了掠夺。你虽然不是军人，但是你也掠夺了。现在，你已经得到了，你得到了你能带走花青吗，你如果不能带走她，你就仍然不是人。

香川照之哭了起来，他仰躺在宋朝的身边，对着屋顶哭起来。香川照之哭着说，你看上了花青，但是她是你的三妈，就算你不承认，她也还是你的三妈。你是不能爱上你的三妈的，你要怪，你就去怪你爹吧。我不是人，就算我不是人。香川照之哭着坐直了身子，然后他一步步向菩萨爬过去。他在菩萨面前跪着，用手打着自己的耳光，撕着自己的衣服。

香川照之说，香川你不是人，你忘恩负义，不要小昌了。

香川照之说，香川你不是人，你忘恩负义，伤了朋友了。

香川照之说，香川你不是人，你对不起花青，你一点也不能给花青什么。

花青看到香川照之不停地抽着自己的耳光，撕着自己的衣服。他的衣服，已经被撕得一缕一缕了。花青的心开始痛起来，她哭了，她的哭声越来越响亮，她说香川你不要这样子。她哭着爬了过去，抱住香川照之说，我不怪你，你不要打自己，我不怪你。这时候宋朝也从地上坐直了身子，他不再说话，而是看着相互抱着哭的花青和香川照之发了一会儿愣。

2. 你别和男人走得太近

在离开破庙堂以前，宋朝站起身来红着眼睛走到了佛像前。宋朝一句话也没有了，看到花青搂着香川照之，他就不愿意再说一句话了。他的心里，被钻了一个洞，这个洞让他疼痛。他走到了佛像跟前，佛像已经破败并且积满灰尘，但是佛像脸上的表情仍然是面带微笑地望着远方的。宋朝踢了佛像一脚，又踢了佛像一脚，后来他停了下来。宋朝又开始双手拍打着佛像，他拍下了不少佛像身上的灰尘。宋朝对着佛像喊，宋朝，你混账，你不是东西，你一钱不值，你输得一败涂地。宋朝的手上，转瞬间有了丝丝缕缕的血迹。血印印在了佛像的身上，花青这时候也心痛了。如果她不是宋祥东的三太太，她自己也搞不懂，究竟会爱上宋朝还是香川照之。她推开了搂着的香川照之，站起身来拖住宋朝拍打着佛像的手。花青说，别这样，宋朝你别这样。

花　雕

宋朝仍然拍打着，又有一些血流了出来，有许多血积成了血条，挂在宋朝的指缝间。花青拉不动宋朝，花青劝不住宋朝，她看到宋朝的脸已经变形了，眼睛里布满了血丝。她还看到宋朝的嘴唇嗫嚅着，宋朝突然停止了拍打佛像，他盯着佛像看着，后来他小心翼翼地用手擦去了佛像一角的灰尘，抚摸着那上面的油泥堆塑。他抚摸了很长的一段时间，脸上露出了痛苦的表情。他皱着眉，像是努力地要想起一些什么。他的笑容终于浮上了脸庞，一转身，他紧紧抱住了花青。花青在他的怀里挣扎着，却怎么也挣不开。花青想，不挣了吧，已经令宋朝如此伤心了，不如不挣了吧。花青这样想着的时候，宋朝却推开了她。宋朝冲出了庙门，他开始奔跑，他向东浦奔跑，向着宋家台门奔跑。

花青仍然是坐着香川照之的脚踏车回去的。车快到东浦的时候，花青从脚踏车上跳了下来，她说你先回去吧，我一个人慢慢走回去。香川照之看了花青身上脏兮兮的月白色旗袍一眼，点了点头。花青看着一个男人的脚踏车慢慢在街上骑远，慢慢变小，慢慢变成一粒黑点，最后消失了。然后花青路过了小昌租住的小屋，路过了小宁波的裁缝铺，路过了竖着一根木桩的河埠头。然后她走进了宋家台门。走进台门的时候，她看到一辆脚踏车就停在天井里，而香川照之却不见了。她用目光搜寻着，没有发现香川照之。这时候太太从屋角转了出来，她忧心忡忡地看了花青很久，轻轻地叹了一口气。太太的一声叹息，让花青很难过。她总觉得是自己做错了什么，所以她把头勾得很低。尽管她的头勾着，但是她还是看到了太太的离去，看到另一个叫筱兰花的女人从她的房间里出来。筱兰花盯着花青看，花青想我一定是很狼狈的样子。筱兰花最后无声地笑了。

花青找不到香川照之，她就去了西厢房。推开西厢房的门，她看

141

到了头发蓬乱，脸上和手上都积着血痂的宋朝。他瞪着一双血红的眼睛，手里捧着一只小巧的坛子。他的手掌拢起来，把一堆泥堆上去，立体的图形很快就出来了。宋朝说，花青，我们可以像堆佛像那样，把花雕坛的图案，堆到上边去。你说是不是。宋朝的脸上是胜利的笑，这样的笑是迷人的。花青也笑了起来，花青高兴地尖叫了一下。这时候他才发现，宋朝的两只手就牵着她的两只手，宋朝是牵着她的手和她说刚才的话的。

花青从宋朝的西厢房出来后，洗了一个澡。花青发现她的身子骨已经被拆过了一次，有许多地方，皮肉受了伤。洗完澡，她就躺在了床上，她没有吃晚饭，就那么躺着。花青想着白天的事，稻草堆上香川照之冲撞她给她带来的欢愉又在记忆中泛了上来，她咬着自己的嘴唇笑了一下。夜色渐渐浓重，她就躺在黑色里。这个晚上没有月亮，没有月亮的夜里，门突然又被敲响了。花青说，谁。外面响起了一个喑哑的声音，那是太太的声音。

花青披衣下地，点亮了蜡烛，然后她又钻到了床上。太太走了进来，坐在床沿边。太太的脸上浮着笑意，很神秘的样子。花青说，太太你是不是想和我说说话。太太说我是睡不着，所以才跑过来找你说话的。你为什么不吃晚饭。花青说我累了，我累得不想吃晚饭了，所以我就睡了。太太说，你知不知道，日本军队和中国军队在江苏又狠狠干了一仗，也不知道什么时候，东浦也会打起来。花青说，打就打吧，到时候流弹穿来穿去，穿到谁身上，谁就活该倒霉。太太的声音黯淡了下来，说，也是，打就打吧，做人也没什么大的意思的。

花青后来又听太太唠叨了一会。花青有些瞌睡了，她接连打了几个哈欠。太太说，我看你想睡了，那我走了。太太在走之前，又说了几句话，没想到这几句话一下子把花青的睡意赶跑了。太太说，以后你不要常和宋朝在一起，也不要和香川照之在一起，他们两个人你都不能在一起。男人太可怕了，一不小心你就会受苦的。但是也有许多男人，是被女人害苦的。因为世界上没有一种叫"悔"的药，所以我要劝劝你，不要等悔的时候，才想起不如当初什么都不想要，什么都不想做。

　　花青没有接太太的话。太太说完这些，就走出门去，并且把门给合上了。蜡烛就那么点着，蜡烛流着红颜色的烛泪。花青想着太太留下的话，太太活了那么多年，那么那些话一定是很有道理的话。花青把这些话放在嘴里，翻来覆去地咀嚼着。嚼着嚼着，她嚼出了一把把的苦涩。像中药的味道。她才知道，人生那么多味，怎么就一味味都像是中药。

3. 我们一起来画花雕吧

　　几天以后的一个清晨，花青很早就醒了过来。这是一个夏天的清晨，但是在太阳没有升起来之前，还是有一丝丝的寒意。花青穿着单薄的衣衫，从屋子里走出来，走到了天井的那些树丛下。花青已经好些天没有见到香川照之了，起先她是不想他的，她还对自己说，你不要去想香川照之。但是最后她还是想了，她不能停止想念香川照之。这时候她就想到，男人和女人之间，是不能有那一层的。有了那一层，就有血连在一起了，有肉长在一起了。想要割，怎么样的割法都会痛。

　　花青就站在天井里，她站着的时候，天色还有些暗。后来天色越来越亮堂了。早起的阿毛看到花青直直地站在天井里，就吓了一跳，说三太太你站在那里干什么。花青说不干什么，我睡不着，就这样站站。阿毛"噢"了一声，就顾自己去忙活了。花青看着天一点点亮起来，看着人一点点多起来，看着声音一点点闹起来。然后，他看到了宋朝，也看到了香川照之，还看到了筱兰花。他们都走向了西厢房，他们并不是一起进去的，而是一个个地走进去的。其实他们都见到了花青，但是他们谁也没有叫她一声。

花青又站了很久，一直站到双脚开始发酸。然后她挪动了脚步，她把脚步挪向西厢房。她看到了房里的筱兰花，筱兰花什么也没有做，而是把身子靠在放着留声机的桌子旁抽着烟。宋朝在用泥堆着一个坛子的花纹，他的手就陷入泥中，他的手想要制造出美丽的图案。香川照之也在做着花雕，他和宋朝一样，专注地用手在小巧的坛子上，堆出一些花纹来。他的手里还握着一枚小竹片，用它来勾勒着图案。他们的样子，都很专注，都不愿意去和花青打一声招呼。花青站了很久，看着他们很久，然后她才说，我要和你们一起做花雕，好不好，让我和你们一起做花雕。宋朝和香川照之仍然没有说话，花青只看到筱兰花嘴里又喷出了一口烟，烟就在房间里弥漫和升腾。花青的口气里带有了一种明显的哭腔，花青说，你们是不是都哑巴了。你们都哑了吗。

筱兰花的烟抽到了最后，花青看到她的身子动了一下。她在留声机里放了一张唱片，然后轻轻地向花青招了一下手。花青想，我不会过来的，我凭什么要为你来摇唱机。但是她却不由自主地过去了，她有些受不了筱兰花招手的姿势，受不了筱兰花招手时的神态。她伸出手去，握住了手柄，轻轻摇了起来。那是一张西洋音乐的唱片，舒缓得像春天的鸭子在春天的水里嬉着水。花青看到那么慢的音乐声中，筱兰花在一只小瓷碗里揿灭了烟蒂，然后她走出屋去。没有多久，她回来了，一手提着一只小花雕的毛坯坛子，那么毛糙的坛子，像一个刚刚出生的丑陋婴儿。她把两只坛子放到了屋角，然后又走出去了。过了一会儿，又提来了两只坛子。她走路的步幅很慢，脸略略上仰着，显出一种高傲的神态。她的表情中，露出一种强烈的不屑。一件鹅黄的短旗袍，让她的膝盖若隐若现。旗袍上绣着轻淡而颀长的一些草叶。筱兰花像一棵高贵的草，她就行进在西洋音乐中，她在西洋乐中成长和招摇。宋朝和香川照之都抬起了头，他们一动不动地看着筱兰花一次次姿态从容地进进出出，看到筱兰花额头有了细密的汗珠。筱兰花抬了一下手，她用手背擦了一下额头的汗珠，她的掌心朝外翻转着，手里留着花雕泥坛的一层灰黑色的脏东西。花青的手不能停也没有停，她看着并不平稳旋转着的唱片，看着唱片里刻着的一堆音乐，她走进了唱片里。她的脑子里空了，什么都没有。当她再次从留声机上抬起头的时候，看到筱兰花已经找了一张小凳坐了下来，她抓过了一团泥，她在坛子上堆着一片片的泥。她还抓过了香川照之手中的小竹片，为她所堆的图案刻画着细小的纹路。

　　段四的身子闪了进来，他不动声色地看着这四个人，最后他只看着筱兰花一个人。他看着筱兰花堆着花雕坛上的泥塑，他的声音是很轻的，像一只蜜蜂在屋子里飞的声音。他说，二太太，老爷让你去一下。筱兰花没有抬头，仍然专注地做着花雕坛子。过了好久以后，段四把嗓门放大了许多，他大声说，二太太，老爷让你去一下。段四的声音把花青吓了一跳，她摇着留声机手柄的手不由自主地停了下来，使得一段西洋音乐，突然像被剪刀剪断了一样，停了下来。这让筱兰花很不满意，她抬眼看了看花青，目光里有严厉的味道。花青的手重又抬了起来，很听话地摇响了机器。段四笑了一下，他的手永远地反背放在身后，现在，他的手指头相互绞着。段四说，二太太，你是去不去，给段四一个回音，也得让段四去交个差。你知道，下人都很难做的。筱兰花终于说话了，筱兰花说，不去。她的嘴里含着一缕头发，脸上是细密的汗珠，她的话里面，有着忿忿的味道。

段四又站了一会儿，然后他转过身去，面无表情地走了。没过多久，老爷的屋子里传来了瓷器碎裂的声音。声音很刺耳，像是要划破一些什么似的。花青的身子痛了一下，是受惊的那种痛。刺耳的声音，划破的是花青的孱弱的心灵。声音响过没多久，段四又出现了，仍然用那种和蜜蜂的叫声一般的声音，很细碎地说着话。段四说，老爷说了，二太太你不去也得去。老爷还说，这是最后一次叫你了。二太太你思量一下，好让段四去回个话。

筱兰花终于站了起来，她的眼睛红着，像母狼一样。她的动作也很夸张，大手大脚地踏翻了身边的一个坛子，咣当当的声音里，她的胸部急促地起伏着，像是胸中含着愤怒。她说，好你个宋祥东，是不是不想让我活。说完她就走了出去，抱着还没有完成的那个花雕坛子，像抱着一个婴儿一样。她从段四的身边走了出去。段四没有跟出去，他微微笑了一下，对发呆的三个人笑了一下。然后他把藏在背后的一只手拿到了前面，往上提了提。他是对着花青做这个手势的，他的意思是让花青摇着留声机的动作不要停下来。西洋音乐又响了起来，宋朝、花青和香川照之看着一个叫段四的管家，反背着双手，很缓慢地走了出去。脸上挂着微笑。花青看到他背后的手指头，在轻微地有节律地跳动着。

4. 裁缝铺里的变故

黄昏，筱兰花坐在了天井里的石凳上，她的眼泡有些肿胀。花青和宋朝、香川照之站在西厢房的门口，看着筱兰花坐在石凳上的样子。他们都不知道老爷叫她去是什么事，他们只知道筱兰花一言不发地坐了很久。那些天井里的树，掉下了一些黄叶，黄叶很轻地飘到筱兰花的身边，一片两片，三片四片五六片，像一群蝴蝶降落的过程。黄叶飘在了黄昏里，飘在了一个穿着鹅黄色旗袍的女人身边。鹅黄旗袍的样子很简单，线条柔和，是一件居家旗袍。

几天以后，花青看到了筱兰花画的那只花雕坛子。筱兰花不在西厢房，宋朝在，宋朝身边的案几上，就站着这只小巧的坛子。坛子里插着一束长长的白色的带着绒毛的枯草，有一种秋意与苍凉的味道。坛子上画着一个古代男人，一个古代女人，男人女人站在春天的最深处，在一个三岔路口，他们站着，他们的方向，是朝着同一条路走，还是一人各走一条道？坛子做得有些粗糙，与宋朝相比，筱兰花画花雕只是一次即兴的玩乐。但是，她仍然用心堆塑出男人和女人的立体形象，让他们的眼睛生动起来，衣袖飘扬起来。坛子已经上了油彩，却还未烧制。宋朝说，花青，你不要看着这只坛子的拙劣，这是我见过的最好的花雕坛子，鹅行街的黄阿源，也做不出这样好的坛子。它好就好在，做出了意境。

花青的手伸过去，她抚摸着这只坛子，她想筱兰花和别人是不一样的，筱兰花是一个与众不同的女人。许多男人都会喜欢她，许多男人都会害怕她。花青说，这个男人是谁，这个女人又是谁。宋朝说这是焦仲卿和他的夫人，他们站在春天的岔路口，站在一个坛子上演绎孔雀东南飞。

花青就不说话了，花青就开始细细抚摸坛子上这一对伤心的人。筱兰花不知道什么时候走到了门边，筱兰花说，你不许碰，你不许碰我的坛子，你会把坛上的人碰痛的。他们已经很痛了，你不要碰。花青的手缩了回来，她没有回过头去看筱兰花，她好像真的看到了一对疼痛的男女，就要分离。

宋家的日子过得有些阴晦，尽管仍然有着阳光洒在天井，也漏进屋子里。但是，每走一步，花青都感到了从头到脚的阴晦始终伴随着她。宋祥东来她的房间几次以后，她开始麻木，宋祥东已经不可能唤醒她什么了。她像一个木头人一样地躺着，这让宋祥东很是扫兴。宋祥东不太愿意来了，花青想，宋祥东也一定不太愿意到筱兰花的房里去了，而太太那里，他更是几年前就不曾进去过。花青额头上的眼睛，有时候仍然会跳出来。她仍然能看到东浦镇的夏天，看到一座不很大但也绝不小的宋家台门，看到反背双手的段四，看到阿毛做的三件事，替宋祥东倒掉尿壶里的尿液，为宋祥东洗沾着尿渍的裤子，给宋祥东端上煎好的中药。

那天花青从宋家台门出去，站在河埠头看一条条乌篷从面前的河沟里经过。花青不知道自己是去干什么的，她只是不知不觉地就站到了河埠头那根木桩子旁边。有风从花青身边跑过去了，花青看清楚，那已经是初秋的风了。花青想，这个夏天，并不炎热，怎么一下子就到了初秋。然后，她开始迈步，沿着这条小街，一路前行着。她记不清曾经在这条街上走过几回了，走到头又走回来。无论是阳光好的清晨，还是落着雨的日子里，或者没有阳光但也不下雨的日子，她都喜欢走这条路，脚下的每一块青石板，都让她有一种踏实的感觉。

花青走到小宁波的裁缝铺前的时候，就知道坏事了。裁缝铺前围了许多人，有一些穿着黑衣服的黑狗扛着枪站在那儿，他们是乘着一辆三轮摩托车从绍兴赶来的，他们和东浦的保安一起出现在裁缝铺门口。花青挤了进去，看到了俊秀的小宁波，已经不再俊秀了。他没有站在裁缝铺前，他躺在地上，脸上还有着血迹。他的身上，盖着一件做工精良的旗袍，而他的脖子上分明插着一把裁缝剪子。小宁波的身下，是一摊血，血已经变得黏稠，呈现出一种黑色，类似于豆瓣酱的颜色。小宁波的眼睛睁着，他的眼睛在望着天空。他的目光从裁缝铺

花　雕

里跳出来，跳过已经打开了的排门，望向了天空。花青的胃里突然有了一种翻滚，花青看到几个黑狗从裁缝铺里出来了，上了三轮摩托。摩托在青石板街上歪歪扭扭地前行。花青也掉转了身子，她开始奔跑，但是她穿着旗袍，所以她迈出的步子是细碎的。花青一口气跑回了宋家台门，她奔向筱兰花的房子。筱兰花坐在一张桌边，桌上是那只寂寞的青花瓷瓶。筱兰花的手里夹着香烟，嘴里也喷出了一口烟。她笑了起来，她看到花青合上门，把自己的身体靠在床上直喘气，就笑了起来。她说老三你怎么了，难道是死人了。花青点了点头，花青说，小宁波死了。筱兰花的笑容就一下子凝固了。

筱兰花在静默了几分钟后，她的眼泪开始像线一样地往下掉。她的眼泪不断地掉着，像一场阵雨。筱兰花说，怎么会这样？花青说，不知道，我只看到小宁波的脖子上插着一把剪刀，只看到他的身下淌着许多的血，只看到他的身上盖着一件旗袍。他被人打死了，围观的人都说，是昨天晚上，昨天晚上被人打死的。筱兰花不再问了，筱兰花说，花青，你出去。花青愣了一下。筱兰花又说，你给我出去。花青终于退了出来，她默默地把门关上，她站在筱兰花的房门口。这时候，花青看到了对面廊檐下站着的太太，太太也在向这边望着，太太什么话也没有说，她的目光有些忧心忡忡，从对面抛过来，越过了天井，落在花青的身上。

后来太太的手招了一下，花青就走了过去，花青走到太太的身边。太太在望着一棵树，太太对着树说话。太太说，花青，你知道了吧，你一定听到消息了吧。花青也对着那棵树说，花青说，我看到了，我看到小宁波死得很惨。太太说，在宋府里头的人，谁也别想做错事，如果做了错事，那么他很快就会后悔的。花青马上想到了在一座破庙里头，在破庙里的一堆稻草里，在稻草里和香川照之的那场癫狂。花

149

青想，那么是不是有一天会轮到我悔？

花青说，那，你后悔吗。太太没有答话，她的目光失去了光彩，那么黯然地望着一棵树。花青又说了一句，那么，你后悔吗。太太轻轻摇了摇头，说，我不悔，我已经算为自己活过一次了，所以我不悔。花青看到了太太头上有了一丛白发，白发在初秋的风中颤抖着，像一丛白菊。花青不再问了，她和太太并排站着，像两棵树。两棵树一直站到黄昏，站到段四把宋家台门屋檐下的灯笼点亮。然后，一个脸色苍白的男人从屋里走了出来，走向饭厅。男人在自己的位置上坐了下来，本来他会说，吃饭吧。但是他没有说，他看到了三个空着的位置，所以他抬起头用目光开始寻找，他看到廊檐下，太太和花青站成两棵树，而夜色越来越浓了，涂在了两棵树的身上。

花青在半夜里醒来后，就再也睡不着了。她仿佛听到了院子里一个女人的哭泣。花青后来穿衣起床，推开门的时候，她看到了天井里一片叽叽喳喳的月光。她看到筱兰花的房里，亮着烛光，但是她却听不到筱兰花的哭声。花青想，一定是我的耳朵听错了。花青走到筱兰花的窗下，她伸出了一个指头，在嘴里沾了一点唾液，然后她的手指头触到了窗纸上。窗纸洇出了一片黑黑的湿圈，花青把眼睛放在了湿圈上，她看到筱兰花还那么傻傻地坐在一只青花瓷瓶边上，她的手里，亮着香烟的火光，但是她始终都没有抬起手来抽一口烟。她在傻傻地轻笑着，她停一会儿再轻轻笑一会儿。花青在窗下站了一会儿，然后离开了。她本来想回房的，但是经过天井的时候，她突然向台门的大门口走去。她走到了那扇巨大的门边，这扇巨大的门，把花青的年岁都圈了进去。花青费力地扛起粗大的门闩，把它放在了脚边。门闩落地的时候，在静夜里发出很响的声音。花青拉开了门，她走在了青石板街上。这个静悄悄的后半夜，街上一个人也没有。花青想，我这样走着，披着长长的发，穿着薄薄的睡袍，会不会像一个鬼一样。我是不是已经变成了女鬼。

花青是一个游荡的女人。东浦镇安静的夜晚里，只有花青是游移着的一粒饱满的秋虫。这粒秋虫到了小宁波的铺子前，裁缝铺已经关掉了，小宁波的尸体也已经被运走。花青看着那一扇扇店铺的排门发呆，花青后来缓缓地跪了下去，花青开始了一场绵长的哭泣。这里面的一个人，曾经和筱兰花那么的血肉相连，曾经为她花青缝制过两件旗袍，曾经那么年轻而且俊秀。花青开始哭小宁波，冷月披在她的身上，让她感到了寒冷。她的头一直都埋着，窝在跪着的大腿间。有些时候，她把头靠在了凉凉的青石板上，而她的头发散乱开来，杂乱无章地垂在青石板地上。她的哭声是小声，或者说无声的，只是她那么多的泪水，全都打在了青石板上。

花青在青石板上跪了很久，跪得她的身子都麻木了。天快亮的时候，小镇弥漫着一场铺天盖地的初秋的雾，她的身子，被秋雾打湿了。她向来时的路走去，她就走在一堆秋雾中。那是一条不长的路，但是她走了很久，都没有走到头。这时候她才突然发现，她花青想要走上的这条回家的路，竟是那么长，走得那么累人。

在河埠头的那盏发出昏黄灯光的路灯下，花青看到了倚墙而立的一个人。花青还看到路灯那淡淡的光晕，被雾水罩着，显得那么的无力。倚墙站立的是一个男人，他的两只手都插在裤袋里，他的一只脚弯曲着，踩着墙壁。他的头低着，一言不发。花青在不远的地方站住了，她没有叫他的名字，他的名字叫香川照之。她只是看着灯光下的香川照之，她把自己倚在了那根乌黑的木桩上。木桩也被雾水打湿了，她的手触到木桩的时候，感到了一种来自雾水的凉。她和木桩连在了一起，她看到香川照之和墙壁连在了一起。花青就想，如果她变成了木桩,如果香川照之变成了墙壁,那么也就算了。那么也就在路灯下相守算了。那么也就看着河埠头上起起落落的人生算了。

　　天色慢慢开始亮起来,花青听到了鸡叫的声音。那是一只嗓音很好的公鸡,它叫了一次后,马上就有许多公鸡跟着叫起来。花青想,这只领头的公鸡,一定长相很好,一定有着好的羽毛。她这样想着的时候,香川照之把自己从墙壁上分离了开来,他在向花青走来。他走到花青的身边,伸出了手,一把就把花青揽在了怀里。这个时候,花青的眼泪再一次开始奔涌。她说香川,香川小宁波死了,能做那么好的旗袍的小宁波死了。现在,我还担心筱兰花,我担心筱兰花会疯掉。香川照之什么话也没有说,香川照之只是拍着花青的背,香川照之用牙齿轻轻咬住花青的耳垂。然后,香川照之的嘴唇在移动着,在花青的脸上移动。他的嘴带着一丝潮湿的暖意,落在花青的眼眶旁边,所有的眼泪,就像被一块海绵吸干了一样,落在了香川照之的嘴里。

5. 欲望像一口深井

　　筱兰花在房间里把自己关了好些天,好些天后一个阳光明媚的清晨,筱兰花推开了房门。涌过来的光线,让筱兰花的眼睛眯了起来,她就一直这样眯着眼睛。筱兰花看到了天井里树的叶片,开始渐渐变黄。看到从远方奔跑着赶来的秋天,就在屋檐上的秋阳里打着滚。筱兰花穿着一件黑色的绒布面料的旗袍,她的头发上,系着一块白色的小绸巾。看上去她的精神不错,头发也梳得光光的,脸上还略施了粉黛。她的脸上还挂着笑容,像一点事情也没有发生一样。她和下人们打招呼,谈几句话。她到西厢房里和宋朝、香川照之说话,她还拉着太太的手,高兴地说着一些什么。太太的眼睛也眯了起来,太太也笑了，太太想，筱兰花是没事的。而宋家台门里的人，却奇怪地看着一个有说有笑的姨太太，突然像失踪一样关了几天的门，又突然像从地底下冒出来一样，有说有笑的，好像她是专门生产笑声似的。

只是，筱兰花没有对花青笑。在廊檐下碰到的时候，筱兰花站住了，像第一次碰到时那样，花青侧过身子，让筱兰花通行。但是筱兰花没有走过去，而是青着脸说，花青是你害了我。花青说我没有害过你，我真的没有害过你。筱兰花说，那么，是你害了小宁波。花青说，我没有，我没有害过小宁波。筱兰花说，你是不是对别人说了一些什么。花青说，我没有，我如果对谁说过什么，就让雷打死我。筱兰花说，我不信，你凭什么让我相信。花青说，那么你又凭什么认定是我。筱兰花说，因为被你撞见过。花青说，撞见是撞见，并不等于什么，我没有对任何人说。筱兰花仍然说，我不信。

那天花青的眼睛呆呆地看着筱兰花，筱兰花青着脸就像是鬼魅一样。花青听到筱兰花说了很多的话，筱兰花的话中含着对花青的怨恨。花青咬着自己的嘴唇，花青想，我怎么办，筱兰花不信我，我怎么办。她重重地咬着自己的嘴唇，嘴唇的皮开了，传来了痛感。筱兰花说，小宁波说过要给我做一辈子旗袍的，他的旗袍做得那么好，他是为女人而活着的。他让女人像花朵一样，但是现在，他不会再给我做旗袍了，就连他的尸骨都回不了宁波。筱兰花顾自说着这些话，她突然看到花青散乱的眼神，像是灵魂出窍的样子。突然看到花青的嘴唇流出了血，而她雪白的牙齿，仍然嗑在嘴唇上。筱兰花吓了一跳，她转过身子，走回了自己的房间。她合上门以前，仍然透过门缝看到呆呆站着的花青。

花青的目光再一次升腾起来，她看到了自己额头上的那只隐匿的眼睛。她的目光升到天空，看到东浦镇大大小小的酒作坊，已经重新开工了。看到许多酒坊里升腾的热气,看到许多酒坊里飘荡的米香。她还看到了河沟上的乌篷,看到水中的戏台上,戏子咿咿呀呀舞动水袖的歌唱。她还看到了宋祥东坐在他的房间里,正在细心地剥着红枣。他先把红枣上细小的线解下,然后细心地剥着红枣的皮。在剥去皮以前,他把三粒红枣放到鼻下闻了闻。花青的目光从宋祥东的房里跌跌撞撞地出来,这时候,她看到的是东浦镇好像突然冒出了一口口的井。井水漫了上来,在地上遍地流淌着。井后来又变成了一个个的人,穿着衣服,脸含笑容走在街头。而他们的欲望,仍然像井一样,冒着喷着,一刻不停。

花青突然感到了害怕,她的目光又突然跌落下来。她的身子颤抖了一下,这时候,看到了站在身边不远处的越来越浓的秋意。

第八章

1. 别哭你是一个男人

日本军队进了东浦镇后,一直都是很平安的,让东浦人觉得这些矮个子的士兵进来以后,并没有影响到东浦的日常秩序。一天夜里,传来了枪声。枪声从屋檐上跳下来,跳到花青的房门口,敲了敲花青的房门。然后,枪声钻进花青的门缝,站到了花青的床沿前。花青看到枪声布满了血迹,散发着血的腥味以及硝烟的味道。

第二天花青看到天井里昨晚落下的许多落叶,吴妈正拿着一把大

花　雕

大的竹扫帚打扫着庭院。庭院里落满了秋意，有了一种肃杀的味道。吴妈机械地扫着落叶，吴妈看到花青，她脸盆似的大脸笑了一下。吴妈说，三太太，你知不知道，昨天晚上日本人烧了一个叫街亭的村庄，日本人把街亭人都枪毙了。花青说，他们为什么要杀人。吴妈说，因为他们的军队经过街亭的时候少了一个人，他们就把全村的人集中起来，他们要找出这个日本兵。日本兵被找到了，落在茅坑里，头已经和身体分开了。所以，日本兵把整个村庄的人都杀了。

后来吴妈就不再说话。花青只是呆呆地站着，想象着机枪扫向人群的场面。那些男的女的老的少的，全部倒了下来。然后，血汩汩地从他们的身上冒出来，血后来像河一样，漫过了这些人的身体。血向地的最深处流去，所以土地也全部变成了红色。然后，火光燃了起来，所有的房屋，被举着火把的日本兵点燃。火把天烧红了，把天也烧出了一个洞。吴妈扫地的声音唰唰唰地响着，花青在这样的响声中，走出了台门。

花青走在东浦的街上。街上仍然有行人在走着，仍然有店铺开着门，仍然有一些阳光在青石板上跳跃。但是，花青觉得气氛和以前不一样了，就连一些小孩子奔跑的脚步里，也含着一种惶恐。花青后来去了小昌租住的屋子，小昌在阁楼上坐着，她在绣花。窗外就是一条河，所以她盘腿绣花的样子，就有了临水绣花的味道。小昌对花青笑了一下。花青没有笑，也没有盘腿坐下来，她只是盯着小昌看。她看到了小昌的美丽容貌，看到了她白皙的皮肤，看到了小昌很纯的笑脸。小昌的牙齿是雪白的，她笑的时候，会露出整齐的白牙。后来花青笑了起来，花青说，小昌，如果我是一个男人，我一定要娶一个像你一样的女人，让你给我缝衣补袜做饭，让你给我生孩子。小昌也笑了，她的脸红了一红，她说，花青那你不如做男人好了。

花青看到了两坛自己送给小昌的花雕,就放在桌子上。花青走过去,轻轻摇了摇花雕坛子。坛子已经空了。小昌笑起来,咻咻地笑。小昌说花青你别笑话我,我每天都坐在窗前喝一点花雕,我把花雕给喝完了。花青说,喝完,我就再送给你。我送不起别的东西,但是送得起花雕,东浦镇上到处都是花雕。小昌说,爸妈来信了,他们让我回去。我说我不回去了,我在东浦挺好。爸妈说,但是中国在打仗,万一出了乱子就麻烦了。听小昌这么说,花青的耳朵旁就又有了枪声,像爆豆一样响着。花青脸上的颜色就变了,花青说小昌你知不知道,日本兵把一个村庄的人都杀完了,把一个村庄的房子都烧完了。小昌的神色随即暗了下来,小昌把头埋下去,很久没有说话。等她抬起头来的时候,她说,花青,你知道吗,下令杀人的日本军官,就是香川照之的叔叔香川太佐。但是他是那么好的一个人,他喜欢我,他喜欢我做他的侄媳。他的指挥刀一挥的时候,一个村庄的人就全部倒下了。真是没想到花青,对不起。

花青没有说什么。离开小昌的阁楼的时候,花青说,小昌,不是你的错。战争与你是无关的。花青下了楼,木质楼梯响起了脚步声,这种声音托着花青走下楼去。花青的手扶着那楼梯的扶手,她回头看了一眼,看到小昌仍然把头埋着,没有抬起来。

宋祥东突然变得忙了起来。宋祥东的气色好像也好了许多,他总是和段四一起很匆忙地出门去,又很匆忙地回来。段四也频频地出入宋祥东的房间,他的臂弯里,夹着一本黄色的账本。一次吃饭的时候,大家等了很久才等到宋祥东出现。宋祥东在他自己的座位上坐下来,他举起了筷子说,吃吧。许多双筷子就全部举了起来。大家都不说话,等吃到一半的时候,宋祥东说话了。宋祥东是看着宋朝说话的,宋祥东说,宋朝你也老大不小了,以后别老是在西厢房里玩那些泥巴坛子,听那些像鬼哭一样的音乐。从明天开始，你跟着我，你要开始接管宋家的产业了。宋家的产业，会全部落到你的头上，因为你是姓宋的，这里坐着的人里面，只有你和我是姓宋的。宋朝没有说话，扒着饭。然后宋祥东看了看香川照之。宋祥东说，日本兵已经开杀戒了，说不定什么时候，就会有一颗流弹奔过来，奔到你的脑门上。筱兰花和花青，你们没事的时候少去街上去走。街上走来走去的，有什么意思呢。

宋祥东说了许多话，大家就会认真地听着。因为宋祥东的话，让大家都感到了心头有些吃紧。而香川照之更是有些难受，因为有许多消息都在说，一个叫香川太佐的人，把指挥刀一举，就有一个村庄的人，在枪声中死去。这让香川照之有些难过，有些不太敢出现在中国人的面前。宋祥东最后说的话是，你们知不知道，已经有不少难民涌进了东浦镇。我们家的米行，在昨天晚上被难民哄抢了。宋祥东说完，把饭碗一推，站起身来走了。他的腰背，突然之间比以前挺拔了不少。

宋朝忙碌的日子开始了，作为宋家财产的唯一继承人，他必须慢慢熟悉并掌握宋家的产业。他就跟在宋祥东和段四的屁股后头，他一天到晚跟着，很忙的样子。不忙的是花青，不忙的是筱兰花和太太，不忙的是香川照之。不管是下人，不管是宋祥东、段四和太太，以及香川照之在小镇上的几个朋友，包括宋朝在内，都和香川照之有了一种距离感。因为香川是一个日本刽子手的侄子。香川照之把自己关在了西厢房，他不停地画着画。花青推门进来的时候，看到他胡子拉碴的一张脸。香川照之的眼神里，有了一种绝望和可怜巴巴的味道。花青听到了香川照之蓬乱的头发生长的声音，听到了香川照之胡子生长的声音，听到了香川照之乡愁生长的声音。

花青说，香川，你叔叔和你是无关的，你是你，你只是一个会画画的日本学生而已。香川把头低了下去，他开始哭。这个时候花青才

157

闻到了酒味，香川的身边，放着一坛已经打开坛盖的花雕。花青就看着香川照之哭，香川照之后来唱起了日本歌。花青听不懂他的日本话，但是她从歌声中听出了香川照之已经在想念日本了，想念象泻町的一对父母了。花青后来掩上门走了出去，走出去以前，她对香川照之说，香川，不要哭，你是一个男人。

2. 酒和女人都是最伤身体的

那天宋祥东领回来一个高大的北方人。高大的北方人就站在天井里，他穿着青色的长衫，像是天井里突然长出的又一棵树一样。花青和筱兰花都站在自己房间的门口，她们都看到了北方男人。北方男人的脸上挂着笑容，他其实是一个大胡子，但是他把胡子刮得很干净。所以在阳光下，他的下巴闪动着一种青光。宋祥东高声地和北方男人说着话，宋祥东从来都没有如此高声地说过话。他的脸上漾起了少有的红晕，看上去他很开心。有好几次，他都拉起了北方男人的手，拍着北方男人的手背说着什么。北方男人也说话，他说的是官话，他的官话卷着舌头，有着浓重的北方味道。花青就想，北方和南方毕竟是不一样的，北方的人那么高大，南方的人那么小巧玲珑。北方话那么嗓音洪亮，而南方话，像棉花，像面团，像春天里流动的水一样，软软的。

那天吃饭的时候，宋祥东让花青和筱兰花陪北方男人喝花雕酒。他们四个人，是在筱兰花的房间里吃的。宋祥东在喝酒的过程中，断断续续地讲起了这个北方男人。北方男人叫卞北方，卞北方曾经救过宋祥东的命。宋祥东在东北做生意的时候，差一点就被人追杀了。宋祥东还和卞北方回忆起那次被追杀的过程，脸上都漾着笑意。花青看

花　雕

到了刀子的寒光中宋祥东的笑脸，就想，看来宋祥东这个软不啦叽的家伙，是一个令人害怕的家伙。然后就喝酒，然后就一杯接一杯地喝酒。宋祥东向花青和筱兰花都做了眼色，宋祥东说，见到卞北方，我宋祥东高兴啊。宋祥东的意思是，你们两个，把他灌醉。

花青和筱兰花频频地举起杯来，轮番地敬着卞北方。卞北方的酒量一向都是好的，他能喝高度的白酒。他的嘴唇一接触这种甜腻腻的米酒时，感觉就像是在喝茶一样清淡和没劲。他喝了很多杯。花青和筱兰花后来提议划拳了，卞北方说，北方的划拳和南方的划拳是不同的，北方的划拳是让你猜老虎、棒子和鸡。花青说，那你现在在南方喝酒，应该入乡随俗的。于是就随俗，这一随俗让卞北方喝了很多的酒。

他们喝得很晚，宋家台门里的烛光一盏盏地灭了，只有筱兰花房间的还亮着。烛光中，花青看到了几个红着脸的人，看到一个叫卞北方的男人，舌头慢慢大了起来。他起身去小便，回来的时候，被庭院里的风吹了。庭院里窜来窜去的风，像是一条阴毒的蛇。它睁着一双细小的眼睛，咬了卞北方一口。烛光就那么摇着，把几个人脸上的表情，都摇得很不真切了。卞北方再一次喝下一大杯后不久，身子骨就软了下去。宋祥东笑了，宋祥东拍了拍手掌，段四就出现在他的面前。宋祥东说，段四你把卞北方扶到房间里去休息吧，他喝醉了。段四把卞北方的手架在自己的肩上，扶着卞北方走出门去。宋祥东跟了出去，宋祥东走出筱兰花的房间时，对花青和筱兰花说，不早了，休息吧。花青和筱兰花都没有动静，她们也有些喝多了，所以她们伏在桌子上，用手托着腮帮。没过一会儿，外面传来了卞北方呕吐的声音。

花青支撑着站起身来。花青想要回房去休息了，她突然感到了酒带来的累。酒当然是一种会累人的东西。花青走到门边的时候，听到

159

了一个绵软的声音。绵软的声音说，花青你站住。花青就站住了，她的身子摇晃了几下，但是她还是用手扶住了门框。绵软的声音又说，花青你不要走，今天我要和你好好喝酒。花青想了想，摇摇晃晃地回到了座上。她看着筱兰花，筱兰花已经点起了烟，筱兰花已经坐直了身子，筱兰花手里多了一把锡壶。

花青听到了锡壶那细小的壶口往酒盏里喷洒酒液的声音，那是一种很动听的声音。两盏一模一样的酒放在了桌子上。花青看到筱兰花举起了一盏，所以花青也举起了一盏，接着她就听到了吱溜的声音，两盏酒被两个女人喝掉了。花青有了想笑的欲望，她轻声地笑了。花青的酒有些过量时，总是想要笑，是忍不住的那种笑。即使是心中含着很多的悲痛，她也是笑的。筱兰花又倒了两盏，花青就又喝了一盏。这个时候，花青觉得身体里的酒液已经满到喉咙口了，花青觉得自己血管里流来流去的，都是酒。她打哈欠，流眼泪，那是一种醉态。花青看到了筱兰花放在桌上的那包香烟。香烟上画着两匹骆驼，还包着锡箔纸。花青笑了，指着香烟上的骆驼说，筱兰花你看，这是两匹驼背的马。花青的手伸过去，抽出了一支，用一根自来火点燃了。花青吸了一口烟，花青在喷出一口烟的时候，剧烈地呛了起来。这时候，她再一次看到了坐着的筱兰花，悠闲地吐烟的样子。筱兰花把一条腿叠在另一条腿上，晃荡着。筱兰花把一口烟喷在了花青脸上，筱兰花说，再喝。

于是再喝，于是就把一壶酒给喝完了。花青已经看不清筱兰花的脸，她倒了下去，倒在了地上。然后，筱兰花俯下身去，拍了拍花青的脸笑了。筱兰花在地上坐下来，就坐在花青的身边。筱兰花把自己的嘴贴在花青的耳朵边，轻声说，花青，你是不是把我和小宁波的事说出去了，你告诉我，我不会怪你的。这时候筱兰花看到了花青眼角的两滴眼泪,这是两滴令筱兰花感到奇怪的眼泪。筱兰花又说,花青,你是不是告诉宋祥东了,或者你告诉段四了吧。花青没有说话,眼角的泪却越淌越多了。很久以后,花青才含混地说,小宁波那么手巧的一个人,小宁波真的冤啊。花青的声音让筱兰花也差点落泪。筱兰花说,花青,你告诉我,小宁波的事还有谁知道。花青说,我不知道,我怎么会知道呢。花青后来就不说话了。筱兰花坐在地上抽烟,抽完了三根烟后,筱兰花把花青拉了起来。花青的身子很沉,筱兰花拉不动花青。这时候,段四却突然出现了,段四一言不发地蹲下了身,他把花青拉了起来。段四的突然出现,让筱兰花吓了一跳。段四把花青送到了花青自己的房里,然后段四就回去了。筱兰花望着段四的背影,背上涌起了一阵凉意。

筱兰花很久都没有睡,她就站在窗前,望着台门里的天井。台门里很安静,偶尔有猫的叫声传来。过了一会儿,她看到花青的房门打开了,花青摇摇晃晃地出来,走到天井里,她扶着一棵树,开始呕吐。她把肚里的东西吐到了树下,吐完以后,她就那么久久地站着,仍然扶着那棵树。她站着站着,站在了安静的夜色中。她没有想到,有一个女人,在窗前一直看着她。也没有听到,一个女人在熄灭一支香烟的时候,叹了一口气。

花青在第二天中午醒来。醒来的时候,她有些头昏脑涨。花雕的气息,被她的身体带到了被窝里。她就睡在花雕的气息里,后来阳光照到了那团气息上,阳光让她醒了过来。花青起床的时候,发现自己的身子骨已经散开了,身上的力气,像被谁掏空了似的。她简单地穿上了那件蓝印花布的旗袍,简单地洗漱了一下,简单地在头发上系了一块绸巾,然后走了进去,走到了天井里。天井的石凳上,坐着一身青衫的卞北方。卞北方一转头,看到了花青呈现给他的一个简单的笑容。卞北方的眼睛，就闪过了一丝光亮。

宋祥东也从房里出来，他的笑声传了过来，是一种很难让人能有幸听得到的笑声。筱兰花也走了过来，穿着旗袍，手指间夹着香烟。筱兰花笑了一下，笑得春光明媚。然后宋祥东的声音响了起来，宋祥东说，北方，你知不知道酒和女人，都是最伤身体的。特别是那种温软的酒，中午喝下的酒，酒劲可能要到傍晚才能翻上来。这样的酒，一定更会醉人。就像是妩媚温柔的女人，她缠上你的时候，就好比是一把刀子缠上了你。不知不觉间，会让你没了性命。卞北方笑了一下，说，你的话很有道理，但是也不全对。昨天我喝醉了，是因为见到你高兴了，所以才会让自己喝醉的。

这时候花青看到了香川照之，他愣愣地站在西厢房的门口。卞北方说，他是谁？宋祥东看了香川照之一眼，轻声说，是香川太佐的侄子，和宋朝是同学。卞北方没有再说话，陷入了沉思。

卞北方是下午离开宋家台门的，宋祥东把他送到了台门口不远的河埠头。在跨出台门的时候，卞北方转头笑着对花青说，花青，其实你就是花雕。花青愣了一下。

3. 藏书楼里的春光

东浦镇的上空，飘荡着硝烟的味道。人们就生活在硝烟的味道中，人们的笑容突然变得很淡了，在阳光下变得很惨白的淡。花青经常看到香川照之牵着一辆脚踏车从宋家台门走出去，然后，脚踏车的轮胎就碾过东浦的大街。香川照之骑着脚踏车，有了横冲直撞的味道。宋朝和他的话渐渐少了，宋朝只是看着他牵着脚踏车走出门台。有许多时候，宋朝只和花雕坛子们生活在一起，花雕坛就像是宋朝的一群孩子一样。宋朝把西厢房的门关起来,他和花雕坛子们说话,唱歌,或者默默地对视。

花青也在看着香川照之。许多次花青都看到香川照之傍晚的时候,才骑着脚踏车回来。他的身上,散发着酒味。他的眼睛是红的,像一头草原上的野狼一样。花青看到他从台门外进来的时候,把脚踏车扛起来,扛上一级级的台阶,扛进石门槛的里面,然后,把脚踏车放下来。脚踏车就停在天井里,脚踏车的样子,有一些像孤独的瘦马。他站在瘦马的身旁,没有人和他说话,使得他像一个哑巴一样。花青也不和他说话,因为花青不知道该说些什么。花青突然觉得,自己曾经和香川照之把距离拉得那么近,没想到,又一下拉得那么远。

花青在街上见到了香川照之。花青走过大街的时候,看到了一群人围在一起,围成一个圆圈。花青是不太喜欢看热闹的人,但是那天她挤进了人群。她不知道为什么挤了进去。有一个声音说,你看看吧,你进来看看。花青看到了一辆歪倒的脚踏车,脚踏车边一个躺着的人,这个人已经吐了一地的秽物,这个人满脸的眼泪鼻涕。他在说话,他在胡乱地说着话。围观的人说,这是一个日本人,这个日本人是香川太佐的侄子,这个人是生活在宋家台门里的,因为他和宋朝是同学。这个人会骑脚踏车,这个人还喝醉了。这个人这些天经常喝醉,经常摇摇晃晃地骑着脚踏车,有一次还差点骑到河里去,好像要和乌篷比试谁的浮力大似的。花青用两手抱住了自己的身子,她久久地看着。一个躺在地上和她有过肌肤之亲的男人,让她的心痛了。但是她不能伸出手去,她想不能的我不能伸出手。这时候有人认出了花青,有人说,宋家的三太太来了,这就是宋家的三太太。花青看着香川照之,她知道现在所有人的目光都投在了她的身上,她还感到自己的身子热了一热。但是她没有抬头,她用眼角的余光看到周围的人群,在仔细地打量她以后，散了开去。只剩下一个站着的穿旗袍的女人，一个醉着的倒在地上的男人和一辆横倒在地的脚踏车。

　　花青直到最后也没有去扶香川照之一下。花青不愿伸出手去，但是她还是站了很久。最后，她慢慢地离开。离开的时候，她抬头望着天空中的浮云。浮云形成了各种图案，在天空中变幻着，像变幻的人生。花青还看到了浮云就投映在河心，乌篷驶过的时候，把河心倒映着的浮云也给撞破了。花青在街上走来走去，东浦那么小，除了一条小街和一条和小街并行的小河，就什么也没有了。花青回到宋家台门的时候，香川照之已经被人抬了回来，是段四让人抬回来的。段四对宋朝说，宋朝，这好像不是办法。后来段四走了，宋朝留在了香川照之的身边。宋朝站着，低着头，像是一株太阳下山后头朝下的向日葵。香川照之仍然躺在地上，地上已经有了寒意，是秋天的寒意。花青的脚步迈进了门槛，她想，得把香川照之安顿到床上的，得给他盖一床毛毯的。但是她不敢对宋朝说，因为她知道宋朝的心里有一道结了痂的疤痕。花青站到了宋朝的身边，很久以后，她终于说，宋朝，起风了。宋朝抬起了头，他苦笑了一下，看着花青，把花青看得低下头去。宋朝说，好的，我会把他安顿好。宋朝的话里含着忧伤。宋朝说，再怎么说他也是我同学，我会像你关心他那样地去关心他。宋朝的话里，有着太多的含义。花青不再说什么，匆匆地走开了。

　　日本人杀人的消息还在传来，日本人被中国军队打死打伤的消息也在传来。只有小昌是安逸的，她在河里提水，在河边生活，在阁楼上对着河面梳妆，还会弄一点花雕，把一个日本女子在中国的日常生活，弄成微醺的样子。花青来过几次，总是默默来了，默默离开。每次来，她都给小昌带来了花雕。她和小昌面对面地喝着酒，一句话也不说。有一次，花青问，小昌，日本人会不会杀进这个小楼，把现在喝着酒的你和我都杀了。小昌说不会,日本人只会误炸了小楼,但是不可能杀我,因为我是日本人。花青说,那么他们为什么要到中国来,他们不好好地在日本守着自己的老婆过日子,偏偏要跑到中国来。小昌想了很久,没有想到一个好的理由,最后说,因为他们寂寞了,想要弄点事情做,而杀人是最令人兴奋的事。花青笑了,花青举起杯子,把一杯花雕全都喝了下去。

花青的日子也失去了笑声,宋朝也没有了笑声,筱兰花也没有了笑声。一个清晨花青去了后院的藏书楼,花青很久没有去藏书楼了,她不知道自己在那个清晨为什么要去藏书楼。藏书楼的楼板上,堆着一大堆陈旧的书籍。藏书楼已经破败得不成样子了,有些地方,像是废墟,成了蟋蟀的家。花青踩着秋天的清晨,走上了木楼梯。花青走得很慢,像在走着一段漫长的路一样。走到楼上,她看到了一些积满灰尘的书。书边跪着一个头发乱蓬蓬的年轻人。那是香川照之,他的身边,铺着一张硕大的纸,他用毛笔在纸上写了一个"和"字。花青不知道这个字的意思,她只看到香川照之就那么低着头,他手中仍然握着毛笔。一缕细小的阳光,射了进来,射在毛笔上。当然也有初秋带着寒意的风,吹进来掀起了旧书的纸张。旧书的纸张里,是一个个泛黄陈旧的故事。花青看到了毛笔下垂着,笔尖上的墨汁正在渐渐增多。最后,终于有一滴浓重的墨滴了下去,滴在楼板上。楼板上积满了灰尘,灰尘很快滚在一起,抱成一个团,把那滴墨抱在了其中。花青就想,现在这滴墨,被凡俗的尘包着,一定是温暖的。这是一滴温暖而幸福的墨汁。

香川照之的头抬了起来,他看到了穿着单衫的花青。花青穿着一件对襟的花布衣裳,一条宽大的棉麻裤和一双绒面布鞋。花青看到香川照之的喉结在不停地运动着,像是希望能喝到水,或是希望能咬到一点什么的样子。花青走了过去，走到香川照之的身旁。她抚摸着香川照之的头发，像抚摸着一个孩子。香川照之把脸贴在了花青的小腹上，那是柔软的小腹。他的双手，紧紧抱住花青的腿。就在这个时候，他哽咽起来，他说花青我想回去了，我想回到象泻町去了。花青说，你回去吧，你回到日本去。

香川照之的手在摸索着，他摸到了花青腰上的裤带，他抽了一下裤带，花青的那条宽大的裤子就落了下来，落到脚边，露出一双雪白的腿。然后，他颤抖着嘴唇，嘴唇贴在了花青的大腿上。花青哆嗦了一下，香川照之的手，按在了她的贴身裤子上，那是一条红底碎花的小裤，香川照之把它扯了下来。一种耀眼的白在阁楼上呈现出来，香川照之看到了花青结实并且微微上翘的屁股，看到了她柔软的呈现一种弧度的小腹，看到了细密的微微卷曲的淡褐色的一丛草。香川照之的手指头就落在那丛草上，他的手指头在草丛中爬行，这使得花青忍不住闭上了眼睛，并且扭动了一下身子。香川照之站了起来，由于久跪的缘故，他站立的时候腿发麻了。他在解花青衣襟上的扣子，那些整齐排列的盘扣，他解得很细心，他解了很长时间，把扣子全解了。这时候，他看到了一件本白色的贴身小衣，他又把小衣解去。一对雪白的乳，弹了出来，在胸前颤动了几下。香川照之的喉结又跳动起来，香川照之的嘴迎了上去，把一只颤动着的猩红的乳头含在了嘴里。这时，花青伸出的手插进了香川照之茂密的头发里，呢喃了一声。

一件衣裳飞起来，又落下来，落在一堆陈旧泛黄的书上。香川照之把花青的身子横了下来，花青就躺在了积满灰尘的楼板上。木头是温软的，灰尘也是温软的，秋天更是温软的。一些同样温软的细碎阳光，像一些泼出去的细小水珠一样，跳跃着，在她雪白的身子上跳跃着。香川照之的笔提了起来，笔伸向了一只装着一些墨汁的砚，毛笔头迅速被墨汁浸胀了，鼓着肚子站起来。毛笔头上的一滴墨滴下来，滴在花青的肚脐眼上，接着，毛笔按了下去。花青的身上，就有了字，有了画，有了毛笔在身体上行走带给她的酥痒。花青受不了这样的酥痒，她的两条腿卷曲起来，这时候，香川照之丢掉了画笔。香川照之在很短的时间里，把自己身上的衣服全部剥光了。他的眼睛布满了血丝，他的身体盖在花青身上，是微凉的。花青的手举起来，她摸着香川照之的一根根肋骨。香川照之是一个显得有些瘦的人，花青被一种愤怒的瘦给罩住了。然后，花青感到一种力量，慢慢地注满了自己，一些热情就溢了出来。

花青抓紧了香川照之，花青的身体里，是整个的香川照之。香川照之就像她怀着的一个子宫里的孩子。他在羊水里，睡着觉。花青开始轻轻地呼号了，她没有办法控制住自己的呼号。香川照之泪流满面，他的头上胀着暴绽的青筋，很像是愤怒的样子。他一定是想把花青撕碎了，而花青却说，香川，你弄吧，你弄死我算了。花青的声音带着一种颤音，花青的话被香川照之的动作，弄得有些断断续续，像是在呜咽的样子。

这是一个微凉的清晨。一个男人，站在藏书阁的廊檐下，他的眼前就是一扇木窗，他的手抓住了木窗的雕花格子。他看到一男一女在地上翻滚呜咽和哭喊，像是在和1943年的秋天作斗争。他们的身上有一条条手抓的印痕，有被涂得一块一块的墨汁。终于女人拼命地仰起头来，压低声音喊出了声音。这种声音像一把刀子，劈向了廊檐下的男人。然后，女人平息了下来，男人也平息了下来。男人把女人抬着的一双腿放平，男人抚摸着女人胸前的两个小巧结实的乳房。秋风仍然掀起那些旧书的书页，女人侧过了头，她打量着就在她脖子边上的那些翻动着的书页，像是要跟上风掀书页的速度，快速地读完书中的故事。很久以后，女人说，香川，你回日本去吧，你回去，你带走小昌，你和小昌回日本去结婚。裸着身子的香川照之把腿屈起来，跪在了花青的面前。他开始用手遮住面容哭起来，他一边哭一边点着头。躺着的花青伸出了手，手伸向香川照之的面容，手擦干了香川照之的眼泪。一个男人的眼泪被一双女人温软的手擦干了，而另一个男人，另一个站在藏书楼廊檐下的男人的眼泪，却无声地下来了。没人替他擦，他就让它那样流淌着。他的牙齿咬着嘴唇，把嘴唇咬得一片惨白。最后，他转过身去，缓慢地离开了。而他下楼时木梯发出的声音，惊醒了花青和香川照之。他们从楼板上起来，赤着身子走到窗边，看到一个叫宋朝的男人下楼时孤独的背影。

4. 我不能和一个不爱我的女人私奔

宋朝说花青你还记不记得，春天的时候我用脚踏车带着你，去野外看那满垄满坂的油菜花。花青说记得的，怎么会忘了呢。说这话的时候，花青坐在宋朝的脚踏车后座上。她仍然晃动着一双脚，她看到许多块青石板，就那么在脚踏车车轮转动的声音中，向后掠去了。在一座石桥的桥头，宋朝看到了一个在轧棉花糖的小个子男人。宋朝说，花青，你想不想吃棉花糖。花青说想吃的。花青说想吃的时候，从脚踏车后座上跳了下来，她走到了小个子男人的身边，歪着头看一些丝一样的糖。这时候花青想到了轧棉花胎的爹和娘，又一个秋天来临了，他们不知道过得怎么样。

宋朝从脚踏车上下来，为花青买了一个棉花糖。宋朝的脸上浮着笑容，他看到这个时候的花青，其实还像一个孩子。花青重又跳上了车，重又把一双脚晃荡起来。她在吃着棉花糖，她的嘴陷入一种松软中。宋朝开始吹口哨，秋天的天空中飘荡着硝烟的味道，但是宋朝还是把动听的口哨吹了出来。哨声在风里钻来钻去，很灵巧的样子，像一只低飞的燕子。宋朝是在河埠头碰上花青的，花青刚好从台门里出来，她穿着一身短短窄窄的衣服，那是一身她从姑娘家带来的衣服。她穿上它们，只是觉得好玩罢了。她穿上这身衣服，就有了蹦跳的欲望，所以她走出台门后，就果然在秋阳里蹦跳了几下，像一只蚂蚱。花青看到了远远骑着脚踏车过来的宋朝，宋朝的脸上居然有着阳光一样的笑脸。花青低下头，她装作没有看到宋朝，她知道宋朝喜欢着她，而她却和香川照之好上了。从开耙师傅毛大的头跌入酒缸，到裁缝小宁波的脖子上插上一把裁衣剪，花青就知道她和香川照之之间也是一种刀口上的好。这种好有一天会被一种锋利无比的力量切开。她停止了蹦跳，故意低着头前行。宋朝却叫她了，宋朝说，花青。花青装作没听见。宋朝又叫，花青，花青。宋朝把脚踏车停了下来。宋朝说，花青，我用脚踏车带着你吧。

花青后来终于跳上了脚踏车。脚踏车驶过了青石板，然后驶向了野外。野外的路是凹凸不平的，野外的路震得花青屁股生痛。这时候花青问，宋朝，你有没有在心里怪我。宋朝在踏着车子，所以花青看不到宋朝的表情。宋朝说，怪你的，但是我想怪你也没什么用，所以就不怪你了。花青说，你是不是觉得我是一个坏女人。宋朝说，你不是坏女人，你是好女人，但是我是没有福气遇上你这样的好女人的。花青说，宋朝你没有说出去，所以我得谢谢你。宋朝说，说出去又怎么样呢，就算把你害苦了，把香川害苦了，你的心也不会在我身上。这又有什么意思呢。花青说，宋朝我看到你那么开心的样子，是不是你一下子就想通了。宋朝说，我想通了，我不能为一个并不爱自己的女人而感到悲伤，那样有些不值了。花青听到宋朝这样说，心里就有了些黯然，才知道自己，并不是不在乎宋朝的。这样想着，花青就把脸靠在了宋朝的后背上。花青抚摸着宋朝的后背，宋朝的后背是挺拔宽厚的，比香川照之多出了一种力度。花青说，宋朝我也不知道怎么会有了这样的结果，也许是因为我是你的三妈。宋朝说，你不要再提三妈了，我怕听见这个词。花青就没敢再提。过了一会儿，宋朝说，花青，但是我喜欢着你，有一天你的心如果移到我身上了，那么我一定要带你私奔。花青突然被这句话感动了，花青感动得无话可说。

这天他们就在田野里走着，有时候会牵牵手，但更多的时候，是并排地在田埂上前行。田埂边有许多蒲公英，那些白色的像小球一样的花，在风中轻轻颤着。宋朝采了一大把，把它递给了花青。花青努起嘴用力一吹，就有许多白色的絮一样的花轻飘飘地飞了起来，像一场漫天的雪，盖住了花青的心情。黄昏的时候，他们骑着脚踏车折回。骑到镇上的时候，花青从脚踏车后跳了下来。花青说，不可以让镇上的人看到我们一起出去，但又一起回来的。花青让宋朝骑着脚踏车先走了。花青一路走着，黄昏让她感到了一丝寒冷。她就抱着膀子走路，她的心情是好的，所以她的脸上始终挂着一抹微笑。在她听到东洋音乐以前，在她看到一个男人以前，她脸上的微笑就一直这样挂着。

花青走到一幢楼以前，先听到的是东洋音乐。然后她听到了女人叽叽喳喳的声音，是她听不懂的鸟语。她就想，前面一定是一幢小楼，阳台上一定站着几个穿和服的日本女人，日本女人的脸上一定涂着厚重的脂粉，她们一定叽叽喳喳地说着什么，并且会时不时发出尖厉的笑声。她想完了，就抬起头，果然看到了黄昏中的一幢小楼，果然看到了她想象中的景象，听到了她想象中的声音。这时候她的微笑还是挂着的，她走到了楼前的一个楼梯口，抬起头再一次仰望了阳台上的女人们。女人们也看到了她，但是女人们没有理会她，女人们不会理会一个不认识的中国女人。一个男人从楼梯口下楼了,他显然是喝醉了,摇摇晃晃衣衫不整的样子。他伏在楼梯的栏杆上,像是要呕吐的样子,结果却没有能吐出来。他继续往下走着,然后他走到了一个女人的面前。这个女人就是花青,花青的笑容,也是在这个时候一下子消失了。花青的脑子里突然就空了,她不知道该怎么办,她只知道自己明明还挂在脸上的笑容,在突然之间跑得无影无踪。像听到枪响以后的一只兔子,在丛林里快速跑去的样子。男人揉了揉眼,急速地摇晃着头,像是想要让自己快点清醒过来。他又揉了揉眼,又摇晃了一下头。他终于看清一个女人站在了面前,这个女人脸上的肌肉颤抖起来,脸容也变了形。然后他听到了一记清脆的声音,像一粒子弹在奔出枪膛以前的一记爆响。他下意识地用手捂住了火辣辣的脸,然后用另一只手再次揉了揉眼睛。他听到女人咬牙切齿地说,香川照之,你不是人,你是畜生,你们日本人全都是畜生。

  然后香川照之就听到了噔噔噔远去的脚步声,他看到花青在暮色渐浓的时候,摇晃着消失在青石板街上的背影。看到花青快速走路时,那夸张的样子。宋朝就站在不远的地方,他早已停好了脚踏车,他看到花青在小楼前停下脚步的时候,就知道完了,香川照之完了。然后宋朝看到了花青愤怒的表情,听到了花青用手和香川照之的脸一起制造出来的声音。花青走到了他的身边,说你怎么还在这里。宋朝说,我本来就在这里,我停下了,没有走。花青说,你带着我回去吧,我想和你私奔。宋朝把目光射向远处的香川照之,香川照之的酒已经醒了,他绝望地失望地望着宋朝。他轻声叫,宋朝。他的声音是很轻的,带着略微的沙哑,他又叫了一声宋朝,他说,宋朝,你帮我说说,求你千万帮我说说。花青又说了一遍,宋朝,不如你带了我私奔吧。宋朝看看花青,又看看香川照之,最后他对花青摇了摇头。宋朝说,花青，我不能带你走，你那么愤怒的样子，其实是因为心里装着香川照之，所以我不能和你私奔。我要私奔的话，不可以和一个不爱自己的女人私奔。

宋朝的话令花青无话可说，令花青绝望。她恨恨地盯着宋朝很久，然后说，男人都不是东西，从宋祥东到香川照之再到你，都不是好东西。宋朝呆呆地扶着脚踏车，他看着花青的远去。花青在前面拐了一个弯，不见了。这时候宋朝才轻声说，我不是东西，我只是一个有自尊的人而已。

第九章

1. 花青在清晨狂奔

宋祥东走进花青的房间时，夜已经很深了，是那种稠稠浓浓的深。宋祥东从他的房里出来，在房间的门口站了一会儿。他嗅到了秋天的气息，整个天井里都是秋天的气息。他从房里跨了出来，穿过院子走到花青的房门口。在花青的房门口，他又站了一会儿。然后，他的手指头抬了起来，又落了下去，落在门上。单调的声音就响了起来，声音响过很久以后，里面都没有动静。宋祥东的手指头就又抬了起来，落下去的同时，宋祥东略带沙哑的声音响起来，花青，你把门打开。

门终于打开了。花青把门打开后就转身上了床。她穿着本白色的棉布睡衣裤，她和睡衣裤一起消失在一床被下。宋祥东把门合上了，然后他走到床沿边坐下来。他坐在床沿边一动不动,躺在床上的花青也一动不动。但是这时候花青的心里有了一种惧怕,她把身子又缩了一缩。自来火亮起了微弱的光,自来火就握在宋祥东的手里,宋祥东举着这微弱的火苗,他伸出手去,把火苗伸到一支大红蜡烛的烛芯上。屋里突然跳跃起一种亮光,亮光漫延开来,整个房间都染成了一种红色。这让花青想起了去年冬天嫁到宋家的那个晚上,铜盆里有着红红的炭火,传递着一种温暖。

宋祥东就坐在花青的旁边,他什么话也没说,而是把手伸向了花青的脸。花青一直以为宋祥东会把手伸向被窝的,一直以为宋祥东会把她的衣裤全剥下来,然后趴在她的身上,像一条死去的癞皮狗一样。但是宋祥东把手伸向了花青的脸,宋祥东触到了花青潮湿的嘴唇,呼出潮湿热气的鼻子,然后,才是潮湿的眼睑。在不久以前,眼睑的地方,挂着花青的泪。白天的青石板街头,花青挥手打了日本男人一个耳光,把她自己的手也打痛了,心也打痛了。然后她又听到一个中国男人很淡地对她说,我不能和一个不爱我的女人私奔。躺在床上她的脑里就始终闪动着这两个男人,他们在她脑海里相互交替和叠化。她的眼泪,也在不知不觉间溢出了眼眶。

现在宋祥东的指头就落在眼睑上,他轻轻地拭去了她眼角的泪痕,他的声音也温柔地漫过来。为什么老是哭呢,你为什么老是哭呢,你又不是小孩子,你来宋家就快一年了,你也该长大了。他的声音,让花青感到陌生,就像他手指触摸她脸庞时的温暖感觉也让她感到陌生一样。现在的宋祥东,竟然像一个慈爱的父亲,这让花青的眼泪再一次溢出了眼眶。她感到了眼眶被泪水长时间浸泡后的肿胀,就算是一堵墙,被水浸泡久了,也会轰然倒塌的。

宋祥东后来把身子伏了下来,他没有脱掉衣服,更没有像往常一样，钻进花青的被窝。他只是侧着身子，伏了下去，把上半身伏在了花青的身上。他先是无声地流了许多眼泪，这其实是一个被眼泪堆砌起来的夜晚。花青并不知道他流泪了，她的手触到他脸上的泪痕时，她才吃了一惊。这个病恹恹的老男人，在这个秋夜竟然如此伤怀。没过多久，宋祥东的眼泪就打湿了被头。然后，宋祥东终于有了哭声，先是很轻的，压抑的哭声。后来哭声就渐渐响了起来，变成了呜呜地哭。他耸动着肩膀，像一个孩子哭的样子。花青用手轻轻地拍着他的背，花青想，我是他的人，我总得表现一下什么。她想不出有什么好表现的，递手巾，还是安慰他。最后花青选择了为宋祥东轻轻拍着背部。宋祥东好像安静了下来，他的哭声也渐渐减弱了。

宋祥东后来呢喃着说了许多的话，宋祥东的话竟然那么多，像江南小镇东浦在每年三四月间连绵不绝的雨一样。那些话也含着咸湿的水分，流淌在空气里。宋祥东说，花青，我的所有女人中，外面和家里被我碰过的女人中，我最喜欢的是你，你信吗。花青在心里冷冷地笑了一下，像一条菜花蛇进入冬天以前，面对最后阳光时的笑声。宋祥东说，我以前去北方的时候，在窑子里一住就是一个月。那时候我是壮实的，我以为自己是铁打起来的。我每天都要睡一个女人，一个月不间断，而且每一个女人都是不一样的。一个月后，我回到了东浦，也没有什么异常。但是在下半年的一场感冒后，我突然发现自己不行了。再怎么努力，也还是不行。花青说，老爷，那时候你在窑子里住着的时候，一定是灵魂出窍了，一定是疯了。宋祥东说是的，我疯了，我拼命地弄着女人，结果回到东浦后才发现，我不行了，弄女人弄伤了自己。后来我听人说，一个人一生之中可以弄多少次，上天都做了安排。你把该弄的次数提前弄完了，你就别想再弄了。所以，弄，也是要节约一点的。

我弄不动了，但是心里还想着女人，哪怕是娶回家来看着也好，摸着也好。女人是不同的，每个女人都不一样，只有用心的男人，才能品出每一个女人的不同来。宋祥东在说着女人，宋祥东第一次如此详尽地和花青说着女人，而且，他把一个"弄"字挂在了嘴边。这真是一个奇怪的字，这个字居然会有这样的意思。弄，弄，弄花青。花青想到这里，就暗暗地笑了一下。她的泪已经停下了，像刚刚下过一场雨一样。尽管雨停了，但是地上总是湿漉漉的。她发现自己的泪水干了以后，结在了脸皮上，把自己脸上的皮肤给绷紧了。她就抬起了手背，揉了揉脸上的皮肉。宋祥东接着说了，宋祥东的声音仍然温柔地漫过来。宋祥东这时候轻轻拍了拍花青的脸，说，我得不到的，不能让别人也得到。所以你第一要记牢的，不管我有没有用，你都是我宋祥东的女人。第二要记牢的，你别学筱兰花的样，筱兰花是一个戏子，筱兰花是女人中又柔又刚的人。但是你不学她，你学她了，你会后悔。第三要记牢的，你别老是跟着宋朝和香川照之在街上跑来跑去了，你不要坐那种脚踏车，你要是想骑，我可以让朋友从上海给你带来一辆的。花青说，就是你不说，我也记住了，这三条，其实等于一条也没有。就算是坐宋朝和香川照之的脚踏车，也是数得灵清的几次而已。

宋祥东伏在花青的身上，脸贴着花青的脸。宋祥东呼出的鼻息，就全落在了花青的脸上。他说的话显得有气无力，他还紧闭着眼睛，让人以为，他就要睡着了。宋祥东说，花青记住啊，别再跟宋朝和香川照之跑来跑去了，你不能让自己后悔。花青想了想，点了点头。她没有说什么，只是在被窝里点头而已。伏在她身上的宋祥东能感觉得到她的点头，所以宋祥东也没说什么。后来，宋祥东就什么也不再说了，他真的睡着了。花青想了想，费力把他拖入了被窝里。这时候，宋祥东的脸上，浮现出孩子似的笑容。

香川照之是第二天中午在青石板街上拦住花青的。花青走在街上时，突然看到从店铺里走出一个人来。这个人是从一家布行出来的，花青想，这个人大概是想买一块布料。但是这个人手上没有布料，他伸出了手，把花青给挡住了。花青看了看这个人说，香川，你拦住我，是想要怎么样呢。香川照之的眼睛红肿着，眼神里有着一种无奈和愤怒。香川照之最后说，花青，让我请你去茶楼坐坐好吗，我就请你这一次，所以，你得答应我。花青想了想，摇了摇身子，最后说，好吧。

他们在明月茶楼坐了下来。他们是坐在大厅的八仙桌旁的。大厅很大，不远的地方有一个台，那儿是有戏子来唱戏的。他们两个人坐在那么大的八仙桌旁，就显得有些不太协调。八仙桌的宽度，让花青和香川照之产生了距离。这时候的茶楼里，还不太有人，只有几个零星的客人。香川照之穿着一件中式的对襟褂子，唐式长裤和一双圆口布鞋，头发梳得整整齐齐，像极了一个中国的少爷。他温文地喝茶，一手执小小的壶，一手按住壶盖，盖上写着"壶中明月"四个字。香川照之说，中国人真是会组词，把明月放到壶中去了，这茶即便是一壶开水，也是好喝的。香川照之为花青斟茶，花青看到了氤氲的热气，闻到了茶叶的香味，在自己的面前飘散着。花青说，香川，你有什么话要说，你就说吧。

香川照之说，想回日本了，想带小昌回日本。小昌，才是最爱他的人。香川说要带小昌回到象泻町去，那儿有他们香川家大片的农场。他要去种麦子，种庄稼，开农场。香川照之说，有些累了，他要回去了。香川照之说了很久，说完了，就拿着眼睛看着花青。花青的目光，藏在缥缈的茶水升腾的雾气中，若隐若现。花青后来说，香川，你知不知道，茶楼的这个下午，让我老去了十年。我看到那么多光阴，一下子闪了过去,我听到了头发,已经在一点点变白了。香川照之说,花青,你说得像唐诗一样。花青就笑了一下,花青的笑是一种忧伤,花青说,回去吧,你走吧,一路都保重。带小昌走,对小昌好,你要对小昌好,你走吧,中国没有你留恋的东西了,我也已经不爱你了。

花青说了这些话后,两个人就再也没有说话。他们只是坐着,相互看着对方。有茶倌来添茶,他们的眼睛也没有斜一斜。他们的手都放在茶壶上,能感觉到茶壶传递的微温。他们不知道,身边的人是怎么样一点点多起来的,他们只是觉得,好像声音变得嘈杂了。他们身边的座位都坐满了人,然后,有锣鼓声响了起来,还有二胡的声音,还有小锣和竹板的声音,那是江南音乐的组成部分。一个女人,脸上涂着脂粉,在台上闪现了。花青没有转过头去看,香川照之也没有把头抬起来,没有把目光越过所有人的头顶去看一看小戏台上的光景。花青只是想,一个女人舞动了水袖,移动了莲步,然后,咿呀的声音就会响起来。花青刚想到这儿,果然就响起了咿呀的声音。

花青看着香川照之身上的青衣,那是一件干净的青衣。隔着八仙桌,花青可以看到香川照之脖子以下的几粒纽扣,有一粒纽扣跳出了扣眼,在扣眼旁无精打采地垂着。花青用目光把香川照之的纽扣扣好了,花青在心里说,扣好扣子,你上路吧。后来香川照之就歪歪扭扭地站了起来,他站起来后仍然看了花青很久。他的眼睛对花青说,那我走了。花青的眼睛就说,走吧。

香川照之的眼睛说,花青,那你多保重,过几天,我乘轮船回家去。

花青的眼睛说,好的,但是要对小昌好,一定要对小昌好。

香川照之的眼睛说,花青,谢谢你。

花青的眼睛说,我没有为你做过什么,你不用谢我的。

香川照之的眼睛说，花青，我的意思是谢谢你的爱。

花青的眼睛就不再说话了，花青把目光从香川照之的青衣上收了回来。收回来之前，她抚摸了一下香川照之的衣裳，抚摸了那种凝重的青色。那是一种忧伤的青色。花青把眼紧紧地合上了，等她再次睁开眼的时候，看到的是一个青色的背影，一步一步，一步一步向明月茶楼的大门口走去。青色的背影一直没有回转身来，而小戏台上鼓点的节奏却越来越快了，花青的耳朵里充满了这种声音，这种声音顺着花青的耳朵，钻进花青的身体里面，在身体里面横冲直撞。

花青在明月茶楼一直坐到黄昏。人群都已经散开去了，小戏台上也静了下来，而刚才锣鼓的声音，仍然咚咚地响着。一个茶倌走到花青的身边添水，花青的头仰起来茫然四顾的时候，才发现刚才还热闹着的茶楼，居然只剩下她和茶倌两个人了。花青耳朵里繁杂的声音终于渐趋平静，她对着茶倌笑了一下，说，茶倌，你们这茶楼里，我像是一下子过了一生。茶倌愣了一下，他正在给花青添水，那些水从茶壶里流了出来。茶倌听不懂花青的话，他看到一个漂亮的女人，站起身来，向茶楼的大门口走去。

花青走在去宋家台门的路上，在经过小昌住着的那幢小木楼时，她看到了小昌。小昌正好提着一桶水，她的身子倾斜着，显得很吃力的样子。而一只木桶里的水，在她走动的过程中，不断地晃荡着洒在青石板路面上。花青看着那一路的水渍，然后看到了一个穿着中式小花夹袄的女人，行进在青石板路面上。她的一缕头发，就那么垂在腮边。她已经走到了家门口，她把水吃力地提到小楼的台阶上，然后她歇了一下手，这时候她看到了花青。她就笑了一下，露出雪白的牙齿。她说花青，怎么是你。

花青也笑了，走过去，没有说什么，却把手伸向了那桶水。小昌也把手伸向了那桶水,她们的手在木桶的提手上相遇。花青的手是凉凉的,而小昌的手却是温热的。她们又相视一笑,然后一起把水提进了屋里。水倒入了水缸,发出了水的欢叫声。然后,她们上楼,走到那个小小的阁楼上,面对面地隔着一张小方桌,盘腿坐下来。花青的面前,在很短的时间内,多了一碟糖炒栗子,发出甜腻腻的清香。多了一碟小京生花生,像一个个小巧的女人一样躺在盘子上。多了一碟桥头张老头炸的臭豆腐,张老头的臭豆腐是东浦镇上最香的臭豆腐。七十多岁的张老头,从少年时候在桥头炸臭豆腐,已经炸了整整六十年的臭豆腐。然后多了两双筷,两只空着的碟,两只蓝边小酒盏。小昌侧着头,她打开了花雕坛子,酒的气息就弥漫开来。小昌说,我陪你喝酒吧,我想喝酒。

　　花青看着小昌的脸,她的脸上是一片的桃红,花青就想那么好的女人,从那么远的地方赶来,香川照之却说抛下就抛下了。就像自己也很决然地抛下了宋朝一样,那么宋朝和小昌的心里,是不是都有一种难言的苦涩。花青看着小昌的唇,小昌的唇是精致的,泛着一抹红,她的嘴角有好看的一个弧度,笑的时候,那个弧度就轻牵着,牵出一万种的风情。小昌洁白的牙,有少许会在她轻启朱唇的时候,露出来,多了一份性感。三盏酒下肚,花青看到了小昌湿漉漉的目光,目光软软的像一棵秋天软倒在田野上的草一样。

　　一条乌篷就在窗外的河沟里一闪而过,像一片轻飘飘的飘离秋天枝头的叶。

　　花青说,小昌,你不知道,你有多美。

　　再一条乌篷又在窗外的河沟里一闪而过,像一抹看不清楚的匆匆的光阴。

　　花青说,小昌,香川照之想回日本了,他要带你回去。

又一条乌篷在窗外的河沟里一闪而过，像一尾快速游动的黑色的鱼。

花青说，小昌，你收拾一起吧，他这几天就要动身了。在日本，过你们的好日子。

小昌的头斜了过来，侧着眼睛眯着眼笑看着花青。窗外又是一条一闪而过的乌篷，花青看到了，小昌也看到了。小昌说，东浦怎么会有那么多的乌篷，那么多的青石板路，那么多的流来淌去的水，那么多的酒作坊。小昌又说，我不回日本了，因为香川根本不爱我。我想留下来，在东浦多待一些日子。也许是一个月，也许是一年，也许是一生。花青没有再说什么，她知道劝小昌跟香川照之回去，是最没有意义的一件事情。她只是举起了酒盏和小昌的酒盏碰了碰。然后，她们都喝下了一杯酒。黑夜一下子伸出了巨大的手，在这个时候把整个东浦都罩住了。小昌点亮了一盏油灯，是被东浦人称为回灯的那种有着玻璃罩子的灯。即便窗口有风吹来，玻璃罩里的灯火，也是笔直向上的。红红的光晕，在小阁楼里散开来。小昌的身子软下去，她的一只手按在草席上，支撑着自己的身体。花青站了起来，她找到了一床毯子，盖在小昌身上。然后，她伸出手拍了拍小昌嫩滑的脸，走下楼去。

花青走在黑夜的青石板街上，花青走到了河埠头，看到了那根黑色的木桩，像一个傻子一样呆立着。看到不远处，挂在墙上的一盏路灯，灯发出昏黄的光，照亮了灯下一小片扇形的地方。灯下聚集着一些秋天的小虫，它们在秋天的夜里，在秋天的灯下，跳着欢快的舞蹈。花青就笑了一下，把自己靠在那根木桩上。她看到一个男人出现了，这个男人是从宋家台门走出来的，他把两只手插在裤袋里，走路时晃荡着身子。他没有看到花青，他突然看到花青倚在木桩上的时候，他愣了一下。然后，他就把身子靠在了一片陈旧的灰黑色的青砖墙上。路灯的灯光罩下来，刚好把他整个地罩住，像一张预谋好了要盖下来的网。

花青后来进了宋家台门，她没有理会那个男人。那个男人的名字，叫做宋朝。花青看到了台门里屋檐下亮着的灯笼，看到筱兰花站在自己的房门口抽烟。花青进了自己的房间，她和衣睡了下来，她把一个秋夜那黑色的衣裳当作被子。这是一个安静的夜，没有听到一声枪响，花青睡得很踏实。在清晨来临的时候，花青睁开双眼，花青起床，花青站在脸盆架的旁边洗漱，花青还听到了天井里鸟的叫声。这时候花青还听到了阿毛的声音，阿毛在和吴妈说话，阿毛说，有一个男人昨天晚上坠入河里死了，大概是喝醉了吧。今天早上撑乌篷船的张阿土看到了，那个人浮了起来，那个人穿着一件青衣，还很年轻的。吴妈就马上响起了啧啧啧的声音，吴妈说，年轻人，那么不小心。花青愣住了，她推开了门，她冲出了宋家台门，她沿着小街奔跑，像一头受惊的小鹿。在奔跑的过程中，她还跌了一跤。许多东浦人看到了一个面容清丽的女人，头发却还乱蓬蓬的，她在奔跑着，脚上穿的是一双缎面拖鞋。花青看到了一堆人围在不远的地方，花青就冲了过去，她推开人群，喘着粗气。她不敢朝下看，因为她眼角的余光，已经看到了躺在地上的一个人，看到了她身边流来淌去的一摊水渍。大家把目光投在了她的身上，他们看到一个女人的胸部剧烈地起伏着。女人终于把眼睛往地上看去，这时候，她松了一口气。她看到了地上那个人穿着青衣，但是却不是香川照之。

花青推开人群走上了回宋家台门的路，她像捡到了什么宝贝似的，心里有些高兴，心里甚至还发出了叽叽叽的笑声。花青走进了宋家台门，这时候她发现宋祥东和段四站在屋檐下，他们正在商量着一件什么事。他们看到了一个女人,刚刚起床,脚上趿着一双银色带碎花的缎面拖鞋,头发还没有梳理。宋祥东皱了一下眉。花青进屋了,花青把自己靠在门框上,想,自己在秋天清晨的一次狂奔和失态,大概是心里深藏一个曾经血肉交融的男人的缘故。我让他回到日本去,为什么却在心里忘不了他。

2. 一场花雕酒中的阴谋

那天花青在西厢房门口看到了香川照之。花青站在自己房间的门口,她看到香川照之从西厢房里推门出来,和他一起出来的是宋朝。花青就走了过去,花青走到香川照之的面前,她盯着他的脸说,你怎么还没有走。宋朝悄悄地走开了,他仍然把手插在裤袋里,他顺着廊檐走开了。香川照之说,小昌不愿跟我走,小昌说她已经不爱我了。她不走,我也要走的。明天,我就离开了,宋老爷说要为我送行,他请我吃饭。

花青把头转向了饭厅,她果然看到阿毛和吴妈在忙碌着。隔着天井看过去,桌子上已经放了一些菜了,冒着热气。花青笑了,说,你面子真大。香川照之看到花青掉转了身子就要走开,香川照之说,花青。花青停住了脚步,但没有回头。香川照之说,花青,跟我走好吗,跟我去日本。花青回过头,给了香川照之一个妩媚的笑容,她摇着头说,不可能。然后,她又继续向前。

吃中饭的时候,宋祥东居然喝了一点酒,他是一个不太喝酒的人。看上去他有些兴奋,他很开心的样子。宋祥东说,宋朝,香川少爷就要走了,你得和他干一杯。宋朝举起了盏,香川照之也举起了盏,他们的盏撞在一起。花青看着宋朝,她突然觉得,宋朝是那么好的一个人,他的心地那么善良。花青默默地扒饭,筱兰花也默默地扒饭。宋祥东没说让她们也喝酒,所以她们就没喝酒。宋祥东后来对筱兰花说,你去一趟日本人的军营吧,香川太佐又来邀请了,他想让你去唱戏。筱兰花没有作声,仍然扒着饭,她在吃着一只碗里的芋头。那只芋头显得有些过大,所以,她用筷子把它一夹夹成两半。宋祥东又说,你去吧,就唱一回,让香川太佐也高兴高兴。你和香川少爷一起去,我给你们准备了一些花雕酒,酒已经装到埠头的乌篷船上去了。是阿土撑船佬送你们过去,他是一个不错的船工。筱兰花仍然没有作声,她很快地吃完了饭,她把碗推开了,然后她站起身来。她的手就按在椅背上,她的手指纤长而不失肉感,但却太苍白了些。筱兰花看了花青一眼,然后她轻轻地叫了一声太太。太太抬起了头,望着筱兰花。筱兰花露出了笑容,轻声说,我只是想叫你一声而已。

筱兰花离开了饭桌。宋祥东把头转向了香川照之,宋祥东说,香川少爷,你和你叔叔说一声,你就问问他我能不能当上维持会长。你告诉他,在东浦镇,不会有比我更好的人选。谁能吃得消当这个会长,谁也不会吃得消的。香川照之笑了,他说我一定会说的。香川照之的脸泛着红光,脖子也红了,他喝了很多的酒。

花青后来想,这一定是一个散淡的下午,这个下午,特别的漫长。她一直都在等黄昏来临,但是黄昏却迟迟不肯来临。吃完饭后花青回到了房里,她先是在衣柜里翻找着衣服,她把许多衣服翻出来,堆得满床都是。然后,她找出了一件翡翠绿的小夹袄,她把它穿在了身上,整个人都显得嫩绿起来。后来她就穿着小袄走到了西厢房,她的两只手始终抓着小夹袄的下摆。小袄是薄棉做的,在秋天,这件衣服令她温暖。她推开西厢房的门,看到香川照之手里正捏着一张唱片,他正想把唱片放到留声机里去。宋朝蹲坐在一只小花雕坛的坛身上,他的身边，是许多完成了堆塑的花雕坛子，只是还没有画上油彩和烧制。花青看到了四只排在一起的小坛，那坛上演绎的是岳飞精忠报国的故事。一个在古代能领兵打仗的人，让花青听到了从遥远的地方传来的冷兵器撞在一起的声音。香川照之轻轻摇着留声机，留声机里响起了东洋音乐。香川照之伸出了手，这只手伸向了宋朝，他把蹲坐着的宋朝拉了起来。香川照之说，宋朝我就要走了，你陪我一起唱《樱花之恋》好不好。宋朝说好的。他们一直都手拉着手唱歌，他们的声音起先是低沉的，后来终于放开了喉咙。花青望着两个男人在一个漫长得无边无际午后歌唱，心里头突然有了一种惆怅。她在这种惆怅中退出了西厢房，轻轻把门合上了。她把宋朝和香川照之关在了门里，却没能把音乐声关住。他们唱歌的声音仍然从门缝里飘出来，飘到天井和廊檐，飘荡在整个宋家台门。吴妈在院子里扫着一堆落叶，那是一堆发黄的叶片巨大的落叶。吴妈在扫着一个秋天，吴妈把秋天扫得支离破碎了。

漫长而无所事事的午后，让花青的身子骨都发胀了。她真的希望有个人把她的身子骨拆开来，狠狠地敲打一番，然后再重新组装起来。花青后来转到了筱兰花的房门口。筱兰花正在试穿着一件旗袍，那是一件双开襟的暗红旗袍，领口和袖子镶着漂亮的两道绦子。绦子上，绣的是细碎的花鸟图案。那精细绣工精心绣制的花花鸟鸟构成春意，从袖口领边流泻出来。旗袍的前襟绣着的是一朵硕大的牡丹。筱兰花抚摸着牡丹的花瓣，系好一粒粒盘扣，又拉了拉大腿边上开衩。筱兰花还换上了一双五色涣烂的绣花鞋，是从苏州那边带过来的上等绣品。筱兰花先是站在镜前整理着旗袍的领子，旗袍高竖着的领子有些皱了，所以她努力地用指头在抚平着它。然后，她半蹲下身子，她半蹲的时候，旗袍开衩的地方，就呈现出一种惊人的白，万种风情，若隐若现。

她没有理睬花青,她一言不发,但是她还是看了一眼花青,很冷漠的一眼。花青看到筱兰花的一只脚抬了起来,伸进了绣花鞋里。另一只脚也抬了起来,也伸进了绣花鞋里。筱兰花整个人都伸进了绣花鞋里,伸进了1943年的深秋或是初冬。花青看到筱兰花的身子高出了不少,她美丽的影子就在花青面前飘摇着,像一幅飘摇着的画。筱兰花在梳头桌前的圆凳上坐了下来,她开始对着镜子梳头。这是一个漫长的过程,她梳得缓慢而且仔细。黑色的头发,被她梳得整整齐齐,能看到一长条的发线。她用发卡卡住了头发,然后她打开了胭脂盒。胭脂的气息,飘过来,让花青差点打了一个喷嚏。

这个漫长的下午,终于被花青打发掉了。她一直站在筱兰花的房里,看筱兰花如此细心地打扮着自己。筱兰花从圆凳上站起来的时候,已经是黄昏了。筱兰花再一次看了静静立在一边的花青,这时候她笑了一下,她的眼里居然漾起了万般柔情,她抓起花青的手,放在自己的手里握着。她说,花青,我走了。这时候宋祥东的身影闪了进来,花青想说一句什么话的,她总觉得有一句什么话要说,但是她想不起来该怎么说了。宋祥东说,上船吧,香川少爷已经上船了,时候不早了。筱兰花伸出了手,她的手抚摸着宋祥东干瘦而苍白的下巴。宋祥东的下巴上有一粒黑痣,痣上长着一根细长的卷曲的毛。筱兰花突然拔下了那根毛,这让宋祥东感到了疼痛。他想要发作了,但终究没有发作,他只是温和地笑了一下说,你真是会开玩笑。

那根卷曲的毛躺在筱兰花的手心里,筱兰花把手举起来,举到嘴巴前,然后她努起了嘴。她吹了一口气,一根毛就飘了起来,并且落下了。然后花青听到了筱兰花的声音,筱兰花说,宋祥东,你是一个畜生,你是一个不折不扣的畜生。花青吓了一跳,就是做梦,她也不会梦到筱兰花敢这样对宋祥东说话。宋祥东脸上的肌肉抖动了几下,他竟然没有发怒，相反他的脸上呈现出温和的微笑。他伸出手，在筱兰花的脸上捏了一下。他说，我是畜生，那就算我是畜生吧，我这个畜生，却要那么辛苦地养活一大家子的人。筱兰花不再理会他，她向屋外走去，她走得很缓慢。她走到天井里的时候，发现太太站在不远的屋檐下向这边望着。筱兰花的脸上就再次浮起了笑意，她叫，太太。太太点了点头，太太什么话也没有说，只是点了点头。然后筱兰花抬眼看着天井的上空，天井的上空就是东浦镇的上空。

筱兰花走出一条弄堂，走到不远的河埠头。一条乌篷已经停在那儿了，船上站着香川照之。花青跟着筱兰花出来，她看到筱兰花上了船，她一身暗红色的旗袍，隐进了乌篷船的黑色中。船工手脚并用，坐在船头手摇脚踩，哗哗的水声和吱吱呀呀的橹声就响了起来，一条乌篷远去了。而花青一直看着船头的香川照之，他们什么话也没有说，他们想不起来该说些什么才是合适的。这个漫长的下午，走到了终点。终点就是花青站在河埠头发呆。

这天晚上花青睡不着觉。她睁着一双眼睛看着床顶，她看到的却是一坛坛的花雕，从乌篷船上运了下来。一个叫香川照之的日本人，下了船，他可能还伸出手去拉了那个穿旗袍的女人一把。穿旗袍的女人，暗红色的花朵一般的女人，她下船的时候惊呆了许多日本兵。暗红色的女人目不斜视，她向军营走去。香川太佐迎了出来，迎候他的侄子和一个漂亮女人的到来。他的眼睛，在看到女人的一刹那一定放出了光芒。日本兵在喝着酒，在看着一个女人唱着越剧。她唱的是什么，《孔雀东南飞》还是《梁山伯与祝英台》，是扮成了梁山伯还是扮成了焦仲卿。许多日本兵的目光迷乱，他们把丝丝缕缕的目光抬起来又抛出去，抛在女人旗袍前襟的硕大牡丹上。他们开始起哄，大叫，唱日本歌曲，或许还燃起了一堆篝火。旗袍女人都顾自唱着自己的歌，她看到日本兵在喝着花雕，他们把自己灌成了一团稀泥。旗袍女人就笑了起来，轻声说，宋祥东你这老畜生。

花青后来迷迷糊糊地睡着了。迷糊中她听到了遥远的枪声，枪声断断续续一直没有停，一直响到天蒙蒙亮。天蒙蒙亮的时候，花青醒过来就没有能再睡着。她披衣下床，走到窗前的时候，看到宋祥东竟然站在天井的一棵树下。花青推门走了出去，走到宋祥东的身边。宋祥东好像入了魔，他一动也没有动。花青终于推了推宋祥东，说你怎么啦。宋祥东说，你有没有听到一夜的枪声。花青说，好像听到了枪声。花青转身要进屋的时候，被宋祥东一把拉住了。宋祥东的手有些凉，他说你不要走，你和我一起看着天亮起来。花青就只能任由宋祥东牵着手，任由那么凉的秋意侵入到她的身体。

天色终于渐渐亮了起来。天亮以后，一切安静了下来。花青看到吴妈在打扫庭院；阿毛端着一碗药，走向宋祥东的房间；太太站在自己的屋檐下，倚着门框梳头。他们都看到了天井里的宋祥东和花青，两个人被露水打湿了，像两棵站在庭院里的湿淋淋的树。花青看到宋祥东对着太太笑了一下，然后，他放开了花青的手。

花青的手有些麻了，她几乎站了一个钟头，深秋的寒意使她的鼻子也塞住了。花青回到房里，穿衣洗漱，忙碌了一阵。然后，她走出了台门，走向东浦那临水的长街。花青突然觉得街上变得不一样了，街上的阳光有些无力，阳光被风吹得一晃一晃的。三五成群的人都在议论着，昨晚东浦镇上的日本兵，在一夜之间被歼灭了。昨晚日本人搞了一个庆典会，他们喝了不少的酒。他们被酒中的药迷倒了，然后就被一支队伍给全部歼灭。

花青一下子愣住了，花青想到了筱兰花和香川照之。那么昨天，他们是不是逃脱了子弹的追赶？他们一定逃不脱子弹的追赶的。花青的身子就飘了起来，踩在青石板街上像踩在棉花上一样。她的力气，突然之间消失得无影无踪。她终于跌倒在青石板街上，像一条伏在地上的刚刚从冬眠中醒来的青蛇。一些人围了拢来，说，怎么啦，你怎么啦。有人认出了花青，说这是宋家的三太太。就有人跑着去不远的宋家台门报信。没多久，段四出现了，段四拉起了花青。段四说，三太太，我背你回去？花青终于回过神来，她无力地挥了挥手。段四退开了，花青迈着细碎的步，缓慢地回到了宋家台门，然后，她推开自己的房门，没有脱衣服就拉过了一床被子，盖在自己身上。像要盖住一段往事似的。

3. 哭声纪念旗袍女人和半个爱情

花青睡到下午才起床。花青起床以后，去了筱兰花的房间。没有人看到她进了房，进房后她就把门关了起来。花青把自己靠在房门上，筱兰花和香川照之的身影就老是跳出来，他们微笑着，在花青面前交替出现。花青在梳头桌前的小圆凳上坐下来，看着镜子中的自己，想象着以前筱兰花梳头的样子。想象着筱兰花抽烟的样子。想到烟，她就开始寻找筱兰花留下的烟。花青在床头柜里找到了烟，找到了自来火。花青就坐在筱兰花的房间里开始抽烟。花青抽了很多支烟，她的舌头很快就麻木了，而筱兰花的房间里，布满了烟雾。花青把自己当成了筱兰花，花青想，筱兰花抽烟的时候，手指头呈兰花指的形状，她就把手指头也翘了起来。花青想，筱兰花抽烟的时候，会把一条腿架在另一条腿上，坐出万种风情的样子。花青也就把一条腿架在了另一条腿上。花青想，筱兰花抽烟的时候，会含上一口烟，然后抬起头把一口烟喷向空中。花青也就把一口烟喷向了空中。花青想，筱兰花

花　雕

有时候会在房间里踱步，走来走去。花青也就在房间里走动着，她走动在一堆袅袅的烟雾里。她忽然有了唱歌的欲望，她记得筱兰花喜欢唱《夜来香》的，于是她也就唱了起来。她不记得词，她只是按着调子轻轻哼着。

花青后来走到了那口大大的明式衣柜前，她把衣柜打开了，就有许多烟雾进入了衣柜。衣柜里整齐地排列着一件件的旗袍，花青的手伸过去，一件，两件，三件，她用手指头一件件地梳理着，像是在梳理着筱兰花的往事，梳理着筱兰花一段段的青春。那些棉布的绒布的绸布的缎面的旗袍，那些做工精致的盘扣，那些高挺的或绵软或坚硬的领子，和那线条很好的下摆，那开得高低不等的衩，让每一件旗袍都活了起来，像是一个女人的灵魂一样。花青把旗袍堆在了床上，她一件一件地穿着，然后在屋子里转身，走路，停顿，或是坐下来把一条腿架在另一条腿上。那些把衩开得高高的旗袍，让花青的脸红了一下。她用手抚摸着开衩处露出的皮肉，那是光洁的年轻的皮肉。花青在筱兰花的房间里发着疯，花青忘了自己在干什么。她看到了一只摆在小方桌上的青花瓷瓶，像一个寂寞女人似的青花瓷瓶。花青伸出手去，用两只手抱住了它，把它抱在怀里，然后把脸贴了上去。花青就那么久久地抱着青花瓷瓶，她想，筱兰花多么像一只青花瓷瓶。

花青后来扑在了床上，她的脸贴着那些旗袍，她把这些旗袍放在鼻子边闻着，仿佛闻到了筱兰花的气息。然后，眼泪就不争气地滚滚落下来了，眼泪就掉在了那些旗袍上，把旗袍给打湿了。她想起了筱兰花和小宁波的事，想起了筱兰花对自己的一次次不满，想起了筱兰花和自己说的最后一句话是，花青，我走了。花青在床上耸动了双肩，她开始哭出声音，她的声音越哭越响，声音钻出了门缝，声音飘荡在庭院里。门被推开了，有一个人进了门，花青不知道进门的是谁，花青不去管进门的是谁。进门的是宋朝，宋朝在床边站了许久以后，终于伸出了手，他去扳花青的肩头，却没能扳起来。宋朝的手加大了力气，他把花青从床上拉了起来。花青斜斜地站在了宋朝的面前，眼泡肿了，脸上一团糊着眼泪鼻涕。她的声音抽抽搭搭的，宋朝听出了她声音里的意思，她的意思是筱兰花那么漂亮的一个人，香川照之那么年轻的一个人，就那么突然不见了。宋朝说花青，生命与漂亮和年轻是无关的，生命是最无常的东西。花青扑进了宋朝的怀里，她伏在宋朝怀里哭了很久。宋朝没有再说一句话，宋朝只是伸出手轻轻拍打着花青的背。

夜幕降临以前花青推开了宋朝。她整理了一下头发和身上穿着的那件筱兰花留下的旗袍，那是一件黑色的绣着红白相间的花的旗袍，布料有些厚。花青穿着这件旗袍走过了天井，花青推开了宋祥东的房门。花青推开宋祥东的房门，她看到宋祥东面前有一只青边碗，碗里还放着三粒红枣。宋祥东正对着三粒红枣发呆。花青笑了一下，轻声说，宋祥东你是个畜生，你是老畜生。宋祥东马上愣住了，他呆呆地看着花青。花青又笑了一下，声音放高了许多，她说宋祥东，你是畜生，你是老畜生。宋祥东的脸慢慢转为了青色，他没有说话，但是显然他是有些生气了。因为他的胡须，抖动了几下。花青说，你为什么要害筱兰花，你为什么要害香川照之，他们又没有得罪你，你为什么要害他们。宋祥东的脸青一阵白一阵的，宋祥东后来叹了一口气，宋祥东说花青，其实你是很聪明的一个人。做人，是不可以太聪明的，人一聪明，烦恼和痛苦，就一定会比别人多。

花青"嗷"地叫了一声，她的眼泪飞溅，她扑了过去，像一头发怒的母狮子一样扑了上去。花青的指甲是尖利的，她把这种尖利施加到宋祥东的脸上，宋祥东的脸上在顷刻间就有了几条血痕。宋祥东并不躲闪，他任花青咬着他的手臂，用脚踢他的脚，用手抓他的脸。花青终于停了下来，她累了，她的喉咙也哑了。宋祥东才轻声说，花青，你终于闹够了。我是畜生，但是你们又是什么。你和香川照之的事，我一清二楚。筱兰花和小宁波的事我也一清二楚，太太和开耙师傅毛大的事我更一清二楚。我之所以放过你，是因为我最喜欢的是你。

花青听着宋祥东的话。宋祥东平时是不太说话的，现在他却说了那么多的话。他走到花青的身边，跪了下来，他跪着抱住花青的双腿，手在花青的屁股上摸索着。而他的脸，就贴在花青温软的小腹上。他的声音带着一种哭腔，他开始哭了起来，开始一个五十多岁男人的绵长的哭泣。宋祥东说，我是畜生，但是我放过了你，我就是一个还有点良心的畜生。我在桥头上看到洗青菜的你，我就知道，你一定要成为我的人。但是宋朝竟带来一个什么香川照之。香川照之抛弃了小昌，那么他又算得了什么好人。宋祥东的眼泪，把花青的旗袍给打湿了。花青终于垂下手去，抚摸着宋祥东的头。宋祥东是个畜生，但是这个畜生最喜欢的，却是她花青。

宋祥东说，我不想做什么维持会长，那只是一个借口而已。我要让日本人全部遭殃，我也可以对得起救命恩人下北方的嘱托了。不过你不用再骂我是畜生，我本来就是半个男人，或许半个都不是。我有那么多钱，但是我比一个讨饭的还要可怜，因为他还可以在讨饭婆面前做一个男人该做的事，而我却做不成了。你说我是不是很可怜。我本来就不想活了，我什么都没有了，我不像一个男人，你知道的。现在我告诉你的是，日本兵虽然在一夜之间全被打死了，但是日本人不会放过我的。所以花青，我这条老畜生的日子并不会很长了。

宋祥东说了那么多话，那么多话就像他的眼泪一样，在花青面前的地上四处流淌。花青的手仍然落在宋祥东的头上，她轻轻地拍着宋祥东的头,像在拍着一个孩子,让他早些安睡。花青后来离开了宋祥东的房门,花青说,谁都没有错,是上天错了,上天不应该让我嫁到宋家的。花青说完走出了宋祥东的房间,而宋祥东仍然跪着。花青走出门去,关上门。她开始漫无目的地在庭院里游荡,她站在天井里,看到冬天正一步步向她逼近了。冬天说,花青,我马上就到了,我马上就来到宋家台门了。花青转到了后院,她上了藏书阁,她上了破败的楼梯,她看到了楼上飞扬的灰尘,和堆在楼板中间的一堆旧书。她想起了和香川照之在旧书边上曾经做过的一个旧梦,她的眼泪就再一次落了下来。落在那些陈旧的书上,落在那些陈旧书上的陈旧故事中。

4. 女人之间也有爱情

花青是七天后才知道自己发了高烧说了胡话的。花青在七天后醒来,她睁开眼睛时,看到有一些明晃晃的阳光落在了房间的地上。太太就坐在床边,太太见她醒来的时候,脸上露出了一抹微笑。花青看到太太笑的时候,眼角一下子堆起了许多的皱纹,花青心里就有了许多感叹。太太的声音响了起来,太太把嘴巴贴在花青的耳边,轻声说,你已经睡了七天了,你讲了七天的胡话,你发了七天的高烧。老爷请福寿堂的黄癸初给你开了药方。黄癸初说你要七天后才会醒来,你果然就睡了七天。这时候花青看到了阿毛,她刚刚迈进门槛,手里端着的是一碗药。阿毛的脸上露出了笑容,她的笑容盛开在照进房内的阳光下。阿毛说,三太太,你醒啦。

太太的手就搭在花青的手背上,这让花青感到了温暖。一个人影晃了晃,是宋朝迈了进来。宋朝看到睁着眼睛的花青,马上就露出了笑容。他的两只手相互交叉着,像是不知所措的样子。宋朝说,花青,花青你醒啦,你醒啦就好。花青也笑了,她向宋朝投过去温柔的目光,她觉得自己有些对不太住这个对自己一往情深的年轻人。宋朝后来站到了一边,他不再说话,他就那么傻傻地站着。太太又笑了起来,太太说,宋朝这样傻站着,已经站了七天了。

太太说,小昌来过了,送来一瓶叫做正露丸的日本药。小昌没有进宋家台门,她只是站在门口,说要见花青。阿毛出去告诉她,说花青病了,说胡话呢。小昌就折了回去,没多久又出现在宋家台门的门口。小昌手里多了一瓶正露丸,小昌让阿毛送进来,说,这个可以治许多日常的小毛病,很灵的。太太说着这些,花青的眼前,就浮起一个叫小昌的小个子日本女人,有着光洁的皮肤和明亮的眼睛。花青开始想念小昌,她想等病再好些的时候,要去看看小昌了。

花青的病好得很快,她不再提起筱兰花和香川照之,不提起并不等于忘却,她把筱兰花房里的那只青花瓷瓶搬了过来。看到青花瓷瓶,她就想到了筱兰花。她和青花瓷瓶说话,就像是和筱兰花说话一样。她对青花瓷瓶说,老二,老三和你说话呢,你还记不记得你在廊檐下扭了一下我脸,说我不懂规矩。那时候,我刚嫁到宋家,现在就快过去一年了……

花青仍然常走到不远的河埠头,把身子靠在那根粗大的木桩上,看着河面上来来往往的乌篷。街上的人在议论着,说日本佬又会重新来到东浦的,日本佬哪有这么善罢甘休的。花青不去管日本人来不来东浦,花青只是想,小昌怎么样了。

花青一路走着去找小昌。小昌正在她租住的小楼不远的一个埠头,洗着一小篮子的青菜。花青远远地看到了小昌,她看到小昌弯着腰,腰部就有一小片皮肉露了出来,像一弯新月。那时候花青站在一座石桥上,她想一年以前,宋祥东也是这样站在石桥上,看上了一个洗青菜的女子，把她娶为了三太太。花青站在桥上，她没有叫小昌，她只是静静地等着小昌把菜洗完。小昌终于从埠头顺着石阶上来了，她抬起头，看到了刺眼的冬天的阳光，从桥上落下来。阳光里站着一个模糊的人影。她腾出一只湿湿的手揉了揉眼睛，她就笑了起来。她轻声叫，花青，你的病好啦？

花青再次和小昌上了她的阁楼。小昌做了青菜面条，她们用青菜面条下酒。酒当然是花雕，是花青送给小昌的花雕。干净的碗筷已经摆好了，两个人洗了手，面对面地盘腿坐着。她们干了一盏酒，又干了一盏酒，再干了一盏酒，她们一共干了三盏酒。

花青举起酒杯说，小昌，香川照之的事你一定听说了。

小昌点了点头说，那是命定的。

花青又举起酒杯说，小昌，你不要太难过。

小昌点了点头说，我会难过，但不会绝望。

花青再举起酒杯说，小昌，你不想回日本吗？

小昌摇了摇头说，我不想走了，我想留下来陪香川。香川是我唯一爱过的人，他死在了东浦，那么，让我也死在东浦吧。

小昌又说，花青，你瘦了，你瘦了一圈。小昌说完就伸出手去，手落在了花青的脸上。小昌的手抚摸着花青的脸，小昌说，花青，你真是漂亮。你是中国女人里面的女人。花青又倒了两杯酒，花青说小昌，让我们喝醉好不好，我想把自己灌醉。小昌点了点头说，好的，我也想醉。那让我们醉吧。

小昌和花青最后双双醉倒了，她们本来是盘腿坐在草席上的，现在她们的身子歪了下去，横七竖八地倒在了草席上。冬天已经来临了，冬天的草席，让她们感到了寒冷。不知道什么时候，她们的手连在了一起，她们抱着对方的身子取暖。起先是小昌站起来的，她站起来在床边坐了一会儿，使劲地敲打着脑门。她伸出脚，踢了一只花雕坛子一脚，那只花雕坛子就滚到了很远的地方。她伸出了手，她想要拉起花青的，她拉了很久才把像泥一样软在地上的花青拉起来。她把花青放倒在床上，脱掉了花青的鞋子。

花青和小昌都藏在了棉被下，她们闭着眼睛，不知道自己说了些什么，或者是想要说什么。她们就那么哼哼叽叽地叫着。花青的手触到了小昌绵软的乳房，她的手就没有再移开，她的手就一直摸着小昌的乳房。小昌嘤咛了一声，她睁开星星眼，借着一条细长的眼缝望着嘴唇轻轻张合着的花青。小昌的手也落在了花青的腰间，她的手也在黑暗里开始前行。一阵手与脚的忙乱以后，花青和小昌的衣服，一件件从被窝里飞了出来，一件件又落在了地上。花青和小昌的身子贴在了一起，像两块绸缎在某一天的相遇。她们拥着对方柔软而细腻的皮肤，抚摸着对方玲珑而不失性感的身体，她们用手指头相互唤醒了对方。她们的鼻息是温热的，落在对方的脸上。她们的嘴巴，发出甜腥的气息。后来小昌用软湿的嘴咬住了花青的耳垂。花青的耳垂很丰厚，小昌就小心地咬着。一边咬一边含混地说着话，小昌说，为什么我们都是女人。花青也说了同样的一句，为什么我们都是女人。她的手指头像剑一般的落下，又伸上，像是要把小昌的身子剖开。小昌握住了花青的一只手指头，那是长长的食指。小昌把花青的手指头提上来，放在了嘴里轻轻咬住，然后同样发出了含混不清的声音。小昌说，我想咬断你的手指头。

花青和小昌不知道是什么时候睡着的，醒来的时候花青才觉得身子骨的麻木。她把手从小昌的脖子下抽出来，而小昌此时还睡得很安详，嘴角还挂着一个浅显的笑容。花青醒来后没有马上起来，而是用手支住头，侧过身子看着小昌。小昌的脸上有细密均匀的绒毛，在阳光下像草原上的一片嫩草。花青侧着身子看了很久，直到小昌的睫毛抖动了几下，并且慢慢张开眼睛。光线从窗棂投了进来，投在半张床上，投在半床被子上，投在花青和小昌的一个平凡的日子里。这个时候，已是第二天的下午了。花青从被筒里钻出身子，站立了起来。许多光线，就从她赤着的身子上滚落下来，滚落了一大片，全都细细碎碎地落在了小昌的脸上。小昌看着花青一对小巧结实并且微微上翘的乳房，看到扁平且不失圆润的小腹和一双长长的美腿，小昌的眼睛里就跳跃起一串星光。她笑了一下，又笑了一下，说，花青，你不是人。你是妖。

第十章

1. 一场火造就一座废墟

花青在小昌的阁楼上睡了一个晚上加一个白天，她是在第二天的傍晚才走上回宋家台门的路的。她知道宋家一定有许多人在寻找着她，而找得最急的，一定是宋朝。她走在寒冷里，气温已经下降了不少，这让花青感到了无法抵御的寒冷。她的步子快了起来，双手抱着自己的膀子。还没有走到河埠头，就有一些细碎的雪子落在了青石板路上。雪子蹦蹦跳跳的，而一场雪大约就跟在雪子的后头。这时候的花青，索性就放慢了脚步。

花青行走在雪子中间。她走到宋家台门不远的河埠头时，雪真正地降落下来。是大朵大朵的雪花。雪花让她的目光变得破碎而迷离，迷离的目光中，她看到宋朝就站在埠头边。他的两只手，仍然插在裤袋里。他一点也没有去理会一场雪的降临，他大概是看不见雪的降临的。花青走了过去，走到他的身边。

下雪了，花青说，一场很大的雪。

是的，下雪了。我就知道要下一场雪的。宋朝说，我今天又等了你一天，我知道你会出现在河埠头的。

雪落入河中，瞬间就消融了，一点踪影都没有。花青看到河里一条乌篷急速地穿过，她想起了去年嫁入宋家的时候，也是下着一场雪。她从乌篷上下来，顺利嬷嬷扶她下船，而鞭炮的声音也随之响了起来。一年是个什么距离，一年是一场雪与一场雪之间，一个微笑与一个微笑之间的距离。

花青说，一年了，一年前我嫁到宋家，那时候，你还没有从日本回来。

宋朝说，是的一年了，一年里香川照之和筱兰花都走了，还有小宁波和毛大。一年里发生了那么多事。

花青说，宋朝，你是不是想好了，你是不是真的不愿和我私奔？

宋朝说，是的，我还爱着你，但是我不能和你私奔，因为我不能和一个不爱我的女人私奔。

花青笑了起来，说，你的这种说法和小昌的说法一模一样，不如你们两个私奔吧。

宋朝说，她是香川照之的女朋友，我怎么可以对朋友的女朋友这样做，我又不是香川照之。

花青叹了口气说，你是不是还记恨着香川照之。

宋朝说，不是恨，是生气，现在连生气都没有了，和一个死去的朋友生闷气，太不应该。

花青和宋朝立在埠头说了许多话。雪就乘着他们说话的间隙，毫不留情地落在他们的肩上，头发上，眉毛上。一会儿的工夫，他们的身子就白了。他们相互对视着笑起来。花青伸展开两只手，手心朝上，拦着雪花。一些雪花就躺在了她的手心里，遇到手温，瞬间就化成了凉凉的水。花青喜欢这样的凉意，她喜欢凉意一直伴随着她。花青说，宋朝，掌心化雪，是多么美的一件事情。花青又说，宋朝，你能不能和我一起走进宋家大院门，你背我回去。宋朝想了想说，我不敢，除非我决定和你私奔了，我才会不怕宋祥东的目光。花青笑了起来，说我知道你不敢的。宋朝你想想，雪夜里的私奔，是多么让人头发热的一件事。宋朝说，是的，我也很想和你私奔，但是我做不到真正的私奔。在心里，我早就和你私奔了。

站在雪地里的两个人，终于移动了步子。他们向宋家台门走去。那么大的一场雪，让院子里的那些树，也在转眼间变成了白色的雪树。太太站在廊檐下看雪，太太看到两个白色的人影走进了台门，他们在跺脚和跳跃，还不停地用手拍打着身上的雪。太太看清是宋朝和花青，太太的嘴唇动了动，想要说些什么，但是最后，她什么也没有说。太太只看到宋朝和花青抖了抖肩膀，就抖下一蓬雪来，那蓬雪像一只从肩头跳下的银狐。

晚上，吴妈来花青的房里，她端着一只铜盆，铜盆里有许多烧得很旺的炭火。吴妈把铜盆放在花青的房间中央，并且把窗户略略打开了，吴妈说，三太太你注意啊，不能把窗户关得很死，会闯祸的。然后吴妈说，太太房里也生了炭火，你房里也生了炭火，本来二太太房里也要生炭火的，可惜她已经回不来了。吴妈的话令花青很不舒服，花青说，吴妈，以后你来我房里的时候，能少说一句时就少说一句。

吴妈听出了花青口气中的不满,她撇了撇嘴,退了出去。

花青看着铜盆里红红的炭火,看着一只放在小方桌上的青花瓷瓶,她坐在床沿边,想起去年的第一场雪,她嫁到了宋家。那时候一抬头,能看到一只壁虎爬在墙上的。花青就抬起了头,她果然看到了那只壁虎,还是伏在墙壁上。一年过去了,这只壁虎也在不知不觉中长大了一岁。花青钻进了温暖的被窝,她的心情很好,心情好是因为下雪。她想,明天早上,宋家台门就会被厚厚的雪盖下去了,宋家的人就是睡在雪下面的一群人。

花青睡得安稳和踏实,她做了一个温暖的梦。梦中她回到了少女时代,她在东浦郊外的田野里赤着脚奔跑。田里盛开着一大片一大片的紫云英,紫云英慢慢地开出小花来,小花向她包抄过来,一下子就在她的脚边开放了。她盖的是一床十斤被,用的是南通平原上最好的棉花。她蜷缩在棉被里感到无比的温暖。然后,她见到了一大片红光,红光朦朦胧胧地罩下来,罩在那片紫云英上。红光里站着香川照之,他在对着花青笑。红光里还站着筱兰花,她穿着那天去日本兵营唱戏时穿过的暗红色大牡丹花旗袍,她的手指间夹着烟,她站在红光里对着花青喷了一口烟。花青被烟呛得有些难受,花青越来越难受快要喘不过气来。然后,花青睁开了眼,她已经不能动了,她能听得到哔剥的声音,这些刺耳的声音,在夜间显得异常的生硬,仿佛要硌痛谁似的。花青看到自己的力气,已经完全消失。她只能看着宋家台门里的熊熊火光,梦中的香川照之和筱兰花,都已经不见了。花青想要喊叫,喉咙却像被塞住似的。花青看到一扇门着了起来,这扇门上像生长着一丛火一样。最后,门和火一起倒下了。花青没有听到门倒下的声音,她闭上了眼睛,就什么也不知道了。

即便是到垂垂老矣的时候,花青也不会忘记那场大火的。花青醒来的时候,已经是清晨。她整个人被一床棉被包着,太太就蹲在她的身边。花青醒来后,想叫一声太太的,但是太太说,别动,你受了惊吓了,你别动。花青就不再动了,她睁眼看着一座熟悉的台门变成了不熟悉的台门。台门已经是断墙和残垣,台门里的所有东西,都被烧得一干二净。台门变成了焦黑的颜色,台门弥漫着一股焦味,台门把雪也烧化了,那么昨天晚上,台门里一定可以说是烧了一夜的雪。花青望着一缕一缕的青烟发愣,那些青烟扭扭捏捏的,那些青烟像一只筱兰花曾经舞动过的水袖,那些青烟像一只青狐的形状,那些青烟,像花青的一场梦一样缥缈。

花青的眼睛开始寻找。她不知道该寻找谁,但是她已经在寻找了。她的身边蹲着的是太太,不远处是阿毛和吴妈,还有几个住在下人房里的短工和长工,以及一个在厨房里做的老妈子。段四站在不远的地方,他一言不发,他的眼睛已经红了,像一只兔子的眼睛。然后,花青看到了宋朝的背影,他仍然把手插在裤袋里,他的头发被烧焦了,他的衣服和裤子被烧出了几个洞,露出了皮肉。冬天的风一阵阵吹过来,冬天的风吹起了宋朝的破衣服。这时候花青想看一看宋朝,她轻轻叫了一声,宋朝。宋朝没有转过头来。花青又叫了一声,宋朝,宋朝宋朝。宋朝的头转过来了,花青看到了一张可怕的脸。宋朝的脸肿了起来,皮肤呈暗黄色,脸上有烟灰的痕迹。脸上都是一个个水泡,有些淡淡的血水,稠稠地结在他的脸上。宋朝已经让人认不出来了,他的脸被烧得凹凸不平。宋朝的嘴唇动了动,他的嘴唇已经开裂。他想说一句话的,最后他忍住了,他把头转了回去,面对着废墟。这时候花青看到了太太的泪光,太太看了宋朝一眼,那是她的儿子,她唯一的儿子。太太轻声说,花青,宋朝的脸被烧坏了,宋朝发了疯似的要冲进你的房里来,宋朝说你还在里面,宋朝踢开了门冲进来的,他用一床用水浇过的被子裹住了你的身子，他自己的脸和肩膀、手臂都被烧伤了。花青什么也没有说，闭上了眼睛。她想起了昨天一扇门的倒塌，那么一定是宋朝踢开的。她就想，宋朝是怎么样挣脱别人的阻拦，怎么样地为了一个女人，而把自己的生死抛到九霄的？

段四走了过来。段四俯下身子，对太太说，我找人去，我找人去挖老爷，老爷一定被埋下去了。太太说去吧，段四就转身走了。不多一会儿，段四踏着雪带着几个戴毡帽背铁锹和锄头的人一起向这边走来。毡帽们有说有笑的，像是刚刚去出坂的农民。他们走向了那堆废墟，他们在宋祥东那间房所在的位置停了下来，然后开始工作。段四站在不远的地方，他红着眼等待着主人被人发现。雪早就停了，一夜的雪，让东浦变得白茫茫的一片。太阳就照在雪上，泛着刺眼的白光。花青站了起来，她在太太的帮助下站起了身子，她走向宋朝的身边。这时候，宋朝的身子晃了晃，倒了下去。花青惊叫了一声，花青看到许多脚步向宋朝奔去。

太太站在原地，风吹起了她的头发。一夜之间，她变成了一个老太婆。她显然是受了凉，鼻子下边挂着鼻涕，但是她自己一点知觉也没有。太太没有走向宋朝，太太只是对着一堆废墟说话。太太说，结束了，一了百了。宋祥东，其实你何苦。

2. 为宋祥东老爷善后

1943年的雪夜是宋家开始在东浦镇没落的雪夜。尽管宋家还是有那么一些产业，比如酒作坊，比如米行，比如种植着大麻的土地，但是一座台门的焚毁和倒塌，伤了宋家的元气。花青站在废墟前，看着远处的乌毡帽们忙碌着。他们显然是有些热了，所以他们每人都脱了一件衣裳。然后,其中一顶乌毡帽叫了一声,他说,找到了。

　　这个时候,聚到宋家台门来的人越来越多,他们是来看热闹的,他们的脸上挂着淡淡的笑容。段四皱了一下眉,段四对宋家的人说,你们走吧,你们去酒作坊休息一下,你们先离开这儿。宋家的人,开始向宋家开的酒作坊进发,他们背着宋朝离开了。花青没有离开,花青说我要留下来。太太也留下来了,太太说,宋祥东自己也不会想到,他会有这样的下场。花青说,错了,他一定是想到的,但是他没想到会等到一场大火。段四像兔子一样跳向了那堆废墟中,段四在那儿站了很久,然后他又像兔子一样跳了回来。段四轻声对太太说,太太,烧焦了,像一截木头。太太唔了一声,一点表情也没有。然后段四又轻声说,太太,头没有了,老爷的头是被人先割下的,然后,台门才起了火。太太愣了一下,她看了花青一眼说,花青,我们走吧。我们去酒作坊。

　　花青终于又闻到了酒的香味,听到了酒作坊里的号子声,看到了那么多的白米饭,被摊在竹编的席子上。花青就在酒的气息里穿行,花青想,把自己浸到酒里去,也是一件很好的事。宋家的人在酒作坊的几间空房子里住了下来,宋家的人,要重新开始一种生活了。福寿堂的黄癸初已经来了,他看了宋朝一眼,什么也没说就开始开药。他给宋朝开了几服中药和一盒福寿堂自己配的药膏。花青问这个瘦弱的小老头,花青说不会有什么事吧。小老头抬眼看了花青一眼,笑了起来。他说没什么事的,只是脸被烧坏了而已。他又不是女人,女人破相,就完了。黄癸初后来整理了一下药箱就离开了,剩下花青在发呆。花青想,男人破相,也会痛苦。而这个昏倒的男人,是因为救了一个女人的性命而破相的。如果她想要偿还什么,那么就只能是一生。但是,她已经和香川照之了,所以宋朝会排斥她。而且,她其实是宋朝的三妈。

1943年的这场大雪中，发生了足以让东浦人议论上一年的大事。那个叫宋祥东的老爷，被烧焦了，而他的头却没有烧焦，挂在河埠头的那根黑色的木桩上。没有人去把头取下来，只是站得很远地观望着。段四恭敬地站在太太的面前，说有人看到了，头就挂在河埠头的木桩上。太太说，那我去看看他，等我走了以后，你再让人把他的头拿下来，你再让人把他的头安到他烧焦了的身体上去。太太后来就去了河埠头，就站在了那根木桩不远的地方。花青也站在了太太的身旁。宋祥东的眼睛没有闭上，他的表情，似乎还含着一丝淡淡的笑意。花青看到宋祥东的目光，向着一条河沟的远方张望着。遥远的地方也是河，河在河的远方。那是花青来时的一条水路，花青也常常倚着木桩望着远方的。

花青和太太站了很久。青石板路街路上中间的一部分已经被踩得乌七八糟了，而边上仍然是白色的米粉样的雪。太太说，花青，你知道是谁干的吗。花青说，我知道的，是日本人。太太说，我想也是日本人。花青没有说话。太太又说，宋祥东迟早有这天的，他害过那么多人。花青仍然没有说话。太太的眼泪突然下来了，她的声音变成了哭腔，她说花青但是不管怎样，他的心里也是苦的，再说他是我们宋家的当家人。花青认同了太太的说法，她看到太太在说话的同时，腿一软，跪了下去。

太太久久地跪在那根木桩前。太太对着木桩说话，太太说，我们会给你厚葬，想要烧一些什么给你，你就托梦给我吧。太太说，以前的事，你做得太绝，下辈子，你多做一些好事吧。太太还说，宋朝不是你的亲生儿子，你忍了那么多，也难为你了。你没有对我下手，也难为你了。花青就在这时候愣住了，花青把太太刚才跌落在雪地上的话，重新翻拣了一遍。宋朝不是宋祥东亲生儿子，宋朝不是宋祥东亲生儿子。也许宋祥东从年轻时候起，就是个没有用的男人。太太伸出手来，拉了拉身边花青的衣襟，说花青你跪下吧。花青想不跪的，但是想了想，最后还是跪下了。花青听到宋祥东好像笑了一下，花青就抬起头，看着高高的云层。宋祥东的笑声，好像是从云层里跌落下来的，那么遥远。

花青看着宋祥东的眼睛，宋祥东的眼睛说话了，宋祥东的眼睛是对花青说话的。宋祥东说，花青，结束了。

花青就说，是谁害了你？

宋祥东的眼睛说，我是宋家的老爷，但是我活得一点也不快乐。

花青又说，是谁害了你？

宋祥东的眼睛说，幸好我没害过你，我是畜生，但是我最终还是没害你。

花青再说，是谁害了你？

宋祥东的眼睛说，花青，我想起我在桥上看到你在河边洗青菜的样子了，一年过去了，可惜我再想看，也看不到了。

花青的声音提高了，她仍然对着木桩说话。她对着木桩说话让太太吃了一惊，太太说，花青你怎么啦。花青没有理睬太太，她青着一张脸，再一次对木桩说，谁害你的？是日本人害你的吗？

宋祥东的眼睛就叹了一口气，宋祥东的眼睛说，别问谁害我的了，是日本人让人来害我的，不过谁害我都一样，是我自己不想活了。

花青说，那么日本人派来的这个人又是谁？

宋祥东的眼睛不再说话了，他看着一条河的远方。很久以后，他的眼睛才说，花青，花青我要走了。然后，宋祥东的眼睛就合上了。太太的身子开始颤抖，她听到花青一个人莫名其妙地说话，她看到宋祥东的眼睛突然合上了,她的目光就开始散乱,身子一软倒了下去。这时候段四站在了花青的身后,他默默地拉起了太太,把太太背在身上。然后,他快速地在雪地上留下一串脚印,远去了。

　　花青跪了很久,天有些冷,所以她的脸都冻红了。段四再一次出现在他的身后,段四去取下了挂在黑色木桩上的宋祥东的头。段四把头放在一只木头盒子里,段四把盖子盖上了。段四说,三太太,我先回去了。家里,正请了木工在做棺材呢。花青仍然跪着,雪天的黄昏来得早,灰蒙蒙的一片。花青就跪在灰色中。等到东浦街上的人家,都点起了红灯笼的时候,她才缓慢地起身向酒作坊走去。花青看到空旷的场地上,堆着一些木料。木料散发出木头的气息,几个木工就在木头的气息里,用刨,用锯,用斧,用棺材钉,构筑着一具棺材。木工们都穿得很少,他们在灯笼的光芒下开夜工,他们的身体因为运动着的缘故,散发着热气。花青看到了一个叫胡运的木工,他正在挥舞着斧头,他的斧头迎向木头,木屑溅起来,木头发出了一阵阵的惨叫。胡运一直都是一个优秀的木工,但是花青没有和他打招呼,她一点也不想和胡运说几句话。

　　停了一天的雪,在这个时候又开始纷纷扬扬地飘落。花青站在漫天飞舞的雪中,她想,要是雪把我整个人都盖起来了,那么,我就不愿意再醒来了。这时候有人在叫她,很轻的叫声,花青,花青。花青转过头去,花青轻笑了一下,花青看到了小昌,她站在雪地中,穿着红颜色的和服,两只脚并拢在一起。白色的雪就在红色的和服旁飞舞着,小昌说,花青,我来看你,知道你没事,我放心了。小昌的声音从雪的缝隙里钻过去,小昌的声音被花青伸手握住了,握住的是一大把的温暖。花青又笑了一下,说,该来的总会来的,该去的正在去着。小昌,谢谢你。

3. 和卞北方一起买醉

宋祥东是三天后被送到不远的多端山上的，山上的积雪一点也没有化，相反每天都会有一段时间下一场或大或小的雪。把宋祥东送上山是一件艰难的事，八个抬棺材的抬夫，费了很大的劲，才把棺材抬到山上。宋朝的脸上缠着纱布，只露出一双眼睛。他去为宋祥东扶棺。太太也去了，她有了咿呀的哭声。管家段四一手张罗的丧事，道士请了好几班，把酒作坊好好地热闹了一番。花青没有上山，花青的一双脚钻进被窝里，身子却靠在床背上。她听着道士们制造出来的锣鼓的声音，想，这是宋家最后的热闹。

好像一切都开始平静下来了。没有人再提起宋祥东，也没人愿意提起宋祥东。宋祥东像东浦镇上一条陈旧的乌篷，驶离狭窄的河沟，已经驶得很远了。宋朝会一言不发地坐在椅子上，他的整个身子都裹着棉被，他喜欢坐在太阳底下晒太阳。冬天的太阳，并没有多少暖意，加之有风一次次的光顾，所以宋朝不太可能靠无力的阳光取暖。宋朝只是想要坐在天空下而已。酒作坊的生意出奇的好，元红酒源源不断地销了出去。太太就让段四帮忙打理酒作坊，太太说，你是宋家那么多年的管家了，现在，你帮帮我吧。段四没有帮太太，段四很为难地告诉太太，他要去上海了，他想到上海找事情做。段四说，他的一大家子都已经到了上海。太太最终没有留下段四，太太给段四一笔钱，段四没有拿。段四说太太，我不能在宋家有难的时候，拿你们这笔钱的。段四最终没有拿钱，他是从河埠头乘上乌篷出发的，他要到绍兴去乘火车。在上乌篷船以前，他对着那根黑色的木桩磕了几个响头。当他抬起头来的时候，额头上有了血丝，眼眶里有了泪水。

一个优秀管家离去了，他离开了日益萧条的宋家。段四离开的时候，花青一直都看着段四的背影。段四回了一下头，他对花青笑了一下。花青开始扳着手指头计算自己和段四之间，一年之中的对话一共有多少句。她算了很久，也没有精确的数字，她只知道，全部加起来就那么寥寥几句而已。段四走了，花青却经常出现在酒作坊的角角落落。有时候花青是和太太一起，在酒作坊里巡行的。有时候花青是一个人去的，花青喜欢一个人的游荡。她会把脚抬起来，踩住路边的一只坛子。或者是蹲下身来，抚摸着那些陈旧的制作粗糙并且已经不用的60斤装的花雕坛。花青那天选择在一个坛子坐了下来，坛堆上还有着若隐若现的积雪，花青就对着那些积雪发呆。后来花青看到一个人向这边走来，这个人越走越近了，这个人腿上绑着绑腿，这个人穿着粗布制服，腰间系着皮带，皮带上挂着一支笨重的短枪。花青就把目光停留在短枪上，短枪乌亮，有着厚重感觉，但是枪管却有些长。花青就想象着一粒子弹经过枪管，呼啸着在风中穿行的样子。花青还看到了枪柄上系着的一块红布，像是萝卜的一个缨头一样。然后花青把目光移到了这个人的脸上，这个人浮着笑意，牵起了眼角细小的皱纹。这个人不很年轻了，但是绝对不老。这个人说，还记得我吗。花青的屁股离开了坛子，她站直了身子拢了拢头发。她说，记得。她又说，你曾经被我和筱兰花灌醉过。她还说，你是卞北方。她本来想说，你化成灰我也认识的，但是她突然想到了宋祥东已经真的化成灰了，所以那句话在她的舌头里翻了一个跟斗，又忍住了。

卞北方就和花青并排在酒作坊里走着，他不时地吸吸鼻子，闻着被风吹来吹去摇摆不定的酒香。他们很久都没有说一句话，因为他们不知道要说些什么。卞北方好几次望望花青，花青却没有看他一眼。他们在酒作坊空旷的场地里走了一圈，再走了一圈，一直走了好几圈。

卞北方终于说话了，他是看着花青的脸说话的。花青的脸，白而干净，与路边的积雪相映成辉。卞北方说，我知道宋家的事了。

卞北方说，我是队伍上的人，我们全歼了东浦镇上的日军。

花青说，我知道的，宋祥东说他算是对得起你了，那么，是不是你让宋祥东给日军送的花雕。

卞北方说，不是的，我只是对他说，让他想办法帮助队伍，他答应了。

卞北方说，他把计划告诉了我们，然后让我们在半夜攻打日军的军营。

卞北方说，我知道筱兰花也没有了，香川少爷也没有了，但是这是没有办法的。战争，很残酷。

卞北方说，我知道宋家的一场火，知道宋家的火是日本人放的。我还知道，杀死宋祥东的是段四，他领了日本人的赏金，已经跑了。

花青的眼前，立即浮起一个叫段四的，眼睛里永远布着血丝的管家。她没有多少感到奇怪，她一直在猜着究竟是谁割了宋祥东的头。现在，她知道了，是段四。宋朝向这边走来，他的脸上仍然缠着纱布，他的两只眼睛露在外面。而他的手里，捧着一只花雕坛子。坛子上，画着的是《精忠报国图》。这是他画的其中一只。花青看到一个叫岳飞的人，跪在地上。一个女人，在他的背上刺着字。宋朝捧着的不是一只坛子，捧着的是一个遥远的故事。花青的脑海里，就浮起了宋朝的时候，一个将军奋战沙场时金戈铁马的场面。宋朝看着卞北方，他没有说话，但是他的眼睛里充满着敌意。敌意像一把磨得风快的刀，呛啷啷地发出了金属的声响。宋朝从他们身边走了过去，走路的时候，他一瘸一拐的。花青说，宋朝。宋朝没有理她。花青又说，宋朝。宋朝还是没有理她，宋朝走出去很远了。卞北方笑了一下，对花青说，花青你知不知道，他其实很在乎你，他的心里装满了你。

花青说你怎么知道。

卞北方说，只要看一下眼神就知道了。

花青说，你说这是好事情还是坏事情。

卞北方说，如果两情相悦，那一定是好事。如果不是两情相悦，那么我就说不好了。不过，要做到像他那样，恐怕很难。因为我听说，他是冒着丢掉生命的危险从火中把你救出来的。你的生命，是他给的。

卞北方又说，换成是你，你会这样做吗。

花青说，如果是我心爱的人，我愿代他去死。

卞北方说，那么，宋朝呢，你愿为宋朝死吗。

花青没有再说话，而是叹了一口气。花青说，别说这些了，说这些是说不清楚的。

卞北方就不说这些了。卞北方说，那么，你陪我喝花雕酒吧，我想再醉一次。花青点了一下头，说，好的。花青就陪着卞北方喝酒，花青让吴妈在露天的小场子里放一张小方桌，然后一小坛10斤装的花雕就端了上来。他们没有下酒菜，他们只有一坛花雕，两只酒杯。雪没有融化，雪在不远的地方呈现出一个包围圈的样子，雪看着两个年轻人喝酒。风踩过雪的身子，来到桌子旁边。风中就有了雪的气味。

太太和吴妈她们站得远远的，她们站在屋檐下看着两个年轻人对坐在桌子边上。两杯酒端了起来，相互碰了一下，发出清脆的声音。两杯酒在响声过后，穿过了两个温热的喉咙，并且顺着喉咙下滑。

卞北方说，你今天会醉吗。

花青说，会的，一定会的。

卞北方说，那么我今天会醉吗。

花青说，会的，一定会的。

卞北方说，你觉得人生可笑吗，比如你嫁到宋家，比如我在枪林弹雨里钻来钻去。

花青说，是的，一定是的。人生如果不可笑就不叫人生了。

卞北方说，我们再过几天就要开走了，我们要去柯桥驻扎，东浦不用驻扎了。东浦，会变成一座没有兵的小镇。

花青想了好久，她的眼波流转，替卞北方斟了一杯酒，然后她端起了酒杯说，如果我想投奔你的队伍，你会收下吗。

卞北方的眼睛里掠过了一种稍纵即逝的欣喜。卞北方说，你来柯桥找我吧，你坐乌篷船来。

花青说，那你等着，我来投奔。

卞北方说，那我等着，等你投奔。

坛子里的酒在一点点少下去，两只坛子都画着观音，神情一模一样的观音，是宋朝的杰作。观音坐在莲台上，面带笑容，观音在笑容中说，你们两个醉人。观音的笑容刚刚隐去，就看到了两个年轻人嘴角漫出了酒水，他们都把头伏在了小方桌上，他们的手挥舞起来，一只坛子滚落在地上，发出了喑哑的声音。观音惨叫了一声，在地上碎裂了。

吴妈站在太太的身边，吴妈想要走过来收拾一下。太太的手伸了出去，挡在吴妈的面前。太太说，你不要过去，他们自己在寻醉，你过去了，他们会不畅快的。吴妈说，可是，他们会着凉的。太太说，你拿两床薄被过去，盖在他们的身上。

花青醒来的时候，看到自己身上盖着薄被，看到同样伏在桌子上的卞北方也盖着薄被。她看到不远的地方，静静地立着太太。花青看到太太时，就笑了一下。花青笑起来的时候，脑袋很沉，有些疼痛。

卞北方后来离开了宋家，卞北方悄悄地走了。花青没有看到卞北方离开的样子,她只是听阿毛说的,阿毛说,卞北方走了。阿毛说,卞北方走了。阿毛一共说了两遍,她是怕花青没有听到。花青笑了,说卞北方当然会走,他是队伍上的人。阿毛说,小昌来了,小昌就在酒作坊的外边等着。花青说,你让她进来吧。

小昌出现在花青的面前,她的脸上挂着淡淡的笑容。她穿着旗袍,穿着一件淡黄颜色的旗袍。小昌的皮肤呈现出惊人的白,白得让人心生爱怜。花青说,小昌,你穿旗袍很好,比你穿和服时要好多了。小昌说,那我以后就常穿旗袍吧。花青想到了常穿旗袍的筱兰花,脸一下子白了起来,说,你不要老穿旗袍,你是日本人,还是多穿和服吧。小昌幽幽地说,但是我以前对你太不好了,我和你第一次见面时,我说你不懂规矩。

花青一下子愣住了,她的汗毛直直地竖了起来。她看了看天,天上阴阴的,是那种铅一样沉闷的颜色。也许不久以后,又会降临一场雪。花青的声音,颤抖起来,像是一条波浪线一样。花青说,你怎么说我不懂规矩了?

小昌的手指间突然多了一支烟,她的脸呈现出一种可怕的青色。她抽烟的姿势和筱兰花一模一样。小昌悠悠地说,你忘了,在廊檐下。

花青的声音里充满了警惕,花青说,你是谁。

小昌没有说她是谁,小昌只是哼起了一段越剧的旋律。她在花青身边走路,她边走边微仰着头向着空中喷出烟来。一支烟,慢慢在她的手指间燃尽了。而花青直直地站着,像一根木头一样。小昌说,花青,都说戏子无义,婊子无情,你觉得我是一个无义的人吗?花青没有回答。小昌又说,花青,我的一生那么短,你说我苦不苦?花青仍然没有回答。小昌的声音变得凄厉起来,小昌说,花青我问你,我得罪了谁,要让我如此的下场。小昌走到花青的身边,她伸出手拧住了花青脸上的皮肉，然后她用手轻轻拍拍花青的脸笑起来。花青感到了小昌手上的微温，这让她略略放下了心。但是小昌，居然那么流利地说着中国话，居然那么知底知细地说着这些话，让花青仍然不能完全放心。宋朝突然出现了，宋朝站在小昌面前，对小昌大声喊着，筱兰花，你回去，你不要来缠人。

小昌跌倒了，脸色惨白地跌倒在地上。花青忙上去抱住小昌，说小昌你怎么啦。小昌喘着粗气，无力的样子，说我不知道自己怎么了，我刚才怎么了。我只感到有个女人一下子抱住我，刚才一个男人大喝一声，这个女人又推开了我。花青说，那个女人，一定是筱兰花。花青说完就抬起头，对着天空说，二姐，都已经这样了，你别来烦人好吗。我替你烧纸，我今天晚上就替你烧。

晚上，一堆火的颜色，在酒作坊的空地上跳跃起来。花青站在那堆纸钱前，看到纸钱在火中卷起边，烧成灰，被风吹散。花青的脸上，闪动着火苗映起的红光。花青后来回到了屋里，她的床上，睡着小昌。小昌在等着花青，她的笑容显得有些苍白，她正在喝着一碗浓浓的姜茶。姜茶冒着姜的气息，冒着热气，把一个房间给填满了。小昌看着花青，说，花青，我叫你姐行吗？

花青点了一下头说，行，你就叫我姐吧。

小昌说，我不想回日本了，我要留在东浦。

花青说，那你就留下来吧，留下来有你喝的花雕呢。

小昌说，你说许多东西变来变去，是不是命中注定。

花青说，是的，若不是命定的缘，我又怎么会认识你。

小昌说，我寂寞，东浦也寂寞，东浦只有酒的气息，飘来飘去的。

花青说，那我给你许配给一户好人家，我用花雕作嫁妆。

小昌说，我不要嫁，我只要一个人过就行了。我只爱着香川。

花青说，但是香川不爱你。你何苦。

小昌说，他不爱是他的事，我爱他，是我的事。

花青说，你会慢慢不爱的。

小昌说，不会的，他葬在我的心里了，我亲手为他在我心里竖了碑。

花青说，你真傻。

小昌说，女人都傻的，日本人也好，中国人也好，女人都比男人傻。

花青说，等你的心静下来了，你还是回日本吧，日本有你的家，有你的爹和娘。

小昌说，我不回去了，我要留下来陪着香川的灵魂。他的灵魂，在东浦的河上漂着。像东浦的一场飘来飘去的大雾。

花青说，小昌，我怎么会认识了你。

小昌说，姐，你抱抱我，我有些冷。

花青抱住了小昌，花青拍着小昌的背，嘴轻轻咬了咬小昌的耳垂，嘴里涌动着热气，热气中夹着几个字：小昌，我喜欢你。

小昌说，姐，我也喜欢你，你知道你像什么吗。

花青说，像什么？

小昌说，花雕。

小昌说，你就像花雕一样。

4. 一个结束还是另一个开始

花青找来了一只皮箱。她往皮箱里胡乱地塞了几件换洗的衣裳，她的所有衣裳，几乎全都被一场大火烧掉了。令她可惜的是筱兰花衣柜里那么多美丽的旗袍,也像一只蝴蝶跌跌撞撞扑进火海一样,没有了影踪。花青在皮箱里装着一些东西,都是临时赶做出来的。宋家没有以前那么有钱了,但是有钱人家的底气还在,在布行出入的时候,仍然会眉也不皱地买下一块布。花青把皮箱放在床边,她自己也坐在了床沿上。她想,生活会发生一些变化了,她开始怀念一只青花瓷瓶,那是寂寞的一只瓶。如果瓶也有男女之分,那么,那是一个女人。那个女人,在一场大火中也不见了,碎成了一块一块的忧伤,被压在了砖石之下。

花青推开了房间的门,花青的房间其实是酒作坊的一间仓库,她就在仓库里生活。花青从仓库里走出来,走在暖暖的太阳光下。雪正在融化,雪融化的时候,发出滴滴答答烦人的声音。这种声音是细碎而绵长的,像雨,又不是雨。因为雨是安静的,而融雪的声音并不安静。太阳光让花青感到刺眼,她的眼睛几乎被刺得流下眼泪了。她在寻找着宋朝。花青说,宋朝呢,太太摇了摇头,吴妈摇了摇头,阿毛也摇了摇头。花青又说,那么宋朝去哪儿了,我要找到宋朝,我有事要和他说。她们仍然摇了摇头,她们都没有问花青为什么要找他,她们不愿问。她们站在软软的太阳光底下,站在雪融化的声音中,身子骨有点发懒。

花青不再问了,花青开始自己寻找。她找遍了酒作坊,没有。她又去东浦的街上找,仍然没有。去米行找,也没有。花青找了很长的时间,都没有找到。花青就去了太太的房里。太太也住在仓库里,太太站在仓库的门口对着花青笑,太太说,你不用去找宋朝了,你又没有什么大不了的事,你找他干什么?花青说,太太我想走了,我想投奔下北方,我不如和他一起去枪林弹雨里钻,那样的话活得痛快,死得也痛快。太太说,我知道你要走的,宋家不会留得住筱兰花,也不会留得住花青。宋家留得住的，只有我一个人。花青说，太太你不要这样说，你这样说我会难受。太太就笑了一下，伸出手摸摸花青的头发。太太说，傻孩子，你真是傻。花青说，太太你能给我剪一下头吗，就要去投奔队伍了，我想剪成清清爽爽的短发。太太说，好的，我已经准备好热水和剪刀了，我知道你会来找我剪头发的。

太太找来一块白布围在花青的脖子上。

太太找来一只脸盆，调好了温水，把花青的头发给打湿了。

太太用布擦去花青发梢上的水，然后拿起了剪刀。

太太看到阳光落下来，很细碎的，落在花青的头发上。太太的剪刀落了下去，把头发和阳光一起剪碎了。

太太说，花青你的头发那么乌亮，真是一头好发。

花青就抬起了头，这时候她才发现，原来太太的头发，已经在短短的几天里，变得半灰半白了。花青的心里就发出了一声哀鸣，像小鹿被猎人打了一枪时的哀鸣。她听到耳边喀嚓嚓剪子在走动时的声音，剪子的走动会让头发纷纷落下，花青感到了一阵轻松。花青闻到了自己的头发的气息，头发的气息里揉和着阳光的气息。头发落在了地上，它们呈现出一个黑色的圆形，花青就坐这个圆形的包围圈里。

太太的手没有停下来，太太说，花青，十年以后，你一定要来看一看酒作坊。

花青说，太太，我一定来的，我的家还是在这儿。

太太说，我为你埋下一坛花雕，十年后就成了十年陈酿，我等着你来喝了它。

花青说，好的，我一定一醉方休。

太太说，你嫁到宋家，刚好一年。一年以后，你就离开了。而我已在宋家生活了二十多年。

花青说，那是命中注定我是漂泊的命，不过，我会回来的。

太太没再说话，花青也没再说话，只有剪刀在说话，剪刀说，喀嚓嚓，喀嚓嚓。剪刀后来也不说话了，因为太太又调好了一盆温水，太太又替花青洗头了，洗去那么多的碎发。太太替花青把头发擦干了，太太围在花青脖子上的白布给拿掉了。太太拿来一面圆镜，递到花青的手上。

花青看到一个短发女人的笑脸，在镜子里呈现出来。短发女人的脸稍稍显得有些变胖了，但却精神了不少。花青一直举着镜子，对自己说，这就是自己。这就是宋家的三太太，马上，她就要离开宋家，投奔一支队伍了。

花青离开酒作坊的时候，拎着那只皮箱。花青对太太说，我今天一定要走了，如果找不到宋朝，你就帮我说一下，你就说，十年后我一定还会来见他的。太太说，好的，你去吧。花青又和吴妈说了，花青笑着说，谢谢你替我搓过背。吴妈也笑起来，拿手盖住自己的嘴笑着。花青说阿毛，找个好人家，把自己嫁了吧。阿毛的脸上撑起两朵红晕，阿毛说，我不嫁，我要留在宋家。花青刮了一下阿毛的鼻子说，你这不是真心话。阿毛的脸就更红了。然后，花青拎起皮箱，离开了酒作坊。她离开的时候，拢了拢头上的短发。短发还是湿漉漉的，发梢还滴着少许的水。

花青走在青石板街道上，花青想要去和小昌辞行。在快到小昌租住的小阁楼时，她突然停住了，她突然不想再去找小昌了。她想，不如悄悄离开，如果十年后小昌还在，那么她可以见到她。如果不在了，那还不如不要分别。花青这样想着就折了回来，折回到宋家台门不远的河埠头边，她看着那根黑色的木桩，她曾经一次次靠上去的木桩，曾经挂过宋祥东头颅的木桩。这时候，花青看到一个背着斧头和刨、锯的男人，戴着一顶乌毡帽向这边走来。这是一个长得高高大大的男人，胡子却很长时间没有刮了，他的眼角还挂着几粒眼屎。男人穿着一件青黑色的陈旧的棉袄，肩头的地方已经泛出了微微的白。他的背有些驼了，尽管他还那么的年轻。他走在冬天的风中，有了缩头缩脚的味道。他从花青的身边走过，看了花青一眼，又继续向前走去。他已经认不出一个剪成短发的女人了，而花青却是能认出他的。他曾经是花青要好的男人，他的名字叫胡运。花青笑了一下，花青想，这是一个生命中的过程，胡运是生命中一闪而过的一棵江南的草。而宋朝是江南的一棵树，香川照之，是从日本被风吹来的一粒蒲公英。

　　花青等着乌篷船在埠头出现，她把皮箱放在了埠头边上。以前埠头的乌篷是很多的，今天却很长时间没有来一条乌篷。花青开始想宋朝，宋朝，他去了哪儿呢。花青的心就那么动着，像她面前的河水那样，动着。后来花青拎起了皮箱，花青加快了步子，花青想，宋朝一定是在这儿，一定在这儿。花青拐进一条小弄堂，没几步远，她就看到了宋家台门的一堆废墟和废墟上站着的宋朝。

　　宋朝站在以前西厢房的位置，他的身边是一台刚刚挖出来的烧得不成样子的留声机，他的身边还有许多的黑色的坛坛和罐罐，像历经风霜的老人一样。宋朝已经醉了，是那种烂醉的样子。他的头就那么勾着，一只手垂着，另一只手拎着一坛花雕的坛口。坛里有少许酒流了出来，滴滴答答地滴在地上。花青的嘴角边，也淌着酒，胡子上，也沾着闪亮的酒液。宋朝的头抬了起来，他的目光已经完全散乱了，他看到了一个剪着短发的清清爽爽的女人，女人手里还拎着一只皮箱。女人的目光中，有一些爱和怜，有一些错乱的说不清楚的感情。女人看着宋朝那张凹凸不平的脸，那是1943年落雪的冬天一场大火的纪念。

宋朝大着舌头说话,宋朝说你是谁?

花青说,宋朝,我是花青。

宋朝很喑哑地笑出声来,宋朝说,你不用骗我,花青的头发很长。

花青说,花青的头发被太太剪短了,花青剪短头发,是为了去投奔一支队伍。

花青说到这儿的时候,突然发现一个穿粗布军服的人出现了,他的腰间没有系皮带,更没有佩枪。他只是站在了一旁,看着花青和宋朝。宋朝也看到了他,宋朝又喑哑地笑了笑。宋朝含混不清地说,队伍是谁,队伍是不是就是他。宋朝说完,指了指花青身边一个穿粗布军服的男人。

花青皱了一下眉头,对那个男人说,卞北方你怎么来了。卞北方说,我是来接你的。花青说,我自己会去柯桥的,我不用你接。卞北方说,但是我已经来了。花青就没有话说了。花青对宋朝说,宋朝,我是花青,我要走了。

宋朝的嘴角又溢出一些酒来,他手里拎着的那坛花雕,也从坛口流出一些酒来。酒就洒在了废墟上,花青知道,这儿是西厢房的位置,是筱兰花常来坐坐的位置,是香川照之摇动留声机听《樱花之恋》的位置,是宋朝画花雕坛子的位置,也是她花青学画的位置。宋朝很凄惨地笑了一下,宋朝的笑容,像冬天里的一阵风,有着一丝丝的凉意。宋朝说,花青,你留下来,你留下来好吗,和我一起画花雕。花青突然觉得自己酸了一下,不知道是心酸了,还是胃酸了。她把皮箱放下来,手轻轻地盖在了自己的小腹上,因为宋朝的话一说完,她就发现自己的小腹,被人踢了一下。一颗幸福的子弹,击中了她的灵魂。她在阳光底下埋下了头,吐出了一大口的酸水。她又听到了宋朝的声音,花青,你能留下来吗,留下来和我一起画花雕。卞北方站在不远的地方等她，卞北方什么话也没说，他在等着花青跟他离开，或者是对他说，卞北方你一个人走吧，我不想走了。

这时候，一个叫小昌的女人，悄悄来到了他们的身边。小昌穿着红色的中国服装，一件缎面旗袍，是那种嫩而鲜的红，像一盆燃烧着的炭。竖着的领子，做工精细的盘扣，弧形的下摆和线条很好的开衩。缎面上绣着一朵硕大的牡丹，让花青想到了一个远去的人。小昌站在阳光底下，她看到废墟上那些断墙残垣间的残雪，那升腾着的看得见的地气。小昌看到一个手捧小腹的女人，一个挺着腰的叫做卞北方的北方男人，一个喝得烂醉的江南男人。她听到宋朝大着舌头的话，花青，你留下来好吗，你留下来和我一起画花雕。于是小昌接下了这句话，小昌说，我也能留下来吧，让我留下来吧，我想学画中国的花雕。花青看到小昌把两只手搭在小腹上，两条腿并得很拢，膝盖微屈着，很典型的日本女人的姿势。但是，小昌的脸上呈现出迷人的微笑，两个浅显的酒窝和脸上雪白的皮肤，淡淡的眉毛，让花青觉得小昌是一朵废墟上的花朵。

花青一抬头，感到阳光就要把她给融化了，融化成水她也会流到废墟底下，并在春天的时候托着一粒草籽向上生长。这让她想起了轧棉花的爹娘，他们轧的是温暖的棉花，他们的身上和头发上总会沾上许多棉花的碎屑，他们是东浦镇的平头百姓，是一个叫花青的女人的爹和娘。花青想到一年前的冬天她出嫁的前夜，坐在自己家的木桶里。娘在往桶里加着温热的水，而现在，一年过去了，她经历了一户宋姓人家的起落，经历了自己人生之中的起落。小昌突然说，宋朝，你手中拎着的是一只什么坛子。宋朝就把手举了举，举的过程中，又有少许酒从坛口流了出来。花青看清了，那是《精忠报国图》四坛花雕里的一坛，一个叫岳飞的古代将军，在风波亭上感受着风刀的侵袭。那是用沥粉装饰起来，并且贴金勾勒出来，有了一种炫目的美丽。花青突然觉得自己已经没有力气了，又有人踢了一下她的小腹，令她又对着残墙断垣吐出一口酸水。他想起了破庙里的情景，想起了藏书阁的情景，她的脸就红了起来。花青抬不起脚步来，她不知道要跟着卞北方离开东浦前往柯桥，还是留下来和宋朝一起画花雕坛子。她不知道该和两个男人中的谁告别，她只看到微笑着的小昌，看到守候着她的卞北方，看到一个烂醉的男人，打了一个充满酒味的酒嗝后，软软地像一摊泥一样倒了下来。手中的花雕坛也跌落在地上，从坛口汩汩冒出许多酒来。

花青感到累，累得闭上了眼睛，闭上眼睛却仍然看到一年前的冬天，她把一只脚伸进温热的水中，然后另一只脚也伸进了水中，她就把自己整个地伸进了1942年东浦镇的冬天……

四明镇战事

几个月前，惨烈的虎扑岭伏击战，让装备和猎人差不了多少的新四军金绍支队几乎全部阵亡。陈岭北永远都会记得，那场战争刚刚结束，他和一批新四军还没来得及离开，就被从后头赶来的日军给堵住了。当子弹打光的时候，陈岭北扔掉了那杆汉阳造。他看到身边像白菜一样被放倒在地里的战友，知道自己就要成为俘虏。

后来陈岭北艰辛而成功地摆脱了日本兵的追赶。在一片密密的树林里，他遇到了日军围歼一支正执行任务的游击小分队。小分队全员阵亡，从临死的分队队长声音微弱的嘴里陈岭北得到一个命令，要他继续替他们完成押送一名日军俘虏去江苏南通新四军驻地的任务。日军俘虏香河正男是一名山炮教练，上头的命令是把他送到江苏当新四军山炮教练，然后用那些从战场上缴获的山炮歼灭日本人。这个命令让急着回家打算与寡嫂棉花成亲的陈岭北万分怅惘，但那名只有十七八岁的游击分队队长下达完命令就牺牲了，容不得陈岭北有任何的拒绝。陈岭北被迫带上几名逃出战俘营的新四军伤员还有日军俘虏香河正男，走上回家之途。

在破败的四明镇戚家祠堂，新四军残部遇上另一支落难的国军残部。领头的是国军某部35团一营三连连长黄灿灿，数年前陈岭北和黄灿灿是从小一块儿长大的邻居，因为一块巴掌大的宅基地而犯了人命，黄灿灿打死陈岭北的哥哥，逃出家门被国军抓了壮丁，而两家也结下宿仇。在这个特殊而微妙的时期，陈岭北和黄灿灿不得不在同一屋檐下吃喝拉撒，并且商议着如何回家，并商定回家乡后解决数年前那场未竟的打架拼命。

柳春芽则是带着几个月身孕来找丈夫，国军某部35团张团长的。一个清晨陈岭北在戚家祠堂醒来时候，看到一个拎着藤箱的女人就站在天井的中央。女人穿着一件宽大的阴丹士林旗袍，她的肚皮明显地鼓在那儿。看上去她的脸容有些苍白，神态平静得像一面湖水。

陈岭北认出了这是他家乡丹桂房村的柳春芽。

在此之前，柳春芽家的牛咬了葛老财家的青苗，葛老财非要让柳春芽的爹赔三十个大洋，不然的话他会让在保安团当小队长的儿子抓人。一直钟爱着柳春芽的陈岭北在和葛老财撕打的时候，掏出裁缝剪刀一刀扎在了葛老财的胸口。葛老财直挺挺地仰天倒在了地上。

陈岭北拉住柳春芽要逃走的时候，柳春芽却挣脱了陈岭北的手说，我爹怎么办？

陈岭北说，我要紧还是你爹要紧？

柳春芽想了想，断然地说，我爹要紧。是他收养了我，他没有老婆没有儿子，离开我他就什么也没有了。做人要讲良心的……

陈岭北只好带着那把裁缝剪，腰间插着寡嫂棉花匆忙之中塞给他的一双布鞋亡命奔逃。他像被追赶的野鹿一样乱冲乱撞，一直逃到了

花　雕

队伍上才安定下来。后来他听说柳春芽嫁给了一名国军的团长。因为张团长用枪轻而易举地替柳春芽摆平了葛老财家的纠缠。柳春芽觉得自己家没有什么东西可以谢张团长了，所以她把自己嫁给了张团长。

这些都是从前的事了。现在不是这样的，现在柳春芽腆着肚子，和陈岭北在四明镇偶遇，并一起晃荡在大街上……

一

这是一个和往常没有什么两样的安稳的白天，四明镇的一天开始了。陈岭北和柳春芽看上去有些游手好闲，他们像一对夫妻一样走在四明镇的大街上。

尽管陈岭北和他喜欢的女人柳春芽没成夫妻，但柳春芽还是絮絮叨叨地和陈岭北说起她和张团长的儿子的未来。柳春芽觉得儿子长大后必须是当官的，无论是当县长，还是当军长，都必须不输给他当过团长的爹。陈岭北对柳春芽的说法一点也不感兴趣，他把那套破旧的军装换下了，换了一身看上去明显有些小的捡来的破衣裳。他不时地抬头看着天，天上白花花的一片，偶尔有几只鸟肆无忌惮地在天空中滑过。如果日本人没有到中国来，如果他不是离开枫桥镇的裁缝铺，那么当初就算没娶成柳春芽，但至少也早就娶了镇上某户人家的女儿。当然，现在他想要娶的是寡嫂棉花。棉花是现成的。

陈岭北远远地看到了鲍三春牙医铺门口不远处牛栏花的油条摊。油锅里的油在不停地翻滚着，使这个清晨看上去有些热气腾腾的味道。牛栏花是个麻利的女人，她炸油条的样子让陈岭北眼花缭乱。那双细长的筷子，不时地在翻滚的油锅里探来探去，好像要翻拣出这个清晨所有的秘密。牛栏花明显是看到了陈岭北，她面无表情地翻了陈岭北一眼，继续炸她的油条。

牛栏花看到陈岭北和柳春芽在小桌子边上坐了下来，他们一共要了三根油条，两根是柳春芽的，因为她的肚皮里还活着一个小人。他们多么像一对回娘家的小夫妻啊，柳春芽甚至还让陈岭北伏下身来趴在她的肚皮上听小孩的胎音。陈岭北装出甜蜜的样子，把耳朵紧贴在柳春芽的肚皮上。其实他听到的是柳春芽肚皮里咕咕咕的水声，但是他还是刻意地想象成那是小张团长在肚皮里笑。这样听着的时候，他的胃里不由得开始冒酸水。他觉得这肚里的孩子本来应该是他的，但是因为柳家一头牛踏了葛老财家的青苗，所有的一切都因为张团长是张团长而改变了。怪不得柳春芽说儿子长大了，要不当县长，要不当军长。陈岭北的心里就一直悲凉着，悲凉得他的胃都难受了起来。柳春芽一直盯着陈岭北看着，说，几年过去了。

陈岭北说，是啊，我觉得我都快老了。

柳春芽说，这几年里，我只见过张团长三次。最后一次是七个月前。

陈岭北说，你跟他见不见，和我有什么关系？

柳春芽想了想说，我现在是寡妇，我很认真地问你，你还愿意娶一个寡妇吗？

陈岭北笑了，露出一排白牙说，不娶。

柳春芽的脸色阴了下去，说你是怕我带着个拖油瓶吧？

陈岭北说，不是。是因为我要娶棉花。我们家欠棉花太多了。

柳春芽说，张秋水好像中意你。

陈岭北说，我只当她是妹妹。

张秋水是国军35团的救护队女兵，武汉人。她爹在镇上十字街口开着一片不大不小的南货店，因为不愿嫁给一个大她一轮的木讷男人，她和同学参加了湖北青年抗敌总团，然后一起跑出来投军。一年多下来，和她一起参加35团救护队的七名同学，只剩下她一个了。

在陈岭北和黄灿灿带着各自的残兵部队先后住进同一个祠堂的时候，张秋水越来越密集地把目光投向了陈岭北。因为有一回，张秋水坐在桌子的另一边，隔着鱼汤升腾的热气，望着柳春芽喝汤的样子说，我真想嫁给他。陈岭北在大冬天捕了一条巴掌大的可怜巴巴的草鱼，还弄破了脚，流了一大碗血，然后给怀了身孕的柳春芽熬了一碗浓白的鱼汤。这碗鱼汤让张秋水很想嫁给陈岭北，而陈岭北一点也没想过要娶她。

两个人说着话的时候，牛栏花突然在小桌子边上坐了下来，手里抓着一根油条往嘴里塞着，边塞边口齿不清地说着话。牛栏花说，朱大驾是堂堂国军，你不过是新四军野毛部队。上次你是不是管得太宽了？你把我家威武弄到祠堂里去算什么？

那天，老鼠山的山匪头子麻三派人把国军逃兵朱大驾从牛栏花热烘烘的被窝揪出来，扔在国军某部35团一营三连驻扎的戚家祠堂的天井。那时候黄灿灿躺在一口白身子空棺材里睡觉。麻三摸出用来阉猪的一把小弯刀和一截苎麻绳子，说要阉了一营三连的报务员朱大驾，因为朱大驾睡了他的相好牛栏花。

麻三还说要这批落败的国军投奔老鼠山，封黄灿灿做个二当家。毕竟女人如衣服，而兄弟如手足。牛栏花披头散发撞进祠堂来，举着菜刀指着麻三气急败坏地说，趴老娘身上的时候只会叫心肝从不叫衣服。你要是想让朱大驾死，那我陪着一起死。这个时候，牛栏花的男人戚威武抱着一杆生锈的猎枪，被陈岭北拎着后脖领推进祠堂，跌跌撞撞跟跄了几步。陈岭北逼戚威武说，他愿意放过朱大驾，因为牛栏花是戚威武的女人而不是麻三的女人。麻三冷笑了一声，盯着陈岭北说，那你让戚威武说说,牛栏花到底是他的女人还是我的女人。陈岭北大声地吼戚威武你说谁说了算。戚威武的脸一下子白了,后来闭上眼睛大吼,当然是放过他,放过他,放过他!我说放过他就是放过他!

那时候,新四军陈岭北和国军黄灿灿,这对欢喜冤家刚刚一起联手抢了和平救国军的粮食,而山匪无疑也看中了用这批粮食下锅。

陈岭北转过脸来,望着找上门来的牛栏花的大眼睛说,你是不是骨头发痒,想让我抽你?

牛栏花一下子变得兴奋起来,两眼放出猫眼睛一样的光芒,抽我,你抽我。朱大驾和麻三都不敢抽我,我们家威武就更不用说了。最好你直接把我按油锅里炸了。

陈岭北一下子愣了,他看到牛栏花脸上容光焕发,他的心里就叹了一口气。他记起远在家乡丹桂房村的寡嫂棉花的脸容,棉花太辛苦,所以脸上有了密集的皱纹。现在面前这个女人,却滋润得像灌满了浆的梨瓜,沉甸甸,只要你敢掐,你就能掐出一把水来。

柳春芽在一边看着窘迫的陈岭北,一直恶作剧地哧哧哧地笑着。柳春芽的眼睛里有了星星点点的火光,她也突然觉得,当年的小裁缝陈岭北现在怎么看都不一样了。

牛栏花后来站起了身回到油锅边上。起身以前她扭了一把陈岭北的脸说,你还敢在四明镇待着,矮脚鬼子什么时候都可能像天上掉下来一样突然出现在你面前。

柳春芽仍然在哧哧地笑着。陈岭北有些恼怒了,说小心我真抽你。

牛栏花大声地说,这世道只有我抽你,你一个大老爷们有脸抽一个女人?你等着,总有一天我还得抽你!狠狠抽你!

花 雕

日军后续部队"春兵团"千田薰联队中队长船头正治准尉带着一个中队,与和平救国军夜袭队队长麻四带的一个中队的救国军一起从江桥镇出发,他们沿着漆黑的夜色向四明镇悄无声息地迈进。此前,麻四押送的粮食被人抢走了。麻四只告诉过他在老鼠山当土匪的哥哥麻三,麻三只告诉过跟他睡过觉的牛栏花,至于粮食最后怎么被人抢走,就没有人知道了。船头正治准尉获悉的消息是,抢粮食的人有可能躲在四明镇的裕德堂教堂内。

行军的路上,船头正治一直回忆着千田薰联队长在部队出发前,呈现给大家的那张阴沉的铅灰色的脸。船头正治记得,千田薰站在队列前挥了一下手,部队开始行动。千田薰目送着船头正治带队离开,直到整个中队消失在营区外的黑夜之中。千田薰十分希望自己的联队下属的所有中队,都能像划破夜空的闪电一样急促而有力。

千田薰记得那天下午他睡了一个葱茏的午觉,醒来以后看到船头正治笔直地站在他的门口。冬天的风十分清凉地拂过千田薰的面颊,他想起早晨起床刮胡子时,刮破了下巴上的皮肤。现在风一吹,让他的伤口隐隐生出夹带着清凉快感的疼痛。船头正治向他报告,所有小镇一一摸排后,发现四明镇上住着一些中国伤兵。

那天晚上船头正治带领的船头中队和救国军中队迅速向四明镇靠拢,他命令手下将这个镇的人们驱赶到几个地方集中搜查。船头正治自己和麻四各带一个小队,把一批人赶到了裕德堂门口。远远地看过去,那些夜色中游动的火把像一群鱼一样在慢慢集中靠拢,最后把裕德堂的墙壁映得通红。船头正治站在教堂门口一片开阔地上的一棵树下,如果不注意,没有人会发现像影子一样的船头正治躲在树冠的阴影中。船头正治看到了那些闪亮的刺刀,他的手下正用刺刀驱赶着从四面八方被赶来的镇民。很快这些镇民被汇聚在裕德堂门口,像一个慢慢被淤泥堆积而成的小岛。船头正治的目光越过这样的小岛，落在裕德堂墙上高大的窗盘上。这是中国传统的石窗盘，但是整个裕德堂的建筑样式却是西式的。高高的屋顶那个十字架，像是被谁举起的一把铁锹一样，凌厉地扎入天空中。船头正治知道教堂里面藏着许多闻风而逃过来的镇民，他笑了一下。他觉得用一座教堂来抵挡钢铁做成的枪炮，是一件十分滑稽的事。

　　船头正治从树冠下的阴影中走了出来。那些被刺刀圈定在裕德堂门口的镇民们一言不发，屏着呼吸连大气也不敢出。所以船头正治能清晰地听到那些火把燃烧时发出的哔剥声。船头正治的军靴一步步前行，孤独但却充满节奏，这样的声音让所有的目光都集中在他前行的军靴上。船头正治后来走到了裕德堂的大门口，轻声说，敲门。

　　立即有一名短腿士兵冲上前，用枪托重重地砸门。短腿士兵砸到第三下的时候，门从内向外打开了，高个子的法国传教士杜仲穿着黑色的长衫慢慢地走了出来，走到门前不远处的空地上。他用两只手梳理了一下自己的头发，然后安静地站在那儿，一言不发。船头正治绕到杜仲的面前，铁板一样的脸上泛起青灰色的笑意。

　　船头正治说，神父，晚上好。

　　杜仲说，那么晚了，你们为什么还不睡觉？

　　船头正治说，因为我们发现了抗日分子，他们抢走了大日本帝国的粮食。所以不管晚不晚，我们都睡不着。

　　杜仲说，你们对法国太无礼了。

　　船头正治冷笑了一声说，给你法国一个面子，我们一定保证不破坏教堂，一定不对教堂里的人无礼，但我要找系着军用皮带的人，我要找头发上有被帽檐压过的痕迹的人。

　　杜仲说，我不允许。

船头正治的手一挥，立即有数名日本兵持枪进入了裕德堂。船头正治说，允不允许，得我说了算。

但是那些进入裕德堂的日本兵迅速撤了出来。其中两名日本兵倒拖着一名不停哀号的日本兵。他的后脖颈被毒壁虎咬了一口，痛得不停地在地上踢腿，仿佛是想要把天空给踢破似的。其中一名日本兵气喘吁吁地说，都搜了，里面没几个人，大部分是女人。没有中国军人！

杜仲再次一字一顿地说，不管有没有军人，进入教堂，我不允许，法国不允许！

船头正治不再说话，挥了一下手，两名日本兵迅速地将那名被毒壁虎咬伤的日本兵拖走了。船头正治满眼忧伤地踱着步走到裕德堂门口的那堆人群前，真诚地说，只要有那么一点点线索，我就不伤害大家。如果中国兵不自己走出来，那他就是在害你们。这是多么自私的人啊。

船头正治感叹着，他的目光再一次瞟向天空，仿佛担心夜色中的浮云会被一支支的火把给点着了。他的身边站着几乎没有脖子的麻四，他臃肿的身材比船头正治更像一个日本人。

这时候船头正治发现了一块门板。船头正治蹲下身去，望着门板上坐着的半截人，那就是四明镇上最著名的戚家族长戚杏花。戚杏花是个从大腿根部开始没有了双脚的叼着烟杆的小老头。三个月前，日本人像蝗虫一样围住了镇上的鸿福戏院，要他们交出经过四明镇而莫名失踪的两名皇军，否则戏院里看戏的人就全部烧掉。

那天族长戚杏花在鬼子小头目的面前跪下求情，膝行了一丈路才到了日军小头目的面前。小头目伸出了手，淘气地扭了扭戚杏花的鼻子，然后突然拔出指挥刀，重重地砍向戚杏花的双脚。戚杏花惨叫一声，看着血泊中两条突然不再和身体连在一起的腿，孤零零地躺在一堆血中。然后他晕了过去。所以他没有看清戏院是怎么着火的。那时候在鸿福戏院看戏的八十六人一个也没能活下来。戚杏花醒来的时候，只看到床上白布包着的两条大腿根，以及自己尚在人间的半截身子。他先是静默了一个下午，这半天的时光里他主要回顾了一下他迈开双腿大步奔走的年华。在黄昏来临，斜阳探进他家窗棂的时候他正式开始号啕大哭。他一共哭了三天三夜，然后他觉得他的半条命留在世上只有一件事要做，就是杀鬼子。

船头正治的手伸出去，抓住了戚杏花花白的山羊胡子说，你是谁？

戚杏花干咳了一声说，我是戚杏花，人称戚四爷，在四明镇的戚家中辈分最高。

船头正治没有理会戚杏花，而是认真地数起了胡须。他一共数了十根胡须，然后用力一扯，胡子被生生地拔离了戚杏花的下巴。戚杏花来不及惨叫，就发现那胡须躺在船头正治的手心里，横亘在离自己鼻尖前没多远的地方。船头正治轻轻一吹，那几根白色的胡须飘了起来，摇摇摆摆落在地上。

戚杏花气得整个人像筛子一样抖起来。船头正治轻轻地一推戚杏花，戚杏花的半截身子就整个仰倒在门板上。此刻他眼里装满了黑色的天空，天空中还燃烧着火的颜色。他不由得长叹一声。

船头正治的目光环视着被围着的众人说，没有人愿意站出来吗？

仍然没有人站出来。船头正治让人拖出了几个男人，他们被迅速绑成了一串，像小孩从野地里抓回来的用稻草串着的蚂蚱。船头正治挥了一下手，立即有几把刺刀扎向那些被捆成一串的蚂蚱。噗噗的声音里，血水像一条条小河一样喷出来，那些腥味随即在裕德堂门口飘荡起来。最后一名年轻的男人还没有被刺死，船头正治拔出了东洋刀，刀尖就顶在年轻人的脖子上。

这时候一个尖厉的声音响了起来。裕德堂的黑色门洞里，吐出了一个年轻得像粉藕一般的女子。她穿着绿色衣衫，像一只凌空的燕子一般飞向年轻人，一把将年轻人紧紧抱在怀里。国生，她说，国生。她不停地喘着气，两手抱着年轻人的脸，目光慌乱地四处闪烁。船头正治笑了，他觉得这个女人一定是不知道该怎么办了，才会有兔子在林中逃逸时的慌乱的眼神。他温和地笑了，走到年轻女子的身边说，不要怕。要不你陪大日本帝国的军人睡一觉吧。

年轻女子没有听清楚，睁着一双惊惶的眼问，你说什么？

船头正治的声音加大了，他大声地说，你陪大日本帝国的军人睡觉！

立即有五名日本兵上前，将年轻女人像拔起一棵草一样，从那名年轻人身边拔走了。年轻男人大吼起来，因为吼得太响的缘故，他的喉咙里竟然突然失声，发出了啊啊啊的声音。

陈岭北站在裕德堂大厅的人群中，他记得没多久以前，他还和柳春芽像无所事事的闲人在四明镇上清冷的夜色中晃荡，这让他想起了多年前他和柳春芽最甜蜜的时光。陈岭北从裁缝铺里出来，总会带上镇东头王麻子烧饼，或者萝卜煎饼，用油黄纸包着站在高升戏院的门口等着散场。柳春芽从戏院里出来，会接过烧饼边吃边和陈岭北走那条不长的街道。他们把一条街不厌其烦地踩来踩去，好像这是世界上最重要的事。后来，柳春芽嫁给了张团长，张团长带着部队开拔了，柳春芽每年都会去张团长驻防的地方看望张团长……

陈岭北很想和柳春芽在四明镇上一直这样晃荡下去，但是他听到了嘈杂的声音，看到慌乱奔逃的人群。陈岭北拉着柳春芽混进了人群中，瞬间就不见了。他们随着人流，糊里糊涂地进入了裕德堂。陈岭北就想，裕德堂大概就是镇民们认为最安全的地方。

陈岭北听到屋外传来的惨叫。他知道裕德堂外发生了什么事,他觉得这好像比战争还要残酷。陈岭北想了想,对身边的柳春芽说,我必须出去了。我只能对不住棉花了,我还没有娶她。我们陈家实在是对不起她。

柳春芽沉着一张脸说,你不许出去!你要出去我跟你拼命!

陈岭北说,你要跟我拼命,我也不能让那么多人丢命!

柳春芽手里突然多了一个纳鞋底的铁钻头,她用钻头对准了自己的肚皮说,你要是敢出去,我现在就把我肚皮里的孩子扎死!

陈岭北无奈地叹了口气。他的后面站着戚威武和牛栏花。戚威武不停地哆嗦着,整个身子要软下去的时候,被牛栏花拎住后脖颈一把提了起来。牛栏花说,给我站直了!站不直我敲断你的腿。

戚威武轻声说,你瞎三话四,谁说我站不直?你看,你看我站得比谁都直。

牛栏花没有理他。她紧紧地挨在陈岭北的身边,呼出的气息不时地落在陈岭北的脖子上。陈岭北回头看了牛栏花一眼,牛栏花瞪着眼说,不许乱看!

陈岭北没有说话。他的目光望向裕德堂外,他看到了船头正治托起年轻男人的下巴,对麻四说,让你的人拖着他去看看他的相好是怎么陪帝国军人睡觉的。

麻四大声地说,嗨咿。

麻四认为自己的发音已经很像日本人了。他有一个理想,等打完了仗,他想搬到日本去享福。麻四挥了一下手,立即有两名和平救国军的士兵拖起了年轻的男人。

杜仲站在裕德堂的门口,依然一动不动地像一枚黑色的钉子一样钉向大地。他的衣角和头发被冬天的风吹起,让他感到了这个冬天的寒意。杜仲的目光望向那棵树下，那棵树下五名日本兵已经剥去了年轻女子的衣衫，在夜色里，女子呈现出一种朦胧的月亮一般的白净。她的惨叫声响起来，与此同时，年轻男人大叫一声咬断了自己的舌头。

裕德堂里混杂在人群中的陈岭北说，我得出去，春芽你不要再拦着我。

柳春芽说，就算我不拦着你，他们也会杀人。你别做梦了，你以为你很重要？

陈岭北的手按在腰间的毛瑟手枪上，一咬牙说，不管了。

柳春芽突然伸手，一把捉住了陈岭北的手。柳春芽就这样紧紧地抓着陈岭北的手，像多年以前一样，紧紧抓着陈岭北的手，一起去爬枫桥镇边上的钟瑛山，一起去枫溪江上的空地上摘桑子。陈岭北反过来捉住了柳春芽的手，紧紧地握着，生怕柳春芽的手会像一只鸟一样飞走。

陈岭北想了想，最后还是咬了咬牙说，我不能让镇上的人就这么死了。就在这时候，突然一棍子呼啸着过来，陈岭北的头上重重地挨了一记，随即晕倒在地。牛栏花扔掉了手中的那根木头门闩说，真是个没用的东西，送死谁不会？我早就说了，我总有一天会狠狠抽你！

也就在这时候，裕德堂外的那棵树边几把刺刀同时扎进了年轻男人的胸膛，噗噗噗的声音响起来。年轻男人的身上像是突然被打开了许多开关一样，四面八方地喷出血来。很快他像一只被放了气的皮球，软沓沓地倒在地上。那个正被日本兵压在身下的年轻女子在不停地扭动和挣扎着，她的裤子就落在小腿肚的地方。她显然是看到了这一幕，仿佛是疯了一般的大叫大喊起来。她说快来，快来干我，都来干我吧！

年轻女子后来唱起了歌，她唱那首叫茉莉花的民歌，她唱好一朵美丽的茉莉花,然后她咯咯咯地笑起来,像一只刚下了蛋的年轻母鸡。所有的人都没有说话,所有的人都觉得空气一下子在这寒冷的日子里结成了冰。杜仲闭着眼睛,不停地划着十字。他突然开始想念法国的家乡。他的家乡是一座叫安纳西的小镇。

戚杏花的半截身子挣扎着在门板上坐了起来,他开始大喊,他老迈却又中气实足的声音在这静寥的夜里传出去很远。借着火把的光线,可以看到戚杏花的唾沫四溅着。戚杏花说,不管国军还是共军抢粮,和我们老百姓没有关系。你们不是要大东亚共荣吗?你们撒谎,你们简直连畜生都不如……

戚杏花捶胸顿足,激动得整张脸都涨红了。船头正治笑了,走到戚杏花的身边,突然飞起一脚。戚杏花像一个长方形的皮球被踢了起来,重重地落在门板外的空地上。一名抬门板的男人上前去扶戚杏花,船头正治的东洋刀一刀穿透了男人的脖子。船头正治又抬起一脚,男人的身体离开刀身,<u>重重地栽倒在地上</u>。

戚杏花在地上用两只手撑着爬起来,他嘴角流出了一汪血,白色的胡子上像桃花一样沾满了一朵朵的红。他开始在地上爬,爬到一块手掌大般的鹅卵石边上时,举起石头就要往自己头上砸,一边砸一边大声地叫,祖宗啊。

麻四突然一脚踩在戚杏花的手上。那块石头从戚杏花的手中掉落,麻四用脚把那块石头移开了。麻四说,你要寻死,皇军会不高兴的。

皇军果然是不高兴的。船头正治让麻四把戚杏花的上半截身子吊了起来,吊在那棵树上。船头正治走到树下,抬眼望着戚杏花,就像望着一块风中的腊肉。船头正治笑了,说,死比活着难多了。

戚杏花面无表情,他的嘴角仍然在不停地淌着黏稠的血,面条一般地穿透黑夜掉落在地面上。他的目光仿佛可以看到很远的地方,他好像看到了自己当初年轻的妻子,挑着一担水从一棵开得很艳的桃树边走过。水桶里是清冽的在阳光下晃荡着波纹的水。妻子笑了一下,挑着担子越走越远。那是他多年不见的亡妻。他看到亡妻的辫子依然乌黑,在腰上像两根黑色的麻绳。戚杏花的心里绝望地哀号了一声,说,祖宗啊。

他想起了遥远年代的祖宗戚继光。

这个嘈杂的夜晚,船头正治和麻四一无所获。冷风一阵阵吹来,缩头缩脑的麻四抬头望着环抱着四明镇的四面的山。他望向那些黑黝黝的山的深处,仿佛要把整个黑夜望穿。风一阵一阵吹来,他把本来就很短的脖子缩了又缩,最后他轻声说,他们会藏在哪儿呢?

这时候,麻四因为押送粮食不力而被千田薰割掉的那只耳朵的部位,不由自主地疼了一下,像被蚂蚁咬了一口。

二

这是一处藏得很深的山。山上高高低低错落有致地造了一批低矮的黄泥屋,看过去触目惊心地黄了一片。黄泥屋的房前屋后还种了许多的桃,只要三月来临,这桃花的粉红和这泥墙的深黄交缠成一片,让人会觉得这是一幅绝美的画。远处还有大树掩映,山泉不经意地流过角角落落,山风随便地吹,这些老鼠山上的强盗可以随便地在风中昏昏欲睡。只有所谓的聚义厅,是由一间老旧的,扎红披绿的海角寺改造的。麻三觉得聚义厅不能是黄泥屋。

陈岭北和柳春芽被围在裕德堂里的时候,黄灿灿和麻三就站在聚义厅的门口，远远地望着镇上四五处密集的火把。他们在门口空地上支一张桌子喝同山烧，那是一种烧刀子酒，喝个三两就能把人给烧起来。让人像一支一点就着的蜡烛一样。

麻三说，闲着也是闲着，等天亮了咱们去干一票。

黄灿灿斜了麻三一眼说，这种见不得人的勾当，不是天黑才干吗？

麻三生气了。麻三说，老子偏要白天去偷，去抢，去放火杀人！

黄灿灿说，那你简直就是日本人了。

麻三大着嗓门喊，你太看得起我了，我觉得我连日本人都不如。日本人会给你一个痛快，我连痛快也给不了你。

黄灿灿望着四明镇上的火把在渐渐移动的过程中熄灭，最后这五个火把阵合在一处的时候，火把差不多燃尽了。最后一只火把熄灭的时候，天色开始亮堂。黄灿灿和麻三就坐在聚义厅门口空地上的一堆暗淡的光线里。山风清凉，植物的气息扑鼻而来，让黄灿灿感到从未有过的清新。麻三不耐烦了，说，你到底干不干？

黄灿灿说，干！

麻三笑了，说我知道你会干。那个姓陈的傻瓜才不会。

麻三的话让黄灿灿心里不是滋味，但他还是认了。麻三的眼睛毒得像蛇，他看准了黄灿灿是个愿意去偷去抢的人。那天麻三带了二十个人，黄灿灿带了十个伤兵。他们一共抢了八匹布，三坛封缸酒，和一个叫小碗的女人。黄灿灿第一次像山匪一样抢东西，这让他无比兴奋。他往小碗家小院一站的时候，感到那屋子都会被他的脚步给震塌了。小碗低垂着脸，站在角落里，眼角的余光能看到黄灿灿穿着的积满灰尘的鞋子，那鞋子在她的面前站住了，然后冰凉的手枪的枪管托起了她的下巴。

抬头，黄灿灿说。

黄灿灿的话很轻，但是分量重。小碗马上抬起眼睛，她看到了一个胡子拉碴，长得有点儿难看的黄灿灿。长官，小碗轻声叫。她知道这个人肯定是官。

　　黄灿灿笑了，咧开嘴拉过一张椅子坐了下来说，你是谁？

　　小碗说，我是刚过门的姨太太。

　　黄灿灿说，那你男人是谁？

　　小碗把目光投向了不远处站在门角的一个七十多岁的老头。老头的老鼠眼躲躲闪闪，他的头勾着，看上去十分阴险。黄灿灿不太喜欢这个老头，所以他迈着八字脚向老头走去，拍拍老头的肩说，老爷子您高寿？

　　老头张开一张空洞的仅剩一颗门牙的嘴巴说，老夫今年七十有二。

　　黄灿灿一脚就将老头踹倒在地说，七十二你还娶那一个像花一样的女人当姨太太？你这不是谋害人家吗？

　　老头倒在地上直喘气说，我毛病多，娶进来就为冲个喜。

　　黄灿灿说，娘希匹的，这个女人没收了。

　　这时候日本兵刚刚从四明镇回到驻扎地江桥镇。他们迈着整齐的短腿，穿过一片田野和几座村庄。他们没有抓到一个国军和新四军。这时候陈岭北和柳春芽继续出现在四明镇的街头，他们越来越像一对夫妻了，甚至柳春芽有好几次在过路口和避让大车的时候，还拉住陈岭北的手。拉着手的时候，让陈岭北想起了老家枫桥镇的黄昏。那时候他们总是在镇边上的枫溪江边，把夕阳踩得七零八落的。时间像流水一样过去，他捏着柳春芽的手，抚摸着那绵软与丰腴的皮肉，觉得生活如此真实。陈岭北希望他们这一路走下去，手挽着手不要停下来。现在他们穿过了狭窄的街道，拐过松林庵门口那株十分贫瘠的楝树后，陈岭北看到了远远的松树摇曳着的老鼠山。

他们向老鼠山走去，像走向许多未知的冬天的秘密。

山神王二坐在海角寺的尊位上一动不动。他已经这样坐了几十年了，一直坐到海角寺越来越破败。屋顶的瓦片掉下了一溜，露出触目惊心的一片白亮。下雨天的时候，山神王二能看到那块明亮的地方雨阵密布，一会儿庙里就湿了一大片。山神王二想到这些的时候，心里就不太高兴。但是比起隆隆的炮声来，这儿有点儿乱世安稳的味道。

山神王二突然渴望现世安稳。其实这附近方圆的百姓只知道这是本地山神，并不知道这尊泥塑的神仙叫王二。王二就感到非常不满，他突然觉得那些善男信女除了要些平安升官发财以外，什么都不愿去求。山神王二为此伤神，不由自主摇头的时候，他的眼睛仿佛亮了一下。他看到小碗穿着红袄，走进了山神庙。海角寺庙堂里的光线一下子就亮堂起来。

山神王二看到小碗坐在一张小凳上，安静得像一株五月成熟的小麦。如果不是风吹一下，这小麦一直会纹丝不动。她的两条腿紧紧地靠在一起侧着身子坐着，眉眼低垂一言不发，看上去她就像是小户人家的女儿。黄灿灿和麻三坐在不远处，他们的目光一直停留在小碗的身上。庙堂里十分安静，仿佛没有一丝生机。一只老鼠怯生生地从香案下钻出脑袋，一会儿又断然地抽身离去了。黄灿灿和麻三对视了一眼，仿佛心有灵犀一般，他们都伸出手并且将那脏手举了起来开始划拳。他们唾沫横飞，五魁首八匹马六六大顺四季发财……山神王二心里一声大笑，他觉得整座庙堂变得生动起来了。

山神王二看到麻三仿佛是赢了。麻三走到了小碗的身边，用食指弯成一个七字形，将小碗的下巴给勾了起来。麻三说，从今天起这老鼠山方圆几十里全是你的。

小碗抬起了头，她看到了山神王二身上的油漆已经剥落了，仿佛风烛残年的味道。小碗说，为什么这几十里地全是我的。

麻三说，因为你是我的压寨夫人。

小碗说，我不是。

麻三笑了，把那七字形的手指头放了下来说，我说了算。

陈岭北和柳春芽就在这时穿过了海角寺门口一大片山匪、伤兵组成的人墙，迈进了海角寺的庙堂。陈岭北看到麻三得意扬扬的神情，麻三的八字胡子抖动了一下说，兄弟，恭喜你，你有嫂子了。

陈岭北愣了一下。黄灿灿斜了陈岭北一眼说，幸好你还能把小命留着，你不是说和日本人打完仗要找我好好打一架吗？

陈岭北说，打完仗我直接把你的皮剥了。

这两名从小一块儿在丹桂房村长大的邻居有一场约定了许多年的打架。因为一块巴掌大的宅基地，陈岭北的哥哥断了黄灿灿的哥哥一只手，接着黄灿灿打了陈岭北的哥哥一拳，然后陈岭北的哥哥撞上石头而死，最后黄灿灿带着哥哥的儿子在逃祸的途中被抓了壮丁，侄子小狗战死在虎扑岭。陈岭北记住了他得要回黄灿灿的命替哥哥报仇，而黄灿灿也记住了侄子小狗因陈家而死。

陈岭北花了一支香的工夫弄清了小碗的来路。陈岭北看了柳春芽一眼，柳春芽把目光抛向了海角寺外的空地上。陈岭北突然干笑了一声说，这人不能当压寨夫人，因为她长得太像我死去很多年的姐姐了。你们要是不信，问柳春芽就晓得了。

麻三说，军师呢，军师会说话，让军师说。

麻三的话音刚落，军师陈欢庆就走进了海角寺的庙堂。陈欢庆一直站在门口不远处，陈欢庆说，尔姐亡故多年，有何证据证明？柳春芽是尔同村，她的话如何保证不偏向尔？即便尔所言是实，尔有亡姐乃尔家之事，大当家娶压寨夫人与尔没有一根鸟毛之关系耳！

陈岭北的胃里泛起了一阵阵的酸水。他觉得陈欢庆的话能把他整个都酸死。他的腮帮子里泉水一样地涌起了一股水。陈岭北看了黄灿灿一眼说，你就忍心一个黄花大闺女当什么压寨夫人？

黄灿灿说，女人如衣服，兄弟如手足。你们要是再争，就会伤了兄弟的手足。你们伤手足，不如把这件衣服让给我。

麻三想了想，说，好。

陈岭北的眼转向黄灿灿，说，要是人家自愿，她可以是你的。要是不愿意，我的毛瑟手枪不答应。

陈岭北边说边拔出了毛瑟手枪。黄灿灿冷笑了一声，就你有毛瑟手枪？咱们35团的装备不知道比你强多少倍！就算那黑胖子输给了你，可是喂黑胖子的机枪子弹还在咱们手上。

黄灿灿边说边从腰间拔出了手枪，想了想又把手枪插了回去说，对付你这样的土鳖，我懒得拔枪。

这时候小碗突然在陈岭北面前跪了下来，说我叫小碗。我小时候是被一小碗饭救活的，从此就叫了小碗。我看出你是好人，就算我只是一件衣服，你能不能收下这件衣服。

黄灿灿说，你要了这个女人也行。我怎么着也是和你光屁股长大的兄弟，你千万别自己惦着你家那嫂子棉花，还不许人家要这女人。你这是想饿死咱们？你说吧，要不要？

陈岭北想了好久。他抬起头看了看山神王二，山神王二叹了口气，他一直看着小碗，他觉得小碗就像一棵葱一样又青又白，正是当年。王二看到陈岭北把毛瑟手枪收了回去，咬着牙说，要！

没有人注意到张秋水。但是山神王二还是看到张秋水背过身去流泪了。王二仿佛悟到了什么，他终于明白人间的男人和女人的事像一团麻一样,有解也解不开的结。这时候小号兵蝈蝈却在心里欢叫了一声。

柳春芽在不远处望着陈岭北。目光像一根绳子一样,把她牵到了陈岭北的面前。柳春芽看到陈岭北的衣领翘起了一只角,她十分细心地把那个角压平。然后她的眼角浮起微笑,像一朵轻微开放的粉红色晏饭花一样。柳春芽肚子里的娃好像是踢了她一脚,这让她的身子微微颤动起来。柳春芽对陈岭北说,像个男人的样子了。

香河正男一直躲在大殿的角落里,用一双阴沉的眼睛张望着这儿发生的一切。

香河正男常常会打开身上的慰问袋,这是从大日本皇军陆军恤兵部转来的。慰问袋像一间小型的仓库,有笔记本,有糖果,有针线,有加吉鱼肉松,还有蚕豆、信纸、兜裆布、剃刀、肥皂、明星照片,以及一封慰问信,还有一双毛线织起来的手套。香河正男看到手套的时候,心里想的是一个姑娘跪坐在地板上织手套的背影。这样的一个背影让他有点儿想家,他知道自己一定是在这个绵长的黄昏想念故乡了。

后来他拆开了慰问信。他看到了信纸上看上去有些绢秀而且比较弱不禁风的文字。信中说,我是植子,我十六岁。植子说,我爱你,日本军勇士。中国首都南京终于被我们占领……植子还说,我想我应该高兴。可是我高兴不起来……可是,被斩杀的那些支那人,他们有死罪吗?

香河正男知道那个押解他的傻乎乎的队长陈岭北突然之间有了一个叫小碗的女人。这让他想起了青涩的植子。植子在慰问袋里的信中说,尽管我只有十六岁,但我学校还是动员我参加了大日本妇女会。妇女会的同仁在一起写慰问信,寄慰问袋,还缝制千人针。你一定知道的吧,千人针就是由一千个人每人一针缝起来的祈求武运长久的吉祥布。对,武运长久是我们的心愿,但我一点也不希望这建立在对别国的杀戮上。最爱我的哥哥是名军人,他狂热地投身到征战支那的战争中。他战死了,消失得像能被风吹散的灰,可是有谁会来赔我一个心爱的哥哥?我和妇女会的同仁一起,在港口和车站迎接归来的军人,送别前往支那参战的军人,迎来送往之中,我也给他们倒茶送水,但是你知道吗?我心里充满着的是无尽的酸楚……

那天晚上,香河正男又被关进一间狭小的屋子。他在小窗口漏下来的月光里,把植子的那封厚厚的信又看了一遍。窗口晃动着小浦东持枪看守的身影,像是一张剪纸作品。这张剪纸在月光底下来回走动,那银白的光就披在他的身上,更添了一份寒意。这是中国四明镇的冬天,香河正男跺了跺脚,呵着热气给自己的手取暖。呵气的时候香河正男笑了,他想这个植子会是个什么样的人,她一定爱笑,说不定有一只小虎牙。香河正男又想,陈岭北这会儿和小碗在做什么,他突然替陈岭北担心起来,觉得这样的夜晚,陈岭北一定是个手足无措的男人。

植子,这个中国冬天的夜晚多么美好呀,很久没有看到那么圆的月亮了。我真想回家。

三

陈岭北和小碗面对面地坐着,好像要进行一场谈判似的。两人一言不发,其实小碗一直在等待陈岭北开口。陈岭北没有开口,他看到门口站了一个撑着黑色雨伞的人,雨伞下面是穿着黑色衣服的爷爷陈

花 雕

大有。陈大有用威严的目光望着陈岭北，好久以后他的这神情稍稍舒缓，他有些伤感地说，今年家里的收成不是很好。这让陈岭北有些诧异，原来爷爷陈大有虽然死去多年，但是一直放心不下家里的收成。然后陈岭北听到了陈大有的第二句话，陈大有无奈而忧伤地说，我看你还是回家吧。你嫂子苦啊。

然后陈大有慢慢地消失了，他转过身去慢慢离去，只留给陈岭北一个瘦削的背影。陈岭北没有站起身来，他看到陈大有在黑夜之中消失。陈岭北说，我爷爷陈大有刚才来过了。

小碗愣了。小碗想了一下，不由得倒吸了一口凉气。小碗本来想问陈岭北一些什么的，但是小碗看到陈岭北好像有点儿心事重重，于是小碗说，睡吧。

陈岭北说，我一点也不困。

小碗说，睡吧。

陈岭北说，我老家丹桂房有风俗，成婚一年后才能同房。再说今天咱们也不能算是成婚，成婚要放炮仗吹欢喜唢呐。

小碗不再说话了，她坐在一张木板床的床沿，眼泪无声地流了下来。陈岭北借着大把大把投进窗子的月光，看到小碗的两条眼泪，像是崎岖的河流爬在小碗的脸上。陈岭北的心里就痛了一下，他觉得小碗十分像自己已经死去多年的最小的那个妹妹。

小碗后来又说，睡吧。

陈岭北叹了一口气，他起身走到小碗的身边，在小碗边上坐了下来。小碗的手小心地伸过去，那缓慢爬行的手指头触到了陈岭北衣服上的扣子时，陈岭北突然说，还是我帮你把衣服补一下吧。我是裁缝。

小碗这时候才发现自己身上的那件红色的罩衫破了，袖口被扯出一道大口子。陈岭北从身上摸出针线包，麻利地穿针引线，替小碗把袖口的那道口子给缝了起来。他伸出嘴去咬断线头的时候，抬眼看到了小碗湿漉而火辣的眼神。陈岭北迟疑了一下，收起自己的针线包说，你睡吧。

小碗看到了照进屋子里的满地零碎的月光，那清冷的银白，像刚刚铺在地上的一层秋霜，透出一种冷冷的美意。小碗把两条腿拘谨地并放在一起，两只手再放在了腿上轻轻压着，仿佛是生怕两条腿会生出翅膀飞走一样。她长长地叹了口气，看到摇晃着火苗的马灯啪的一声爆起了一个灯花。

小碗想，夜晚真长。

小碗醒来的时候，看到自己穿着厚衣服躺在板床上，陈岭北趴在桌上睡着了。小碗拿了一件旧衣轻轻地盖在陈岭北的身上，然后她坐回床边，像一尊观音菩萨一样安静地坐着。黑夜还没有过去，窗外还有着浓重的漆黑。小碗觉得那黑色会如水一般漫到屋子里来，将她和陈岭北一起吞没。小碗从此没有再睡过去，而是远远地看着那个趴在桌上睡相有些难看的陈岭北。这个穿着土布军服，样子看上去中等身材但是却有点儿显老的男人，给人一种踏实的感觉。

小碗现在最需要的就是踏实。

等待天光泛白的过程显得无比漫长。在很长的时间后，小碗终于看到从窗口像水一样流进来冬天黎明的微光。人声渐渐开始变得嘈杂，人声中还夹杂着猪的叫声。小碗打开了门。一群光线迅速地把她包围了起来，像在她身上涂上了一层透明的蜡。小碗笑了，看到不远处海棠单腿跪在一堆晨光里。海棠是重机枪手蒋大个子用五块大洋，从春花院里赎出来的一个比他年长好几岁的大脸盘女人。但现在海棠的手里竟然握着一把略略弯曲的锋利的刀子，一头瘦骨嶙峋的猪被她的膝盖紧紧地跪压着。瘦猪发出无力的哀叫声，那声音显得刺耳而且绵长，仿佛它已经知道这是它最后的时刻。海棠握着短刀，咧着嘴笑，大声地说，新嫂子今天给你吃肉喝汤，明年生个胖小子。

一个白净的像一名读书人的伙夫，帮海棠按着瘦猪那两条激烈蹬踏着的后腿。他是山上做饭的，据说他以前是四明镇上来福饭馆掌勺的大师傅。麻三去吃了一回"滚绣球"和"三鲜面"，就爱上了他的手艺。结果是他被绑上了山，被麻三按比较西式的叫法任命为老鼠山厨师长。厨师长的额头上沁出了细密的汗珠，他一直不明白，这个抽烟杆穿红袄的女人为什么对杀猪有那么大的兴趣。

海棠的刀子划开了清晨的空气，终于一刀扎入瘦猪的喉咙。喉咙里喷出一道细小的血线，猪又挣扎了几下，越是挣扎那血线就越是往外激荡着往外涌。一会儿血渐渐少了，在地上像地图一样红了一片。瘦猪终于安静了下来，像一个孩子选择在午后午睡。小碗不知道这猪是海棠伙同几个山匪，从山下一户农户那儿偷来的。看上去海棠很兴奋，她把刀子钉在了地上。刀身晃荡了一下，然后海棠仰起头，对着一片刚刚飘过的云朵干笑了三声。

小碗把自己的身子斜靠在门框上，摸出一把断了齿的桃木梳梳起了乌亮的头发。她看到柳春芽站在不远的人群后，眯着一双眼睛朝着小碗笑。柳春芽的目光中含了无数的内容，仿佛是有好多话要同小碗讲。这时候张秋水红着眼睛从不远处的伙房移着双脚过来了，双手碰着一只海碗。海碗里是她亲手做的蛋花汤。她害怕蛋花汤洒出来，所以走得特别缓慢。她把碗端到了小碗面前笑了，说在我老家有风俗，哥哥大喜，做妹妹的要给哥嫂敬一碗蛋花汤。

小碗犹豫了一下。这时候陈岭北出现在小碗的身后，他侧着身子从小碗边上挤出了门框，然后接过张秋水手中的海碗。陈岭北喝了一口蛋花汤，目光在众人面前闪过，最后落在了黄灿灿身上。黄灿灿和麻三竟然像两个十六七岁未谙世事的愣头青一样，勾肩搭背地晃荡着走过来。黄灿灿不怀好意地盯着陈岭北看，突然大笑起来。笑着笑着黄灿灿脸一沉说，千万别说我们对你不够好，你的女人可是我们送给你的。

小碗刚好把头发梳完，她编起了一只麻花辫。用红头绳扎好辫子的时候，她的大眼睛忽闪了陈岭北一下。她突然觉得她和陈岭北之间，怎么也不像是成了一家子。海棠和张秋水杀猪敬蛋花汤，都和她没有多大的关系。小碗扭转了身子，走进了屋子里。她身后门外的一大片白光里，陈岭北像一头孤狼一样，盯着麻三和黄灿灿，以及一眼望不到头的连绵的青山。

四

黄灿灿要带人离开老鼠山的前夜，狠狠地在山上醉了一回。国军的伤兵基本上好得差不多了，连手臂骨头碎得一塌糊涂的蝈蝈，也能抬起手来四处夸张地甩动。他那个难看的刀疤，像黑色的蚯蚓一样盘踞在手臂上。所以前一天晚上，黄灿灿用麻三的酒把自己灌成了一只活着的酒坛。蝈蝈坐在遥远的角落里小口地吃饭，张秋水不时给蝈蝈夹菜。在张秋水眼里，这个弟弟正在不断地长大成人，明显的他的裤管已经短了一截，说明他正像雨后的毛笋一样在往上蹿。蝈蝈看到黄灿灿不停地搂着麻三的肩膀，他摇晃着麻三，像是摇一棵树上的果子一样。麻三胸前用苎麻线串挂着的口琴在不停地晃荡，麻三就一把按住了口琴说，你想把我摇死吗？

黄灿灿停止了摇动麻三。在巨大的布满板桌的伙房里，黄灿灿迈着他的八字脚醉步踉跄地走到了陈岭北面前。黄灿灿手里还拎着一瓶酒，他不时地往嘴里灌一口酒，喷着酒气和陈岭北说话。他说看来我得先走一步了。我在丹桂房等你，你不是要找我算账吗？

陈岭北看了一眼闷头舀汤吃饭的柳春芽说，她走不走？

黄灿灿说，她不是你的人。她是咱们35团张团长的人。她当然得跟咱们国军走。

陈岭北的目光探询地望向了柳春芽，柳春芽望了陈岭北身边坐着的小碗一眼说，我跟他们走。

张秋水也望了小碗一眼说，我也跟他们走。

不远处海棠大概是喝醉了，挥舞着一双肥厚的手在和人划拳。蒋大个子不停地皱着眉头，他十分不喜欢海棠和所有人都像五百年前的亲家似的，而冷落了自己这个把她从春花院赎出来的人。蒋大个子突然吼了一声，说别划拳了。划他妈的什么混蛋拳。

海棠的手这时候正好高高举起，她正在为出三根还是出四根手指而愁肠百结，听到蒋大个子的吼声她的手顺势就扇了过去。一记清脆的耳光拍在蒋大个子脸上，蒋大个子恼了，猛地揪起了海棠，把海棠高高举过了头顶。陈岭北走了过去，走到蒋大个子面前说，你花钱把她从妓院赎出来，然后摔死她。你是不是想做亏本买卖？

海棠却一点也不慌，而是把烟杆叼在了嘴上，猛地吸了一口，朝天喷出一口烟来。海棠说，有种你把老娘扔出去。

蒋大个子的脸一下子挂不住了。陈岭北笑了，伸出手去托举海棠，脸贴着蒋大个子的脸看了一眼左右轻声说，别听她胡说。她又不是棉花做的，摔不坏。摔坏了她也是你女人，你得照顾她一辈子。你说你亏不亏？来，松手。

蒋大个子大声地说，好，今天老子给新四军陈队长一个面子，大人不计小人过，好男不跟女斗，饶了你这个婆娘。

陈岭北接下了海棠。海棠在陈岭北面前站定了，不慌不忙地喷一口烟在陈岭北的脸上说，等到不打仗了，你一定要再开裁缝铺。我请你给我量身定做一身旗袍。

那天晚上黄灿灿忽然有些伤感起来，他看到这座被酒气笼罩的山上，他的好多兄弟们都已经喝醉了。黄灿灿拎着酒瓶，摇摇晃晃找了一块大石头坐下来，一个银盘一样的大月亮就被他顶在头顶上。风一阵一阵地吹着，月色让黄灿灿看上去有了那种萧条的气息。陈岭北坐在了他的身边，陈岭北说，这一回你要等我很久，我得先把那日本小鬼子送到南通，还得坐满三天的禁闭，然后再回丹桂房。这兵荒马乱的，不知道猴年马月才能到。

黄灿灿大着舌头说，你放心，我等着你。我先替你打一把好刀。我替自己也打一把。到时候看谁能劈了谁。

陈岭北说，等劈了你我再娶我嫂子棉花。不然先娶了人家，被你劈了，那她又当一回寡妇。她不值。

黄灿灿说，你娶了小碗你还想娶棉花，你真是吃着碗里看着锅里，你想得美！

陈岭北说，我当她妹妹，我没有碰过她。

黄灿灿吼了起来，她哪点配不上你？

陈岭北说，是我配不上她。

很长时间的沉默。寒意从四面八方向陈岭北和黄灿灿赶来，像一条细小的虫子直接钻进他们的皮肉和骨头。后来黄灿灿打破了沉默，尽管语无伦次，但还是把想说的话让陈岭北给听明白了。黄灿灿的意思是35团一路走一路回家，他和柳春芽到丹桂房以后，大部分人都得继续走。那个张秋水是武汉的，蝈蝈是临安的，不知道他们能不能到得了家。

陈岭北不再说话。两个人就坐在一堆月光的影子里，渐渐地坐成了冰凉的石头。陈岭北突然慢慢地把身子仰了下去，头枕在自己的手上，仰望着老鼠山上的月亮。恍惚中，他在月亮里看到了正在洗衣裳的棉花。一会儿，他听到咕咚一声，黄灿灿从大石头上滚落下来。他手中拎着的酒瓶砸破了，酒气就在夜色中升腾，像一个无形的妖怪。

五

从白茫茫的一片到渐渐明朗清晰，一个热闹的上午慢慢地呈现在山神王二的面前。海角寺的庙门敞开着，顺着他的目光可以看到空地上集合了35团的那些伤兵。海棠、张秋水和柳春芽像大小不一的垂柳，随意地生长在这些伤兵的周围。陈岭北和他的新四军兄弟们则站在一侧远远地观望。新四军还有几位伤员的伤没有养好，他们暂时走不了。香河正男站在王木头身后，透过王木头头发稀疏的脑瓜，远远地看着黄灿灿和所有国军的士兵。他们的脸都涨红了，仿佛是昨夜喝下的酒还没有消退。香河正男知道，主要是他们能回家了，能回家所以他们每个人无比亢奋。香河正男冷笑了一声，他觉得这些人想回家是想发疯了。

香河正男还想到了大日本皇军密布在路上的枪口，泻出的子弹会像是一场雨一样密得连风也不能钻过。这时候他看到麻三披着一件军大衣歪歪扭扭地在冬天的阳光底下走了过来，他手里捧着一只碗，大口地喝着一碗玉米糊。他喝玉米糊的时候，声音很响亮，那热气就在他面前盘旋着，远远看去他的脸变得有些模糊。喝完玉米糊麻三把空碗塞在了身边的便宜手里，打了一个饱嗝大声说，黄连长，你连山神也不打个招呼就想走了吗。

山神王二听到这里露出了得意的神色，他端坐在木架子搭成的神位上，看到迈着八字脚的黄灿灿走到了他跟前。黄灿灿一下一下地拍着王二的脚说，山神啊山神，老子这就要走了，你要保佑我走得顺顺当当，路上千万别和鬼子兵碰上了。

王二听了有些生气。他觉得自己的那截已经很老旧的木腿被黄灿灿拍得有些生痛。黄灿灿拍完王二的腿，又回到了海角寺庙门前的空地上，这时候他看到麻三的目光在四处乱扫，扫了半天以后他突然说，朱大驾呢。朱大驾死到哪儿去了？

这时候所有的人才发现朱大驾不见了。

黄灿灿说，你找朱大驾有事？

麻三说，朱大驾给我戴过绿帽子，他得留下！

黄灿灿阴着脸，半晌憋出几个字：你想杀他？

麻三说，不杀他对不起我自己。

黄灿灿急了，但是脸上却像光棍潭的水一样平静。黄灿灿说，他怎么让你戴绿帽子了？他是让那个叫戚威武的胆小鬼戴的绿帽。

麻三说，戚威武那个怂东西，他戴的是第一绿帽。我戴的是第二绿帽。

黄灿灿说，你真要杀他？

麻三大笑起来，突然脸一沉说，你怕我杀他？

黄灿灿说，我不怕你杀他，但我怕你杀中国人。自己人杀自己人，不算英雄。

麻三说，我从来就没想过要当英雄。我当狗熊得了。欢庆，你把那个叫朱大驾的王八蛋给我找回来。

黄灿灿的声音软了下来，声音急促地说，我送你一支快慢机，你给我个面子，这事儿就算过去了。

麻三说，小看我了。快慢机算什么，你给辆坦克我也要跟他算总账。我心里要是高兴，阉了他。心里要是不高兴，不光阉了他，还剥他的皮。

陈欢庆一会儿带着几个山匪跑来了，文绉绉地说，漫山寻遍无着，大驾未见踪影。欲何？

麻三有点儿生气了，他的声音提高了不少。他说欲个屁何？挖地三尺。

黄灿灿扫了一眼四周，他发现山匪们一层一层地站在不远的四周，就算是一只鸟，也不会飞得过这么多枪口的上空。黄灿灿想了想，一咬牙拔出枪来，对着天空就是一枪。

枪声像撕开棉帛一样撕开沉闷的空气。冬天的风迅速地把枪声吹散。麻三嘴里不知什么时候叼了一根枯草，他抖动着小胡子笑了起来说，你给朱大驾报信是不是？你挺讲义气啊。

黄灿灿说，老子的命是捡来的，你要真想让咱们都死在老鼠山上，老子奉陪到底。

麻三说，冤有头债有主，麻三绝不找你的麻烦。

黄灿灿说，朱大驾不会来了。他又不是傻瓜，听到枪声他还会到这儿来寻死。他本来就知道你早就想把他生吞活剥了。小蔡，招呼兄弟们，下山。

文书小蔡答应了一声，尖细的嗓门响了起来，整队整队，想回家的都整队。

就在这时候一个黑影从高高的山梁上直往下奔。黑影渐渐近了,大家才发现是朱大驾背着步话器像风一般跑来,他低矮着身子,像一块山顶上滚下来的石头。一边滚一边气喘吁吁地大喊,上头有命令下来了。我找到信号了,我费老大的劲在山顶那块石头上找到信号了。

众人都一言不发地看到这个黑影滚落到山神庙前的空地上。他不停地颤着气,身上蒸腾的热气在阳光下袅袅上升着。所有的人都在看着他,蝈蝈从黄灿灿的眼神里看出了失望的神色。朱大驾的鼻子因为冷风的原因,十分醒目地红亮了起来。他调匀了呼吸,终于说出一句完整的话,步话器被我修好了,上头刚好有命令下来,说让35团三天后执行一个堵截任务。

黄灿灿突然之间恼了,一脚踢在朱大驾的屁股上说,35团在哪儿?

朱大驾懵懂地说,35团……咱们……不是吗?

黄灿灿又踢了朱大驾一脚说,本来不是了,现在又被你弄成是的了。本来咱们就要回家了。

朱大驾好像仍然没明白究竟发生了什么,他只看到所有的山匪都握着枪。他好像觉得有点儿不对劲了,抬眼看麻三的目光时,竟然看到麻三似笑非笑的眼神。朱大驾的脑袋里嗡地响了一下,黄灿灿一巴掌拍在朱大驾的后脑勺上说,没事你老鼓捣你那步话器干吗?

六

海角寺改成的聚义厅门口空地上,朱大驾看到太阳明晃晃的就挂在头顶。所有的人都一言不发，安静得让人发怵。风吹树叶的声音就显得夸张起来，像从遥远之地赶来的海潮。这时候那名白净得像读书人的伙夫从伙房拎着一只泔水桶出来，他温文的声音打破了寂静。他说今天是腊月二十三小年夜了，灶神上天，当家人要祭一下灶神。

麻三不耐烦地皱了一下眉，仿佛对灶神这么低的职位有些不屑一顾。但随即又很谦恭地说，欠着，等老子有空的时候祭灶神。

黄灿灿的身子慢慢蹲了下去，他选择一个合适的蹲姿，抬起头来望着像一只虾一样佝身站着的朱大驾说，娘希匹的，你说。

朱大驾在明晃晃的日光之下，把上头的任务复述了一遍。上头的命令是说，日军"春兵团"三天后要执行"冬之响箭"扫荡行动，驻扎在江桥镇的千田薰联队机动中队船头正治准尉率领的扫荡部队下午一点要从四明镇经过。以扫荡为名先行打通去衢州的路，因为春兵团大部队需要去摧毁那儿的美军飞行基地。此前美军飞机从那些树木掩映的隐秘机场直飞日本，轰炸了日本本土。

任务很简单，不惜一切代价拖住日军扫荡部队船头正治中队八个小时，同时等待快速赶来的国军援兵13师26团。

朱大驾说完这一切后，谁都没有吱声。风无声地吹起众人的衣衫和头发，所有人的表情像祠堂照壁上刀刻的砖雕一般，线条分明地僵在那儿。黄灿灿有些烦躁地直起身来，迈着他的八字脚走起了鸭子步，最后他绕着朱大驾转起了圈子，好久以后才停了下来。

朱大驾说，你转得我眼晃，你能不转吗？

黄灿灿说，成事不足败事有余的东西，睡女人你冲前阵，修步话器你也打头阵。你尽给老子添麻烦。

朱大驾说，张团长那时候说了，抗战到底，抗战必胜。

黄灿灿吼，那是口号。是开会的时候喊着玩的。开会时候说的话你也信?!

朱大驾说,可我怎么觉得那不像喊着玩的。

黄灿灿一把揪起朱大驾的衣领说,那你说你还想不想回家了。这仗能打得完吗?

黄灿灿没有松手,他一直揪着朱大驾的衣领不放,但是他的目光转向了众人,大声地说,各位兄弟大家说,是回家还是执行这该死的堵截任务?

众人都没有说话。他们都不想说话,他们把这个冬天搞得十分安静。后来文书小蔡上前说,要不投个石子吧。看是想回家的人多,还是想打完这场堵截战的人多。少数服从多数。

陈岭北插嘴说,这不是少数多数的问题,你们既然是部队,必须执行命令。

黄灿灿打断他的话说,不用你管!

那天黄灿灿虎视眈眈地望着国军兄弟们投小石子,一堆小石子代表回家,一堆小石子代表打堵截战。连黄灿灿、张秋水都在内十八名国军,有十七颗小石子投在了回家那一堆,只有文书小蔡一个人把小石子投在了打堵截战。小蔡投完石子,把目光抬起来,一一望向众人,最后他的目光和黄灿灿的目光碰在了一起。

黄灿灿说,你这个猪头三你不想回家?

小蔡说,不是有命令来了吗?新四军的陈队长说得没错,军令如山。

黄灿灿说,那假如我们都当作没有接到命令,就不存在命令。

小蔡急了,说,按你这么说黑的还能成得了白的?

黄灿灿说,我是连长,黑的白的我说了算。

小蔡不再说话,他开始整理衣领,还吐了一口唾沫在掌心里,用这唾沫梳理着燥毛一样的头发。很快小蔡的头发变成一丛绿油油的新鲜的胡葱，在冬风里他像喝醉了一样红着一张脸，大声地哼唱，怒发冲冠，凭栏处，潇潇雨歇……三十功名尘与土，八千里路云和月……

小蔡抬头的时候，感到脸上的皮肤触碰到了从天空落下的雨。云层变得黑压压的，太阳远远地隐去，一些山匪已经拥进了海角寺里。只有陈岭北带着的新四军伤兵，还像石头一样伫在那儿。小蔡没有停下来，他捋了一把微微有些泛潮的脸，继续大声地唱，待从头，收拾旧山河，朝天阙！

小蔡已经五十多岁了，头发稀疏，身形单薄像是一张萧瑟的纸片。但是听上去他的中气十足，他的目光中有十分坚硬的东西，让陈岭北突然觉得有些动容。黄灿灿大张着嘴，听到小蔡慷慨激昂地用蹩脚的官话叽里咕噜说一堆他听不懂的话。黄灿灿说，你在叽咕什么鸟话。朝天什么？你说朝天什么……

这时候山匪军师陈欢庆轻蔑地冷笑了一声说，此乃抗金名将岳飞的《满江红》是也。

黄灿灿愣了一下，似乎对陈欢庆的蔑视很不满，大声说，什么是也不是也，小蔡留下打仗，其余的人全跟我一路回家。

陈岭北透过绵密但却细微的雨阵，静静地看着被雨丝割得丝丝缕缕的黄灿灿的脸。黄灿灿的脸从小到大，都在陈岭北的视野之中，他们光屁股去村外光棍潭摸螺蛳，摸着摸着就人模狗样穿上衣服长大成人。陈岭北一步步地晃荡到了黄灿灿的面前，两个人的脸都湿了，罩了一层新鲜的雨珠。陈岭北的声音十分潮湿，他说要不咱们下棋吧，你要是输了你就不回家。

黄灿灿伸出手，轻轻地拍了拍陈岭北潮湿的脸说，我输了也想回家。

陈岭北说，那你还算是个军人吗？

黄灿灿说，你自己不也是想坐满了七天禁闭，就回家娶那个你当成宝的棉花吗?

陈岭北说,你这是给咱们丹桂房人脸上抹黑。你这是逃兵。

黄灿灿仰着脸大笑起来。他大笑的时候那些雨就直接落在了他张大的嘴里,他笑完了突然停了下来说,你们不也是逃兵?你就是逃兵。你还想哄我?这是国军接到的命令,和你没有关系!

蝈蝈看到黄灿灿和陈岭北都不说话了,就这样面对面地站在雨中对视着,像一对完全犯傻的鸟。蝈蝈又看到了柳春芽,柳春芽此刻站在山神庙的屋檐下,捧着自己的肚皮脸含微笑,她的表情差点让蝈蝈想哭。他突然觉得,柳春芽多像是母亲年轻时候的模样。

柳春芽突然说话了。柳春芽的声音并不响,但是每一个人都听到了。柳春芽说,谁为我男人报仇,为我肚子里孩子的爹报仇。谁杀的日本人多,我就嫁给谁。

黄灿灿像一只雨中的麻雀一样,跳着细碎的雀跃步,越过那死气沉沉的一汪水洼,飞快地跳到了屋檐下。缩头缩脑的黄灿灿被风一吹,让本来就被淋湿了的他不由得发起抖来。他的声音也因此而变得有些颤抖,他颤抖着对柳春芽说,看来你就快要嫁给我了。我为张团长报仇。咱们同村人,肥水不流外人田。

柳春芽斜了一眼黄灿灿说,报完仇我就嫁给你。

黄灿灿说,陈岭北没能娶上你,我却娶上了。陈岭北算是输给我了。张团长没杀我侄儿黄小狗,我感念他,我替他养孩子,我当现成的爹。所以不管怎么样,我要定你了。

黄灿灿边说边从腰间的破军服里摸出了一个大洋,他清了清嗓子说兄弟们给我听好了。现在我来抛这个袁大头,大头朝上就是咱35团留下继续打堵截战。要是大头朝下,咱们就回家。我能不能把陈岭北给比下去娶上柳春芽,就看这袁大头了。

花　雕

　　黄灿灿说完，掌心里的袁大头发出嗡嗡的声响，呼啦啦抛向了空中，又随即掉落下来。袁大头滚动着，一直滚到蝈蝈穿着的那双破了鞋面的军鞋前。蝈蝈蹲下身，笨拙地捡起那枚大洋，看到那个姓袁的大头十分肥胖地呈现在正面。蝈蝈就无望地摇了摇头，他觉得他的军号又要派上用场了。那块大洋还没有交到黄灿灿手中，黄灿灿就先看到了那朝上的大头。

　　陈岭北笑了，陈岭北拍拍黄灿灿的肩膀说，这是天意，因为你们是当兵的。

　　黄灿灿迈着鸭子步大摇大摆地走到了柳春芽面前。柳春芽的双手捧着自己的肚皮，打量着仿佛刚从一条溪水里起来的，鸭子一样湿漉漉的黄灿灿。黄灿灿笑了，说柳春芽，陈岭北说这是天意。等打完仗，你就嫁给我！

　　柳春芽突然想起陈丁旺陈半仙说过的话，陈丁旺说柳春芽和陈岭北天造一对地设一双，一定会成为一对鸳鸯。陈丁旺说，天注定，天注定。那么现在这个天意，和当初的天注定，到底哪一个为准。柳春芽的目光转向了陈岭北，隔着细密的雨丝，她听到了陈岭北的一声吼。

　　陈岭北说，柳春芽你疯了！

　　柳春芽十分淡地笑了，说我没疯。一个男人连命也不顾愿意为你报仇，你还有什么理由不嫁给他？

　　陈岭北紧紧咬着嘴唇，他的心里痛得像是缝衣针在一下一下地扎着。他终于明白，他为了保住小碗的清白，假装娶了小碗。他老是提起要娶棉花，说寡嫂不容易。其实他心里装着，又爱又恨又放不下的就是柳春芽。陈岭北又紧咬着嘴唇狠狠地骂了一句，你疯了！

　　柳春芽说，疯了总比死了好，我们要是不疯，就得被日本人杀光。

　　蝈蝈突然觉得，自己离老家临安的距离越来越遥远。从柳春芽这个温文的女人嘴里,他听到的却是一股杀气。他觉得这个女人和她的丈夫张团长一样,是一个敢死的女人。在蝈蝈的眼里,一个连死也不怕的人,还有什么能让她害怕呢?

蝈蝈的目光躲躲闪闪,他又开始寻找张秋水。张秋水的目光却一直笼罩着雨里的陈岭北。陈岭北一步步向屋檐下走来,一阵冷风让他不由得打了一个喷嚏。他一边打喷嚏一边想起了那个战死的游击队小队长,那队长的胡子才毛绒绒的刚刚开始生长,仿佛比陈岭北的弟弟还小。陈岭北觉得走向台阶,走到屋檐下的过程无比漫长。他看到了张秋水潮湿而忧伤的目光,他就不由得有些心痛起来。

七

一堆刚刚生起来的火边,陈岭北挂在竹竿上的外套正在升腾着热气。山神王二不喜欢殿前生火,也不喜欢突然多出来的一团升腾的雾气,所以他的心里十分不高兴。他看到新四军小队长陈岭北滑稽地裹着一床棉被,那是麻三从一个小山匪的床上抓起扔给他的。麻三把棉被扔给他以后说,你千万别冻死了,还有七天过年,你一定要挨过这七天。

黄灿灿带人拥进了大殿,他们看到了热气腾腾的陈岭北,陈岭北的边上坐着麻三,麻三身后站着便宜和陈欢庆。黄灿灿愣了一下,但是他很快就忘掉了麻三,他十分用力地挥了一下手说,开会。

国军的士兵终于全部留了下来,这让小蔡很高兴。他不停地在火堆边搓着手,说咱们留下来是对的,留下来才对得起先人。

蒋大个子不满地说，可是留下来对不起家人。万一被一枪破了脑，你就回不了家。你回不了家，就对不起家人。

文书小蔡恼了，他站直了身子又想要慷慨激昂一下，但是却被黄灿灿拉了一把坐在了地上。黄灿灿说，都别说了，这一仗不打也得打了。谁要是敢当逃兵，我用张团长的做法，一个也不留。要是这一仗咱们没有死成，那咱们还结伴回家。

黄灿灿说这些话的时候，耳畔突然多了一些枪声。他又想起了张团长临终前抱起机枪大喊的神情。张团长说，各位兄弟来生再见。想到这里黄灿灿的眼睛就有些湿润。他的目光转向了朱大驾，说都是你惹的，你修好了步话器，那你就给我冲到最前面去。

朱大驾神色凝重，双腿一靠说，老子没打算活着。

黄灿灿看了不远处跷着二郎腿坐着的麻三一眼说，姓麻的你就不肯放过这样硬邦邦的男人吗？

麻三这时候正专注地用一把刀子削着自己的指甲。麻三头也不抬地说，硬邦邦在哪儿了？看不出来哪儿硬。就算他真像铁一样硬，我也不放过。

黄灿灿说，那得让他打完这一仗。打完这仗他狗命还在，我就把他交给你。

麻三重重地点了一下头。黄灿灿急了，说你这算是答应了？男人要说到做到。

麻三没有再说话。陈欢庆插话说，大当家的意思是，此计甚好。

在不停升腾着的衣服的雾气中，陈岭北和黄灿灿的人全集中在了海角寺的庙堂里。黄灿灿和陈岭北狠狠地下了一盘棋，一场杀声震天的杀戮后，黄灿灿输了一局。陈岭北把棋布一推说，这次堵截战由我指挥。

黄灿灿突然就愣了，抬眼看着陈岭北说，你……这一仗……你们也打？

陈岭北说，别忘了虎扑岭一仗也是我们一块儿打的。

黄灿灿说，那你不是要回家吗？

陈岭北说，我主要是想看看你打仗有多勇猛。

黄灿灿说，那，那你那些手下也愿意留下来？

陈岭北说，这是我的事。

原国军某部35团3营文书小蔡已经五十多岁了，他的头发在冬天里看上去更加稀疏，像秋天山上枯黄的草。小蔡听了陈岭北的话，仿佛有些激动。他理了理自己数得清的几根枯黄头发，看上去有点儿悲壮的味道。他看到陈岭北扔掉棉被开始穿已经被柴火烤干了的衣服时，大步走了上去说，陈队长，你知道美国西点军校吗？这个学校培养一批难得的击不垮的军事人才，我想……

陈岭北说，你想说什么？

小蔡说，我想说，咱们也得为这次堵截行动取个战斗代号。

陈岭北说，你觉得什么代号合适？

小蔡十分坚定地说，代号"回家"。

陈岭北在腊月二十三开了第一个会。他是被一个游击队小队长任命的队长，来路显得不那么周正。他的身上还交叉斜背着小队长留下的牛皮公文包和一把毛瑟手枪。陈岭北是被赶上架的队长，但是现在他觉得有必要开一个会。他说大家的伤都好得差不多了，本来咱们可以回家了。但是现在国军要打一场堵截战，可他们只有十八个人。大家说，我们是不是要一起打？

众人都没有说话。最后小浦东的喉结翻滚着用很低的声音说，其实我想回阿拉上海去的。

大家开始小声地说话，声音小到陈岭北听不到。后来施启东大着嗓门说，队长你是想打还是不想打，你就直说吧。

不远处的一张小凳上，坐着梳着两只小辫的小碗。她的目光乌亮而有神，她一直在看着陈岭北。陈岭北没把她当成自己的女人，他只想把她带到新四军的驻地，或者可以让她当一名女兵。而自己可以回到家里把棉花给娶了。但是小碗却把陈岭北当成了男人，她的目光满含柔情。她觉得看着自己的男人，会让自己的心感到踏实。当小碗发现陈岭北也在看她的时候，小碗脸上浮起了两个盛满笑容的酒窝。

陈岭北的心就是在这时候痛起来的，他的心痛了一下，又痛了一下，一直痛了好几下。陈岭北突然觉得，小碗就像他一起在尘土里滚扑着在灶台边喝粥长大的亲人，他不能让小碗受委屈。所有人的目光都在盯着陈岭北，陈岭北把目光从小碗身上收了回来，清了清嗓子说，我是犯纪律被连长关了四天黑屋子的人，本来还有三天我就能从屋子里出来。这一次堵截战大家都不愿说打不打，那我是队长我来说，咱们要帮着国军兄弟打这一仗。如果这一次我被打死了，我无话可说。如果还能活着，请大家给我作个见证。我回丹桂房老家见过我爹后，和大家一起把香河正男……

说到这儿时，陈岭北斜了一眼屋角里蜷缩得像一只冬天的刺猬的香河正男。和大家一起把香河正男押到南通，我得在南通坐满三天黑屋子。然后我争取回家……

陈岭北本来想接着说争取回家娶我的嫂子棉花，但是他看了小碗一眼，硬生生地把后半句给咽了回去。

大家仍然没有说话。沉闷了好长时间以后，李歪脖突然大声地说，这次给我配的子弹多一些，老子一枪一个。

小浦东像是自我安慰地说，其实上海迟点回去一点问题也没有的。

陈岭北笑了，露出一排整齐的白牙。门口突然多了一个人，从西厢房过来的柳春芽像一口大腹便便的西洋座钟一样，站在门框边上。冬天正在进行，柳春芽十分喜欢冬天的风吹进骨头时给她带来的清新。她不停地抽动着鼻子，仿佛闻到了月光之外春天的嫩草的气息。春天必定是快要到了，因为她肚子里张团长留下的小生命轻微地动了一下。这一轻轻的动弹让她快乐地颤抖不已。

柳春芽终于把自己的双腿艰难地抬进了山神庙，她走到了陈岭北面前，眼中突然充满了从未有过的柔情。她细声细气地说，这一次你是九死一生。

陈岭北说，我知道。

柳春芽说，你可能就看不到你爹了。

陈岭北说，我知道。

柳春芽说，你放心，我会把你爹当我爹。

陈岭北想了想，有些伤感地说，可你没办法把我的嫂子棉花当成你老婆。

陈岭北说到这儿的时候，突然看到小碗仍然坐在不远的小凳上。她仍然微笑着，像印在一张月份牌上的女人。但是她的眼眶显然红了，眼眶里一片雾蒙蒙。陈岭北又像麦芒扎中心脏一样痛了一下，他迅速地走过去，用自己狭长的略显单薄的身躯挡在小碗面前。

陈岭北说，小碗你不要把咱们的事太当真。

小碗没有看陈岭北，目光是定定的。小碗说，你心里一定有人。

陈岭北想了想，终于一咬牙说，我要娶我的嫂子棉花。她是寡妇。她为咱们陈家守寡，以前还为我凑钱想为我讨一房老婆，还去找过人家说亲。我们不能老让她吃亏。

小碗的眼泪终于夺眶而出，她就那么任由眼泪不停地流着，在脸上糊成了白花花的一片。最后小碗用袖子擦了擦脸，平静地说，我认了！那你娶我当小老婆！

陈岭北记得，这一天是腊月二十三，灶神上天的日子。

八

陈岭北和黄灿灿各带了一队稀稀拉拉的兵站在戚家祠堂的门口。祠堂青灰色的砖墙，像一位老年人穿着褂子的颜色，显现出一种陈旧的气息。这样的气息很容易让人打喷嚏，陈岭北就打了好几个喷嚏。他一边打喷嚏，一边觉得祠堂在他心里忽然就像是一位亲人一样，他仿佛是回到了阔别的故乡。从老鼠山下来的时候，麻三没有送他们，麻三顾自己睡着大觉。他整个人就像一件扔在床上的旧大衣，脸朝着床板趴睡着。便宜走进麻三的房间，对麻三说，他们要走了。你要不要送送他们。他们是客人。

麻三说，我睡着了。没有空送他们。你就说我正在做梦。

便宜不仅是一个兔唇，而且还是一个脑子不太转弯的孩子。他跌跌撞撞地走了出来，走到集合在一起的国军和新四军的伤兵们面前。便宜的声音从他紧紧围着的围巾里钻出来，便宜说，大当家说他正在做梦。

陈岭北推开了戚家祠堂虚掩的门，所有的一切都还是原来他们离开时候的样子，那口白身子棺材的棺盖仍然离开了棺身，触目惊心地躺在石板地上。陈岭北挥了一下手，所有的人像一群经过闸口的鱼一

263

样，涌进了祠堂。年关越来越近了，陈岭北知道这一仗要是真打起来，自己过不过得了年都不一定。这样想着，他不禁有些伤感，他觉得要命的游击队小队长把这个位置留给了他，让他过得一点也不快乐。

这天晚上陈岭北坐在祠堂的天井，点亮一盏马灯，那马灯就放在天井的青石板上。他像一个守夜人一样，要把这黑色的夜给紧紧看住。黄灿灿从白身子棺材里探出头，久久地看着陈岭北瘦削的背影。这个光屁股一起长大的新四军小队长，隔壁邻居，以及自己仿佛是欠下了一条命的债主，让黄灿灿有时候会感到百感交集。他很想回到少年放牛的时候，那时候他们好得就像是一个人。

黄灿灿终于看到陈岭北身边飘起了雪花。雪花从小到大，慢慢变得密集。这是这一年的第二场雪，在接近年边的时候恣意地飘落下来。陈岭北仍然像一块木头，他和那一大片的雪在马灯无力而昏黄的光影里，组成一幅最萧条的风景。陈岭北在想着一场大战，他觉得自己越来越像是一个忧心忡忡的指挥官了。是自己硬拉着黄灿灿留下打这一仗的，也就是说是自己让兄弟们去送命的。而且这要命的雪又开始下了，烂冬至，晴过年。看来这一句古话一点也没有准头。他感到身上好像重了一重，才发现黄灿灿把一块暗红色的破红布盖在了自己的身上。

黄灿灿就一动不动地站在他的身边。他们一起抬眼望着天空，仿佛在深黑的天空的尽头就是他们遥远的故乡丹桂房。雪越下越大，很快他们就变成了两个雪人。所有的雪点都在慢慢消融。落入两个人脖子的雪片，很快变成了冰水，让他们感受到了这个冬天透骨的清凉。

花　雕

九

　　第二天清晨，陈岭北是被外面嘈杂的声音惊醒的。他从地铺上起来后快步走到了东厢房的门口，看到天井里站了国军和新四军的一群人，李歪脖的枪对准着蒋大个子和海棠。一层刺眼的白铺在大家的脚下，从脚印看，这雪落得大概有三寸厚。天井里的积雪已经被踩得乌七八糟，只有屋檐倒挂的冰凌，很像三八大盖的枪刺一样。陈岭北把麻木的手放在嘴里呵了呵热气，他看到黄灿灿摇摇摆摆走到了蒋大个子面前，突然一拳重重地击在蒋大个子的下巴上。蒋大个子的嘴唇破了，流出一嘴的血，但是他却笑了起来。他身边的海棠不动声色地往长长的铜烟杆里装烟，十分从容地用洋火点着了烟，美美地吸了一口。

　　蒋大个子捋了一把嘴上的血水，往地上吐了一口。地上平整细滑的雪面上随即多出了一个红色的小洞。蒋大个子说，姓黄的，你再打。

　　黄灿灿又一拳重重地击在蒋大个子的肚皮上，蒋大个子整个人蜷成一团，脸涨成了猪肝色。他怆然地跌坐在雪地上，仰起脸笑看着黄灿灿。蒋大个子说，你有种，你再打。

　　陈岭北看到雪地上一幅静止的画面，只有风不时地吹起屋瓦上的一些雪，这些细碎的被风吹起的雪纷纷扬扬落了下来。太阳已经升起，和积雪交相辉映，白晃晃的光让人睁不开眼睛。陈岭北慢慢踱到蒋大个子身边，蹲下身子看着蒋大个子。陈岭北突然抓起了一把雪，轻轻地替蒋大个子擦净了嘴角的污血。然后陈岭北说，怎么回事？

　　蒋大个子说，我想带海棠走。我和海棠说好了，回家。回家后替我老爹生两个孙子。

陈岭北说，谁不想回家？我还想回家娶棉花呢！

蒋大个子嚎了起来，国差不多已经没了，我不能连家也没呀。

陈岭北站起身，阴着一双眼看着顾自抽着烟杆的海棠。海棠的眼睛一直眯着，陈岭北忽然发现海棠的眼睛其实是一双漂亮的丹凤眼。海棠眯着眼睛是因为那雪光灼得她的眼睛生痛。陈岭北笑了，对海棠说，你想回家？

海棠白了陈岭北一眼说，嫁鸡随鸡，嫁狗随狗，嫁个老鼠我就钻洞。

黄灿灿突然把枪拔了出来，顶在了蒋大个子的脑门上，子弹"咔嗒"一声上膛了。陈岭北看到枪管把蒋大个子的脑门顶出了一块紫色。黄灿灿说，我投那个大洋的时候，袁大头都朝上了。说好了袁大头朝上咱们就打这一仗。再说我是连长，都得听我的。你真要走，你就从咱们十六个国军兄弟的裤裆下钻过去，那就算你有种！

蒋大个子一把抓住黄灿灿顶在自己脑门上的枪管，眼睛一亮说，你说话算话？

黄灿灿想了想，只好硬着头皮说，算话。

蒋大个子说，好，我钻，我替我儿子钻。

黄灿灿一下子就愣了。蒋大个子本来躺在地上，现在骨碌着侧了一个身，仰望着一张张涨得通红的脸吼，有种你们就让我钻裤裆。

黄灿灿一咬牙，不服气地吼，听我口令，纵队成一直线，跨立，让他钻！

这个雪后初晴的清晨，陈岭北看到了屋檐积雪上偶尔并拢双脚跳跃着行走的麻雀，看到了偶尔被风吹起的雪团，也看到了蒋大个子一张满含泪水的脸。他的长号像杀猪一样难听，他说我是想回家啊，列祖列宗我给你们丢脸。我带着海棠回家，回家给你们传宗接代。

蒋大个子十分缓慢地从35团国军十六名兵员的裤裆下爬了过去，当然这十六名兵员中没有包括张秋水。他臃肿如马头熊的身体使得他爬起来十分笨拙。他的脸上布满泪花，牙齿紧咬着嘴唇，轻轻地断喝着，回家，回家，我要回家！！

蒋大个子爬过了黄灿灿的裤裆，也爬过了田大拿的裤裆。陈岭北突然上前，一把将蒋大个子从地上揪了起来。他在蒋大个子的膝盖上狠狠地踢了三脚，把蒋大个子踢得跪了下去。陈岭北又一把将蒋大个子拉了起来说，让你的膝盖那么软。你再软我把你脚给剁下来。

陈岭北的目光又射向了黄灿灿。陈岭北大声说，黄连长，35团已经没有团长，那你来当这个团长。

黄灿灿并拢双腿大声地说：是！

陈岭北大声地说，35团团长黄灿灿。

黄灿灿大声地说，到。

陈岭北说，昨天说好的，我来指挥这一仗还算不算数？

黄灿灿大声地说，军中无戏言。

陈岭北说，好，那就让蒋大个子带着海棠回家！

黄灿灿大声地说，不行！

陈岭北说，这是命令！

黄灿灿不再说话，眼眶却像蒋大个子一样湿了，好一会儿他轻声地说，是！

还没等陈岭北开口，黄灿灿随即又接上了，大声地脸红脖子粗地吼：小蔡说，什么什么三十功名尘与土。张团长说，各位兄弟来生再见。我们都没有走，我们只有伤兵，没有逃兵！他凭什么要走？！

陈岭北不再理会黄灿灿，大声地对蒋大个子说，蒋大个子，你现在可以离开了！

蒋大个子急切地一把拉起海棠的袖口，两个人急匆匆地向祠堂大门走去。天井里所有的人都一声不吭地让出了一条路。因为走得急促，蒋大个子差一点跌了一跤。但是他很快站稳了，小心地将一只脚跨出了高大的门槛。就在这时候海棠突然站住了，她挣开了蒋大个子的手，缓慢地转过身来，面向着天井里国军和新四军的所有人。

陈岭北看到海棠的一袭红衣，像一只挂在屋檐下的红灯笼，在雪地中显得无比夺目。她从容地吹了一下铜烟杆的烟灰，又装了一些烟丝在里面，旁若无人地吞云吐雾起来。一阵风吹来，一蓬雪跌落在她的脚边散开了。海棠脸上露出了笑意，一些阳光打在她脸上，让她的脸看上去明亮而白净。陈岭北突然觉得这个大脸盘的女人，变得好看了许多。海棠的大脸盘缓缓转动着，仿佛是要把笑容平均地分给每一个人。然后海棠慢条斯理但却十分决绝地说，蒋大个子，老娘我不走了。

蒋大个子一下子愣了，他懵然地望着海棠说，你不想给我老蒋家留个种？

海棠说，我有重要的事情要做，我可以和张秋水一样参加救护队。老娘开不了枪，老娘还抬不了担架？

这时候西厢房的一扇门哐当一声被推开了。柳春芽熬红了一双兔眼出现在大家的面前，她手里抓着的一块白布一抖，抖出旗面上一个黑色的"死"字。柳春芽的脸上慢慢绽开了笑容，一排整齐而碎白的牙露了出来。她轻声说，兄弟们，去死吧！

柳春芽边说边轻轻拍着自己的肚皮。你们的后代，我替你们养好了。我肚子里担着的是你们大家的儿子，也是张团长的儿子。你们可以放心去死了！你们有后了！

在这个雪后的清晨，所有的一切都静止了。柳春芽不停地喘着气，香河正男蜷缩在远处屋檐下一堆稻草中，六神无主的眼神恍惚飘移着。从他的方向看过去，天井里就像是一幅画一样。如果不是海棠抽烟时喷出的白烟，香河正男会认为这个1941年的冬天被雪完全封冻了。在开春以前，这幅画会保持静止的姿势。

蒋大个子的脚动了一下，又动了一下。蒋大个子一把将海棠抱起，夹在腰间。海棠咯咯咯母鸡一样笑起来，海棠一边笑，一边却不时地腾出手来往烟杆里装着烟丝。蒋大个子一边往西厢房里走，一边大声说，老子是机枪手。机枪手要是回家了，你们还打个什么鸟仗？

香河正男的心里涌起一股凉意，他闭了一下眼睛，又睁开了。太阳的白光从积满雪的瓦片上滚落下来，直接跌扑进他的怀里。香河正男想起了植子，他轻声说，植子，中国人怎么杀得完？

香河正男越来越热爱中国的稻草了，他睡在窸窸窣窣的冬天里，突然觉得无比慵懒。他想自己的骨头会不会睡着睡着就完全散掉了。他在迫切地等待着春天的来临。在稻草的气息里，他一个晚上就做了无数个关于植子的梦。他梦见植子混在一堆年轻女人中间，短发被汗水紧紧地粘牢在额头的皮肤上，眼睛明亮，走路的样子虎虎生风。可以看到她的屁股很大，腿也很粗壮，穿着粗线袜。她和一堆年轻女人一起，慰问伤残军人的家属，进行着防空的演练，在刺耳的警报声里躲避着美国飞机的轰炸。他还梦见植子走上了街头，挥舞着双手开展募捐。梦见植子在道场祭祀阵亡将士的亡魂，白色的纸幡就一直在梦境里像蜘蛛网一直飞舞着。香河正男还梦见了植子参加投弹演习，她穿着和服和木屐，姿势有些笨拙。一枚黑色的手榴弹从她的手中飞出……但是，植子和妇女会的同仁参加了这一切，在那封慰问信中却告诉了香河正男，她一点也不喜欢战争。

香河正男醒来的时候就会想，植子有没有梦到过自己？一定不会。

植子的慰问袋寄出以后，或许从来就没有想到过被派分到哪位士兵手中。香河正男努力地把头从那堆稻草中抬起来，看到天井里白晃晃的阳光底下竟然又开始飘雪了。这场太阳雪，让他想到了故乡。

十

　　船头正治坐在临时的中队办公室里烤火。空而宽大的办公室中间放着一只朝上的铁锅。船头正治一直都觉得这口铁锅就是通往无边无际的地下的一口井的井口。柴火在熊熊燃烧，一阵阵看不见的热浪让船头正治感到浑身酥软。他的双手像鸡爪一样伸出，虚无地架在火焰的上空。热量让他手上的血流快速奔涌。他好像已经听到血水的声音，这让他快乐。他笑了。

　　船头正治的口袋里躺着一封妹妹写给他的信。妹妹在信中主要表达了让他回家的愿望。船头正治和妹妹相依为命，是一对孤儿，他们乐此不疲地种养着一些蔬菜。他记得那天他照例踩着晨雾推着车子去菜市场卖菜。妹妹把新鲜的青菜放在了他半新半旧的藤条筐子里，然后目送着他推车远去。船头正治回头的时候，看到妹妹露出牙齿的笑容。船头正治的心就柔软起来，他要好好找户人家把妹妹嫁过去。

　　船头正治推着一车蔬菜离开以后，就没能再回到家门。他和一大批菜农突然被全副武装的士兵团团围住，像一尾尾被装入铁桶中的鱼。菜场以外，涌动着闪亮的刺刀，刀子的光芒一浪浪像是海洋的波光。在一次简单的年龄和体格筛选后，他被军方抽中参加了青年义勇队，接着莫名其妙发下了军装。他一直都搞不明白，自己为什么突然成了军人。接受了最简单的训练后,他被送往中国战区。

船头正治在去往中国的船上,开始想念他从此没有再见过面的妹妹。他想如果战争结束了,他得回去安排妹妹的婚事。这样想着船头的心就越来越柔软。船头还想到,原来战争和自己那么近,近得就像是两排牙齿之间的距离。海浪拍打船舷的时候,船头正治在潮声中忽然听到了中国大地上的炮声。像打雷。

船头正治所在的中队,全是那些卖菜的菜农。所以船头中队又被千田薰和大日本皇军的其他勇士称为爱瑗菜农中队。船头正治从来没有认为过菜农中队的叫法不是很好。他觉得和菜农在同一个中队里,让他倍感亲切。他慢慢成长为一名准尉中队长,有时候他拿着一支手电筒去查铺的时候,觉得这些士兵都好像是地里的一棵棵青菜。

几年以后船头准尉觉得枪击中国军人和用刀子收割青菜,有时候是一样简单的事情。船头中队将会是"冬之响箭"行动的先头部队,这是千田薰联队长下达的命令。对船头正治来说,打通这一条小小的通往衢州的通道是一件微小的事,他曾经趴在桌上铺着的军用地图上仔细查验,这一通道上并无中国军队的驻防。这时候船头正治好像听到了脚踏车的声音,门被推开了,一个人影出现在门口。船头正治没有回头,他听到一个声音喊,报告。

那个声音说,我是高月保,奉千田联队长的命令来向船头君报到。我是给《文艺春秋》写稿的作家,现在是随军记者。我寄回大日本本土的照片,已经上了《皇军简报》和《东京日日新闻》。我已经受了天皇陛下的嘉奖。这一路过来,我看到许多村子都被烧焦了,焦得好像不是村子一样……

那个声音一口气说了很多。船头正治的心里就叹了一口气,他觉得这个年轻人一定围着围巾,脸色白净。船头正治转过身来,果然看到一个围着围巾，胸前挂着照相机的年轻人。年轻人的鼻子有些扁平，脸稍微有些大，有点儿像朝鲜人。

船头正治在椅子里低埋着身子，那口大铁锅里的柴火差不多就要燃尽了，红色的炭火正一阵一阵发出红光。船头正治说，高，月，保？

高月保兴奋地红着鼻子说，是，高月保。

船头正治说，随军记者？

高月保把身子挺了一挺说，是，随军记者。

船头正治挤出一个笑容说，你先烘烘手吧，炭火很旺。这鬼天气太冷了。

高月保随即凑上前去，伸出双手架在那口大铁锅的上方。炭火升腾的热浪钻进了他的皮肤，他听到手背上皮肤下的血液加快了流速，吱扭怪叫了一声，像一条咆哮的河。

好久以后，船头正治抬起眼皮对高月保说，暖和了一些吧。

高月保笑嘻嘻地说，暖和了。

船头正治说，那你今天晚上拍几张照片吧。我让你拍几张好照片，你一定会成为帝国最好的随军记者的。

高月保在这天晚上拍下了许多照片。在一个叫"十里牌"的小村，船头正治带着一个中队沿着漆黑的村道来到了村外。村外有一座牌坊和一棵苍老的香樟树，船头正治就想起，他的爱瑗不是这样的，没有那么高的楼，屋子也没有那么翘的檐。船头正治听到了狗叫的声音中，夹杂着孩子啼哭闹夜的声音，村庄平静得就像要死过去一样。船头正治想，那就去死吧。

火把的光芒把船头正治的脸照得油亮油亮。船头正治对身边的高月保说，今天我们来这里没有别的事，就是把这儿变成一片火海。两天前，千田薰联队的两名士兵在这儿失踪了……

船头正治挥了一下手，士兵们迅速地涌向了村庄。所有的房屋火光熊熊，升腾的火焰蹿得很高，仿佛要把天给烧出一个窟窿来。高月保不停地拍着照片，他拍到两名士兵比赛杀人，一名士兵把十一个中国人排成一排，然后用三八大盖抵住胸口，一枪过去，子弹击穿了七个人，钻进第八个人的身体里。另一个人用三八大盖的枪刺连挑了十二个人，结果累得趴在了地上。高月保不停地拍着照，他的耳朵里听不到声音了，在他眼里看到的就是一场无声的电影。在这场电影里他拍到了一朵被血溅着了的花。

高月保后来在洗出照片后，对着那朵沾血的花久久凝望着。高月保想，这可能不是大东亚共荣，对手无寸铁的人是不能杀的。高月保对着那一堆弥漫着血腥味的照片，把自己关在暗室里关了大半天。门打开的时候，阳光很刺眼，高月保被刺得睁不开眼来。他闭着眼睛，看到的是一片又一片没有尽头的黑。这当然是后来的事了。现在的高月保站在熊熊的一大片火光中，听到四处发出的哀号，接着一头从猪圈里钻出的猪安静地走到了高月保的身边。高月保看了看猪，突然觉得这个突如其来的夜晚，像一场梦一样。

十一

陈岭北、黄灿灿和麻三站在村庄的那块石头牌坊下。牌坊上写着三个字：菩提村。月光把一座牌坊，一棵老树，以及陈岭北还有麻三等人的影子拉得很长。前面不远就是一座烧焦的村庄，像大地上一个黑色的疤。年关越来越近了，雪还没有融化，甚至你都不知道什么时候又会从黑色的天幕中落下雪来。麻三咳嗽了一声说，我不用进村。我不进村也能用鼻子闻到这村成什么样了。连一只狗一只猫都没有活下来。

陈岭北说，是连一只蚂蚁也没有活下来。

麻三后来在冻得坚硬的村口路面上来回踱步，他走路的时候胸口挂着的口琴和腰间挂着的手表不停地晃荡着。便宜站在不远的地方，缩成了一团，他一直不爱说话。他看着麻三不停地走路，就知道麻三一定是碰到了一件举棋不定的事。果然麻三叹了一口气说，我现在知道了，你们跑大老远把我从山上叫下来是想要让我干什么。

陈岭北说，麻老大那么聪明，当然知道我们想要你帮忙。

麻三说，不是我不想帮你们，是我就这点儿家底。我要把山上的兄弟们折腾完了，我哪有脸见他们的家人？我拿什么去当我的地头蛇。

黄灿灿说，原来麻老大是个怂包。

所有的山匪全部亮出了枪，枪口对准了陈岭北和黄灿灿。麻三的目光在山匪们脸上扫过，山匪们的枪口随即像被打击了七寸的蛇一样软软地垂了下来。麻三干瘦的声音响了起来，是不是怂包，不是由你们两个说了算。

麻三想起了麻四。那天麻四上了老鼠山，他皱着眉头站在海角寺的门口说，把老子给累坏了。因为出汗的缘故，他把救国军的棉军衣打开，让冷风直接灌进了胸膛。麻三就坐在屋檐下的一张椅子上。海角寺的庙门口挂着一块匾，上面写着"聚义厅"三个字。那是陈欢庆的手迹。麻三没有说话，所以麻四觉得没趣，他看了一眼山神王二呆板的表情，对王二生出许多的不满。

麻四想让麻三帮忙，一起参加和平救国军，他愿意把夜袭队队长的位置让出来。麻四还想保证去衢州的一路都畅通，他的救国军将协助船头正治中队一起作为先头部队。麻三没有理会麻四，他一直眯着眼，看上去似睡未睡的样子。麻三后来慢条斯理地说，我谁也不帮，我中立。

可是你是我亲哥。

你要是真把我当哥，就脱掉这身黄狗皮回家，给咱们麻家传宗接代去。

现在黄灿灿和陈岭北又来拉他的人马，这让麻三觉得面前的这两个人一定是吃错了药。麻三后来停止了来回踱步，他站在黄灿灿和陈岭北的面前，两手插在裤袋里，军大衣的下摆被甩在了身后，像一只腆着肚皮的雄鸡。

麻三说，我想了半天，我还是中立。

镇公所门口放了一张桌子。陈岭北和黄灿灿就站在桌子前，脸色阴沉地望着围成了一把扇子形状的四明镇百姓。这是一个简陋的战前动员会，国军和新四军的34名伤员站成了两排，就站在陈岭北和黄灿灿的对面。年关近了，镇上已经有了年的气息，许多人的篮子里都已经有了年货。他们在看热闹，在过年前的几天里，看看这批奇怪的服装不同的兵也是一件令人高兴的事。

黄灿灿眼睛望着面前的人群，突然不可遏制地想起了阵亡的张团长。他的目光在人群里找到了张团长的遗孀柳春芽，柳春芽正站在油条西施牛栏花的身边，一手扶着肚皮，一手抓着大饼夹着的油条，大口地往肚里咽着。

黄灿灿轻声说，看到人群里张团长的老婆了吗。

陈岭北说，那是你同乡。

黄灿灿说，你小子艳福不浅，女人们喜欢的都是你。我现在算是明白了，女人都喜欢裁缝不喜欢铁匠，因为她们需要裁缝做的衣服，她们不需要铁匠打的铁。我知道柳春芽差一点就嫁给你了，可惜你拿不出那三十个大洋替她家赔葛老财家的青苗。这就是命，命里注定这一次堵截战我一定杀得比你多。杀完了我带着柳春芽回家，娘希匹，我当现在的爹。

　　陈岭北没有说话。他十分不喜欢黄灿灿卷着袖子在那儿嘴巴不停地啰唆。他知道枪炮声就快响起来了，火药的气息能把人呛得喘不过气来。三十六名伤兵，对付日军一个中队，武器比不上，人也比不上，什么都比不上。只有一样是比得上的，就是这批饿瘦了的军人，饭量一定很大。

　　然后人群被挤开，四个男人抬着一块门板，门板上半躺着半截身子的戚四爷戚杏花。戚杏花越来越干净了，看上去他清瘦的样子，很像是半个得道的神仙。

　　那天陈岭北记得戚杏花一共挥了两次手。第一次挥手的时候，立即有人在每个士兵面前放了一只酒碗，两个人放碗，两个人砸开酒坛的泥封倒酒。那是一种叫斯风的酒，很快斯风的气息就弥漫开来，让人猛抽起鼻子。然后在每只碗边，有人迅速地放起大洋。每个人的面前都放了二十个大洋。当然在陈岭北和黄灿灿面前的桌子上，也各放了一碗酒和二十个大洋。戚杏花因为掉了牙齿而漏风的声音响了起来。戚杏花说，这是我们四明镇百姓凑起来的钱，干净，你们尽管拿去用。这是我们四明镇的百姓自己酿的斯风酒，醇厚，你们尽管放开喉咙喝。

　　陈岭北举起了酒碗，高高举过头顶。阳光从天空中直射下来，光线就在酒碗里晃荡着。陈岭北大声说，喝了。黄灿灿也大声说，喝了。三十四名伤病员也大声说，喝了。

每个人都把碗中酒喝了。酒碗被他们扔向天空，在阳光直射下显得十分刺眼。酒碗乒乓着掉了下来，全都碎成了碎片。然后他们整队离开的时候，陈岭北看到地上多了三十四堆大洋。所有人的目光都落在白晃晃的大洋上，戚杏花的眼睛里忽然有了泪花，那些眼泪像夏天的山洪一样，慢慢经过了他沟壑丛生的脸皮。戚杏花的整个身子都伏在了门板上，他抬起脸来的时候，脸上已经白花花一片。戚杏花颤抖着声音说，我看错你们了。

然后陈岭北看到了戚杏花的第二次挥手。人群再次被挤开了，涌进来一批拿着猎枪的年轻人。戚杏花转头对陈岭北和黄灿灿说，两位长官，这些镇上的年轻人，都说愿意去死！

陈岭北盯着戚杏花说，我要馒头山那块戚家祖坟地做工事。

戚杏花一言不发，仇人一样地盯着陈岭北。陈岭北又重复了一次，我要馒头山那块戚家祖坟地做工事。

戚杏花终于将烟杆在门板上猛敲了一记，大着嗓门吼，你是想让炮弹把我们戚家的祖坟给扒了吧！

陈岭北郑重地点了点头说，要么让活人去死，要么让死人扬灰。除了馒头山，没有更好的地方打伏击。你们自己选！

戚杏花重重地用两手撑起自己，将自己的额头磕倒在门板上。连磕三个响头后，戚杏花抬起一片血污的额头，可以看到他脸上已经是白花花的一片泪水。戚杏花边流着老泪边咬着仅有的三四颗牙齿，颤抖着说，国家都没了，还要什么馒头山？！

那天从镇公所门口回到戚家祠堂，兵员们全部开始擦枪和休整，他们零散地躺在祠堂的草堆或者屋角。陈岭北开始擦那支游击小分队队长留下的毛瑟手枪。蒋大个子远远地站着，看新四军李歪脖擦着本来该属于蒋大个子的黑胖子机枪。所有的人一言不发,只能看到枪条往枪膛里捅的动作,或者是把枪大卸八块的动作。海棠美美地抽了一管烟后,把铜烟杆插在了腰间。然后她走到一只打开的木箱边,抓了一颗手榴弹。她的腰间系了一截麻绳,并且插上了一把菜刀。海棠重重地在蒋大个子的左肩推了一下,咬牙切齿地说,这次仗打下来,你必须把欠我的金戒指还上。不然我拿手榴弹把你炸成一堆碎肉。

蒋大个子呆呆地望着咬牙切齿的海棠,他怀疑海棠不是他拿钱从春花院里赎出来的。这时候香河正男被施启东拖了过来,扔在了陈岭北的面前。陈岭北斜了地上的香河正男一眼说,就要跟你们打仗了。

香河正男说,我知道。

陈岭北说,我们要把你捆起来。如果我们有一个人还能活下去,你会被这个人押到南通去。如果我们都战死了,那是你命大。你解脱了。

香河正男不说话,把头勾了下去。后来他抬起头看着擦枪的陈岭北说,长官,我不会跑。

陈岭北笑了,说我们凭什么相信你。

香河正男说,我发誓。我愿意参加,你们的,军队。我,我,我……我们大日本军队,杀太多老百姓,你懂我的意思?

陈岭北突然把正在擦着的枪对准了香河正男,你敢赌我枪里有没有子弹吗?你要是敢赌,允许我向你开枪,那我也敢赌,让你上战场。

香河正男想了想说,我不赌。我要回家就得留条命。我要回家见植子。

陈岭北说,植子是谁。

香河正男说,我不认识。但是她一定很美丽。

陈岭北大笑起来,说是你女人吧。

香河正男急切地纠正说，不是。但我希望以后是。我好像在爱着她。

陈岭北恼了，说你爱她？你让她像中国女人一样被日本人强奸了你还爱不爱她？你爱她你跑这儿来杀中国人干什么？你差点让我死了你还记不记得？你就是个日本王八蛋。

香河正男却很平静，依然低垂着眼帘说，你记仇。

陈岭北的气愤渐渐平息，后来冷冷地说，捆了。

香河正男迅速地被捆了起来。施启东和小浦东用麻绳把他捆得结结实实，然后扔在了厢房的屋角。香河正男的眼神平静，偶有一丝绝望掠过。屋檐上的雪正在融化，不时地滴下一滴滴清白的水来。香河正男躲在屋角，无聊地看一只冬天勤奋的蜘蛛织网。后来他轻声说，植子，其实我不会跑的。我一点也不想跑。

就是在这一天裕德堂的杜仲走了。那天蝈蝈擦着他的美式卡宾枪，抬眼望着祠堂大开着的门。他就坐在地上，倚在一个廊柱上，凉凉的地气通过石板钻进他的屁股进入了他的腰背，一直往他的脖颈和头顶蹿。在这样的凉意中，他看到了大门口突然多了一辆脚踏车，脚踏车上装着一些杂物。脚踏车边还站着一个人，他是穿着长衫的法国神父杜仲。看上去他仍然清瘦而精神，一双眼睛深深地凹了下去，像两口深深的井。他把脚踏车的支架支了起来，然后他背着一只药箱走进了天井。

他高高的身子像一根竹竿一样伫在天井里。他说，王木头呢。让王木头过来。

那天蝈蝈看到杜仲把药箱交给了一片懵懂的王木头。王木头没有想过天上会掉下一件好事来，让他突然拥有了不少的药。这些西药都是值钱的。在打仗的关口，这西药和金子一样贵重。杜仲笑了，他的牙齿很白，胡子刮得青青的，看上去棱角分明。他说我要回法国了。

王木头说，回去好。回去好。

杜仲说，我要回家。

王木头说，回家好。回家好。

杜仲说，这药箱里的药，不是让你用来卖钱的，是用它来救命的。

王木头想了一想，随即说，是，救人一命胜造七级浮屠。阿弥陀佛。

杜仲后来走了。他没有和任何人告别，只是目光重重地撞了东厢房挂在门上的那把鸡毛掸子一眼。那本来是他养的两只活蹦乱跳的雄鸡，现在变成了一把色彩暗红的鸡毛掸子，而且垂直地挂在了门上。杜仲仿佛失去了什么似的，他用冰凉的手和陈岭北、黄灿灿握了手。

松开他们的手后，他划了一个十字说，我很难过。

杜仲走了。在蝈蝈的少年目光中，杜仲走进1941年年底一片越来越虚幻的白色光影。他没有跨上那辆脚踏车，而是推着那装满杂物的脚踏车向白亮的光影中越走越远。最后他像是被一道光吸走了似的消失了，穿青黑色长衫的高瘦法国男人就此消失在那一年大年夜将临的日子。听说他要转道上海外滩离开中国。蝈蝈只记得他留给中国的最后一句话，他说我很难过。

十二

三天后的天亮以前，陈岭北已经带人埋伏在了他和黄灿灿预定好的第一个埋伏点，那是馒头山戚家的祖坟地。天还没有大亮，这支杂牌军已经集合完毕，包括四明镇上手持猎枪的年轻人。黄灿灿要走了那挺马克沁机枪，他站在天井的空地上和陈岭北讨价还价，说你没有子弹这黑胖子就是一堆废铁。

陈岭北冷笑一声,说你有一双袜子,就想借一双鞋穿?有鞋的还没问你借袜子呢。

黄灿灿说,我开过机枪,有经验。你开过吗?再说蒋大个子是机枪手,你那李歪脖不是,李歪脖是狙击手。

陈岭北后来还是把黑胖子让给了黄灿灿,说,你拿走吧。要不把机枪给你,我看你死的心都有。

黄灿灿笑了,伸出手,替陈岭北扣好了脖领底下的一粒扣子,声音变得温暖。他说,你这是咒我死?

陈岭北突然有抱一抱黄灿灿的冲动。很多年了,他们一起光屁股长大,打过架,也抱成团和别的小子打过。他们光着身子赤条条亮闪闪地站在牛背上,像做杂技一样威风凛凛地任着那牛把他们在田野里驮来驮去。陈岭北被丹桂房隔壁的大悟村人打得死去活来的时候,是被黄灿灿一路背回家的。如果不是陈黄两家为宅基地吵起来,如果不是黄灿灿一拳把陈岭北哥哥打倒在地,陈岭北哥哥脑袋磕在一块石头上死去,陈岭北和黄灿灿会像好兄弟一样连头都愿意摘下来给对方。

黄灿灿说,我看出来了,你想抱抱我。

陈岭北终于张开双臂,重重地抱了黄灿灿一下。陈岭北的鼻子是有些发酸的,发酸是因为这一仗凶多吉少,两个同村人可能就一起死了,如果能活一个也好,两个都活的可能性几乎没有。

陈岭北说,说好了,谁要是能活下去,谁就得照顾柳春芽和小碗,还有张秋水。她们是女人。

黄灿灿说,用得着你说?他们不光是女人。他们全是我妹妹。

陈岭北说,说好了,如果咱们都活着,回丹桂房的时候挑一块晒谷场打一架。谁翘了辫子得怪自己命不好。

黄灿灿说，用得着你说？我把全村人都叫到晒谷场，让他们看看铁匠厉害还是裁缝厉害。

然后黄灿灿阴着眼对田大拿和伍登科使了个眼色，两个人抬起了黑胖子就走。黄灿灿大声嚷嚷着，搬子弹，田大拿你个扒窗看女人屁股不要命的狗东西，你给我搬子弹。

天亮以前陈岭北带着杂牌军已经伏在了戚家在馒头山的祖坟地，这儿正好面对着那条通向四明镇的小道。只要有一定的火力，想要通过那条唯一的道路越过四明镇，是一件比较难的事情。现在陈岭北就躺在坟边，他选择的是一座威风凛凛的大坟，那坟被水泥包了浆，躺在上面坚硬而冰冷，当然还有无可比拟的厚实。小浦东伏在不远的坟堆后面，他的身下还垫着一只麻袋，一言不发地盯着灰蒙蒙的一条通往四明的小道。

陈岭北咬着一茎枯草对着天空说话，陈岭北说，多大了？

小浦东说，十八。

陈岭北说，想讨个女人过日脚吗？

小浦东想了想说，你你的家主婆啊，啥人会不想？就是这命还在不在都不一定。队长侬为啥要帮着国军打这个堵截战？这算不算找死？

陈岭北说，你个混蛋你管那么多？我说了算。

小浦东不说话了。一会儿小浦东又说，那你不想讨家主婆？

陈岭北恼了，老婆就老婆，什么家主婆。我讨我家寡嫂棉花，我讨不成棉花我就一辈子不讨女人。

小浦东想了想说，要是我格趟子活不成，侬帮我的身体擦擦清爽。我是要清清爽爽去投胎的。

陈岭北侧过脸，望着小浦东嘴唇上细密的绒毛，突然胃里涌起一股酸水。他想要说些什么，但又想不出说什么。转眼望过去，一个个坟包后都埋伏着杂牌军的人。镇上本来还有一个制高点，是镇口的更楼，打更人休息的地方。但是人手不够，所以放弃了这一计划。坟地是最重要的直面那条要道的狙击地，所有杂牌军的人都由陈岭北在指挥。躺在坟坡上，陈岭北的心里涌起了一阵雄壮，他觉得此刻他十分男人。他的手不小心触到了腰间插着的棉花给他做的布鞋，在这个清晨的坟地里，他开始想念棉花，一个话不多，但是却干净利索的女人。棉花的样子在陈岭北的脑海里越来越清晰，略显枯黄但是却整齐的头发；眼睛不大，但是眼神却像光棍潭的水一样干净见底；身子不高，但是骨肉匀称。她的脖子有些长，往往使陈岭北想到大白鹅，但是这并不影响棉花整体的干净和素淡。她肯定不是漂亮，她是素淡，像雨后的一棵芹菜，绿而瘦。这样想着，陈岭北就浮起了笑意。他想让自己活下去。

　　陈岭北的眼里是无边际的灰沉沉的天。他变换了一个姿势，趴在了坟包上。这座水泥包浆的坟包下躺着冬雨。陈岭北选择这一座坟之前看过墓碑。冬雨一定是一个女人的名字，他这样想，可能她是一位难产而死的女子，或者她在她的十六岁夭亡。陈岭北奇怪这个世界上还有一个叫冬的姓，但是他认定这个女子一定是一个像花一样的女子，当然现在肯定成了一堆阴冷的白骨。陈岭北就那么无所事事地想象着这些比较辽远的内容，一只蚂蚁从他贴在坟墓的侧脸前爬过。爬得十分从容，仿佛是蚂蚁中的大户人家般气派。它是一头小黑须，它甚至停下了片刻，好像是在向陈岭北的眼睛张望。陈岭北的睫毛眨了一下，也许在蚂蚁眼里，以为那睫毛是一排被风吹动的树木。所以蚂蚁折身离开了，就在它留给陈岭北一个背影的时候，船头正治准尉带的中队和麻四带的和平救国军出现在通往四明镇的小路上。

小浦东的声音传了过来，赤那，这帮猪猡来了。

陈岭北在小浦东声音的牵引下转过了头，他看到了向前行进的队伍。日本旗就挂在三八大盖的枪刺上，这块旗让陈岭北觉得十分恶心。他认为那几乎不是旗。那只是一个狗皮膏。

船头正治和麻四站住了，整个队伍都停了下来。不远处是一片坟山，呈现在斜坡上。船头正治久久地望着那堆向阳的坟山，他知道那是中国人埋先人的地方。如果一路往前，就经过了四明镇。如果再往前，就是通向衢州的大小道路。麻四缩着脑袋扳着手指头，腊月二十七了，这次过大年夜一定会是在去往衢州的路上。他想起了哥哥麻三，麻三不愿意下山助自己一臂之力。他突然觉得，哥哥麻三简直是一个扶不起的阿斗。

麻四从杂乱无章的思绪中被惊醒过来。一声枪响以后他身边的一名士兵被击中了身体。那名士兵是个十八九岁的小伙子，子弹钻进了他的胸膛，所以他被子弹的贯穿力抛了起来，重重地跌在地上，像是突然从一辆脚踏车上掉下的一堆东西一样，溅起一堆灰尘。麻四望着瞪大眼睛的小伙子，小伙子的目光一直呆呆地望着天空，仿佛天空中站着一个亲人。麻四想，看来四明镇果然是一道坎。麻四这样想着的时候，枪声就越来越激烈了，啪啪的声音像爆豆一样响起来。麻四矮下身子跳到了路基下面，翻着白眼望着灰蒙蒙的天空，子弹就像雨点一样在他头上飞过。当他看到自己身边又一个五十多岁的救国军被子弹射穿的时候，他心里对麻三更生出了无数的怨气。如果麻三的队伍在场，会增加自己多少的力量？

船头正治就蹲在一架机枪背后，他的指挥刀高高扬起时，天空中露出了太阳。阳光奔向指挥刀，在刀身上咣当撞了一下，那光线直接跌进了麻四的眼睛。麻四迎风流泪又怕光的眼睛，随即蓄满了泪水。

整个眼眶烂桃一样肿胀起来。

　　陈岭北和手下的兵员把那一个个坟包当成了掩体。子弹射不穿坟包，有的在青石板墓碑上溅出火星，陈岭北就在坟包后面怪笑。如果不出意外，日本兵向前一步都是一个难题。太阳已经升起来了，一大片祖坟地上升腾着热气。那些冻硬的泥土开始软下来，陈岭北都觉得这些坟仿佛都已经活了。这时候施启东拖着一个人过来，把那人扔在了陈岭北面前。陈岭北看到了眼睛中布满血丝的香河正男，他的手上血迹斑斑。陈岭北明白他从祠堂里逃了出来，他还磨断了捆在他身上的麻绳。陈岭北的脸沉了下来，说你是不是想寻死？！

　　香河正男用蹩脚的中国话说，给我枪，我帮你们。

　　施启东在香河正男的屁股上猛踹了一脚，说你个日本人是不是想在我们背后打黑枪。

　　香河正男没有理会施启东，他盯着陈岭北的眼说，给我枪。

　　陈岭北对施启东说，给他一支三八大盖。

　　施启东急了，说你疯了，他要是打黑枪怎么办？

　　陈岭北说，这是命令！

　　施启东无奈地倒退了下去，很快隐没在几个坟包背后。一会儿施启东又拖着一杆枪爬了过来，愤愤不平地扔给了香河正男。连同扔过来的是子弹带。香河正男笑了，他接过枪伏在了陈岭北的身边，眼神温暖了许多。谢谢你，他说。

　　香河正男的话刚说完，就在他转过头去的那一瞬，陈岭北看到了香河正男的脸色变了。香河正男说，山炮。

　　这是陈岭北第一次看到山炮。那是一种装着两个轮子的炮，炮就架在两个轮子中间的横杆上。远远地看过去，像一件硕大而亢奋的阳具。陈岭北想香河正男原来就是开这种炮的，把他弄到南通去也是去当这种炮的教练的。陈岭北的脑子里有了暂时的空白,他不知道这山炮能有多大的威力。然后他听到了呼啸的炮弹出膛后在风中行走的声音,接着是剧烈的爆炸声响起。就在陈岭北不远处有一个炸点,整座坟以及一个手持猎枪的四明镇上的小伙子飞向空中,再在硝烟弥漫中重重落下。

炮弹呼啸。那些坟像是被一只巨大的手揭开了盖子一样,棺板和白骨飞扬在空中,然后重重地落下来。炮声中夹杂着机枪声,陈岭北知道这一次怕是撑不住了。他不知道阵地上还有哪些人活着,只是透过浓重的烟雾,向着路面上的日军和救国军击发。陈岭北高声地喊着,李歪脖,李歪脖你给我死过来。

李歪脖没有死过来。陈岭北想让李歪脖去狙击指挥官和炮兵。李歪脖自己也想到了,他在坟堆后面拖着步枪飞快地游移,最后他站定了,努力调匀了一下呼吸。李歪脖手中的枪响了,一名日军的山炮手被击毙。但是另一名山炮手随即填了上去。李歪脖的枪管缓缓转动着,他的视线里一切都是模糊的,只有那个钢盔上缀着五星的山炮手在他眼里无比清晰。那颗星在阳光下泛起了一阵反光,李歪脖的手指扣动了扳机。他看到那颗星上开出一粒红色的花朵,山炮手又歪倒在地上了。又一名山炮手填上,李歪脖再次瞄准……

麻三笔直地站在海角寺的庙堂改成的聚义厅里。他本就粗矮的脖子藏在那件和平救国军的呢制军大衣里,和神架上眼神落寞的山神王二对视着。王二的目光望向远方,他也听到了远处传来的隐隐的枪炮声。便宜就站在不远处的角落里,望着神情焦虑的主人麻三。麻三的眼皮不停地跳着,他紧闭着眼睛,但是便宜仍然看出了麻三的不安。麻三终于开口了,他说便宜我这是怎么了?我心慌得厉害。

便宜没有说话。只是把腰间的枪拔出来了。他蹲下身子，开始认真地把枪的配件全卸了下来，然后他一言不发地擦枪。麻三索性在地上坐了下来，从腰间拔出了双枪。他也开始一言不发地擦着枪。因为擦枪的缘故，他胸前用苎麻线挂着的口琴在不停地晃来晃去。

后来麻三对着便宜怪诞地笑了，他拿手掌在便宜的头上拍了一记说，看来没白养你。

千田薰联队长此刻正在他的办公室里坐得笔直。他的眼睛空洞地望向门口，屋子里那架狗头牌留声机正放着日本音乐《东京进行曲》。此前美国佬的 16 架 B25 轰炸机对日本本土进行空袭，这让统帅部十分头痛。"冬之响箭"命令层层下达，13 军和 11 军所属部队将从宁波和南昌沿铁道线夹攻，摧毁这一路上的机场。船头正治中队正是他按上头"春兵团"的命令派出的先头部队，他十分担心船头正治和被他割了耳朵的麻三在路上遇到什么不测。战争让人亢奋也让人疲惫。千田薰在疲惫的时候喜欢想念老父亲。

父亲是一个五短身材的瘦小老人。他长得其实有点儿丑陋，经常成为隔壁邻居们耻笑的对象。父亲只是他的养父，是他在雪地里收养了弃婴，这个弃婴长大成人当上了联队长。从小养父就带着他走向大海，和他一起海钓。当然他也会想起姐姐，姐姐也是养父捡来的。一家三口相互之间没有血缘。但是千田薰认为他们的感情比有血缘的亲人还亲。如果养父需要他死，他会毫不犹豫。如果姐姐需要他的命，他也愿意付出。他记得姐姐给他送饭的时候，被一帮小混混打的情景。姐姐省吃俭用，给他买了第一双球鞋。现在姐姐的儿子已经没了。姐姐的儿子，当然就等于是千田薰的外甥。他战死在中国战场。

遥远的日本伊根，以及伊根的小岛青岛，四周全是碧水的包围与拍打，以及那种不温不火的潮湿对岛上泥土与植物的滋养，美得令人愿意合上眼睛长长地睡去。千田薰在《东京进行曲》中突然湿了眼睛，他清楚地知道有一粒泪珠就挂在眼角。他用小指头轻轻拭去了，那手指头就长久地按在这样的一小粒潮湿上。这时候他知道，他想回家。

十三

如果四明镇的堵截战是一场电影的话，镜头应该是这样的。袅袅的白烟和青灰的烟在空中像水袖一样浮动，然后镜头下移，你可以看到这是一片坟地。枪声已经安静下来了，一脸泥污的陈岭北嘴唇不停地抖动着，可以看出他的嘴唇已经焦燥干裂。陈岭北慢慢地举起手，对那些遍地白骨敬礼。对白骨敬礼，就是对这个镇子上百姓的祖宗在敬礼。陈岭北看到了灰扑扑的滴着血的残臂，以及被炸上天的肚肠挂在一棵瘦弱的小树上。这是火药的力道，可以把整个人撕裂，甚至撕成碎末。这时候陈岭北看到了被四个男人抬上来的门板上的戚杏花。戚杏花紧盯着拿着枪的香河正男，什么话也没有说。香河正男想了想说，我现在是新四军。镜头继续摇过去的话，我们能看到的是躺在呆若木鸡的蝈蝈怀中的张秋水。

如果四明镇的堵截战是一场电影的话，那么让陈岭北的脑海里切入闪回。枪炮声重新响起来，一颗炮弹落在坟边，炸起的墓碑高高扬起，在阳光照射下是一道长方形的黑影。黑影重重地落下来，落在救护队员张秋水的后背。张秋水被砸倒在地上，当时就吐出了一口血。她觉得心口那么甜，仿佛吃了很多的糖。蝈蝈跌跌撞撞地向她爬来，他身上的一把军号和一把唢呐在爬行的过程中不时地晃荡着，撞击着地面。他和一名手持猎枪的四明镇青年一起将那块墓碑搬离，然后紧紧地抱住了张秋水。张秋水口中的血还在不停地冒出来，断气前她揪着蝈蝈的胳膊，差点没把蝈蝈的胳膊连着衣袖一起扯下来。她断断续续地告诉蝈蝈让他一定要送自己回武汉老家。这时候陈岭北跌扑着奔了过来，一把扶住张秋水。张秋水笑了，她已经什么话也说不出来，但是她的眼睛里是无边无际的含情脉脉。陈岭北哭了，陈岭北哭起来像一个孩子，一点也不像一个指挥这支杂牌军队伍打仗的指挥官。蝈蝈猛地推开他，蝈蝈说你有小碗了。蝈蝈就像大人抱小孩一样，抱着明显比他大好几岁的张秋水，不停地轻轻摇晃着。

　　枪炮声仍然在继续。又一发炮弹飞来，小碗和田大拿被同一颗炸弹炸得飞了起来。陈岭北亲眼见到了这一幕，他嘶吼了一声，才发现自己的嗓子在瞬间哑了，仿佛喉咙里填满了无数的烟。他含着眼泪，一点点向小碗爬去。他把小碗抱在了怀里，突然觉得自己不仅欠了张秋水的，而且还欠了小碗的。小碗跟着张秋水参加了救护队。小碗在陈岭北的怀里笑了，小碗说我看得出来你心里喜欢的其实是柳春芽。那你帮我和田大拿配一门阴婚吧，他也是个老光棍了。到了地下我和他做伴去。

　　田大拿连屁股带大腿都被炸飞了，身下就是一摊黏稠的血。他听到小碗这样说，兴奋得整个上半身都颤抖起来。他用尽了全身的力气干笑了三声，然后他大叫一声，老婆，跟我回家。

　　田大拿说完头一歪死去了。陈岭北涨红着脸，一边抱着小碗一边大喊，蝈蝈，蝈蝈你这个挨杀头的，你赶紧给我吹欢喜唢呐。

　　蝈蝈忙从张秋水身边跑了过来，他摘下唢呐仰着脸对着天空就吹，把《新嫁娘》吹得欢畅淋漓。那声音和天空中漏下来的阳光纠缠在一起，然后穿透云层。这时候枪声渐渐稀落下去，蝈蝈的唢呐声更加嘹亮。没有人知道，因为山炮的炮手一个个都被李歪脖给狙击了，船头正治下令后撤五公里。

枪声终于停了。黄灿灿迅速地把剩下的人员集合在了一起，他的头发焦了，帽子上有了一个大洞。他把帽子揪在手心里，高声地喊着，小崔你给我数人。剩下的人马上做好战斗准备。鬼子现在撤退是暂时的，挨枪伤的野猪咬得凶，都给我注意了。

这时候李歪脖押着日军记者高月保过来了。高月保满身都是烟尘，十分狼狈的样子。他为了拍照片更近些，一点点摸爬向一面斜坡，李歪脖为了狙击山炮手，也离开了队伍摸到了一面斜坡。高月保摸到了正在狙击的躲在坟场远处的李歪脖身后。他高兴地连拍了好几张照片，在他拍第五张照片的时候，他觉得脖子有些凉。一回头，看到脖子上的冰凉原来来自一根枪管。高月保的腮帮子不停地颤抖起来，他想了想，用生硬的中国话说，要不要帮你拍一张照片？

陈岭北看着高月保愣住了，这是他在晴江溪捉鱼洗澡时遇上的，并且送了自己一块洋肥皂的那个日本人。他无声地伸出手拍了拍高月保的肩膀，轻声说，现在你是俘虏。

如果这是一场电影的话，所有的思绪都应该在这个时候被拉回来。我们能看到的是一些细碎的镜头，比如戚杏花被四个男人抬下阵地，他对着那一堆堆的先人白骨，在他的门板上不停地像孩子一样呜呜呜地哭着，两手有节奏地捶打着门板。比如张秋水、比如田大拿和小碗、比如四明镇上那些拿着猎枪参与打仗而受伤的年轻人，都被抬到了山背后的一棵巨大的树下。电影镜头中，还可以看到船头正治在五公里以外休整，传令兵正在向船头正治传达千田薰联队长的命令。不惜一切代价，无论死活，必须抢回随军记者高月保。不然这将是千田薰联队的耻辱。

十四

陈岭北长久地呈"大"字形仰躺在坟地上,他希望自己的手和脚无限伸展,他望着铅灰色的阴阳怪气的天空,恍惚间看到了云层中的爷爷陈大有。陈大有望着陈岭北,他一言不发,但是陈岭北好像是听到了陈大有的声音。陈大有说,孙子,不孝有三,无后为大,你得回家。

黄灿灿歪着身子走了过来。他斜眼看了两只手腕被捆绑在一起的高月保一眼,突然一脚踹翻了高月保。高月保胸前挂着的相机钟摆一样摆动起来。香河正男怪叫着冲过来,他是俘虏。香河正男吃力地咬着舌头用蹩脚的中国话说,不许虐待俘虏。

陈岭北看到云层中的陈大有淡去了。他躺在地上伸出脚勾了黄灿灿一脚,黄灿灿才放下对香河正男举起的拳头。香河正男和高月保对视了一眼,他看着这个日本的同胞,看上去文质彬彬的战地记者。他想说好多话,但是却不知道应该说什么。好久以后他才用日语说,知道植子吗?

高月保摇了摇头。香河正男苦笑了一下说,你当然不会知道,她给我寄了慰问袋。

高月保望着香河正男手中的枪说,你……打日本人?

香河正男点了点头说,你不会懂的。但你以后会懂。我和你一样是俘虏,我被他们软禁了,但我没有跑,我偷跑出来参加战斗。

高月保说,你是大日本帝国的叛徒与耻辱。

香河正男又点点头说，虽然我是叛徒，可我变回了人。不和你说了，还得打仗。对了，我特别想回家。

香河正男说完，提着三八大盖匆匆地走了。他显然是一名经历过许多战事的少年老成的老兵了，战术动作看上去不规矩但是却非常麻利，几个腾跃就见不到他了。高月保望着香河正男远去的背影，突然心里像被掏空了似的，仿佛走进了一个空荡荡的大殿，四顾无人。不远处陈岭北仍然躺在地上，看着双手被绑着的高月保。这让陈岭北想起了那个晴江溪的夜晚，高月保送给自己的洋肥皂还在小浦东的手上。高月保也望着陈岭北，一会儿，他咧开嘴笑了。陈岭北也笑了。黄灿灿却在陈岭北身边坐着，阴着一双眼盯着高月保。话却是对陈岭北说的，黄灿灿说，你不要和日本人眉来眼去的。

陈岭北说，不要你管。

黄灿灿说，我们还守在这坟地？直接死在坟地算了？娘希匹的上了个大当，柳春芽儿子的现成爹还真不好当。

陈岭北说，你怕死？

黄灿灿说，怕死我就不打这场堵截战了。

陈岭北笑了，你是没办法，你投的大洋袁大头朝上。你手气差，命不好。

黄灿灿不再说什么。陈岭北却站起了身，他看到余下的兵员正在找掩体，王木头在忙着给伤员包扎。看上去他已经很像一名正儿八经的军医了。他甚至在袖管上套了一个"十"字袖章，明显是在一块白布上涂了红色油漆做成的。陈岭北突然觉得有些厌倦，坟场上的烟在陈岭北面前飘来飘去，那些火药味和烧焦树木的气息让他不由得打了一个喷嚏。他看到不远处一个从坟堆里炸出的骷髅头正对着他神秘地微笑，他无声地走过去，把那个骷髅头捡起来，恭敬地放回到一口已被炸开的棺材中。这时候黄灿灿摇摇晃晃地走了,他从一只子弹箱里翻出一根铁链,把自己锁在了马克沁机枪上。然后他奋力地把手中的钥匙扔了出去,钥匙像一只无声小鸟掠过天幕,瞬间不见了。

黄灿灿回过头来朝陈岭北笑了笑说,老子不退后一寸。

陈岭北的眼睛在瞬间就红了,他随即大吼起来,你要是敢死,我跟你没完。我和你在老家晒谷场上约的那一架,还没有打。

黄灿灿说,老子当然不死,老子要留条命当柳春芽的男人呢,哈哈。

杂牌军余下的伤兵围了过来,他们居上临下地看着黄灿灿。黄灿灿抬起一双血眼环视着这些杂牌军,咬着牙说,给老子回到工事上去!

众人迅速散了,他们无声地趴回到各自的简易工事边上,把枪都举在了手中。他们一句话也没有说,坟场上的空气沉闷,像是一颗炸雷随时就要在半空中炸响。陈岭北抽了抽鼻子,他闻到了浓重的火药味。

那天的第二仗,是在傍晚的时候开始打响的。陈岭北记得西边红通通的堆着一堆云霞,和平救国军和船头正治中队的鬼子像浪一样淹了过来。他们奔走的速度有些急,那脚步声像急促的雨点一样密集地滚动着。隔着遥远的距离,陈岭北其实是听不到这样的声音的,但是他还是看到了那些移动的人影。蒋大个子伏在黄灿灿的身边,他心底里一点也不想把机枪让给黄灿灿,他才是最出色的机枪手。但是他争不过黄灿灿,黄灿灿是他的连长,官大一级压死人。蒋大个子的手轻触着子弹的传送带,他当上了黄灿灿的副机枪手。

黄灿灿轻声骂了一句,别给我翻白眼,老子当班长前就是机枪手。

船头正治和麻四的联合部队越来越近了,他们想要拿下这个地方,当然也想把高月保抢回去。船头正治的望远镜里看不到一个人,只能看到坟场上方飘荡着的水草一样的黑烟，但是他知道平静下面蕴含着巨大的杀机。船头正治微闭了一下眼睛，他有一种直觉，很快第一枪就会由对方开响。果然在部队行进到大概距馒头山戚家坟场三百米的地方，陈岭北让李歪脖放出了第一枪。那一枪正中一名日本兵的钢盔，钢盔正中的五星被子弹击穿，日本兵重重地被推了一掌般跌扑在地。

枪声在瞬间密集起来。天空中所有的麻雀，都因为突如其来的热闹而选择果断远离，坟场上那棵枯树上的鸟窝也被炮弹的汽浪震落。麻雀们开始背井离乡，它们找不到家，惊恐于突然而来的那种闹猛。最后它们像一颗飞行的子弹一样，在瞬间像流星一般划过即将越来越黑的天幕。日军密集的子弹压得杂牌军喘不过气来，没有实战经验的四明镇手持猎枪的年轻人，一个个被击中。嘈杂的枪声让陈岭北听不到其他任何声音，耳朵在嗡嗡作响。但每当他看到身边被弹起的烟尘，以及子弹入肉时的瞬间溅红，让他听到了"噗噗"的子弹攉开皮肉的声音。日军的数名山炮手被李歪脖一个个解决了，用不了炮的日军发起了冲锋。就在子弹织成的蜘蛛网下，陈岭北看到高月保虽然被捆住了手腕，却仍然在费力地按动着快门。

现在陈岭北能看到麻四矮壮的脚了，也能看到船头正治不时举过头顶的指挥刀。陈岭北看到越来越近的对手，看看自己阵地上越来越少的子弹，他有些绝望了。他绝望的时候开始拼命地想棉花，他的心里轻轻叫着棉花棉花棉花。他估计不出五分钟，日军就会攻上这个不高的小山头。这时候突然从横刺里冲出来一支队伍，陈岭北看到了冲在最前面的麻三，他一直披在身上，仿佛鱼长在身体上的鳞片一样的和平军军大衣不见了，而是一身威风凛凛的唐装。他拿着一杆机关枪，身后跟着一串山匪。陈岭北笑了，一咬牙冲着天喊，麻三你个天杀的，哈哈，哈哈，你是不是想让老子反败为胜？！

只有麻四是看得真切的。他躲在一些和平救国军的身后挥着小手枪,用一个铁皮喇叭高喊着冲上去,冲上去发大洋,发大洋可以去春花院,发大洋可以买女人,发大洋可以买大瓦房,发大洋他妈的好处大大的有。给老子冲上去。他喊得太卖力了,所以他整个头都冒着热气。他看到了横冲直撞的亲哥哥麻三。他看得真切的是麻三的衣服好端端地少了一只袖子。麻四是读过几句书的,他脑子咯噔一下就知道情况有点儿不太妙。果然麻三冲过来的时候大声地喊,麻四,我割袖子就是和你断了兄弟情义。我实在熬不下去了,我不能被人指着脊梁骨骂汉奸。我早就说让你为麻家传宗接代,你为什么非要当这个破汉奸?

麻三喋喋不休的叫喊混合在枪声里,让麻四听得并不真切。然后麻三出枪,一枪就击穿了麻四吊葫芦瓜一样的脑袋。麻四其实什么话也没能来得及说,甚至都来不及回忆一下小时候哥哥麻三背着他在土埂上等贩红枣卖大葱的爹妈回家的情景。他勇敢地跌扑在地上,整张脸埋在了土里。麻三的眼睛里全是泪水,他拼命开枪的时候,看出去的日军和和平救国军都是斑驳虚幻的,像是隔着一层被雨打湿的玻璃看窗外的风景。陈欢庆、便宜和一大帮山匪跟在他的身后不停地开着枪,他们的头上都包了一块白布,白布上写着一个字:杀!

陈岭北的心里叽叽嘎嘎地欢笑起来,他的嘴巴因为兴奋而不由自主地歪了。他大叫着,把大鬼子和二鬼子给我灭了,全灭了咱们好回家。

黄灿灿手中那挺重机枪发出沉闷的吼声,那沉重的金属撞针撞击子弹底火发出的钝音,力道就像刮起的一股股旋风。日军在一排排倒下,黄灿灿的整个身子敞开了怀,胸膛和衣服上全是汗水。有汗水顺利进入了他的眼眶,他却把眼睛睁大了,短粗黑的手指搭在扳机上,枪头在不停地来回颤动。热烈的子弹已经发疯了,像疯子一样跌跌撞撞奔向日军的身体。

黄灿灿怪叫起来,黄灿灿说娘希匹的,我把你们都轰烂了。

蒋大个子却突然大吼了一声,说子弹快没了。

黄灿灿一下子愣了。没了子弹的机枪就是一块没有生命的笨铁。日军和和平救国军再一次压了上来。被俘的高月保无人看管,不知道什么时候溜到了黄灿灿不远处。尽管他的双手手腕被绑着,但是他还是费力地举着相机,不停地按着快门。而这时候陈岭北已经看到了日军如密集的蚂蚁,尽管死伤无数,但仍然凭着人马众多而快要逼近山头。

陈岭北说,撤!往后山撤!

那天老鼠山大当家麻三带的人也挡不住日军的枪火,毫无章法地被打散了。大部分的人跟着陈岭北的队伍后撤,麻三带人撤到了四明镇镇口的一座年代久远的更楼里。进入更楼以前,麻三突然喜欢上了更楼的翘檐。那是一座古色古香的石块搭成的楼。这样的一个小更楼让麻三觉得温暖而妥帖,在枪炮声里,麻三才忽然想起了四十多年来一直都没有安定,甚至连孩子也没有一个。这让他觉得无比凄凉。更楼里的更夫已经跑了,这让更楼反而像一个碉堡。麻三在这个碉堡里,看到一张四仙桌上放着更夫没来得及带走的一壶酒,索性坐下来倒了一杯酒喝。他喝酒的时候,眼睛迅速地在众人面前掠过,点清了跟在他身边的加上他自己一共是七个人。

麻三笑了,猛喝一口酒说怕不怕死。

六个人看了看,七零八落地回答,怕死。

麻三又笑了,说敢不敢死。

六个人又相互看了看,整齐地回答,敢死!

那天一个小队的日军将更楼团团围住,麻三和他的手下却把枪开得十分从容。他们都开始喝酒了,然后对着狭小的窗外开枪。日军没有了山炮,对这个石块砌起来的更楼有点儿力不从心。麻三这时候不开枪,他看着六个人对着更楼外开枪,自己一边喝酒,一边摘下了墙上的梆子敲了起来。麻三从来没有敲过更,他觉得这其实是一件很好玩的事。无论是下雨天还是满天星斗,无论是落雪还是春天,在街道上穿行并且在黑夜之中敲响梆子,是多么惬意和美妙的一件事。这样想着,他把梆敲得更起劲了,也把酒喝得更起劲了。他把自己的脸喝得像煮熟的蟹壳,鲜红而光亮。他甚至还唱了一段绍剧《八戒巡山》,然后他提着他的枪摇摇晃晃站起来吼,杀!

那天日军射进更楼一枚毒气弹。麻三看到那升腾的烟雾时,凄然地笑了笑说,陈岭北现在开始你别给我指桑骂槐了,老子有点儿骨气的。麻三说完,把脸转向了六个山匪。六个山匪已经在烟雾中剧烈地咳嗽起来。麻三说,把枪里的子弹全部打光。

子弹终于全部射了出去。更楼一下子显得死一般的寂静。船头正治久久地站在更楼的远方,他看到了一大批倒在更楼前的士兵,这令他感到无比的懊丧。他戴着白手套的手高高举起,挥了一下,又一个小分队在他亲自带领下,迅速地按战术队形向前潜行。当他们踢开门,进入了更楼并且没有遇到任何抵抗就要冲上二楼的时候,烟雾还没有完全散开。船头正治捏着鼻子,看到了麻三笔直地站着,而六名山匪口眼出血,嘴角还挂着泡沫,手里握着一把刀子靠墙瘫坐着。他们显然中毒了,他们中了很深的毒。

麻三笑了,吐着白沫说,你个日本矮子终于来了。

船头正治是看着六个山匪同时把自己的喉咙割断的。其实就算不割喉咙,他们也会因为中毒而死去。麻三望着倒在他身边的六个山匪,大喊一声,有酒同喝,有肉同吃。有福同享,有难同当。好兄弟,麻三带你们到地底下再当山匪！！！

麻三的头重重地撞向了石块砌成的墙，一声沉闷的响声让船头正治的眼皮不停地跳动起来，他知道麻三的头骨一定已经裂开了。麻三的整个身子贴着墙壁缓缓地下滑，眼眶也撞得变形，血水就顺着两只眼睛往下淌。就在他委顿在地上的时候，眼睛还是圆睁着的。他的血手甚至还顺势抓过了胸前用苎麻绳挂着的口琴，放到嘴边吹了一下。然后他的手终于缓缓地松开了口琴，口琴从嘴角掉下来，在胸前不停地晃荡着。

船头正治觉得十分的不愉快。他转身匆忙地走了，在残留着毒气的更楼里他一刻也不想多留。他下楼的时候，日本兵全都跟了下来。只有一只还没有受到毒气攻击的壁虎，活灵活现地趴在屋顶上。它细小的眼睛瞪大了，看着麻三的那只血手。麻三的血手缓缓地伸了过去，拿起了地上那根短棍，重重地敲了一下掉落在地上的梆子。此时刚好走到楼下更楼门口的船头正治听到了敲击梆子的声音，他愣了一下，抬头看到天色终于在这一声响后暗了下来。

四明镇的夜晚来临。船头正治长长地叹了口气，在四明镇滞留了那么长时间，是他没有想到的。他更没有想到的是，壁虎在屋顶上一直看着麻三那只全是血的手，那手十分缓慢地伸开了，可以看到掌心里黏糊糊的血迹中，那根被磨得油光光的敲更用的短棍。

除了高月保，没有人能成为黄灿灿临死前的最后见证。夜色越来越临近了，黄灿灿命令蒋大个子撤离，蒋大个子这时候却突然变得不愿丢下黄灿灿。黄灿灿说，你不是有个海棠吗？蒋大个子脸红了，说你别拿我说逃兵的事。黄灿灿却十分动情，说兄弟我是真心希望你早点儿娶了人家海棠，早点儿当爹。你赶紧得走。

蒋大个子说，那你也得走。

黄灿灿说，你看我能走得了吗？

这时候蒋大个子看到了黄灿灿那根和黑胖子锁在一起的铁链。他一直搞不懂，为什么黄灿灿一直藏着这样一根铁链子。那天蒋大个子破天荒含着泪在头顶子弹织成的网下面，向黄灿灿鞠了一个躬。后来他跪下来，把整个身体伏在了地上，两只手抓起两把泥土，眼眶里蓄满了泪水。黄灿灿笑了，眼中也含着泪花说，娘希匹，没出息的东西，赶紧滚！

蒋大个子迅速地撤离了。黄灿灿扶起了黑胖子，子弹又开始交织着往外喷，一直等到黄灿灿把所有的子弹打光的时候，转头才看到身边不远处那个手腕被绑在一起的高月保。黄灿灿笑了一下说，没枪你当什么鬼子兵？

高月保回过神来，向他鞠了一躬。这时候他真切地看到了黄灿灿手上和黑胖子连在一起的铁链，立即明白了黄灿灿是怎么回事，他身上的鸡皮疙瘩不由一层层起来了。果然数名日军围了过来，用枪刺对准了黄灿灿。黄灿灿微闭的眼睛吃力地睁开，他抬头朝日本兵笑了一下。日军开始一枪一枪地往他身上击发，先是大腿，手臂，肚子，小腿……很快黄灿灿变成了一个血筛子，身上很多地方像水管一样在不停地流着血水。日本兵开始大笑起来，在他们的大笑声中，黄灿灿的手却在腰间摸索着，没有人知道他已经打开了压在身底下的手榴弹的弦线。黄灿灿又开始唱当兵时候学来的歌，那是一首情歌，但是他却唱得撕心裂肺动人心魄。妹妹妹妹，来哥的山头。山头花开，山头果落，山头夕阳红艳艳，山头有风也有雨。妹妹妹妹，来哥的炕头……

然后是一声巨响，和黄灿灿靠得最近的三名日军被扬了起来，又在烟尘之中重重跌下，像一片片被秋风扫落的梧桐叶。他们手中的三八大盖被气浪冲得老远，远远地落在尘土里如同几根憔悴疲惫的烧火棍。高月保也被巨大的气浪掀翻在地，等他挣扎着起身的时候，看到爆炸过后的烟雾正在慢慢地散开。所有的事物，在高月保的眼里越来越清晰。高月保看到了那挺马克沁重机枪没有被炸毁，倒是黄灿灿的那只挂在铁链上的手，还在不停地晃荡着。而黄灿灿的身子，已经荡然无存，仿佛消失在空气里，或者是被天空给收了去。望着那只夕阳下的断手，高月保举起了相机，一张一张地拍着。他的眼眶蓄满泪水，镜头穿透了还在不停散去的烟雾。

船头正治是慢条斯理地赶到这块坟地的。他戴着白手套，穿着皮靴的脚步走得沉稳缓慢。馒头山已经完全被日军给占领了，夜幕早已降临。有士兵打着火把，在火把忽明忽暗的光线里，船头正治看到了黄灿灿的那只血肉模糊的手，以及"黑胖子"马克沁机枪的枪身上，被溅上的肉末。船头正治向那只晃荡着的手慢慢地长久地弯下腰去，在火把映出的红光里，他弯腰的样子像一张弓的模样。

那天船头正治带走高月保。他对高月保十分冷淡，但是他还是让通信兵向千田薰联队长作了报告。他一点也不喜欢目无军纪随便进入阵地最危险地带的战地记者，他认为打仗不能靠记者，而是靠子弹和炮弹，以及坦克的履带。船头正治摆了摆手，立即有一名上等兵递给高月保一支三八大盖。上等兵潦草地教他如何击发，然后带着他匆忙地离开了。离开以前高月保一直在回头，他觉得那只吊在马克沁机枪上的手像一个妖怪一样，在他的脑海里既触目惊心，又鲜艳如花。

船头正治看了看手表，他下达了命令，就地驻防，天亮以后穿过四明镇。

一名四明镇上的青年猎枪队队员带着陈岭北和所有仅存的战士钻

花 雕

进了一片树林。那是一片遮天蔽日的树林，不仅连接着地气，并且无休止地延伸向远方的四明山脉。在树林里休整的时候，陈岭北抬眼望着树荫，他突然觉得这是一个与世隔绝的地方。他靠在树干上，让小浦东去清点人数。新四军剩下十一名，国军35团剩下九名，四明镇上的年轻人剩下二十三名，老鼠山上的山匪剩下三十六名，加上王木头和海棠、香河正男，一共是八十二名。海棠靠在一棵树身上坐着，在叭嗒叭嗒地抽着那根铜烟杆，烟杆头上一亮一亮的火星，让这个夜晚显得更加幽深。陈岭北看到蒋大个子竟然像孩子一样蜷缩在海棠的怀里，他好像睡着了，海棠的手掌不停地抚摸着他被战火烧焦的头发。陈岭北突然觉得长得像门板一样宽阔的海棠，很适合当蒋大个子的娘。

陈岭北派出了李歪脖和施启东，不停地去侦察日军的动向。日军已经扎营，他们显然不敢连夜穿过四明镇，他们怕这个陌生的小镇深得像海一样，进入了海就再难以出来。在他们等待天光的过程中，陈岭北已经打定了主意。在天亮以前，一定要重新杀一个回马枪，哪怕和日军全部拼完。想到这里的时候，他不由得摸了摸腰间棉花送给他的那双布鞋，他脚上的鞋子已经露出了脚趾，但他一直舍不得穿新布鞋。现在他终于咬了咬牙把那双旧鞋扔了，换上了千层底布鞋。站起身来试脚的时候，他轻声说，棉花，如果我死了，我就穿着你做的鞋去找阎王爷报到。

那天晚上陈岭北把新四军仅剩的人全集中在一起，围成了一个小圈。他主要交代的是只要新四军中谁能活着，谁就要做两件事。一、把他身上背着的那名游击队队长留下的公文包送到南通新四军驻地；二、把香河正男押送到南通新四军驻地。

说这话的时候，陈岭北斜了香河正男一眼。

香河正男站了起来，啪地立正，口齿不清地说，如果只剩下我一个人活着，我也要求完成这两件事。

众人都看着香河正男。香河正男的眼神显出真诚与不可抗拒。施启东突然瓮声瓮气地说，队长，我相信他。众人都七嘴八舌起来，都说，我相信他。陈岭北站起身来，走到香河正男面前，和他近距离对视。借着一支小火把微弱的光，陈岭北看到香河正男深不见底的眼神。陈岭北笑了，说那我也相信你。

听到陈岭北的这句话，香河正男眼里的泪水无声地落下。陈岭北的手指头伸出去，轻轻按在了香河正男的一侧脸的眼泪上。黑夜就越来越深沉了。

凌晨三点的时候陈岭北让小浦东、施启东、六子和李歪脖悄悄叫醒了杂牌军的所有人。他们顺着来路出发，在黑色的夜里如同潜行的蝙蝠。他们悄悄掩近了坟地附近的一块空地，日军有游动哨在不停晃荡。陈岭北看到天空慢慢接近了灰白，一颗闪亮的"天亮星"就挂在空中。陈岭北说，李歪脖，你开第一枪。

李歪脖的第一枪开得顺风顺水，没有任何悬念地在一声枪响以后，放倒了日军一名游动哨。李歪脖的枪管急速移动，又是一声枪响，又一名游动哨被击毙。然后枪声就骤然激烈了起来，日军驻营地像是蚂蚁窝里突然淋进了滚水一样乱了起来，随即轻重机枪的叫声也响了起来。对方的枪声把黑夜给完全撕开，天色正在渐次放明。这时候孤独的柳春芽，躺在戚家祠堂的一块棺材板上。她睁着眼睛望着天井上方正方形的天空，天空正在由黑变灰再到一片明亮。她的肚子高高地朝天耸起，像馒头山一样浑圆而饱满。柳春芽觉得肚皮里的孩子蠕动得厉害。她轻轻地抚摸着肚皮说，张团长，你儿子马上就要出来了。

柳春芽一边隔着肚皮抚摸着张团长的儿子，一边听到了隐约的枪声。这枪声在大年夜就要临近的腊月，显得有些虚无缥缈，仿佛是四明镇上那些民居屋顶上高高举起的烟囱喷出的烟一样。柳春芽想,一定有许多兄弟被子弹纷纷扬扬地放倒了。

这时候的高月保正跟随着船头正治后撤。后撤的路十分平坦但是却走得无比漫长,陈岭北让手下这支杂七杂八的杂牌军紧紧地咬住了船头正治中队。后撤的日军中队和和平救国军中队士兵正在枪声中逐渐减少。战斗最勇的是李歪脖,他不停地拉动枪栓,一枪枪击发,每枪都会命中一个目标。然而这时候他一摸子弹袋,发现子弹已经没有了。

高月保在后撤的时候,不时地开枪还击着。对于武器而言,他还是一个连枪也拿不稳的陌生人。他闻到火药的气息时,认为那是一种清香,所以他猛吸了一下鼻子。陈岭北看到了远处的高月保,他喜欢高月保那种怯生生的神情。但这样的怯生生正在消失,取而代之的是渐渐变得果断而决绝的眼神。陈岭北叹了一口气,他的枪举了起来,屏住呼吸把准星、缺口和高月保连成了一条直线。陈岭北的手指扣动,子弹射出了枪膛穿破寒冷的空气,在瞬间扑进了高月保的胸膛,像是一只鸟的回巢。

高月保觉得胸口被重重地击了一锤子,然后胸口开始发热。那些血像是水龙头里流出的水一样,不停地往外扑扑有声地冒着。他的枪抛开了,身子软软地委顿了下去。高月保觉得脚下堆满了柔软的棉花,然后整张脸仰向了天空。他觉得天空真蓝。

远处一名日军也在瞄准陈岭北,这时候枪声响了。日军翻倒跌扑在地上,陈岭北看到香河正男站在不远处,用跪姿射击的姿势扣动了扳机,射杀了那名将要杀死陈岭北的日军。杂牌军呼啦啦地向日军拥上去一大片,陈岭北大叫,蝈蝈,蝈蝈给我吹冲锋号。

蝈蝈一直认为他最威风的一刻,就是吹响冲锋号。但是并不是每一场战斗都能吹得响冲锋号的。现在蝈蝈能吹冲锋号了,他站直了身子，把军号斜向天空，鼓起腮帮吹起了冲锋号。那声音带着金属的音质，喷向了天空，然后在天际传得很远。一颗子弹飞来，射穿了铜号，号子的声音随即漏了。蝈蝈大叫，军医呢，军医在哪儿？王木头，王木头你快给我胶布。王木头背着一只药箱冲过来，迅速扯下一块胶布给蝈蝈的铜号补上了破洞。

冲锋号的声音又响了起来。

杂牌军凌乱的脚步奔向溃逃的日军和和平救国军残部。陈岭北大声叫，想回家的，赶紧把鬼子和汉奸给赶尽杀绝。

日军的一挺早就哑了的机枪在这时候像是回光返照一般响了起来，密集的子弹恰好全部奔进了便宜的怀中。便宜的胸前随即开出一朵朵血花，他的身子摇摆着，双脚跪地，最后整个人仰天倒下了。陈岭北迅速地奔过来，抬起了便宜的上半身。便宜永远围着的围巾往下滑落，露出了他的兔唇。便宜笑了，他吹了一声嗯哨然后瞪着一双血眼死去。这时候李歪脖跑到陈岭北的身边，捡起一支日军剩下的三八大盖，一边拉动枪栓击发一边对陈岭北喊，没子弹了，我们都快没子弹了。

陈岭北将便宜的身体放平。没子弹就给老子拼刺刀。新四军、国军35团、四明镇和老鼠山上的兄弟们，上刺刀。

上刺刀！上刺刀！上刺刀！

呐喊声响了起来。脚步急促地奔向溃逃的日军。日军忽然停住了脚步，他们开始卸三八大盖的子弹。按照日军正规的拼刺刀程序，他们必须卸下枪中的子弹以免扣动扳机误杀自己人。一场刺杀正式开始，刀子入肉的声音扑刺扑刺地响起来，血花四溅。陈岭北看到了船头正治，船头正治的指挥刀缓缓地拔了出来。陈岭北冲上去，他像一支被射出的箭，奔向了船头正治。指挥刀和枪刺搅缠在一起，发出刺耳的铁器碰撞的声音。最后指挥刀和枪刺都被震飞，陈岭北重重地跳了起来压在船头正治的身上。船头正治后来翻转了身子，他红着一双眼睛把陈岭北死死地压在身下，用双手卡卡住了陈岭北的脖子。陈岭北喘不过气来，他看到变了形的船头正治的脸，然后他整个人就变得虚脱起来。船头正治的脸变成了三张，最后变成了一片模糊。陈岭北想，棉花，我回不了家了。

船头正治的脸变得越来越扭曲，他的脸涨得通红，所有的力量都用在了手上。他掐住陈岭北的脖子，让陈岭北一直都在翻着白眼。他觉得陈岭北这一次一定会背过气去，就在这时候他觉得脖子上有些热。他一点也不知道他的后脖子上多了一把裁缝剪刀，那是陈岭北慌乱中从牛皮公文包里翻找出的剪刀，直接插在了船头正治的后脖。血在拼命地涌出来，黏糊糊的把船头正治的整个脖子染红了。船头正治觉得心正在发慌，整个人晕乎乎的。陈岭北猛地用力，将船头正治蹬开的同时，把船头挂在腰间的一枚卡簧手雷打开了。

陈岭北用足了力气进行了这场战争中最后的翻滚。他滚出一丈多远的时候，爆炸声响了起来。陈岭北分明看到船头正治的肠子像张牙舞爪的蚯蚓一样在空中飞舞和降落，陈岭北就长长地呼了口气，他知道这枚手雷一定会让船头正治碎成粉末。

战争也是在这一声巨响中结束的。陈岭北已经累得不能动弹。他就那么躺着，在怀里摸索到了那支高月保在晴江溪边送给他的长寿牌香烟。香烟已经皱巴巴了，但是还能点得着，陈岭北侧过身在一截正在燃烧着的木块上点燃了香烟，美美地吸了一口。他就那么长久地仰天躺着，主要回忆在晴江溪捉鱼洗澡时，和那名叫高月保的日本随军记者的偶遇。

李歪脖跑了过来，站在了陈岭北的面前。从陈岭北躺着的角度往上看，可以看到李歪脖胡子拉碴的下巴。陈岭北笑了，说，真累啊。

李歪脖说，仗打完了。

陈岭北说，真笨，仗打完了，当然是打扫战场。

十五

陈岭北跟着李歪脖在一片狼藉的馒头山戚家祖坟地上行走。杂牌军的队员们，正在打扫着战场。他们的脸上一片焦黑，衣衫褴褛，都睁着一双血红的眼睛，手中提着上了刺刀的长枪搜寻着还在呻吟的日军，以及受了重伤的战友。一些阵亡的战友被他们集合在一处平坦的地方，陈岭北走过来的时候，一眼看到了仿佛睡得很香的小浦东。

陈岭北想起小浦东临战前伏在不远的坟堆后面，他的身下还垫着一只麻袋。小浦东十分认真地对陈岭北说，要是我格趟子活不成，侬帮我的身体擦擦清爽。我是要清清爽爽去投胎的。

陈岭北蹲下了身子，在小浦东的口袋里翻找起来。陈岭北掏出了那块用旧报纸包着的洋肥皂，那是当初在晴江溪捉鱼洗澡的时候高月保送给陈岭北的。李歪脖站在不远的地方，安静地看着陈岭北。陈岭北像是要从洋肥皂里看出什么秘密来，翻来覆去地看着这块肥皂。

海棠穿着脏兮兮的绣着大朵牡丹的红衣，嘴里叼着铜烟杆，边走边拿脚踢踢阵亡的日军尸体。一道金色的光线灼痛了海棠的眼神，她的心里叽叽叽地笑了一下，猛抽了一口烟又对着天空喷了出去。然后她大笑，哈哈哈，老天爷有眼。

海棠笑完就蹲下身，将烟杆里的黑色残烟在一杆枪的枪托上砸了几下,然后麻利地夹在了腋下。海棠抓住了一位阵亡日军的手,把他的手高高举起来,仔细端详着那手指头上的一枚金戒指。她从他的手指头上褪下了戒指,高兴地拿在手上吹了一下,得意地对不远处的蒋大个子喊,喂,我给你省钱了。我捡到一只金戒指。

蒋大个子欣喜若狂地奔到了海棠身边,说那我欠你的金戒指,一笔勾销了?

海棠说,那你可以欠我一副金耳环的。

这时候陈岭北走到了那挺被黄灿灿号称黑胖子的重机枪边上。他看到一只吊在机枪上晃荡着的手,不由长长地吁了口气。他知道他没有机会再和黄灿灿在丹桂房朝天敞开着的晒谷场上狠狠地干一架了,这让他无比失落。在机枪一丈开外的空地上,朱大驾找到了黄灿灿被炸飞的一块破布口袋。朱大驾把破布口袋递到陈岭北手上,陈岭北把手伸进口袋里,摸到了一块冷冰冰的大洋。

陈岭北把这枚大洋拿在手上的时候突然愣了,他看到这块大洋的两面,都是袁大头。

朱大驾直愣愣地站在陈岭北的面前,他的衣服已经破成了一缕一缕,看上去身上穿着的是一张蜘蛛网。但是他脸上浮起了灿烂的笑容,朱大驾笑着说,就我一个人知道,他这块大洋两边都是大头。

风一阵阵吹来,把朱大驾丝丝缕缕的军装吹得随风晃荡,仿佛是一件穿在身上的渔网。陈岭北真怕风把朱大驾给吹走了。朱大驾的身上,混杂着炮灰泥土和血污,看上去就像一粒在尘土上滚过的汤圆。陈岭北听到朱大驾在不停地说着话,朱大驾说得絮絮叨叨,但是脸含微笑,一直都没有停下来的意思。朱大驾说黄连长那事儿早不行了,他还故意要争一下小碗,还故意要娶柳春芽。其实他是想打仗,又怕兄弟们想着要回家。所以他弄个赌馆里抽千用的袁大头,让自己故意输给你。所以他口口声声回家生孩子,是想让手下的兄弟们能回家。朱大驾的语速慢慢快了起来。陈岭北听不清他在说什么,索性不再去听,他找到了一块裹在枪身上的白布,一边捧着黄灿灿的血肉,一边轻声说,混蛋啊你要真是有本事,你就活过来跟我下盘棋。你比我先死算什么本事?你要是下棋能下得过我,那才是本事。

陈岭北用一把枪刺在地上挖了一个坑,把白布连同那一堆碎肉埋在了地下,然后认真地填回了土,用脚踩平。他把这事做得很专心,当他抬起头的时候,看到朱大驾披着破渔网一样的破衣裳还在絮絮叨叨。陈岭北就皱了一下眉头,说你能不能少给我废话。

朱大驾笑着说了最后一句话,说完这句话他就再也不说了。他说黄连长,我不想回家想打仗,等打完仗我回你的家,我替你尽孝。朱大驾说完,用牙齿紧紧地咬住嘴唇,就是不让眼泪从眼眶里滚出来。陈岭北愣愣地看着朱大驾,突然发现朱大驾和油条西施那件破事,根本算不了什么。

一声枪响。陈岭北转头看到不远处的海棠站在原地,胸口却开出了一朵湿润的红花。她的嘴微张着,仿佛是在吃惊地望着远方。身边的蒋大个子一把扶住了她。海棠像面条一样慢慢地软了下去,她腋下夹着的铜烟杆掉落在地上。陈岭北的目光急转,他看到了不远处一名奄奄一息的日本伤兵,一只手中还无力地举着枪。陈岭北随即麻利地卸下了一支三八大盖枪身上的枪刺,一步步地走向那名伤兵。那伤兵还想转过枪管来,但是却没有了力气。陈岭北走到日本伤兵的身边,一脚踢过去,伤兵的脸随即就被踢烂了。陈岭北手中的枪刺,从日本伤兵的下颌刺入,从后脑勺钻了出来。那钻出来的枪刺头上,还沾着豆腐花一样的脑浆。

这时候的海棠在蒋大个子的怀里不停地喘着气。她的大拇指和食指仍然捏着那只小巧的金戒指，对蒋大个子急促地说，快，快给我戴上，金子辟邪。

蒋大个子慌乱地给海棠把金戒指套在了手指上。海棠的嘴角露出了笑，说你欠我的金耳环不用给我买了，我都要死了。蒋大个子的脸上眼泪鼻涕糊了一脸，说我一定要买，你不会死。我会让王木头救活你。

海棠大笑三声，哈哈，哈哈，哈哈，他不过是个兽医。

海棠说完，戴着金戒指的手垂了下来，眼睛无力地合上了。蒋大个子把海棠抱在怀里，一边呜咽一边把海棠抱得紧紧的，生怕海棠会长出翅膀飞走。

陈岭北走到了蒋大个子的身边，他坐了下来，看着表情木然的杂牌军战士们正在打扫着战场。陈岭北轻声说，你最好还是哭一场吧！

蒋大个子开始号啕大哭。他的哭声越来越响，穿透了云层。没有人理会他，他们仍然在打扫战场。在蒋大个子的哭声中，陈岭北站起了身，摇摇晃晃走向了那挺黑胖子机枪，他小心地取下了那只用链子吊在机枪上的手，招呼着施启东过来帮他砸开铁链条上的小锁，然后他将那手抱在了怀里，轻声说，姓黄的，我会送你回家。

陈岭北在晴江溪浅水的岸边拎了几桶水，把小浦东赤条条地放在一领竹席上，并且把他洗得干干净净。小浦东身上的枪眼已经没有了血水，像一只只暗红色的眼睛，懵然地望着天空。水草在水底里飘摇，冬天的寒意使水面上飘着氤氲的水汽，陈岭北就像神仙一样站在充满雾气的浅水的河中。他赤了脚，双脚因为接触冷水而变得通红，一些平凡的小鱼争先恐后地游过来啄着他脚上的皮肤。这让他想起了故乡，暨阳县，枫桥镇，丹桂房村，村外一条宽阔却极浅的小溪，溪面上波光粼粼，像一万条鱼漂浮在水面上闪动鱼鳞。

陈岭北为小浦东擦干了身子，又裹上了一块干净而柔软的白布。他抱着小浦东走向了回戚家祠堂之路。回去的路无比漫长，小浦东在他的怀里像一个熟睡的婴儿。小浦东对陈岭北说过，要是我格趟子活不成，侬帮我的身体擦擦清爽。我是要清清爽爽去投胎的。

在回祠堂的路上，陈岭北一直都觉得奇怪，下达堵截命令的国军援兵一直都没有来。执行"冬之响箭"任务的日军后续部队也没有来。四明镇一下子变得无比安静，仿佛什么事情都没有发生过，或者是一座被废弃的小镇一样。陈岭北派出去的李歪脖回来报告，说是日军偷偷派出了便衣队把日军在馒头山阵亡的军官和士兵都拖了回去，把那些和平救国军的中国人扔在了山上。陈岭北觉得这不像是日本人的做派，日本人怎么会不报这一个中队的全军覆灭之仇。

这时候的戚家祠堂里，蒋大个子因为死了海棠，所以他恨不得砸掉那台传来命令的步话器。他和报务员朱大驾就在祠堂天井里追赶跑跳，朱大驾在前面红着眼奔逃，一不小心绊了一脚跌在石板上。蒋大个子重重地压了上去，举手就要夺朱大驾抱在怀里的步话器。朱大驾涨红了脖子大声地喊起来，蒋大个子你听好，你要是敢对我的步话器动手，我就敢把你鸡巴蛋给扯下来。

蒋大个子说，那你赔我的老婆海棠。

朱大驾说，可是砸了步话器，海棠也活不过来。

蒋大个子说，你不是说步话器又失灵了吗，失灵了你还抱那么紧干什么？

朱大驾说，失灵了可它还是步话器。

蒋大个子说，什么步话器，分明是催命器。光下达一道命令就随即失灵。

蝈蝈坐在不远屋檐下的一张椅子上，像一个刚睡醒的少年，懵懂地望着不远处墙角一只1941年间织着网的蜘蛛。蜘蛛停顿了一下，在微风中它饱满黑灰的身子在网中央微微地颤了颤，又颤了颤。这让它感觉到要变天了，果然有细小的毛毛雨从空中落入戚家祠堂的天井里。蜘蛛笑了一下，它贴着墙角敏捷地爬走了，像一个训练有素的战士。在爬走的过程中，它看到屋檐下坐着的蝈蝈的手里紧紧地抱着一只青花坛子。

坛子里面装着四明镇上的专做"白事"的丧甲们帮忙火化的张秋水。蝈蝈抱着坛子就像抱着张秋水一样。他答应过张秋水要把张秋水送到武汉老家的，但是他现在连张秋水家住在哪儿也不知道。但他相信他能有办法找得到张秋水家。他看到蒋大个子紧紧地压在朱大驾的身上争夺着那只步话器，他的眼泪就不由自主地流了下来。他说，秋水。

这时候陈岭北抱着小浦东走进了祠堂的侧门，雨点越来越大了，仿佛是跟着他的脚后跟赶来的。陈岭北看着雨中天井里扭成一团的蒋大个子和朱大驾笑了，说你们吃得空？你们吃得空就找日本人拼命去。

蒋大个子和朱大驾停止了扭打，他们好像对这个叫陈岭北的土不啦叽的新四军越来越敬畏了。他们看到陈岭北一言不发，抱着小浦东走到了屋檐下。一柄黑色的巨大的雨伞在这个时候映进了众人的视线，大雨伞下是坐在门板上被四个男人抬进来的戚杏花。戚杏花的背后还跟着一堆老人。很快，他们就挤满了天井。他们没有挤到屋檐下去，也没有挤到厢房，他们就这样淋在天井的雨中。

戚杏花嘴里的烟杆猛吸了几口，吐出一股浓重的烟来。他花白的胡子不停地抖动着，然后用烟杆指着陈岭北说，陈队长，我把我那口白身子寿棺让给这个小英雄。

陈岭北的脸上慢慢浮起笑容，他说，好！

一个老人说，我的寿棺，就停在外面，给你们用。

另一个老人说，我的寿棺，也停在外面了，给你们用。

那天陈岭北在一个五十多岁的油漆匠指导下，开始在屋檐下为那口戚杏花用来做寿棺的白身子棺材画仙鹤。他觉得既然小浦东说要干干净净去投胎，那么投胎是需要乘着仙鹤去的。那天四四方方的天井上空，一直飘着冬雨，这让烂冬至晴过年的说法显得像稻草一样绵软无力。最后陈岭北画好了仙鹤，看上去显得十分丑陋，像一只有着瘦长的脚的鸡。陈岭北拿着画笔对那只长脚鸡笑了，说小浦东你也不要嫌弃，不管这鹤长得丑不丑，你只要记住一点就行了，是仙鹤驮着你走的。

画好了仙鹤，陈岭北就一直坐在小浦东的身边。他突然觉得很累，累到怎么也不想动，所以他就把脚伸得笔直，整个人四仰八叉地躺倒在棺材边上。

麻三的坟就在小浦东的坟边上，这两个毫不相干的人现在住在了一起。陈岭北带着杂牌军的兵，站在坟前为他们送行。麻三的坟边上，是便宜的坟，他们爷俩从此以后永远在一起了。所以陈欢庆感到无比悲伤，他本来是麻三的军师，现在他用麻三留下来的那把口琴，吹起了《长城谣》。这一天是除夕，四明镇上有零星的二踢脚爆开的声音传来，不知道今天就是大年夜的几只黑色老鸦，选择在一棵枯树上发出粗糙而难听的叫声。在这座山上，因为多出了密集的新坟而显得无比萧条。那些泥土被翻松了，黑的颜色泛在坟尖上。陈欢庆在用口琴吹着《长城谣》，这歌只有柳春芽一个人会唱，所以她捧着自己的大肚皮唱了起来。陈岭北觉得她唱得不好，因为她是个剧团里的戏子，所以她唱的《长城谣》有点儿唱戏的味道。陈欢庆吹完了《长城谣》的时候，陈岭北走到了他的身边，摊开了一只手。陈欢庆就把那把口琴放在了陈岭北的手心里，陈岭北直接就把口琴插在了麻三的坟尖上。陈欢庆想，再过三个月，这座坟上一定会长满青草。

馒头山上是密密麻麻的新坟。这块戚家向阳的祖坟地，现在被外姓人占据了，阵亡的士兵都葬在了四处。陈岭北仿佛能听到他们熙熙攘攘的声音，这样的声音越来越密集，灌满了他的耳膜。他的眼前浮现了每个人的影子，这些人站在坟头上，穿着新衣服，整个人雾气腾腾的。他们向他微笑着，海棠穿着红衣站在远处显得更为突目。海棠说，当家的，我们饿了。大家就异口同声地说，我们饿了。陈岭北才想到，除了在老鼠山上的山匪窝里让大家吃得好一些以外，一直都没有给这批卖命的杂牌军吃过饱饭，这样想着他就想抽自己的耳光。这时候王传香戏班的十八个女演员出现在坟堆前，她们清一色的阴丹士林素雅旗袍站成一排，齐刷刷地弯下腰去。自从上次她们被日本军人强奸后，她们一直都没有离开四明镇。

陈岭北觉得她们一定是不想回家了。

那天陈岭北带着大家下山。细雨已经把上山的小道给打湿了，所以他们走路的时候一滑一滑，长长的下山的人群，像一条黑色的蜈蚣一样蜿蜒着下山。然后戚家祖坟地这一片小世界开始安静下来，安静得除了雨的沙沙声以外没有其他的任何声音。静谧之中，那冷冷的冬雨均匀地洒在麻三的坟头，以及坟头上的那把口琴上。泥土开始松动，缓慢地下陷，那把口琴徐徐地陷入坟中，最后被泥土掩埋。仿佛是麻三伸手把口琴拿走了。

江桥镇的千田薰联队驻地，千田薰反背着双手站在一块空地上。空地上安静地躺着许多日军的手臂和手掌，他走到了其中一只手臂边上。手臂上的小金属身份牌上有四个字：船头正治。

唯一完整的尸体是高月保。本来按他的身份，应该是只取一只断手的，但是受命打扫战场的一名准尉军官认为随军记者应该受到礼遇，就把他整具尸体搬了回来。其实他很年轻，年轻得像一根家乡岛根县野外的茅草。但是现在他已经夭亡了，他是被一颗像鸟一样飞来的子弹击中的。他不知道，把这只鸟放飞的人是和他曾经在晴江溪的水中有过偶遇的新四军陈岭北。高月保的眼睛睁着，直愣愣地望着天空。他看到了天空中飘着细雨。这是异乡的雨，这些雨在他眼里泛着一片红光。

千田薰走到高月保的身边，从地上拿起一只破损的沾满了土和尘的照相机。那是高月保留下的。千田薰仔细地端详着，摆弄了一会儿照相机以后，他把相机递给身边的一名军曹。然后他低沉的声音响了起来，勇士们，我一定会用飞机送你们回家。安息吧。

千田薰说完这句话，高月保才觉得很累。他的眼睛在这时候缓慢地闭上了，像渡口合拢的一个闸门。在完全合拢以前，他看到千田薰的手一挥，那些手臂和手掌在助燃剂的作用下熊熊燃烧了起来。那红色的火光把千田薰的脸映红了，千田薰很轻地说，杀，杀，杀完中国人！再回家。

这时候江桥镇上又零星传来了几声二踢脚炮仗炸开的声音，一个萧瑟的除夕的夜幕，就要降临。